页行

听来的故事

艾鹿薇◎著

北京时代华文书局

图书在版编目（CIP）数据

听来的故事/艾鹿薇著. —北京：北京时代
华文书局，2021.2

ISBN 978-7-5699-4089-3

Ⅰ.①听… Ⅱ.①艾… Ⅲ.①故事—作品集—中国—
当代 Ⅳ.①I247.81

中国版本图书馆CIP数据核字（2021）第032765号

听 来 的 故 事

TINGLAI DE GUSHI

著　　者｜艾鹿薇

出 版 人｜陈　涛
选题策划｜页行文化
责任编辑｜周连杰
装帧设计｜创研设
责任印制｜刘　银

出版发行｜北京时代华文书局　http://www.bjsdsj.com.cn
　　　　　北京市东城区安定门外大街 136 号皇城国际大厦 A 座 8 楼
　　　　　邮编：100011　电话：010-64267955　64267677
印　　刷｜北京兰星球彩色印刷有限公司　13331117790
　　　　　（如发现印装质量问题，请与印刷厂联系调换）
开　　本｜880mm×1230mm　1/32　印　张｜9.5　字　　数｜310千字
版　　次｜2021 年 5 月第 1 版　　印　次｜2021 年 5 月第 1 次印刷
书　　号｜ISBN 978-7-5699-4089-3
定　　价｜39.80 元

目 录

Contents

我们的故事就从
一瓶红酒说起

讲述人 ❋ 小莫

我就想向你一个人证明，嫁给我，你一生都不会错。

小莫和男生的初见并不愉快。那年快要过年，她放假在表姐家暂住几天，想着春节一起回老家。

　　正好半年前考了驾照，还一直没机会练手，逢表姐不用车的时候，她就开着车在周围练练手。

　　很普通的一天，她练完了车，准备打道回府，结果在小区外的商业街和对面开来的一辆车蹭到了。

　　那条路常常有乱停放的车，明明是双车道，可总是很拥挤。而她的车与对面车离得很近时，对面的司机落了窗提醒她，让她别动，他先试着过去。

　　她觉得他车太宽了，反而不好走，便自主作张地往前开了一点。

　　明明是想给对方方便，可没想到，就挪了这么一小下，人家原地没动，她把人家车蹭了。

　　责任方是她。

　　对方司机下了车，是个三十来岁的男人，查看了一下剐蹭的情况，问她有保险没有。

　　她从来没处理过事故，就说打电话叫姐夫出来。

　　姐夫听说车让人蹭了，一来就指责对方司机。听闻是她责任后，姐夫依旧理直气壮，说："一个小姑娘，你一个老爷们，不懂得让一让！"

　　那男人听着都气笑了，说："是你家小姑娘非要来蹭我，我可真是一动没动。"

　　姐夫以前混混出身，多少有点蛮横的模样，脚往人家车轮一踩，说："反正我们没保险，你看着办吧。"

　　男人说："那我们各自处理吧。"

　　姐夫一脸不愿意，不依不饶的。小莫怕姐夫这脾气生事，就赶紧上去劝了一句："姐夫，确实我的错……"

姐夫有点不高兴，让她车里待着去。男人看看姐夫，又看眼小莫，说了句："算了，给你们一千块修车，我的我自己处理吧。"

她惊一下，心想这不是冤大头吗？难道钱多烧的吗？

姐夫很满意，收了钱。小莫知道姐夫不富裕，但毕竟责任在她，这样收了钱她也别扭。心想着人家开着好车，应该也是看出姐夫不好惹，想平息事态才选择妥协吧。

她默不作声地往副驾走，刚要开门，听到身后那男人问了句："小姑娘没吓着吧？"

她恍恍回头，看着他的眼，摇了摇头。

男人笑笑，说："记住下次再遇到这种事，你别动，谁急让他们谁动去。"

她听着这话，也不知道要点头还是摇头，埋头回了车上。

等男人车开远了，她才反应过来，她是被他套路了吗？谁急谁动去，不动的那方没责任，他刚才不就是这么做的嘛。

这么想着，她深叹了一口气。

这些三十来岁的男人，可真狡猾呀。

隔了几天，表姐发了年终奖，想给公司的女老板送点礼物。

小莫和表姐去楼下的红酒店逛，两人正询问着每一款都有什么不同，从楼上走下来一个人。

小莫觉得好眼熟，但是一时懵住了，就是想不起哪里见过。

那人抬头间也看到了她，丝毫没迟疑，向她笑了，问："选红酒？"

她使劲想，还是没想起他是谁。

他在她身边停下来，指了指架上的另一瓶酒，说："这款好，酒庄给我们特价，送礼或自己喝都合适。"

表姐问："您是老板吗？"

男人笑笑没说话。

表姐问："那老板能给便宜多少钱呀？"

男人回头招呼了一下服务员，说："按最低折扣，给算一下多少钱。"

服务员和表姐算价格，小莫多瞄了他几眼，也终于想起他是谁了。

脑海飞快闪过那天的事，原来之所以会蹭车，是因为他的店就在这里呀。

她刚酝酿着想问他车修好了吗，他突然也问了她一句："车修好了吗？"

她心里莫名一震。是他有读心术，还是她心事太挂在脸上？分明她几秒钟前看他的目光还很陌生。

他又如何确定，她还记得他。

她拉拉表姐，不好意思地说："我那天蹭的就是这位老板的车。"

表姐立刻换了一脸歉意，和男人又说了几句客气话。

男人摆手笑，她才注意到他手腕带着一串珠子，中间有一颗天珠。

她大学舍友很迷天珠，总给大家普及天珠的知识，她也跟着入了坑，但从没亲眼看过。

太好奇了，她就指着珠子问了男人："这个是天珠吗？"

男人面上闪过丝惊喜，说："你懂？"

她说："网上见过图，还没见过真的，听说好贵的。"

男人把手串摘下来递她，说他早些年在甘孜收的，不算贵。

她端详着那颗天珠，手都不敢上去摸，还给表姐普及了一下这东西有多难得，之后抬头看男人，说："我能拍张照吗，我舍友超迷这个！"

他说："可以，你也可以加我微信，我还有几个，都可以拍给你看。"

表姐在一边跟着搭腔："我妹竟然还懂这个。"

男人笑笑，说："我也挺惊奇的，现在的小孩儿都对这些没兴趣，这小姑娘还挺懂。"

小莫兴奋得要命，被舍友天天洗脑了几学期，她竟然见到了正经货，这事太让人扬眉吐气了。

给舍友发了相片，也和男人加了微信。

表姐说红酒再想想，改天过来买。

男人说："等会儿，"然后又喊服务员，"红酒包了，给顾客带一瓶走吧。"

表姐乐疯了，一直推辞着，说："萍水相逢这怎么行。"男人说："干我们这行的，每天就是招待朋友品酒品茶，有的朋友来品个半年，一瓶也不买，也是平常事。"

表姐笑着说："那不亏死了？"

"生意不是这么算的，就算来喝一年，凡有带来一个大单或关系网，就还是赚了，是吧。"

表姐连连应答着。小莫看着男人，他的话仿佛给她打开了一个新世界的大门。

那天晚上回去，他发了几张在专业灯光下拍摄的天珠图，说想看的话，随时过来，他拿给她看。

她那晚对他本人的好奇已经远远超过了天珠。

她问：如果有人天天去喝你的酒，但是也不给你介绍大单，不还是亏吗？

他答：好烟好茶好酒招待着，不论是不是朋友，你规格最高，他越不好意思常来了。能常来的，受得起这些招待的，还是心知有本事能帮到我的朋友。

她想了想，说肯定有爱占便宜的人呀。

他回了一个大笑的表情，说：真是孩子。

她立刻发了一个生气的表情，说：我什么都懂！

原本他还会反驳她，可她等了好半天，他都没再回消息了。等她放了手机去洗脸，再回来，看到他的消息。

一个字没有，只有一个哈哈笑的表情。

表姐白拿了男人一瓶酒，当晚还发了一个朋友圈。朋友圈里的点赞好多，表姐就介绍了一下这里可以试喝。

于是更多的人涌来，大家还约好了某天一起去试试。

表姐思来想去，光送一瓶也拿不出手啊，于是咬了牙隔天派小莫再去买一瓶，还让她去讨个包装更高档的盒子，说这样送礼才显贵重。

小莫下午去店里，男人不在，服务员也换了一个男生。

她和男生说了昨天的价格，男生说："不可能的，真的做不到那么低。"

她说："真的，我还有你老板微信呢。"

男生说："那你可问吧，他同意，我就再给你按这个价格。"

她给男人发了两条微信，男人没回。她想着他可能在开车，或者开会，或者谈生意，就在店里坐了会儿。

人刚坐下，干果普洱茶水果小点心就已经都端上桌了，她说："没事没事，我不吃的。"

男生说："老板规定，每个到店客人坐下就要上，每个月这些服务都计入考核的。"

她回头看了眼桌上的东西，水果都是什么贵有什么，点心也都是城里老字号。

她不禁又开始琢磨，他到底是个什么样的男人呢。是太有钱了？还是这些都只是生意手段而已呢？

她坐不一会儿，他语音电话打来了，说让店里人接电话。

三言两语，还按最低的价格卖给她了一瓶。

男生包酒的时候，她无意和他闲聊，问："老板是本地人吗，听着没有口音。"

男生说："不是，老板东北人，和家里人打电话，说东北话，但是挂了电话，一转头就纯正普通话了。"

她又问："那他家安在这里了吗？"

男生说："不知道，人家没说，我们也不敢问，都不知道成没成家。"

她也说不上为什么，心里有点小愉悦。

她说："你们老板哪年的呀？"

男生说："见过一次身份证，不知道生日准不准，三十五了，厉害吧，听说初中没毕业就白手起家，爹妈都没得靠，自己干起来了三家红酒店，这门店不是租的，都是他自己的。"

她对门店这些价值没概念，只是设想了一下，自己三十五岁时，会是什么样？可能也挺风光吧。

拎着酒出门时，一阵冷风灌进领口，把她冻醒了。

嗯，她四十五岁可能也没他这般风光。

又隔了几天，听表姐说，她的女领导特别喜欢那个酒，说回去试喝了，高档货真的不一样。还特别问了表姐，特别贵吧，真是破费了。

表姐神采飞扬的，说人生第一次送礼，真是太成功了，关键一瓶白来的。

她饭后看电视，看到电视上一个致富经节目，正在采访一个养鱼的老板。表姐随口说了句："瞧这些有钱人，个个长得都是猪脸！"

姐夫说："丑人才能有钱，咱们这种漂亮的，都命薄。"

小莫跟着一起笑，但说不上为什么脑里闪过了男人的脸。

可他就长得挺好看的，像她想象中的东北人模样，高大挺拔，眉眼好浓，双眼皮的褶皱又长又深。

她看了一半电视，突然像是中了什么邪似的，抱着手机嗖嗖回了房间。

给男人发了条微信：你的酒受到了我姐领导的好评，我姐人生第一次送礼，特别有面子。

男人可能也正用手机，光速回了个笑脸。

她说：我有一个大胆的想法！

他回：说说？

她说：你那个价格给我批发几瓶呗，我去各个写字楼里去卖卖？

男人：怎么个卖法？

她回：直接卖肯定没人买，这么贵以为我骗子呢，我开一瓶给他们尝尝，尝好了再买。

男人：尝的那瓶怎么算？

她回：我先买了呗。

男人：有前途。不舍小，无以大。

她回：欠条你收吧？

男人发了一个笑哭的表情，回：前途不可估量呀。

她也发了一个笑哭的表情：跟你学的。

男人又回了一个笑哭的表情。她一时起了玩心，就也不再回文字给他，又回了一个笑哭的表情。

谁料，他也又发了一次。

两人就这么重复着一个表情，她发一次，他发一次。

她之后发了个猜拳的表情，他也配合，发了一个。

他是石头，她是布。

她发：3。

他发：0。

两人便十分默契地开始三局两胜赛制。

最终，还是她输。

她发：5。

他发：0。

依旧是她输，真是撞了鬼了！

她说：愿赌服输。

他回：过几天来新茶，适合女士的金骏眉，来尝尝？

她回：0。

他回：早睡。

她回：你在干吗呀，老板？

他发来了一张昏昏暗暗的KTV的相片。她坏笑着说：寻欢作乐。

他回了一个哈哈笑的表情，她还等着他再说什么，可正在输入的那状态就再也没出现了。

她知道与他还不熟悉，聊天也要有节制，于是关了屏幕睡觉。

躺下后脑海中又想起他，突然觉得他莫不是又套路了自己？

明知送礼要成双，却只白送一瓶。而且表姐发了那条白送的朋友圈后，确实有同事想过年给人送礼，都去店里光顾了。

小莫恍然大悟，猛拍一记脑门，看似是恩惠，其实这才是他所说的生意吧。

哎呦，三十来岁的男人，太狡猾了。

快过年了，表姐翘班和小莫去商场给奶奶爷爷买了几件新衣。从商场出来，正值晚高峰，姐夫开车去乡下了，她和表姐加入了打车大军。

每来一辆出租车，人都一拥而上，丧尸围城般，小莫总算是经历了这个城市的年味。

两人寒风里站了半小时，还是没打到车。小莫发了一条朋友圈，带着定位，表达了一下此刻非常想骂脏话的情绪。

压根没想到，男人会给她发来消息。

他问她：在商场？

她答：对啊，已经绝望了。

他又问：南门？

她回：是啊。

他说：往前走，走到绿化带那边，我最多五分钟到。

她回：收到恩人！！

她兴奋得像中了五百万的彩票，和表姐嚷着："那大老板在附近，他来接我们啦！"

表姐和小莫两人像是难民见到了开城放粮的曙光，抱在一起，几乎要跳起来了。

果然没几分钟，他的车就出现在视线，她拉着表姐提着大小袋子，冲进车里。

很自然，她就坐了副驾驶，表姐更自然地就坐在了后排。

上了车后，她自己也愣了一下神，她与他真的很熟悉吗？并没有呀，可她怎么会有这种条件反射？

他问她："回家吗？"

她问他："你刚才正好在附近吗？"

他笑："不重要。"

是就说是，要不然就说不是，这一个不重要，让她简直浮想联翩……

她甚至觉得他可能是已经走远了，又返回来接的她。

但既然问不出来，她干脆换了话题，说："商场人好多呀，打车太难了。"

他"嗯"一声，认真开车。

不知道为什么，他突然很想在表姐面前显示自己与他的关系不同，便又开始找话题："你过年衣服买了吗？"

这下，他笑了："我都多大了，还买过年新衣服。"

她咂嘴："我爷爷说过年不论穷富都必须穿新衣服，上一年的晦气才能走掉。"

他笑："所以说你是小孩。"

她扭头看表姐，说："他说咱俩是小孩儿。"

表姐噗嗤笑了，说："人家老板肯定有家人早给买好了。"

她想想，说："也对。"

原以为他还是笑笑不语，可没想到，这时候他倒挺积极，回了句："没呢，都没买呢。"

她偏了下巴看他，他正瞧看这边后视镜，目光与她触了一下。

没原因的，两人突然一起笑开了。

两人也都没说什么，可她的心情就有种说不上愉悦。

说不清是电台里的歌，还是车上的檀香味，还是……身边这个开车的男人。

假装看车外的时候，目光会故意撩过他的侧脸。

她心头轻轻一颤。

这人，明明哪里都没变，可怎么就比上次见时，又好看了呢。

春节前几天，红酒店生意好得不得了。

她买菜时路过几次，都会探着脖子往里望望，也看不清他是不是在里边。

结果有天晚上她出来买洗衣粉，照例向里望的时候，与正送客人出来的他撞个正好。

他惊喜一笑，说："金骏眉，来一杯？"

她穿着姐夫的大棉袄，踩着一双猪头棉拖鞋，正犹豫，他把门推得更开，说："没人了，要闭店了。"

她这才放了心，乐滋滋进去了。

他洗茶、冲茶、倒茶，一套动作娴熟又淡然。她静静看着他的脸，发现他眉毛边上有颗很小却很好看的痣。

而她另只眉毛边，也有一个同款。

她看着，就默默笑出来了。

他抬头，饶有兴趣看她。

她指指自己眉边的痣。他立刻了然，也摸了下自己的痣，说："生下来就有。"

她点头："我也是。"

他说："听说是上辈子的记忆。"

她说："所以上辈子咱俩都被枪毙了吗？"

他噗嗤一声笑出来，说："重说，想个好词。"

她扶着下巴想了好半天，笑着说："难道为了相认的记号吗？"

他递一杯茶给她，笑笑说："那说明到底还是相认了。"

明明是他接着她的话说到这里的，可她心里却像有股电流般的涌动一直从心脏流向小腹。

她突然变得安静，默默喝茶，之后学着他的样子，再冲一次茶。

她顺序错了，他伸手，用手背推着她的手，推到滤壶的位置，说："好了，倒这里……"

肌肤相触，她心里一下子抽得更紧了。

水添了又添，白气袅袅里，她觉得原来喝茶也会醉。

眼前的他，都有点朦胧的感觉了。

她的手机在口袋里震了又震，最后表姐的电话打来，她才想起来，洗衣机里一大堆床单，还等着她手边的洗衣粉。

她腾地一下站起来，说"我得回家了。"

也不知道是室内太热了，还是茶醉了人，她站起时脚下晃了下，还踢到了木墩子。

男人赶紧扶了她一下，手刚刚好扶住她的小臂。

他说："你不是低血糖了吧？"

她说："从来没有呀。"

他又拿块糖给她，说："茶喝多了，代谢加快，会晕。"

她一边往嘴里塞糖，一边觉得真是丢人，喝个茶竟然还喝出毛病了。提着洗衣粉，说："那我走了，你终于也能关门了。"

他拿起外套，说："等下，我送你回去。"

他陪着小莫从小区走到了单元门口，她开门进去，楼道里黑漆漆的，她拍了下手，一盏灯都没亮。

她和他解释："就一楼有感应灯，还不灵敏。他说你自己上楼行吗？"

他还正说着，她猛地握紧了他的胳膊，上面楼梯不知道哪层，能听到有人在小声说着话。

她使劲握他，他也明白了她的担心，说："走，我跟你上去。"

他在前边用手机照着亮，她挪着小步子跟着，小小声说："不是小偷吧，年前小偷特别多……"

他声音也压低："哪有小偷十一点就行动的。"

两人一前一后上到三楼，楼梯一拐弯，看到一男一女在漆黑中抱在一起。

她的心这才松下来，原来是一对小恋人呀。

她跟在他身后继续向上走，经过那对男女时，她发现他把手机光关掉了，她心里还感叹了下，这人还真有素质，怕光照着人家小情侣不好意思吧……

还想着，突然胳膊就被他轻轻拉住了。

她怔一下，明白了。因为没了亮光，他担心她踩空。她心里偷笑，这楼梯她每天走好多遍，闭着眼都知道有几阶。

但既然他拉着，她便装作很娇弱的样子，每一步都放得很慢很慢……

因为回来得迟了，她那天自告奋勇，让表姐和姐夫先睡，她守着洗衣机继续洗床单。

关了卫生间的门，坐在小板凳上，给他发消息，问他回去了没有。

他过了好一会儿才回，说：没有，被叫出来应酬了。

她问他：应酬都会喝酒吗？

他回：看兴致，心情不好就喝，心情好就滴酒不沾。

她问：那今天喝吗？

他回：滴酒不沾。

她人斜靠在洗衣机上，牙轻轻咬着嘴唇，不知道怎么回事，就觉得心里甜甜的。

她其实很想问他，你的好心情与我有关吗？

但想了想，最终只发了句晚安。

他回：睡了？

她拍了张洗衣机的相片，说：它洗着，我守着。

他回了一个捂嘴笑的表情，说：无聊的话给我发消息。

她觉得作为一个女生，不可以追着聊天，留些余地和空间，等着对方来找她，才更占主动权。

她想着她不回，他隔几分钟就来消息了，可盯着手机半小时，他连一个正在输入都没出现过……

她好沮丧，干脆去刷电视剧，刚看了个开头，冷不丁他的消息就来了。

他发：小孩儿，醒醒，你的衣服洗好了。

他消息发过来的瞬间，洗衣机嘀嘀响了。

她回了一个惊讶脸的表情，问他：你怎么知道？

他把她刚才发的洗衣机相片又转发回来，说：上面倒计时，我怕你睡着，还特意上了一个闹钟。

她看着他的消息，心里顿时一阵暖，可过了几秒钟，她就开始长吁短叹了。

这样的情商和智商，她还指望拿到什么主动权。

哎，三十来岁的男人，真是老奸巨滑啊……

年三十早上，她坐着表姐的车一起回老家。

车到小区门口，姐夫去买水，她瞅了一眼他的店竟然还开着，那个男店员正在贴春联。她像是中了什么咒语似的，和表姐胡扯了一个理由，下车跑去店里。

环视一圈，他没在。

男店员认出她，说最后一盒茶饼，甩卖了，35块，问她要不要。

她想都没想，就付了钱，捧着一盒茶饼回到车里。

表姐当即就问她："你这是被人甩了吗？怎么一副丧偶的表情？"

她脑子里空空的，车子驶离城市，开上高速公路，她心里莫名生出了一股子荒凉。

她突然就明白了，小说里总写的那句：我从此离开了有你的城市，远离了有你的一切……这句背后的凄苦了。

她上大学的城市不在这里，老家也不是这里，也不是逢假期都有机会来表姐家。

她知道，这一次离开，或许这辈子就再无机会与他相见了。

路上她一直想给他发微信，想和他说一声自己已经离开了。

其实想听听他会说什么，但就这么简单的一句话，可她就是不敢发出去。

她也怕他知道她不会再回来，他可能以后再也不会联系她了吧。

毕竟她不是他的客户，也不是他的关系网，不能为他带来大单。

犹豫了一路，最终还是没发消息给他。

只在朋友圈里发了一条：回老家过年了！朋友们，约起来吧。

后面的表情用得有多丰富，她的心情就有多惨淡。

直到她回了爷爷家，晚上包完了饺子，看过了春晚，他都始终静悄悄，毫无动静。

零点，表哥表弟们都在放鞭炮，她仰头看着天上绽放的烟花，许了一个人生里最矫情的一个愿望——请再让我和他发生点什么吧。

小莫爸妈关系不好，她其实很小就知道，两人都对婚姻不忠过，因为吵架的内容里，总能听到另外一男一女的名字。

那两个人，好像成了爸妈各自握在手里的把柄。

她小学毕业时，爸妈好像达成了和解，商定好了每天不论多晚都一定要回家睡觉，周末要共同陪小莫吃顿饭。

平常和谐的时候，一家人看着很正常。可但凡两人吵起架来，那两个名字就频繁出现。

"当年你和谁谁约事，你还有脸提这样的要求？"

"当年你又有多干净，你自己不觉得羞耻？"

怕影响到小莫，初中起爷奶让她搬到家住，只逢周末才回家，后来跑得嫌烦，也怕她分心，周末爸妈干脆过来吃一顿饭。

这就意味着，每周一次全家福的模式，达成。

可能是因为这样的成长环境吧，小莫的听力总是很好，随便家里有人提到爸妈的名字，她都立刻抬起头，十米之外都能接收到信号。

她嘴上说不想管爸妈的事，可心里怕死了他们会离婚。

幸好幸好，爸爸越来越有钱了，妈妈也舍不得离婚了。妈妈的口头禅从"我一天都不想看到他"变成了"我到死都耗着他，我不痛快，他也别想痛快"。

那是她第一次觉得，钱真是个好东西。

它把妈妈和爸爸拴得死死的。

过年那几天，爸妈也总来爷奶家，两人总是不过三句就抬杠，一个甩脸子，一个当空气。但她能从点滴细节里察觉出来，他们的关系还可以。这日子应该还能过。

她把这些事悄悄分析给奶奶听，奶奶掉了泪，却用手掌来抹她的眼睛，说："你才多大就操这些心，你爸妈有你一半懂事你都好过点……"

家里人都可怜她，她却觉得这样也挺好，她从小就懂得看人脸色，也懂得给人空间，还很会平衡全家人的关系，对每段关系，从来不逼着也不追着。

她觉得这些算是逆境里，上天给她的礼物吧。

只是，在男人这里，她真的第一次觉得，是否应该更积极些。

过年那些日子里，她每天望着奶奶家院子里那些光秃秃的树，总在想，倘使她再多见他几面，再多和他聊几句，再让他多了解一些自己。

他是否，就会对自己的印象更深刻些。是否就会主动给她来条消息。

哪怕是一条拜年的群发消息呢。

就这样，盼他联系自己的那种执念从年三十开始递增到峰值。

然后又随着年味的消退，执念也开始递减了。

时间真是个好东西，她终于不那么分分秒秒都在想他了，那种每隔几小时，就想坐班车回去找他的心思，也终于淡了。

年初十，她参加了一场初中同学聚会，有个初中时候从没交集的男生，主动向她要了微信，饭后还要送她回家。

他开着他爸爸的车，招呼她上车的时候，她有一瞬间的恍惚。

那辆车与男人是同款，颜色也一样，车窗落下的那刻，她差点以为是他来了。

只觉得眼眶一热，好像有泪要落下来，才看清，是别人的脸。

可就算是同款车，也到底不是他。车里是呛人的香水味道，车前还摆着连年有鱼的摆件，纸巾盒上的大朵牡丹花，让她真的清醒了。

到奶奶家，男生车停路边，说："你耳垂怎么这么肿，耳钉过敏了吗？"

他伸手摸了一下她的耳垂，她触电似的躲开。

男生抱歉地递她一张纸，说："我是怕你流脓。"

她耳朵容易过敏，只有金银没事，是奶奶特意买了一对纯金的耳钉给她，她才戴着。

可见，奶奶又上当了。

那晚，她耳朵红肿得厉害，吃了消炎药，还是觉得火辣辣。

发了一条朋友圈自嘲自己变成了二师兄的耳朵。

两条评论几乎同时出现，一条是初中同学的，发了大笑的表情，说：二师兄你好惨哦。

另一条，是男人的。

他问：去医院了吗？

她不想显得自己多激动，硬等着半小时后，才回复：吃了消炎药，奶奶家在乡下，到医院有点远。

他说：我接你去看。

她问：你没回家吗？

他说：家里二老过年出国玩了，我没回去。

她回：不用去医院，已经在消肿了，你店开了吗？

他说：十五后才开张，目前闲人一个，不舒服随时找我。

她看着他发来的消息，轻咬嘴唇，这些天来第一次觉得心里堵着的一块石头落地了。但转念又一想，他既然没回家过年，这十天里，为什么从没有联系过自己。

还是因为，他是和老婆或者女朋友天天在一起，才不联系？而且他们是异地恋，初十女方上班了，他才又来找她？

这种念头刚冒出来，她就立刻脑补出了一出家庭伦理剧，他陪着老婆走亲戚聚会吃饭，送走了人家，寂寞了才来找她。

认识这段时间以来，她心目中的他，一直彬彬有礼，尺度也拿捏得刚好，是让她信任又放心的人。

如今，她第一次有不安的感觉。而且她有第六感，他一定是有女人的。

她后来几天总找他聊天，他回消息也蛮快，白天晚上都很自由的样子。

她确定了他身边没人，便试探着问他过年都干了啥。

他说前几天是给家里长辈拜年，还挺轻松的。初五和朋友去庙里住了三天，心有点乱，想静静。

她问：是为了工作上的事吗？

他回：私事。

她想着，想要对他有了解，就一定要开始聊各自的私事才行。

于是她就说，自己其实也很糟心，高中时暗恋的男生带女朋友回来过年了，她的心受到了莫大的伤害，还说爸妈过年十几天里吵了几十场架，她每天都像在经历世界大战。

他回她：世界大战，我也经历过。

她趁机问：难道你也闹离婚？

他回了一个捂眼笑哭的表情，说：都没结，怎么离。

她又说：那是女朋友爸妈不喜欢你？

他发了一个惊讶流鼻涕的表情，说：这都能猜到？以为你会猜我爸妈不喜欢她呢。

看到这个她字，她心火顿时猛地灭了一半，耐着性子问：你爸妈都出国了，当然是没见到她了。

她又问：可他们为什么不喜欢你？

他输入了好久：你有多喜欢一个人，才会甘愿改变信仰，还有好多无法接受的要求，而这些都毫无商量余地。

她第一时间没懂他的意思，可下一秒突然反应过来之前自己听过类似的事。

她一下子就全明白了。

她问他：那她的态度呢。

他回：没商量余地。

她回：再好好谈谈呢？

他回：分分合合第九年了。

看到九年，她顿时明白了他有多少无奈和伤感，还想着说些什么能安慰到他。

他破天荒地连发了两条消息过来。

他说：是不是我早狠心些，她也不用耽误这些年了。我也真的累了。

她和他聊了很多，那次聊天像是一把小锤子，一点点把他的世界凿开了口子。

他的故事也就逐渐清晰了。

他和前任已经断了联系近一年，过年期间她来了电话，说让他最后再去见她父母一次，说她年纪也大了，父母同意做一点退让。但是其中有几条，还是必须做到的。

他听后，拒绝了。

前任说要来找他当面谈，他和她说清了所有，和朋友去了寺里，关了手机，远离城市，清静了几天。

她也不是个没节制的人，只发来一条短信，说知道了。便也再没出现过了。

他和小莫说：前些年分手的时候，她总说祝你幸福，你要幸福，我会记住你的好。后来复合又分手，她说你要保重。只有这一次，她说知道了。

他问小莫：这是不是代表，她也死心了。

问题抛过来，她也不知道什么答案才是他想要的，便只回复他一句：如果你死心了，就不必在乎她是否死心了。

他顿了一会儿，只回了四个字：一语中的。

她回了个笑脸。

他也回了个笑脸，说：我竟然不如一个小孩儿通透。

她抗议：我才不是小孩子。

他回了一串哈哈哈哈哈，后面跟着一句：以后我不通透的时候，不用再去庙里了。

她问：去哪里？

他回：去见你。

两人每天都会闲聊几句，关系好像也近了很多，玩笑可以随意开，段子也随便丢。

有时候她网上看来的梗，发他，他发来个呆呆的表情，问什么意思。

她便笑他落伍了，向他解释这中间的梗。

虽然大部分的梗，她解释完，他还是没懂。

可她却觉得这样的他，更有趣，样样懂、样样追新的男生，她还真不喜欢。

三月份，她开学归校，他照常开店。

总能看到他朋友圈里发一些很漂亮的红酒杯或名贵的茶具，却从不见他发自己经营的红酒。

她问他：你这样别人以为你是卖杯子的，你怎么不发酒呀？

他回：我其实是为了拿到国外这些酒庄定制的杯子，才开始卖红酒的。

她惊讶的表情丢过去，其实从他的话里也听出来了，到他这个身家，再发店里的产品，已经配不上他的朋友圈了。

发些讲究的、别人拿不到的东西，才越发显得他有多闲。

这年头，你看起来越闲，越显得烧得慌，别人才越觉得你牛。

这个理念，是她从他身上看出来的。

四月份，她的一颗坏牙终于不将就了，啃鸭脖子的时候，那颗牙轻轻松松脱落了。

她去牙医那里看了，连着之前坏掉的牙，她一共要种四颗牙。

她把算出来的总价发给她爸，钱在当天就打过来了……

她说："爸，听说种牙特疼。"

她爸回："种完省着用。"

她回："舍不得钱了？"

她爸回："再种还得再疼一回。"

嗯，她和她爸爸的感情看来还没破裂。

把自己拔出来的坏牙排整齐拍了张照，发了朋友圈。

配文：早知你们这么贵，我何必吃那么多大白兔。不种牙，不知牙贵。

巧的是，回复居前位的，还是初中同学和男人。

初中同学：哈哈哈哈，炫富呢吧？

她内心：这种情商真的能找到女朋友吗？

男人回复：需要有拔牙及种牙经验，包吃包喝不要工钱的陪护工吗？

她嘴里咬着血棉球，回他：别来虚的，真陪护吗？

他回：你真要，我就真陪。

她回：我要。

他说：发位置。

即便发了位置，她也压根没当真。

因为后面他又说了要给她买磨牙棒和宝宝牙刷，她越听越觉得他是在开玩笑了。就干脆没当真了。

拔完牙下午就在牙医诊所一直坐着，医生说可能出血多，到时候随时过来。

她学校离的远，怕耽误了，她是个特别贪生怕死的人，想着可别失血过多死掉，就留到傍晚再让医生给看看情况。

诊所里坐着无聊，就和一个也刚补完牙的小朋友玩，两人正一起翻着故事书，突然有人拍了拍她的肩膀。

她回头，看到男人的时候，人都惊呆了。

从他的城市开车到这里要四小时的路程，她都不知道他是如何用了两小时赶来的。

嘴巴里是肿的，人是懵的，看着男人半晌就吐出几个字："你飞来的？"

男人坐她对面，两张沙发离得近，他膝盖挨着她的膝盖。她第一反应不是觉得两人脸离得太近了，而是觉得自己腿，太粗了……

于是就想往后推推沙发。脚向后一移，想带着沙发挪动，可没想到沙发卡住了，失了重心，直接翻过去了。

他反应超灵敏，一把拉住了她，她人还是坐地上了。

他哈哈大笑着扶她，说："上次茶喝醉了，这次是拔牙拔醉了吗？"

她糗得要死，又说不出话，只觉得无地自容，生不如死。

他帮她扶起沙发，她重新想坐下的时候，他用力拽了她一下。

她就当当正正地坐到了他腿上。

他说："我比沙发稳。"

诊所里接待和等位的客人不少，就算她看着像个小姑娘，可以这样不管不顾地坐男人腿上，可是他一眼看上去，就是三十来岁了呀……

这样真的可以吗？

一起玩耍的小朋友拎着故事书，呆呆站一边，眼巴巴看着她。

目光里写满了：你已经不是和我一起看故事书的小姐姐了，你坐男人腿了，你不纯洁了……

尽管坐腿上事发突然，但是她不知道哪里来的身体反应，电光火石间手掌还浅浅勾住了他的肩。

人肉板凳只坐了几秒，心跳得却要从胸口蹦出来了，一时间脸也烫头也晕乎了。想到以前书上看过，血压高容易爆血管，她害怕这么下去，她伤口得喷血！

于是她扶着他的肩膀缓缓站起，为了不显示出自己的害羞和紧张，也不让他觉得自己是抗拒他，就一边假装牙疼的样子，轻轻哼唧了两声。

他便接收到了她想要传递的意思：她不能动，一动就牙疼。

从坐下到起立，整套动作自然流畅，两人看起来都没觉得别扭和唐突。

她明明是牙疼，但想着戏要做足，就像腰间盘突出似的，摆着腰撑着扶手，缓缓坐回了沙发。

坐好了，抬头看他，他也定定看着她，憋着笑，说："我也拔过牙呀，好像没你看着疼呀。"

她咕囔着回："我这个人贪生怕死。"

他又笑了，说："带你去找医生看看？没事咱们就可以走了。"

她点头，他站起来，问她："哪个诊室？"

她指指前面走廊，刚站起来，他就很自然地握住了那只指路的手。

他前面走着，后面拉着她，她走得慢，他也步子迈得小。

她莫名就有了种老公带着大肚子老婆产检的错觉……

这种美好的错觉刚引发颅内高潮，男人在诊室门口敲门时，轻声对她说了句："我怎么有种带闺女看牙医的感觉？"

what（什么）？两人想象中的画面差这么多的吗？

见完医生，医生都惊讶了，说自己都给病人们拔了十几颗牙了，她竟然还在。

吐了棉花，看了下没再出血了，叮嘱她吃软食，一周后来拆线。

她赶紧问了句："拆线疼不疼？"

医生说："拆线能有多疼，不疼。"

她刚担心完出血的事，现在又开始担心拆线的事了，从诊所出来人都一直忧心忡忡的。

男人说车停的有点远，让她门口等。

她说："没事，我和你去。"

他按住她肩膀，说："你原地等我。"她还准备坚持一下，他却轻叹了口气，捏了捏她的肩，"我看着你这样，有点心疼。"

她怔在原地，看着他走远，心里有股莫名的情绪，一下子说不上是感动，还是委屈。

从她拔牙到现在，还没人问候过她疼不疼，怕不怕。她爸也只是前几天打钱过来的时候，随口问了句什么时候拔。

她确也说了日期，但可见，他也只是象征性问问，并没有记住。

车子开过来，她隔了几个月再次坐他的车，车里的檀香木味道依旧好闻。

车内没什么声音，他也没再说什么，她觉得人家那么远来看望自己，她总得说点什么吧。

但也不敢说话用力，就一字一字地崩出来："你怎么，那么，快，就来了？"

他说："看到你朋友圈的时候，我正好在 A 县，办点事。"

她恍然大悟，A 县离她这里本就一小时车程。

她眯眼对他笑笑，继续问："那你还，回去吗？"

他回她："我不得看护到你拆线嘛。"

她说："你忙，我自己，可以。"

他将车停在路边："你是不是怕嘴里有血不敢咽？我买瓶水，你轻轻冲冲嘴。"

她点头，她已经满嘴都是口水了，一直含着，不敢咽。

等他买来了水，她轻轻喝了轻轻吐出去，他在一边给她递纸巾，才和她说："你不用找话和我聊，和我，你不用想那么多。"

他说："小小年纪，总要照顾别人的感受，长大这一路一定很辛苦吧。"

她喝水的动作停了一下，眼窝热了下，心里像有什么东西翻滚。

他又一次看透了她的心思。

他好像总是很轻易就能看透她。她想要什么，她在做什么，他一直都明白。

晚上找了家粥店，她点了粥和小包子，太烫，要等凉。

而她麻药过了劲，疼得脑袋都跟着扯着疼，没了力气，靠在沙发里闭眼歇着。

忽然觉得桌子有动静，睁眼，看到他握着小勺伸到了她嘴边。

他说吹过不烫了，吃点东西垫垫胃，一会儿就能吃止疼药了。

她打从离了爷奶出来上大学后，吃饭不规律落了胃病。后来，所有西药吃了都会胃痛。

　　和他喝茶那天，他问她常喝什么茶，她隐约说过一句跟着爷爷喝过普洱，因为胃不好。

　　却想不到，他竟然记到了现在。

　　她喝一勺，他吹一勺，她说自己吹，他说拔完牙哪有劲儿。她便不坚持了，他每次喂粥过来，身子都要往前欠欠，她觉得他探着难受，就往沙发里边挪挪屁股，和他说："你要不要，坐过来。"

　　他眉头松了下，对着她暖暖一笑，说："好。"

　　他挪到她身边，喂她喝粥，喂她吃小饼。她说："嘴里全是血味，想吃小菜。"

　　他夹起一节黄瓜菜，说："太长了，我给你夹断。"

　　她看着他勺子加筷子费力模样，说："你咬一半给我吧。"

　　他扭脸看她，她笑笑点头，说："不嫌你。"

　　可最终，他还是和服务生要了刀叉，把一小段一小段的黄瓜切成了方方正正小方块，用勺子喂给她。

　　她都怀疑他有强迫症，笑着说："这样多麻烦，我都说了不嫌你。"

　　他说："你吃剩的可以给我，对你不行。"

　　吃饭间隙里，他手机在桌上亮了几次。

　　他拿起来回打几个字，又放下，可表情分明是有事。

　　她吃了止疼药，疼感慢慢消退，她说："我要回学校了，你有事就去忙。"

　　他迟疑了下，说："我得回趟 A 县，你自己可以吗？"

　　她很坚定地点头。

　　其实心里有那么一点点不开心，如果一开始他就没出现，她一个人未必不能坚强地撑过去，自己吃饭自己吃药自己回宿舍窝着。

　　可既然来了，让她尝过了这温存，又要走了，这漫漫长夜她可怎么过。

　　他送她回学校，他说："早点睡，明天还上课吧。"

　　她说："周六，你过糊涂了。"

　　她就是怕疼死了还要上课，特意选了周五下午，没想到这位老板连星期几都没概念。

　　他恍惚了下，说："这几天是过迷糊了。"

　　她下了车，和他挥手再见，往校门里走的每一步都觉得沮丧。

人刚走进小门，突然听到他在身后喊她："要不你跟我走吧？"

她猛地回头，校门口一片卖小吃的摊位，各种美食的味道杂糅在一起，人声火声炒勺声，热热闹闹熙熙攘攘。

她以为自己幻听了，恍惚回了头。

看到他站在车前，站得挺直的，一手抄在裤子口袋里，一手朝她挥挥。

她原地冲他笑，歪着头拧眉毛，假装没听到。

他继续勾手，冲她又说一遍："你跟我走吧。"

香味缭绕的炸串和炒方便面味道直袭过来，原本她应该肚子叫了，可那天的她，一定是疯了。

她闻着美味，看着不远处他的脸，她竟然一瞬间热了眼眶。

她不知道自己是哪一刻开始留意他、喜欢他的。

但是她确信，爱上他，就是从这一刻开始的。

车子从学校一路开上了省道。

他路上甩一脸耐人寻味的表情看她，说："你到底是聪明，还是傻呢？"

她看他，不懂他的话。

他说："都不问去哪，就跟我这么来了。"

她说："反正我光牙妹，去村里也卖不上什么价钱。"

他笑得不止，她鄙夷看他，说："你笑点好神奇，有啥好笑的？"

他却答她："人会笑，不一定是因为好笑。"

他很轻松地瞄她一眼："比如吃了好吃的饭，吹了舒服的风，开着喜欢的车。"

她指指车里的香薰瓶："闻着好闻的味道。"

她回头看他，等着他继续列句接龙。

然后听到他说："载着，喜欢的姑娘。"

她回头假装不可思议地看他，他以为冒犯到她了，赶紧指了车前一个卷发的黑人摇头玩偶。

她想向他表明自己并没有生气，可他已经把矛头指向了这个小玩偶。

她只好摸摸玩偶的头，假装自言自语："哦，原来你也叫小莫呀。"

男人没想到她会这么接，猛地被她惹笑了。

她知道，他根本也不是多能放得开的人，借着玩笑说出喜欢的事，对他来说，已经实在难得了。便也很知趣，自动绕到别的话题。

一路上好像说了好多无聊的话，她有好多奇怪的梗，她舍友从来都接不住，他却好像都能得住。

她说："今天月亮不圆，差评。"

他回："满月你变身吗？狼人还是吸血鬼？"

她说："你有血给我喝吗？"

他回："跟我当狼人吧，我可以抓好多喜羊羊给你吃。"

她说："锅备好了吗？"

他回："头上昨天的包还没消呢。"

像两个弱智的傻孩子，也不知道下一句会聊到哪里去，但就是很奇妙地这样聊了一路。

到了 A 县，他接了个电话，那边应该是问他走到哪里了，他说十分钟就到了。

他问："怎么样了。"

对方说："过来再说吧。"

车子停到一个平房院子外，他给她调好了空调，说："你反锁门，我进去看看，很快就出来。"

他说："咱们一会儿返回市里，刚好赶得上去夜市吃烤肠。"

她路上和他说自己粥没吃饱，有个夜市的烤肠很好吃，但是每天十二点才出摊，她从来没去过。

没想到，他又记心里去了。

他进了院子，她在车里静静等他，回想这一天发生的事，只觉得像做梦一样不可思议。

半年前，她又怎么能想到她会通过剐蹭认识这样一个男人。

又怎么能想到，这个人，她竟然会牵挂了这么久，放不下这么久。

隔了一会儿，门外突然连续开来好几辆车，有人行色匆匆往里走，还有年近花甲的老人，一进院门就开始号啕大哭，跟着一大片的哭声从里面传出来……

她突然心慌，赶紧下车，想去里边看看出了什么事，刚走进院门，他站平房门口台阶上，一眼看到了她。

他赶紧走过来，把她推回车上，一脸沉重地说：我送你回去吧，我今晚得留在这里了。

她问怎么了。

他说他哥们的爸爸，前段时间摔了一跤，刚出了院不久，今天又说不太好，他听说了就特意赶来看看，中午见了觉得还行，就去找她了。

可刚才回来，人已经没了……

他说这个哥们在他十几岁出来打工的时候，收留过他，像亲哥一样对他。后来他做生意，哥们的父亲还帮他四处找关系求人，给他四处凑钱，他心里一直拿老爷子当亲爹。

可想不到，之前挺结实一个老人，说走就走了。

他一副魂不守舍的模样，说："你别害怕，也不要胡思乱想，我先送你回去。"

可是他的状态很明显不好，怎么送她。

她趁着他启动车子，按住他的手，说："不用管我，我不害怕，你进去帮忙吧，我车里等你。"

他说："我要忙的事好多，可能要一晚上。"

她说："没事，我腰上系着我奶奶给我的护身符，神鬼不近，小时候就住坟场边，胆子特别大！"

其实心里说的也特别虚，但是这时候也不通车了，她不想再给他添麻烦。

他迟疑了会儿，说："那你车里等我，害怕就叫我。"

他进了院子，她才意识到自己做了一个什么样的决定。

这平房明显不在县城的主街道，周围没什么烟火气，关了车灯，四周黑漆漆的一片。

远处有狗的叫声，还有偶尔一两声鸡叫，她坐车里，都不敢往院子里看，想到里边有个刚过世的老人，心里着实有点毛。

她不想看到门，就从前排爬到了后座，缩到了角落里，开了手机开始刷剧。

可总想着里边的他，面对这样的事，心里得有多难过，多难接受。

她给他发消息，说不要太难过，生死的事，谁都没办法，发了个抱抱的表情。

他过了会儿回了一个字，"嗯"。

她知道他忙，便没再回了。

里边时不时传出一阵阵的哭声，她摸出耳机带上，手机声音开到最高。

也不知道是不是止疼药的作用，好像没用多久她就睡着了。

等再醒来，是听到车门有动静，睁眼看到他拉开车门，她赶紧敲了下窗，示意自己在后排。

他便转身坐进后排。

她说："忙完了呗？"

他"嗯"了声，目光呆呆地看着车外的黑暗，之后双手捂了脸，头埋在前排座位上突然静止了似的。

过了会儿，她听到他发出低低的呜咽声。

虽尽力克制，却还是能感受到他有多难过。

她心疼他，又想着这个时候不说话才更合适吧，于是伸出手慢慢摩挲他的背，任着他哭，一言不发。

隔了会儿，他抬了头，抹了把脸，问她："牙还疼吗？"

她摇头。

"饿了吗？"

她还是摇头。

"害怕吗？"

她犹豫了下，点了点头。

他苦涩一笑，摸摸她的头，说："本来牙疼就够可怜了，还跟着我遭罪。"

她还是摇头。

他说："想喝水吗，我进去给你接杯温水。"他人都准备拉车门了，她拉住了他衣服。

她说："我什么都不要，我想，抱抱你。"

他原地怔了下，她也不知道是不是深夜人更冲动的缘故，伸手缓缓抱住了他的腰。

她说："我不害怕，也不觉得遭罪，我很庆幸你这么难过的时候，我在你身边。"

她说："我知道你很难过，你后悔老人走的时候你没在身边，但是你有多好，多想念他，他在天上肯定全知道，他不会怪你的，你哭的话，他一定也会心疼的。"

那晚她弓着身躺在后座，枕着他的腿。

他给她讲了好多老人从前的事，说特别爱吃饺子，七十多岁还一顿能吃四十个，吓不吓人。

他还说："老人一直开玩笑说，咱俩爷搞个仪式，你就当我干儿子，我多个人送终，以后遗产还分你一半，怎么样。"

那时候他以为是玩笑，笑着说："还分遗产啊，那我哥不打死我呀。"

直到刚才进去，才知道老爷子知道他喜欢收藏天珠，去古玩市场给他买了一颗，花了一万六千多。

刚才哥们交给他的时候，他看了一眼，就实在绷不住了，跑出来哭了一鼻子。

他说那个珠子假的不能再假，一万六是老爷子半年的退休金，他怎么舍得。

她躺在他的腿上，也默默跟着掉眼泪。

突然想到，有一天如果爷爷奶奶也离开自己，她要难过成什么样，只是想到心里猛地抽着疼。

她也跟他讲了自己小时候的事，因为淘气被爷爷骂了，就藏在柜子里不出来了。爷爷以为她丢了，到处去找她，还被摩托车给撞倒了。

后来一条腿一直有点拐，小时候不懂事，生气的时候还总叫他拐老头，现在每次看到他拐着走，她都心里直犯酸。觉得自己简直不是人。

他听着她的故事，揉揉她的头，说："日子说长也长，还有机会好好孝敬他们。"

她说："可我总怕自己长大的速度，比不上他们衰老的速度。我毕业不可能回乡下，他们也不肯离开，我以后都怕见不到他们几面。"

他说："那你告诉我，他们住哪，我帮你时常去看。"

她扭脸看他，问："那他们问，你是谁呀，你怎么说。"

他看她，反问她："那你要给我身份啊，你让我是谁，我就是谁。"

他问她这个问题后，她没正面答。

她知道，他或许只是话接着话，才说到了这个问题。

如果他真的有这样想法，他会和她正式表白一次吧？会这么借着话题向她要身份，他心里一定也有不确定，才会以这种玩笑的方式来试探她的心意。

毕竟从认识到现在，她从没有表达过，对他到底是怎么样的感觉。

而且在这样伤心的夜晚，起码在她这里，她觉得不是把这个话题变认真的合适机会。

他整夜没睡，之后又进去帮忙。她在车里也不知道到底是睡着了，还是没有，意识好像一直是醒的。

能听到里边的哭声、鸡叫声，车子开过的声音。

天蒙蒙要亮那会儿，里边给众人备了早饭，他问她要不要进去吃，里边人很多，在轮流吃。

当地讲究，黎明前这餐送行饭，是亲友们在老人上路时，同吃的最后一餐饭。

她想了想，诚实告诉他，自己不进去了。

老人的棺木就在院子里，即便知道是位善良的老人，可毕竟陌生，她心有戚戚。

他返回屋里，再出来时，拿了汤和一颗煮好的鸡蛋给她。

汤的温度让她一晚上僵直的身子温和过来，汤喝好了，他也剥好了鸡蛋，塞她手里。

他转身走了，她才想起来，她迷迷糊糊的，竟然忘了问他吃东西没有。

想着他一定没什么心情吃，便将那颗鸡蛋用纸巾包了好几层，放进了口袋里。

不多会儿，他被派去市里火车站接远方赶来的亲戚。他的那位哥们出来送他时，看到了车里的小莫。

和她打了招呼，说："这一晚脑子都是懵的，都没想到找个宾馆把你安排下，委屈你了。"

她急着摇头说："没事，没进去帮忙，也真的不好意思。"

大哥扶了扶她的肩，说："以后有机会再过来，好好招待你。"

她还没回应，男人就在一边接过话，说："哥，没事的，她是咱们自己家人。"

她心里怔了一下，扭头看他。他脸上平平静静，刚才那句话，就像是一句正常又真心的话。

用不着任何质疑。

回程路上，她从口袋里拿出鸡蛋递给他。他惊讶地说："你怎么还藏起来了？"

她说："怕你没心思吃，胃空着可不行。"

他苦笑，说："真吃不下。"

她把鸡蛋掰成一块，送到他嘴边。她说："你知道的吧，你对很多人来说，也很重要。"

他回头看她，她也回看他。

让他决定张嘴去吃鸡蛋，仿佛也就是她这一句话加一个眼神的事儿。

路行了一半，他突然说："对付我，你好像挺有招啊。"

她听着默默笑了，她说："对付我爷爷的招，竟然你也受用。"

他抗议："在你心里，我是有多老？"

她回嘴呛他："我也没说喜欢小的。"

顺路先她回学校，他叮嘱她回去好好睡一觉。

她问他几点的车，他说还有一个多小时。

她帮他熄了火，把车钥匙装进了自己口袋里，说："你就在这儿睡会吧，我半小时后叫你。"

他抓回她的手，想抢回钥匙，让她赶紧回去补觉。

她劲儿没他大，干脆把车钥匙坐在了屁股下面，说："你想疲劳驾驶啊，还带着一车远方的亲戚，你这可是对人家不负责任了。"

他想说话，她又打断他，说："那我舍不得让你走，想让你多陪我半小时，不行啊？"

他一副欲言又止又最终被她打败的样子。

最终放倒座位，闭眼睡。

她伏车前，侧脸静静看着他。

他眼闭着，嘴巴动了动，出声："你看着，我睡不着。"

她说："我才没有看你，好嘛。"说完，脸扭向车窗那边。

隔了几分钟悄悄回头，发现他已经睡着了。

她没事做，找到湿纸巾开始帮他擦车内饰，擦完副驾这边，擦他那边，探着身子想擦他那边车窗框时，拿纸巾的手被他轻轻握住了。

她扭脸看他的同时，他眼睛已经重新闭好了。她听到他说："刚才那句是认真的吗？"

她回："哪句？"

想多陪我半小时。

她撇嘴，被他问无奈了，硬着头皮说："是。"

他握着她的手移到自己胸口，说了句："让我心跳到现在……"

很多时候，小莫都说不上自己到底爱他什么。

每次见到他，她总觉得自己胸腔里是热的，脸是热的，脑子是热的，好像那种热量会传递到身体每一处。

可与他再多相处一会儿，就会觉得身体各处的那些热量，会变成带着温度的液体，流经她每一处神经末梢。

她从没有被任何一个人这样温柔对待过。

或者说，她从不知道，男人可以温柔到这副模样。

什么叫铁甲钢躯终抵不过绕指柔，她终于也是懂了。

只不过，她成了被征服的人。

那天分别后，她更频繁想到他，要说以前是惦记他，那以后便成了想念了。

她也是那时候才明白，从惦记到想念，这中间原来是有门槛的。

在她拔牙前的那些日子，她甚至没有想念他的资格。

只有相处过了，有了情感的纠缠，她才终于配去想念他了。

处理完老人的丧事，他回去打理店里的事，十一点从殡仪馆出发，下午到了店里，傍晚有个应酬，十一点回家，喝了一小杯白酒，洗澡十分钟，刮胡子的时候划伤了一点皮。

自分别那天起，他每天每个时间在做什么，她都像这样了如指掌。

出发时会拍上车的相片。

到了店里发沏茶的小视频。

睡前拍张枕头的相片。

也不管她想不想知道这些细节，他只自顾自地发。

她说："我不怕你金屋藏娇。"

他只发笑脸，不发言。

她说："我是不会汇报我的行程的，你想都别想。"

他还是发个笑脸。

也就硬撑了两天吧，她每日三餐吃了什么，花了多少钱，也就都开始给他汇报过去了。

还很嘴硬地说：我只是顺手记账。

他还是回笑脸，说：那你只管发，我都你记。

一周后，那天她也没提，他也没问，一直有一句没一句聊着，等她准备下午去诊所拆线，说准备出发了，他说再等几分钟下楼，还有一个路口就到了。

拆完线，返程路上，表姐打来电话，说："记得你要拆线？"

她庆幸这世上竟然还有第三个人记得这事，说："是，都拆完了。"

表姐说："舍友陪你去吗？"

她想了想，觉得他也是表姐认识的人，也说不上当时是什么心理吧，就和表姐说："有个你认识的人，陪我去。"

表姐闷了几秒钟，也不知道怎么说开了天眼似的，直接问："送酒老板？"

她都惊讶了，说："你怎么猜中的？"边说边回头看男人，男人也有点惊讶，表姐之后发出一声尖叫，问她："你俩好上了？"

她把话筒声音一格格调低，说："你想太多了。"

表姐迟疑了一下说："真好上了，你爸会打断你腿吧。"

她抿着嘴巴，假装不经意瞄他脸，他表情很放松，没什么异常。她便也放了心，和表姐故作轻松笑着说："变成什么关系不一定呢，但是人家一看就经验丰富的老手，我就正好跟着好好学学，以后也更好找对象呗。"

话说完了，隐约觉得有些过了，但又觉得，他一定懂她的，她只是开玩笑。

表姐也听出她可能不方便说话，又闲扯了几句便挂了。

之后她回头问他："我们吃什么？"

他回："都行。"

她说："我一周没敢好好吃东西，今天能放开来吃了吧！"

他答："都可以。"

她觉察出他有些不对了，就歪了脖子去看他，说："我开玩笑的。"

他说："没关系。"

她越发觉得这事大了。

她说："你了解我吧，我就是一时不知道和表姐怎么说和你在一起这事，又怕她问东问西，就想拿玩笑糊弄过去。"

他不说话。

她又追着解释了几句，他也只是说："没事，吃什么？"

她也实在挂不住脸了，说你找地方停车，要是摆这种脸，我没办法和你吃饭。

他便真的在路边停了车，她顿了好一会儿，又和他说："到底哪句让你觉得不舒服？"

他沉默。

她说："就算是吵架，也让我知道错在哪儿吧。"

他终于开了口，他说："在你心里，我就是个经验丰富，拿来练手的人是吧。"

他说："小莫，不论你出于什么样的原因和目的，但凡你为我着想一点点，你也不会说这样的话。"

他说："我是世故是老道是满身铜臭，可我没有一秒钟，对你不真诚过。"

他说话的时候，她一直看着车外那的熙熙攘攘，原本心里也有气，觉得他何必突然变得小心眼，和自己找事。

可他说到这句，她突然心里一拧，扭回脸看他。

看到他眼里的内容后，她第一次觉得，她仿佛，要失去他了。

还是一起吃了饭，她要下车，他下车去拦她，她甩胳膊，他再去拉，她再甩，他还拉。

她说："大街上这么拉扯有意思吗？"

他说："所以我的话也触痛你是吗，要开始不计后果说狠话了吗？"

她也不知道为什么那天对他就那么大的火气，后来冷静下来才明白，自己说那席话，原本是想激一激他，想让他表白的。

她有一千万种方法去激他，却偏偏选不被他接受的那一种。

她也想过，自己一直那么设身处地为别人着想，才成长到今天，可怎么就面对他时，得意忘形了。

这事往根源上扯，是他给她过多的纵容了。才让她觉得，剑和盾牌都在她手里，想让他快活或从悬崖跌落，都紧握在她这里的。却想不到，主动权从来都不在她手里。让她从崖边跌落，或到粉身碎骨，只是他一句话的事。

吃饭的时候她也不作声，胃里气得鼓胀胀的，什么东西都是置着气往里塞。坐了十几分钟，他没开口道歉，她便也忍不住了，说："我胃不好，也不想大晚上胃疼去医院，我可以先走吗？"

他一直没动筷子，便也拿了衣服说送她走。

学校门口，她拿出最后的素质，说了再见，然后轻关车门，扬长而去。

同不久前的那晚一样，学校门小吃摊位烟火缭绕，香气扑鼻，可她却闻着没有一丝感觉。

人走到小门前，跨进去的那一瞬，突然想到那天，他就是这里冲她喊了一句："你跟我走吧。"

眼泪终于没忍住，簌簌往下落。

她抹了泪，门口站了几秒钟，重新掉头往回走，走到车前，他落了窗。

她问他："我们，是不是完了？"

他看着她长叹，说："完不完一直决定权在你。"

他说："我喜欢你，很喜欢你，但是如果你也喜欢我，为什么不能先尊重我。"

她眼泪忍不住往下砸，她说："既然喜欢我，你为什么那么在乎我表姐的眼光，在乎别人怎么看你！"

他说："你根本不懂，我谁都不在乎，我难受的是，在你心里我到底是个多不可靠又不堪的老男人……"

原本没想到自己会哭那么凶，可却在和他吵第一场架里，听到了他说喜欢她，很喜欢她……

她心里最期待的表白，在这种情景下实现，她才更难受了。

她也分明知道，吵架的时候最好不要甩手走人，于是她才返回去的，坦白来说，她回去无非就是想让他再挽留她一下。

可最后她还是又一次转身离开了。

她第一次觉得，这架她吵不下去了。既然他以为在她心里，他是不可靠又不堪的老男人，她又有什么好说的。

她所做的一切，他也分明感受过的一切，在吵架这一刻里，他也全选择无视了吧。

从没想过，与他这么温暖又宽厚的人，也会有今日。

回了宿舍，一整夜里，只要想到他的脸，眼泪就像失控般掉。

舍友们早知道她有暧昧的人，只是她没有说得那么具体，看她这副样子，先是劝她退一步海阔天空，真的喜欢就让一步得了。

她闷头只是哭，她是想让。他要是刚才再哄她几句，她也就顺势跟他和好了。可他那么认真，就是要和她计较这件事的模样，就根本不是她让步就能解决的事了。

这事的决定权，不在她。

舍友说那你就道歉吧，另个舍友说，还没开始相处，现在道歉怎么行，那以后就翻不了身了，现在服软，以后就别想硬了。

大家都把毕生的情感真经贡献给了她，她不表态，舍友们倒因为谁的论点更对更实战，呛得脸红脸白的。

她知道是自己错，但这个对不起，她确实有点不想说，她是女孩子，他都纵容了她那么久，为什么偏偏这一次就不行了。

她没有像现在这样不明事理，可偏偏就是想成为他的例外和特殊。

舍友见这样劝没用，换了方法，说这么计较的男人，那趁着没确立关系，也就戒断吧。

戒断。

她也不是没被男人追过的女生，男人的帅可以戒，花言巧语可以戒，甚至有财力有能力的都可以戒。

但她想问，温柔，怎么戒。

她整晚手机飞行。她到底还是了解他，想着他回去了，不论怎么生气，也会和她报声平安。

硬是撑到凌晨两点，解除飞行。没有一条关于他的消息。

她当即心一沉，觉得自己仅存的那点信心也没有了。

这一夜更是没法睡了。

第一次睁着眼看着窗外黎明，手机始终没有动静，她真的有点绷不住了，起身去走廊，想给他打个电话。

从走廊一头走到另一头，硬是没拨出去。

她已经不在乎是不是要认错了，认一万个错都行，她眼下更急切想确认的是，他是不是真的已经放弃她了。

那么她这通电话，便更是不能打，她打了，他接了，他也可能只是敷衍，内心里若是真因此对她放下了，她也无从得知。

此后对她不冷不热，她只会更煎熬。

她握紧手机，重新走回宿舍，回到床上，她不禁对自己的人性产生疑问了，她到底是个什么样的人，怎么都在这么心痛又崩溃的时刻，还能一边从容不迫攻算心机。

接下来就是继续熬。熬到了九点钟，和舍友出去吃了早餐，竟然食欲格外好，舍友说她放下的真快。

她每吃一口内心里都在对自己说，小莫你要多吃点，要攒足体力，才能继续撑下去。

十点刚过几分钟，微信响了，她正在淘宝乱逛，看到通知页面上他的名字闪过。

她几乎呼吸都在那刻停滞，点开那条消息。

他说：昨天手机掉餐厅了，返回来找已经闭店了，刚拿到。

就这么多，没了？

她原本做好了应对打算，因为这一句消息逻辑被搞乱了，但他消息到底还是来了，让她多少安稳了些。

她想逼他说更多，就只回了一个字：嗯。

他在输入，一直在输入，她心又有点慌。

他说：昨天的事让你难受了，我道歉。

她想要的例外和特殊，他到底还是给了她，她心情松快了不少，便也坦白说：你知道女生有时候也并不是非要赢，就是想争个在乎。

他回：我道歉的确因为我在乎，但是你明白，错在谁那里。

他说：小莫，我不是和你计较，只是和你在一起，我也会时常自卑，你能懂吗？

这一句话，她所有的执念全解开了。

从吵架到现在，过去十几个小时，她竟然从来没站在他的角度想，为什么被她否定，他会那么生气和计较。

因为，他活至三十五岁的年纪，他最想被喜欢的人肯定的，是他这个人的价值。他早已过了担心自己是否学业优异、帅气聪明、热情上进等的少时年纪。如今以他的年龄来看，他的真诚与价值都是他最想被她肯定的，也是他觉得最拿得出手的条件。

　　她用了对付同龄小男生的方式想激他表白，可在他那里，他只会理解为：我在你心里是不是真的那么差劲。

　　而她，和表姐浅浅淡淡的一句玩笑里，将他全盘否认了。

　　她等同踩了他的所有骄傲在脚下。

　　这一盘逻辑理通后，她终于明白自己错的有多离谱。只觉得自己真是浅薄又愚笨，她给他认认真真回了一条消息。

　　她说：对不起，是我错了。

　　她说：**我贪图你的成熟，却又刻意忽略你的年龄，是我对待你的方式从一开始就错了。这个警钟非常深刻，我真的记下了。**

　　他电话在她发出消息的同时打过来，他说："那今天能一起好好吃顿饭，是吗？"

　　也是和他一起吃饭，看着他慢条斯理给她卷烤鸭饼的时候，她才突然反应过来一件事。

　　她挑着眉头问她："喂，我是不是又被你套路了？"

　　他很无辜看她。

　　她说："你压根就是想借这件事，让我学会和你正确相处的方式，是不是？"

　　他还一副没听懂的样子，递给她饼。

　　她见他这副表情，简直是断定了，这就是他设定好的一个套路。

　　她气鼓鼓地说："你就是早知道，我会用学生的那种恋爱方式和观念去套你，所以你就借吵架这事，让我明白这个套路对你行不通，因为你比我大很多，你已经是社会人，对不对？所以我以后想要赖撒娇闹脾气，都是算做我不懂事，我要快速成长，才能和你匹配是不是？"

　　他任着她气汹汹地指责她，还是微微笑着，给她擦手擦嘴，把脏掉的盘子换成新的，再摆回她面前。

　　这让她还怎么凶得下去。

　　她说："老板，给句话行不行？"

　　他说："你想太多了，你就做你自己，耍赖撒娇闹脾气都行，只不过每个人都有自己的线，比起过了一辈子还在因为屡屡碰线去争吵，一开始就清楚线在哪里，会少很多折腾。"

　　他说："你的线，我也知道，我不碰。"

　　她回问他："那我的线是什么。"

　　他回："对你有交待。不管对你什么想法，做了什么决定，都给你一个交待，你就会好受。"

一句话，让她哑口无言。

遇见他之前，她甚至都从不知道自己的人生禁线是什么。

以前觉得也是尊重吧，关于她人生的那些决定，希望爸妈都能给她尊重，后来觉得他们连尊重彼此都学不会，又怎么会给她。

可直到他这句话说出来，她才明白，是了，是交待。

对爸妈，要我，还是抛弃我。

给我一个交待就好。

对他，好，还是散。

也给我一个交待就好。

别让我猜，别让我等，别让我在惶恐不安中度日。

虽然她嘴上说，觉得那次吵架是他设的套，逼她适应他法则的套，可她心里明白，那场架是早晚要吵的。

不是因这件事而起，也会是别的。

因为他不说，她永远不知道，什么才叫尊重他。

她以为爱他就够了，然而她以为的爱就是陪他在车里睡会儿，悄悄给他藏一个鸡蛋……

可他却教会她，爱一个人。

是教她成长，让她明白自己是什么样的人，也明白她自己所爱之人，是怎样的人。

就这样从春天又相处到了秋天，他店里生意也忙，自己应酬也多，但每逢周末一定会早早排开时间来见她。

即便不能过来，也会找司机周五提前来接她。

很多个周末里，她都和他在店里待着，他有客人时，她就楼上干自己的事，等他忙完了，两人会一起喝喝茶，或者晚些去江边一直散步。

她也终于成了神话里的人物，数过表姐家而不入。

有时候散步到深夜，路上荒芜得连一辆出租车都找不到了，他就背着她回家。

路上给她讲鬼啊神的故事，她说："你很幼稚，吓女孩子为了让她抱紧自己这招，很过时了，连幼儿园小孩都不用了好吗？"

他说："是吗？"

他走到江边栏杆处，把她放在上面，然后转身将她作势往江里丢，她吓得哇哇乱叫，他趁着她惊慌失措，吻了她的唇。

一吻过后，他鼻尖摩娑她的鼻尖，轻声问："过时吗？"

她脸烫烫地瞪他。

他又继续问："过时的话，就再也不会亲了哦。"

她羞得狠不得投江。

十月份，他朋友发了张请贴给他，孩子过十二岁生日宴。

他说："周末不能过去找你，要去参加一下。"

她说："你朋友的孩子都十二岁了吗？"

他说："嗯，也才三十五岁。"

她震惊不已，说原来这个年龄就可以拥有一个十二岁的孩子了……

他说："有时候想想，我也觉得害怕。"

她问："过生日的是男孩，还是女孩。"

他答："女孩。"

她立刻问："我可不可以一起去？"

她和他说，小时候班里好多同学也办了十二岁生日宴，想着能有个仪式，穿着好看的公主裙，收到好多礼物，她也特别期待来着。可惜最后没办成，她说："你猜原因是什么，竟然不是因为没钱，而是因为我妈说：我才不要和你那个死鬼爸假装亲热地一起站在台上。"

她说："从那时候，我就明白一件事，自己的梦想，永远别去指望别人。"

他听完，说："话倒也不是这样讲的，十二岁没有办，那二十四岁我可以帮你办的。"

她发了笑晕的表情，说："那我是主角的话，那你要和谁站一起？"

他答："不可以……我们两个都是主角吗？"

她的心跳都在那一瞬间停滞了。

即便之前她也和他说过关于未来的设想，甚至还说到我老了会去有花有湖的地方养老，你要不要一起。

她觉得是她暗示最明显的一次——她想自己的未来里有他。

但是"两个都是主角"这句，给她的震动还是太大了。

她想要未来有他和他真的想要娶她，看似是一个意思，可严格意义上又完全不同，一个是属于她的童话，一个是属于他的现实。

而她也是在看到这个消息的那一瞬间，才发现，自己原本并没有准备好嫁给他这件事。

虽然从内心到情感，都早已认定，可她知道这中间有多少沟壑和难关要过。

他大她十三岁这件事，她还不能全预见到会有哪些隐忧，也更不能说服全家人，尤其是她那对很难沟通的爸妈。

从不近人情及独断专横这点来看，爸妈堪称不是一家人不进一家门。

于是那个晚上，他第一次略带正式感的求婚试探，被她一顿嘻嘻哈哈绕过去了。

她说："哈哈哈哈你不要吓我好不好，我还是一个大三的宝宝。"

她想借此来婉转告诉他，婚姻距离自己还有点遥远。

他也从来不是蠢笨的人，回她："你总会有准备好的那一天，对吧。"

关于她的那点疑虑，他心里通明豁亮。他知道她不是抗拒他这个人，只是抗拒结婚嫁人这件事本身而已。像这个年纪所有女孩子一样，觉得婚姻言之尚早。

纵使对方是玉皇大帝，她也会一样患得患失。

难得一次能沟通到实际未来的机会，她放弃了。

而且她发觉自己竟然有点害怕，他会下次再提起这个话题，让她觉得过分沉重。

但她也知道，能虚晃过这一次，下一次，终究不能每次都躲着。

朋友女儿十二岁生日宴前一天，他又特意问她一次："确定来吗？"

像是给她提前通气似的，他又加了一句："我日常里关系不错的朋友，也都会去。"

她一时没懂他的意思，便就直问了："你想我去吗？"

他回："想，又不想。"

她还是没懂，刚想再问，他又发来一句："还是去吧。"

原本还犹豫着要不要去，可他这么一卖关子，她倒坚定了。

每次能让他犹豫打不定主意的事，她都很好奇，她都觉得这事情肯定有玄机，有套路。

而她对他的套路，总是兴趣满满。

她知道他的智商完全辗压自己，对他智商的崇拜有时甚至就会转化成被害妄想症。

她总觉得，他在套路她，送一瓶红酒是，约她饮茶是，和她吵架也是。

可事实上，他未必对她用了那些脑子，只是她自己觉得被套路罢了。

她在心里把他尊成了神，就算他不认，她都不干。

生日宴那天，她和他所坐的那桌，都是他最熟悉的朋友，个个名牌包裹，看着就都身家不菲的样子。

女人们都在一边照顾着孩子吃喝，一边拉家常似的说又在哪里买了新楼，投资了什么新生意，婆婆如何小姑子如何，又帮男方家里找了工作，建了新房。

男人们则都一边煞有其事地哭着穷，又一边宣扬自己最近搭上什么关系，正把生意版面扩大到什么层面。

她起初还听的兴趣昂然，以为都是一扇扇新大门。

可再多听几句就觉得一个个车轱辘话，跟他爸每年过年坐在年夜饭桌上，跟爷爷显摆他如今多么牛轰轰，还不忘跟他人穷志短的小叔说："你有什么生意做不下去的话，我用我的关系帮你搭一下线。"

竟然与在座各位是如出一辙语气。

他也会偶尔和在座的聊几句，但话说的就好听多了："生意不好做，死撑着呗，一山观另山高，其实哪一行都一样难。"

推杯换盏的时候，他握着朋友们的肩膀，眼神显得格外真，说："咱们就抱团取暖吧，咱们兄弟不互相关照，还能靠得上谁呢。"

尽管谁来都是类似的话，可她就是觉得他和他们全不一样。

一样的老板，不一样的真诚和风雅。

他也总怕她待着无聊，就给她低声介绍，每个朋友是做什么的，怎么认识的，大半圈介绍过去，他被叫走去另桌敬酒。

她便只能撑着笑脸，听着桌上继续八卦。女人们都带着孩子去外面玩了，男人们的话题也就是从这时候开始变了味道。

在得知隔壁桌一个朋友离婚后，找了个漂亮女大学生，全桌的男人就一直表现出高度兴趣，时不时回头看一眼那女生。

对女生的颜值及长腿细腰，不断眉来眼去地讨论。

一个还问另一个人："就问你，这样水灵灵的，你爱不爱？"

另一个笑容高深莫测，反问："你不爱？"

小莫觉得自己已经是够能忍的人，可坐在一桌，虽然男人没有向大家介绍她也是女学生，只说是自己女朋友。

可这些言论，她就觉得等同于侮辱到了自己身上。

似乎没人在乎，离婚男与女学生走过什么样的感情之路，男人们对此事的认识都高度一致：他找了年轻漂亮的女学生，意味着他相当牛，干了我们想干而还没干成的事。

她连招呼都没打，转身就往外走。

他从旁边桌看到她走，放了杯子跟着往外走，从宴厅走进电梯，再到一楼大厅，她在前面走，他在后面跟着。

到门口，他拉住她，她转身呛他："这些就是你的好朋友？你和他们也是一路人吗？所以你才找的我吗？"

他好像一下子就明白问题出在哪里，他说："我想过你会不喜欢他们，但是倒没想过会是这么件恶俗的事。"

他说："我犹豫过要不要带你来，可后来让我决定的就是，我想让你了解我真实的环境。这些朋友和我一样，很小就受穷之后出来打工奋斗，和社会上的大部分人也看着没什么差别，但是和你们念过大学的人比，肯定还是粗俗。但他们都是我每天会接触的人，你也早晚会认识他们。"

他说："我知道你会想，我是不是也是这样的人，只是隐藏得比较好。"

她此前没想过，可这一秒开始，她心里真的动摇了一下。

她没能天天与他在一起，生活里真正的他是优雅还是粗俗，她根本无从得知。

但如果拥有这样的朋友，他又真的能好到哪里去。

她那一瞬间里，觉得自己或许真的与他不是一路人。

他说："这些朋友你早晚都会见到，这样的疑问你早晚也会有，我想着不如让你一次都见见，你会因此看轻我也正常，但我以为我是什么样的人，你心里一直很清楚。"

她此刻的重点却不是这个，她说："我就问你一句，你找我，是因为我是大学生我年纪小，带出去够有面子吗？"

他答："不是，认识你的时候，我并不知道你还在读书。"

见她不说话，他又加了一句："后来喜欢你，也和你到底几岁无关。"

心里是想信他的，可是刚才男人们的对话，实在是恶心到了她。

她和他说："我确实待不下去了，我想回去了，你也别跟着我了。她从饭店门口走出去。"

去路口打车，他追出来，说："我不和你吵，也可以一句话都不说，我送你回去。"

她态度很坚决，说："不用。"

她在前面打了车，他开着车在后面跟着，她买了城际大巴回学校，他也买票跟她坐同一辆车。

下车再换出租车，他还打车在后面跟着。

她到了学校，他也从后车下车。

她站校门口看着他，没往里走。他走过来，说："我接你回去的，也得把你送回来。"

她说："那送到了，可以走了吧？"

她转身走，他又拉住她。

她扭头凶神恶煞地瞪他，却第一眼看到他眼神里有祈求。

他说："你生气可以，多久我都可以等，但可以不要把我越想越糟糕吗？"

那一次生日宴后，她很明白，自己对他有了心结，就算不是直接对他，也是对他的朋友圈子有了些芥蒂。

但让她最觉得屈辱的是他的那帮朋友，不知道在她背后，他们是不是也在同样的指指点点。

就像掉进了什么死胡同，因为这事好几天都死倔着，转不回弯来。

后来把这事和社团一个学姐说了，她一句轻轻巧巧的话把她拉扯回来了。

学姐说："和你谈恋爱的是他还是那帮狐朋狗友？你还想得太远，人家说近朱者赤，三十来岁的人还能被影响坏了？况且做生意的人可不就是杂七杂八什么人都有，讲话粗俗的就不是好人了？脑子里想找小姑娘当老婆的就要被千刀万剐了？那想赚钱想谋生，你以为他像你一样被舒服地养在学校里，他有资格挑朋友吗？"

她一直觉得挺拎得清一个人，怎么就陷入了这种死角里。

吵完架那几天，他的消息还是每天会过来，也不管她回不回，还是定时发他的生活细节，在干什么。

她起先还有点端着，可后来这事想通了，就又很快和他重新热乎起来。

她想着这次是自己错，原本以为爱得很坚定，可没想到还是动摇了，于是就想着周末得主动回去找他，弥补一下他受伤的小心灵。

周五中午她刚收拾妥当，和他说要去车站了，他打来电话，说他刚好有事过来了，让她过半小时下楼就好了。

她准时下去，车子到了，习惯性爬进副驾驶，却看到后排坐着两位老人。

他介绍说："妈妈要来这边做个甲状腺的小手术，刚落地，正好一起吃个饭。"

她从来是个见生人不犯怵的人，可那天坐在车里，紧张得语无伦次，掌心一直在出汗。

两位老人亲切又和蔼，爸爸不太爱说话，就问问学的什么专业，以后打算从事什么工作呀。

妈妈心细的多，问学校伙食如何，自己儿子有没有时常帮她吃点好的补充些营养呀。

下车时，他去停车，她先和老人往饭店里走，见妈妈有点腿脚不便，她上去扶，妈妈便轻轻挽住了她的手。

妈妈说："手这么凉，紧张是不是，唉，他一路上安顿我们千万别让你紧张和为难，到把我们俩也搞紧张了，都不知道能说什么，不能说什么。"

老人家说："要不你俩吃吧，我们俩附近随便转转，就回酒店了。"

她赶紧拦住老人，说："不啊，我不紧张啊，咱们一起吃饭呀，人多我才吃得多呀。"

一顿饭还是吃得很温馨，两位老人一看就是苦日子过来的，一边说这边菜价比家乡贵，一边又说多点几个菜，给小莫补补营养。

还说："学校能有什么好吃的呀，正长身体呀，可不能缺了营养。鲍鱼粥我看看多少钱，一百九十八啊，那我们俩不吃，怕上火，给小莫点一碗吧。"

小莫好几次都觉得身边坐着这两位，仿佛是她爷爷奶奶从前的模样。

同样的语气和神态，老人握她手的动作都像极了奶奶，一手握着，另一只在她的手背反复摩挲。

眼眶一直是潮热热的。

吃饭中途，小莫说去洗手间，偷偷出去结了账，刷了手机转身的时候，猛然看到他就站自己身后，吓一跳。

他把她整个人裹进怀里，说："突然见爸妈，是不是吓着了？"

她摇头，说："还好，说叔叔阿姨人好好。"

他说："和你上周分开，心一直悬得厉害，不知道还能做什么才能表忠心，正好爸妈过来了，就想带他们和你见见。我没企图，你也别想那么多，我就是想说，我是认真在和你相处的，因为太认真了，才想把我所有好的坏的，最真实的一面，都摆出来给你看。如果你看不上，我也认了，总不想瞒着骗着。"

她心里五味杂陈，只觉得和他的未来，又实打实更近了一步。

她原本以为见父母这事比天大比山重，但如今看来，也轻松有爱，没有想象中的可怕。

她之前的想法突然也生了动摇，结婚这事，是否也没有想象中那么遥远和可怕。

他妈妈手术后，他照顾了几个月，没能像从前一样每周都去看她，她心里倒莫名惦记着他妈妈。

周末逢没事，就勤快跑过去。

在爸妈和爷奶那里都没怎么尽过孝心，对他妈妈竟然甘愿拿出了百分百。

他白天在店里忙，她就陪着他妈妈去超市买菜，回家一起做饭，等他回来吃饭。

下午再带老人去公园转转，没他在的日子，她竟然也过得充实忙碌。

寒假前，老人说要回老家了，那边亲戚多，要回去看看。

她和他一起去机场送行。送别后他送她回学校，路上，他拿出一个袋子，说里边是妈妈给她织的一件毛衣。

老太太说见她穿的几件毛衣都稀稀松松的，冬天风多往窟窿眼子里灌，就给她织了一件紧严密实的。

她在车上套穿了一下，肩背尺寸刚刚好。

她惊讶问他："阿姨怎么知道我尺寸呀，也没有量过。"

他说："妈妈在你睡着的时候，手掌一尺尺帮你量的。"

她眼窝没来由一热，这般待遇，任是她爷奶都没有给到过。

那天她回了宿舍，看了毛衣许久，才意识到心里从前的堡垒不知道何时早已没有了踪迹。

她那时候惧怕婚姻，除却对他，也对未来要进入他的家庭感到惶恐。

可现在关于他的所有，她都没有了任何担忧。

那么她这边的坎，哪怕山崩地裂，她都会力争到底。

寒假她带他回了爷奶家。

进门第一句话，介绍了他的名字和他是我的男朋友，第二句话，他大我十三岁。

爷奶好像只是几秒钟的迟疑，但很快就热络地把他拉进屋子。

爷奶刚忙着倒水拿吃的，他就把自己工作、收入、婚否、家庭，做了事无巨细的汇报。

爷爷拍着他的肩膀说："嗐，我们知道这些干嘛，人老了，今天说了明天就忘了，又不是和我们过日子，小莫心里有数就行了。我们就知道以后你就是准女婿就行了。"

这事不出晚上就被弟弟传到了她爸妈那里，她便直接带他回了家。

妈妈直接气得甩门走人，说："有他没我，你看着办。"

爸爸倒一反往常，不作声闷着一个劲抽烟。

他向她爸爸从一开始两人如何认识，又如何确立关系，到今天所有发生的事，都详细讲了一遍。

最后爸爸抬了头，和说她："你找年纪大的对象，爸好像心里有点数了。"

他眼睛有点红，仰天用力揉了又揉，他说："爸从没让你从我这里得到过关心和爱，爸对不起你。"

她足有十多年没有对着爸爸掉过眼泪，那天明明想好了，打死都不服软，可偏偏眼泪就那么在听到爸爸这句话后，不听使唤地掉出来。

她说："爸，我不怨你，以后不论你愿不愿意回这个家，愿不愿意认我这个女儿，我都伺候你到老到终……"

爸爸说："你俩出去吃饭吧，别耗着了，别哭了也别想这事了，你妈那关，我给你过。"

最终，爸爸和妈妈达成和解，她爸给妈妈名下添了两套房子，妈妈答应这事。

条件还加了一个，结婚的吉日得妈妈选，她说村里有个"老神仙"，她已经托人排上队了，年后就能给安排见上。

小莫说："不用，婚期就选在她二十四岁生日，谁也不能改。"

她妈说她不听话，要被她死气，又要和她关系决裂。

她气得甩门走，之后去了酒店和他抱怨，说："我妈就是掉钱眼里了，她一辈子婚姻靠钱维系着，连我结婚也得我爸用钱换！"

他说："她都快五十岁的人，她要钱做什么？你认真想想是为了谁？"

她说："你不了解我妈，真的，她这世上最爱的就是钱！"

他摇头笑笑，说："你呀，该聪明的时候，就偏犯傻。"天下的妈，哪有不爱孩子的。

她嗤之以鼻，还被气得够呛。

母女俩的关系此后就也一直僵着，她倔，她妈更倔，两人年三十在奶奶家一起包饺子，一个擀皮，一个包，两人一起干了一晚上活，硬是谁也没和谁说过一句话。

直到零点，爷奶给她压岁钱时，她妈才把几套房产证都一起丢给了她。

她妈说："我要这些房子干什么，你那死鬼爸有了钱到处给女人花，我不给你硬着脸皮要，他能留给你多少！"

她妈脸气得白呛呛地说："嫁给个比你大的男的，他肯定活不过你，他早早死了，你有这么多房产，随便卖几套也够你找个三五个保姆活到一百岁了。"

她妈说："到时候我们全早死了，谁还能管你，你自个儿选的人生，自个儿好好走到头，别委屈自己，听到没？"

她听着妈妈的话，眼泪一重重地落。

终究还是被他说中了。

天底下的妈，哪有不爱自己孩子的。

小莫24岁生日那天，如愿嫁给了他。

她在婚礼上对所有亲朋说："我和他因为年龄的原因，被很多人不看好，甚至在婚礼前，有的朋友还在劝我，及时止损。可我今天还是心甘情愿穿着婚纱站在这里，我想说，我自己选中的男人，错了我也认了。"

司仪把话筒递给他，他轻轻掀了她的头纱说："那我站在这里呢，也不是向任何人保证什么，我就想向你一个人证明，嫁给我，你一生都不会错。"

02

CK 内裤说起

这得从一条

讲述人 ◈ 小麻

每个人，都是在不敢失去中，才学会了做取舍。

小麻大学毕业后和学姐成立了一个工作室，专业做活动策划，还有一些品牌或公司的 VI（视觉识别系统）设计。学姐社会人脉不错，加之工作室的几个小伙伴实力不错，所以生意还算可以。

　　工作室创办第四年，学姐把一些客户转交给了她，她便成了工作室的股东之一。

　　起先她是不爱与人沟通的，总觉得商业洽谈是自己的弱项，可之后学姐结婚生子都赶在了一起，公司眼看着没有业务了，她便硬着头皮挑起了大梁。谁知道，竟然也就慢慢做起来了。

　　遇见男人的时候，用她的话来说，她已经算是半个"老油条"了。

　　那天，她经朋友介绍去他公司谈活动策划，她特意早去了一会儿，在会议室等着。

　　不一会儿，相关人员陆续走进来，小会议室坐满了，主位一直空着。

　　副总说："陆总在接一个特别重要的电话，大概还得十几分钟，稍等下。"

　　她便趁此空档去了卫生间。

　　从会议室出去，她顺路参观了下这间公司。公司并不大，大厅里十几个工位紧挨着，旁边一排是各部门总经理办公室，靠里有个没挂牌子的，大概是总裁室了吧。

　　装修是她喜欢的风格，原木色加深灰，现代又潮流的感觉。她习惯通过装修风格来揣摩老板们的心思和喜好，精心装饰办公区的人，两种解释：要么本身就是讲究人，要么就是什么都不懂的人。

　　但这个看起来，像前者，卫生间外公共的洗手台上，用的洗手液和香薰，是她特别喜欢的一个西班牙的牌子。不贵，但是小众到足够分拣人群。

　　她给学姐发微信，吐槽了一下这个老板可能不好搞，估计又是那种特别有想法，但不懂专业还爱瞎指挥的类型，边打字边埋着头就径自走进了卫生间。

打字打得太投入了，一抬头，就看到了墙上的男士小便池……目光再往里转，就看到一个男人，正在拉裤子拉链，脖子和脸中间夹着手机，正在听电话。

她眼前一黑，赶紧说了声"不好意思"，转头就往外冲。也顾不得想太多，冲进了女厕，一直屏着呼吸，听到对面响起推门声，水龙头流水声跟着响了，然后所有声音全消失了，她心跳才缓了些，上好厕所后，回了会议室。

隔着百叶窗就隐约看到主位有人坐了：可别是那个人。可门一推，心就灰了，不是他还能是谁。即便匆匆一瞥，她也认出了他的这件 T 恤，还有那条棕色的裤子。她心里忐忑，但脸上还是保持微笑落了座。

副总给大家做介绍："这是合作公司的小麻，这是陆总。"

她说："陆总好。"

他答："见过了，我们刚才，是吧，小麻？"

她硬着头皮礼节笑，点头。她看着男人的脸，眼前猛地就闪过了刚才的镜头，冷不防回忆起了细节，那条蓝色白条纹的内裤，应该是CK？

会花三四百块钱买一条内裤的人，应该价钱能报高一点？

那天的交流意外顺畅。她讲到活动策划的时候，无意中提到某个品牌之前的一个活动，就是她们公司做的。

男人猛地打断了她，一脸惊讶，说："那你认识毛总。"

她点头，说："是啊，我们一个学校毕业的，是大我几届的学长。"

男人看着她，似有若无地笑笑说："你好像对你母校很自豪。"

她学校确实算不错，便自信地还以笑容，说："还行吧，主要是我们学校毕业的学长学姐们都厉害。"

他双手交叉，放在桌上，下巴抬了抬说了句："那叫学长吧。"

她错愕，目光看着他，询求答案。

他说："我猜的，不知道对不对，我应该大你五六届吧。"

她说了自己入学年份。

他笑着指了她一下："你看是吧，大六届。"

知道是学长后，会议的气氛完全变了，好像陌生人之间的壁垒与试探一下子消失了。

会议结束前，他和副总说："后面那家就你见一下吧，我就不见了。"

她心里高呼一声 YES，她来的时候，就听说后面还有一家竞争对手也要面谈，原本心里还有些忐忑来着。但听了男人这句话，她知道，这单生意，是她的了。

后面再开会讨论的时候，他有时在，但不会参与全程，有时候出去接了电话，也就不进来了。还有几次会议，都是开到一半他才从外面回来，进来就安静坐下，说到哪里也不用停，他就接着往下听。有不明白的地方，就碰碰助手，把之前的会议记录拿过去扫一眼。到了饭点时，就安顿助手订餐，会议要是继续往夜里开，还会订咖啡和水果过来。

小麻发言的时候，习惯盯着一个人不动，每次目光一散开，就容易思维乱掉。于是桌上谁给的目光反馈最多，她就常常盯着谁。几次会议开下来，她和大家也越来越熟悉了，微信都加了，从大家朋友圈里发的开会照片里，她才发现，只要他在场，她的目光总是冲着他的方向。

后来她特意留意了一下，起先他没来，她就一直看着她的助理，因为她发言的时候，助理女生会一直点头给她回应，让她觉得交流很舒服。

可当门一推，他从外面进来时，她的目光从他进门那一刻起，就落在了他身上，他推椅子，落座，调整坐姿，倒茶，他的每一个动作，她都盯在眼里。

不同的是，他不会像小助理一样给予很多动态肯定，他就是安安静静地坐在那里，有时候扶着下巴，有时候无意识地抠抠手指甲，但是眼里就是一片赤诚的倾听状。

他的目光，有种说不出来的舒服，先不论观点对错，在这样冗长又琐碎的会议中，有个人能从始至终不走神，目光和思维跟随着她的引领，本身就让人觉得愉悦又难得。

那段时间，她几乎快要住到他公司去了，而且一度觉得他公司，比她自己公司还让人惬意。

她是个很挑环境的人，有自己一套认生系统，比如在不舒服的环境里，她吃饭总胃疼，喝水总能喝出水垢味。而在他这里，完全不存在，她喜欢他公司纸巾的味道，净水的口感，洗手液的泡沫，就连马桶的高低也刚刚合适。

关键是每次看到他，她都会觉得心情愉悦。她以前上学的时候没少看言情小说，却总是想象不出总裁应该是什么样的。

但是见了他之后，她觉得，就是他这样。

不是霸道的，而是知性的，安静的，儒雅的，有品味的。

她在心里，把他奉成了自己的优质偶像。她也问过合作的小伙伴，知道他恋爱长跑了十几年，还没结婚，女朋友是老师，人挺强势的。

她问怎么个强势法，小伙伴一副欲言又止，说："前几年来过几次公司，连我们办公桌上摆什么小物件都要管，还嫌我们有个同事鞋跟太响，影响其他同事工作。"

小伙伴给她使着眼色，一副"你自己体会"的表情。

她问："那对你们老板不这样吧？"

小伙伴几个相视一笑："呵，老板真的太难了。她以前给老板准备减脂餐，开视频盯着老板吃完才行，吃不完就闹脾气。能吃什么，不能吃什么，都必须听她的。可我们老板人生第一爱好就是吃，估计要绝望了吧。"

她听着这些，他的形象更立体、真实了，但想到他对女朋友一副尿的样子，莫名觉得想笑。却也不禁给他加了更多分，她觉得他这样的男人，应该拥有一个段完美的恋爱，这样才符合偶像的标准。

方案确定之后，小麻的项目便暂告一段落，一起工作了三周，她都舍不得走了。方案开始按步骤执行，偶尔也会和小伙伴们沟通，但和男人已经再没交集了。

一个月后，她收到小伙伴的通知："活动整体效果不错，今天刚开了总结会，陆总说要请活动合作方一起吃饭，你一定要来呀，陆总说了，有家属的可以一起带来。"

她怔了一下，竟然可以带家属，那她这种单身的岂不是可惜了，顺口问道："你们陆总也带女朋友吗？"

小伙伴怔了一下："我听说的啊，不知道是不是真的，听说年前就分手了，难怪今年都一直没见着，但是我感觉我们陆总没啥反应呀。"

听到分手两个字，她确实脑壳震动了一下，有种她磕的 CP（人物组合）突然分手，她房子塌了的感觉。

年前分手，那不就已经分了快半年了嘛……也说不上什么原因，她突然就想去参加聚餐了。

她那天被甲方放了鸽子，原本心情特别不爽，人早早回了家，妆都卸了，可就奔着这一句话，她突然浑身都是劲头。她告诉自己：既然是陆总请客，那么有品位的人，一定有大餐吃，不去亏大了！于是再次化了妆，欣然前往。

果不其然，那天他请大家在一家超贵的餐厅吃了一顿海鲜豪餐，她也没客气，把工作上的不爽全部化为了食量，吃得几乎扶墙出。

原本以为坐在小角落里，没人看得到她，也就顾不上什么仪态了。中场休息时，偶尔会看向他的方向，从任何角度看，都不像一个失恋的人，难道是误传吗？又转念一想，人家都三十出头的人了，事业有成，或许爱情不看得那么重了吧。

可想到这里，自己突然有点淡淡的伤心，她希望他是个看重爱情的人，只看重事业的话，人始终冷冰冰的。

想一会儿，就再埋头吃一会儿，和旁边小伙伴对饮一会儿，压根没想到男人会留意到她。结果男人挨个给大家敬酒的时候，敬到她这里，先说了些感谢的话。举杯喝完后，突然按了下她的肩膀说了句："学妹，寿司不够，再给你要一盘。"

她一口酒卡在喉咙里，差点噎死。放眼望去，长长一张桌上的寿司，只有她面前这盘，吃得一个都不剩……她硬生生地把酒咽下去："陆总，真不是我吃的。"

他听后咧嘴笑了，有点宠溺的意味，他说："那更要多点一盘了，你都没吃到……"

她再次被他噎住，一时也不知道说什么好，最终索性放弃挣扎："金枪鱼的，再来一份吧。"

他笑容更甚："小姑娘多吃点，长身体。"

他人走了，笑容却久久环绕在她脑海里。二十五岁以后，她真的是莫名馋"小姑娘"这三个字，怎么听都觉得舒服。从她偶像的嘴里说出来更是回味无穷。

第二场一行人决定去 KTV，人太多，要分别打车走。

她有点吃多了，想着，等大家都走光了，她偷偷溜掉就好了。于是就站在餐厅前一棵树后面，一直假装回复消息。一拨一拨人都走了，最后只剩她一个，她赶紧跑到路边招手打车。

刚招手，身侧突然就多了一个人，还想着，有没有道德啊，竟然不懂先来后到吗？一回头，跟这位陆总撞个脸对脸。她人惊了一下，她好像记得他已经前面走了呀，为什么还在这里？

他笑笑看着她："你不是想逃跑吧？"

她赶紧换上笑脸："哪能呢，前面的车坐不下了，学长请喝酒哪能不喝呢。"

他说："那正好，你就坐我车吧。"他站在路阶上，手指拎了一下她的衣服，"往后站，晚上万一遇到喝多的，容易出事。"

她应了一声，乖乖站到路阶上。余光扫到他的肩膀，正好到她眼睛的位置，那么这个身高差来看的话，她要踮好高一截脚才能吻到他吧……她到底在想什么！吃了他的饭，喝了他的酒！现在是中了他的毒了吗?!

她强行扭转思维，跟他聊了几句活动的事。车来了，他从左上，她从右上，两人都坐到了后排。

她全程脑子都是懵的，胡思乱想起来。他为什么不坐前排？为什么要和她坐过来？他是不是有什么想法？她是不是需要应和一下？可突然一想，这原本就是他的车啊，哪有领导坐副驾的！反倒是她，刚才就该到前面才对吧！

KTV里灯光昏暗，所有人都释放了本性，跟着音乐群魔乱舞。

沙发上已经被外套和包包堆满了，一眼望去没地方坐，他指了下对面："坐那边吧。"

她说："好。"他在前面人群里开路，她跟在他后面，走到了对面。包间里热得厉害，他脱了外套后，扭头和她说了句什么，太吵了，她没听到，就凑过去大声问："学长，你说什么？"

他说："你外套脱不脱？我去一起挂起来。"

她脱了衣服给他，递过去的时候，手机从口袋里掉出来，两人一起伸手去接，手机没接到，她牢牢握住了他的手不说，指甲还用力划了他一道。

那场面简直不能再尴尬了，她赶紧松了手，人又害羞却又绷不住想笑，就硬忍着。直到等他重新坐回来，一个人杵在旁边，对着桌上的蜡烛光，认认真真撕手上那块被她抠掉的皮，她忍不住在他身后一下笑了出来。

他没听到，还在认真撕皮，她窝在沙发里笑得肚子都疼了。等这一波笑完了，她清清嗓子，凑近他身边，一脸真诚地道歉："学长，对不起啊。"

他上身向前俯着，听到她说话，转回了脸，见她乖乖地蹲在他腿侧，一脸无可奈何："你笑完了？想起我了？"

这个一米八高的男人，此刻声音里竟然有撒娇的意味，让她的心莫名地软塌下去。

那是她距离他最近的一次，近到两人目光相对时，她甚至能感受到他的鼻息。没有任何理由，两人对视持续了好久，她脑子里空白一片，那一刻只是看着他，心里静得没有一点波澜。

她挪开目光，说回个电话，走了出去。

也不知道能去哪，沿着走廊，到了 KTV 后门，然后点了根烟。脑子里乱轰轰的，想起刚才那个对视，原本都醒了的酒，好像又上头了。

她原本是不抽烟的，可那年学姐结婚生孩子把担子扔给她时，她压力大到无法缓解，就开始抽起了烟。其实也没缓解什么，但是总觉得尼古丁进入鼻腔那一刻，人是放松的，脑子会有片刻空白，可以什么都不用想。后来工作顺利些，就很少抽了，只不过每做完一个项目，紧绷的神经放松不下来时，就会抽根烟。

一个人正站着，突然后门被推开了，下意识觉得会是他，没想到，真的是。

看到她也在，他没有一丝意外，淡淡笑了笑："一个人猫在这儿，干什么坏事呢。"

还真被他说中了，她脑子里确实挣扎了一会儿。几秒钟后，她便没再藏了，弹了弹烟灰，对他笑道："里边不让抽烟。"她也不明白，她为什么忌惮着所有人，却唯独敢把这一面坦承给他。

他看到她指间那一撮小小的烟火时，表情一下子轻松了，从口袋里摸出一根烟，捏了下她的手腕，把烟凑到自己脸前，点燃了。

烟雾徐徐冉起来的那一瞬间，她突然觉得眼前的他有点不一样了。儒雅依旧，但抽着烟的样子，好像整个人都充满了故事。而此前她也是都不知道的，他原来也是吸烟的。看来跟她一样，抽烟这事是要藏着的。

两人目光相接，他笑了下，她便也跟着笑了。

她说："是嫂子不让你抽烟吧？"这个问题，确实是她故意这么问的。在这个夜里，这个瞬间，她好像特别需要一个答案。

他看着她沉静了片刻，好像在犹豫着要不要答，她看出他的犹豫，终究还是不忍心，笑着摆摆手："学长的私事，我不问了。"

他笑了下："你呢，年纪轻轻的，怎么也抽烟。"

她作势长叹一口气："我愁呀，公司虽然不大，也养好几口人呢。"

他说："那么愁的话，要不我把你收了吧？"

她听到这话，猛地一口呛出来，拍着胸脯咳嗽了好几声才缓过来。眼泪都出来了，睫毛上挂着泪，大大眼睛写满了疑问。

他倒一副风轻云淡的样子："我想组个营销团队，可以把你整个工作室收过来，条件慢慢谈。"

怪她，怪她想到哪里去了。

可她不知道，他是随口说说还是认真的，生意场上的话，即便是学长，她也不敢当真。

想到这里，做了一副受宠若惊的表情："真的呀，你要真收，我就真来。"

他笑："师兄妹一场，我不和你说假的。"

她见他认真的模样，心里反而紧了，从刚才那个对视后，她一下子不确定，他这个决定，是冲着她的能力，还是冲着她个人。但她确实有点动摇了，创业真的太累了，也风险太大了，加之学姐现在全身心当妈去了，她一个人撑着越来越难，找个大山靠着或许是件好事。

她还犹豫着，要怎么回他才好，他掐灭了还剩大半根的烟，伸手也拿走了她手里的烟，掐灭了："以后烟抽半根，对身体好。"

她哑然失笑，想健康的话，不如不抽，但还是乖乖顺从了他。

他说："你们回去也商量商量，决定好了咱们就谈谈。"

话说完了，手拉开了门，问她："回去吗？"

她点头，赶紧钻过门里，两人沿着走廊往包间走。

她走在他前面，心里还想着他的提议，就有点心不在蔫的。突然一个包间有人跌撞走出来，她脚下急刹一下，人还没反应过来，就被他一把拉到了他的另一侧，她脚下失了重，人往墙上倒了下去，却发现刚刚好压在了他的手上。

原来，他就是怕她撞到墙，手一直就在肩上护着。

他一脸关切，问："没事吧？"

她摇头，看着他的脸，心如鹿撞，一刹那里激烈又汹涌。

回到包间，与他坐得很远，隔着人潮，她一口一口喝下手里的啤酒。那一瞬间里，她明白了一件事。

人终究是无法欺骗自己的，她对他动心，是已经存在了很久很久的一件事了。

几乎是那一天他坐在主位上，对她说："见过了，我们刚才，是吧，小麻？"

她的心就已经意外地慌乱过，那种慌乱，与刚才与他对视，被他保护时的感觉，如出一辙。

人这一生，都会遇见一个让自己情难自禁的人。

而他，就是她的情难自禁。

当人开始意识到喜欢了某个人之后，行为就已经不受控了，之后她总是下意识地看向他的方向。

看着他给唱歌的人鼓掌，和下属们喝酒，把喝空的瓶子小心地摆到墙角，怕大家过往时绊倒。

越看越心动，生怕自己再待下去，会做出什么荒唐事，她拿着包连招呼都没打，就偷偷溜走了。

风里走了一会儿，想着他之前的提议，一遍遍告诉自己，是个成年人了，要学会把感情和前途分开。

她决定给学姐打个电话，听听她的意见，如果她不愿意去他公司，那么自己也就不再执着了。也正好与他从此划清界清，只做甲乙方。

说了情况后，学姐显得有点不愿意，说："那咱们以后可就受限了，想接个私活，多赚点钱，也不好弄了。"

两人在电话里都沉默了好一阵，学姐突然问她："你是不是对陆总有点意思啊？按说，你多不爱给别人打工的一个人啊，怎么就动摇了。"

一句话，把她问住了。

她赶紧否认，说哪能呢，我就是觉得能力有限，有点撑不动公司了。

学姐又沉默了一会儿，说："陆总也挺奇怪的，我打听过他，说是觉得成立营销成本大，才一直不愿意做，怎么遇见你，就改主意了？"

学姐说："你俩不是真有什么事儿吧，我怎么突然心这么慌得厉害呢……"

听学姐这么一说，她突然也恍过神来了，对啊，他一直都是外面找公司合作，怎么就突然想收她团队了。

正思谋着呢，就听学姐又说了一句："喂，他前段时间和女朋友分手了，和你没关系吧？"

什么？真的分手了？！

尽管这事和她没关系，可这样一来，结合今晚他所有的行为，真的很难不浮想联翩了啊。

什么进不进他公司的事，她都一下子抛到脑后了，连问了学姐三遍："他确实分手了吗？真的吗？消息靠谱吗？"

学姐说："原本介绍这单业务的，就是他女朋友那边的人啊，怎么可能错。他女朋友现在都准备和别人结婚了。"

她在午夜的大街上，挂了电话，转身就往 KTV 跑。

死就死了！！

她原本就舍不得走，就想多看他几眼，多和他待一会儿，哪怕是隔着里边昏暗的光，能多一秒钟，她都觉得开心……

上气不接下气跑回 KTV，怕大口喘气的样子被包间里的人看到，就在大厅里缓了好一会儿，气息平稳了，刚要往包间走，就看到小伙伴们拿着衣服提着包包鱼贯走出来了。

这一下她可尴尬了，继续往里走不对，往外走也不是，于是灵机一动拿出了惯用招式：假装打电话。

拿着手机，对着空气一通讲："哦哦哦，好好好，行行行……"

小伙伴这时也看到她了，和她用力招招手，说："小麻姐，下次见喽。"

伪装成功，看来并没有人发现她刚才逃跑。她笑着和大家告别，继续对着空气讲电话，目光溜溜地盯着走廊口，等着陆总出来。

隔了好久，大家都走得差不多了，可还是不见他人。

说实话，她是有点手足无措，也不知道就算等到他了又能干吗，明明都散场了。

可明知道是这样，人就像中了邪似的还是往包间里去了。

脑子是个好东西，可惜这时候的她已经不拥有了，只觉得跑回来了，就得见到他才行啊。

推门，包间果然空荡荡了，桌上果盘酒茶一片狼藉，她快步走进去，原地转了一圈，他人不在，但是包和外套还在衣架上。

难道是喝多忘拿东西了？可他不像是没酒量的人。

她又去走廊里找了一圈，没人的包间都查了一遍，还是没见他人，再返回包间时，这次看到他了。

他刚从卫生间里出来，跟初见时如出一辙的动作，脸和脖子中间夹着手机，一边擦手，一边讲着电话。

看到他，她一颗心落定了，与此同时，他也看到了她。

目光中闪过一个疑问，仿佛问她怎么回来了？

她脑子懵了下，第一反应就假装翻找东西，他见状把手机听筒捂住，问她："找啥？"

她说："钥匙，家门钥匙。"

他又问："丢哪儿了？"

她说："不知道，可能这一片儿吧。"

瞎话都编到这儿了，动作和表情也得全套跟上，她桌上地上到处找着。

他这会儿电话也讲完了，走到她身边，说："确实丢这儿了吗？没见你拿出来呀。"

她很确定地说："拿出来了，剪了一下指甲。"

他听了便开始跟着她一起找，边找边轻轻浅浅地问她一句："所以你是回家发现钥匙没了，才返回来的？"

她推沙发的动作停滞了一下，他竟然知道她提前逃掉了。

见她没说话，他又说了一句："腿不长，跑得还挺快，我还说让司机送你一下，等我追出去你人影都没了……"

她一个逃兵，怎么敢走正门，是从后门溜走的啊……

知道他原来也留意过她的行踪，她突然演不下去了，特别不好意思地说了句："学长，其实我钥匙没丢，我就是觉得逃跑不对，吃喝了你一晚上，怎么着都得跟你打个招呼，我就回来了。"

他原本也弯着腰正给她找钥匙，她这一坦白，他站直了身子，看着她笑了，说："嘻，你这让我怎么接，我原本还想说找不到的话，就给你开间房睡一宿。"

什么？开房睡一宿？谁和谁睡一宿？

她脑洞一时间开到宇宙那么大，大大的眼睛盯着他，成年男女一提到开房这两个字，甭管什么原因，好像气氛莫名就有点不对了。

她心里有惊也有喜，更多是不相信他会这么说，于是也没绷出，笑出来了，后面这句就完全是玩笑话了，她说："那我收回刚才的话，钥匙就是丢了，能给我开个五星级的吗？"

他也在笑，说："多大点事啊，想住随时给你开。"

她内心里多想接一句，想住啊，想和你一起住啊。

哪怕什么都不做，喝喝茶谈谈心，再不济，谈一宿的工作也行呀。

可她到底还是要脸，没能像自己想象中那么生猛，趁着话题还没尬，她决定适可而止了。

她说："招呼也打过了，我可就不算逃你的酒了，那我也走了。"

人边说边走到了门口，手握着门把，看着他，心里在无声呐喊着，送我啊，我一个小姑娘，多不安全啊，夜这么深了，送我啊！

下一秒，就听到他说："我送你吧。"

真是个美好的夜晚。

坐着他的车，还是两人都在后排，路上，每次看到酒店，她心里都会激起一点波澜。

她觉得自己可能真的喝多了，也可能是真的想谈恋爱了，生平里第一次期待，能与身边这男人发生点什么。

可他偏偏连酒后都是君子。

连车上递水给她，都是拧开了盖子，然后放到了后排中间的杯架上，真是连摸手的机会都不给她啊。

更别提，她还操心了好半天，昨天洗澡有没有打沐浴液，够不够香，晚上有没有吃怪味道的东西，如果被突然吻住的话……

车停到她住处门口，他下车送了她几步，车子便带着她的美梦和他，一起绝尘而去了。

真是充满遗憾的夜晚啊，明明只要他想，她随时都可以，她都说服自己大家都是成年人了，又何必这么拘谨呢。

可他偏要这么结束，她实在是很意难平了。

可这些疯狂又蠢蠢欲动的想法，只停留了在那个晚上。

隔天一觉醒来，她又万分庆幸和他没事发生。

不然和他的关系，反倒让她为难了，今后要如何面对相处，没名没份的就这样了，她做不到江湖老手那份坦然洒脱。

谈恋爱吗？她凭什么。四舍五入三十岁的人了，她知道自己几斤几两。况且他想要什么样的姑娘，又会是什么难事。

这么一细琢磨，她的头都疼了。

果然深夜的悸动只是童话，是没办法延续到白天的现实里的。

日子又开始一天天照过，在要不要被他收购这事上，她和学姐也就聊了一次，学姐的意思是，不接受。

理由是若找靠山，他也不是最大的山，不如再等等，况且也还周转的开，没到山穷水尽的一步。

她从毕业就跟着学姐，能有今天的收获及一切，都是学姐给予的。所以自然不会和学姐一拍两散，自己去投奔他。他那边也是能者济济，她现在对他来说是镜花水月，接触了几次，觉得她好像挺靠谱的，可真做了下属，优点缺点集中爆发，指不定什么下场呢。

再者，抛开那夜的悸动来说，他也确实不是她百分百信得过的人。

心动想得到他是一回事，信任把前途交给他则是另一回事。

隔了几天，他的小助理联系她，说：陆总问你，带团队入伙的事考虑的怎么样了？

她原本还想靠着这个事由，与他续着联系。可这条消息，倒真是又一次把她点醒了。

看吧，明明这是他和她可私下交流的话题，可他偏偏让助理来问她，这么公事公办的姿态，还真是有点伤到她了。

她便也不打算亲自找他说了，给助理回了一条：暂不考虑了，有机会再合作呀。

助理又说了不少鼓动的话，说：陆总确实特别欣赏你，觉得你能力好，想让你带团队的，还动不动开会就拿你举例子，让我们多学学，你要是不过来，陆总肯定特伤心。

在商言商，说什么伤心不伤心的，这不孩子气了嘛。她懂，小助理在打感情牌，可他的感情，打动不了她。

该说的客套话说完后，估摸着短期也不会再有合作了，她把微信里对小助理和他的置顶，都顺手取消了。

再之后，和他的交集也就仅限于朋友圈点赞了。

可她偏偏是个不爱发朋友圈的人，而他也不发个人动态，都是转发什么大号的文章。

凡他转的，她都是二话不说，先点赞，然后再认真点开去看。

抛开他这个人不说，作为同校毕业的学长，又或者创业做到今天的一个老板而言，他格局和眼光都是不错的。

分享的文章也是，干货满满。

她看过后，觉得特别好的，会继续转发在自己朋友圈里，往往隔个几分钟，他的赞就来了。

她总想问他，这是给她点赞呢，还是给他自己点赞呢。

又过了一段时间，她出差到苏州，到酒店后，定位了一下地点，发了个朋友圈，感叹了一下那天的酷热。

几分钟后，下面多了一条他的评论，是苏州有一家专柜，卖一个日本品牌的男包，全国就三四个城市有店，请她有空，帮他去看看。

她便记住了这事，返程前一天，特意去专柜逛了，和他开着视频，问他选哪款，他看了几款都觉得不太中意，让她拍下钱包柜。

她专心致志帮他拍钱包，一边拍一边跟柜姐聊了几句，突然听到他说："这款我就挺喜欢的。"

她赶紧回头看手机，才发现不知道什么时候，她错按了内镜头，屏幕上只有她的一张大脸。

想到他刚才说的，她心莫名咣咣乱跳。

她抿嘴冲着他无奈笑笑，说："不带这么玩的啊学长。"

他在镜头那边也笑了，说："那你倒是好好举着手机啊，不要乱晃。"

最终，他选了一款钱包，她看着都觉得挺喜欢的，同样的小众也不贵，但是做工看着特别好。

他说："什么时候回来，我去接机吧，顺便接我的钱包。"

原本是这么说好的，可惜她那天临时改了行程，飞到了广州，怕他等太久，便给他寄了一个快递。

他给她凑了一个整数转账过来，她没收，说：钱包送你了。

他说：送钱包等于送自己的财运，你知道吗？不行。

她说：那等我落魄了，你养我就好了。

他没回，等她晚上收工回酒店，给手机充了电，收到他在几小时前的消息。

他说：虽然不地道，但盼着你早日落魄。

她真的分不清他的笑话与真心话，琢磨了半天，最终也就没回了。

那之后，她出差，他也忙，看着彼此的朋友圈一副忙忙碌碌的样子，她便也没再找过他了。

时间转眼到了九月份，她陪学姐去商场买孩子用品，上电梯时，忽地看到了 CK 的内衣专柜。

这辈子都没进过这家店的她，看着一条条平凡无奇的女式纯棉内裤，宽宽的裤腰统一印着 CK 的标，她却莫名喜欢，一口气买了三条。

学姐都纳闷了，说："你不是爱慕的忠实客户吗。"

她也说不上为什么，但心里头总是把 CK 内裤、奢莫拉香薰还有金枪鱼寿司归为一个组合，一种特别洋气又代表着某种品质感的组合。

每次见到这三样东西，她脑子里总会冒出他的脸。

也是巧了，她带着三条内裤回家那天，破天荒收到他的微信。

距离 KTV 那次分开，已经整整过去了两个月。

他说：学妹，有件事得你帮忙，非你不可了。

与他不碰面的这些日子里，她倒是想过无数个理由，能重新开启与他的对话通道，只不过想想又觉得自己何必呢。

若是他也在意她，会来找她吧。

如果，她值得的话。

所以，当他这个消息过来时，她心里真是有种闷了许久的郁结，得以舒展的畅快感。

她回个笑嘻嘻的表情，说：学长你说。

他说见面细聊吧，然后问她明天有没有时间，下班见一面方便吗？

曾经说给她开房的人，两个月不见，倒又和她生分起来了。

她说：方便，那明天见。

见面的地点还是那家死贵的日料店。

成年人的好处就是，隔着多久不见，开口一说话，交情就瞬间捡回来了。

管它真情假意，总之都看着特别亲。

她的客套话也说得一套套的："学长这两个月瘦了些啊，又做大项目了吧，看来钱没少挣，那我不能客气，得宰有钱人一顿大的，沾沾财气呀。"

他倒是不像她那么多话，笑笑把她迎入小包间，两人盘腿面对面坐下。他目光也没什么忌惮，在她脸上定定看了一会儿，说了句："气色挺好的，比上次好。"

所以呢，你不爱我是因为我上次气色不够好吗？她面上笑得柔柔的，心里一通吐槽，若不是再次见面，她都不知道什么时候对他生了那么多的怨念。

见他拿着菜单点菜了，她便静静喝着茶，目光也肆无忌惮地在他脸上停留。

他确实瘦了，整张脸都瘦了，显得眉目更清晰了，下巴线条看着更立体了。

唉，得不到的男人，偏偏都越长越好看。

他拿着菜单第一句话说的就是："金枪鱼的寿司来一份。"点完笑笑看她，和服务生说："我们这个小姑娘，特别爱吃你家这个寿司，唉，来两份吧，吃不完就给她打包走。"

有了上次被他话噎住的经历，她也是无所畏惧了，笑着说："不用打包，我都能吃干净。"

他继续点完了餐，服务生退出去后，他看着她笑了笑，说："这儿离我家近，我谈事爱往这约，喝了酒走着就回去了。"

她长长地"哦"了一声，还在想，他在暗示什么？想和她喝点酒？还是想告诉他她家的位置？

客户谈久了，她习惯了从话里找信息。

却也没想到，他后面不紧不慢跟了一句："你别看我总来，金枪鱼寿司从没点过，打那次看你吃完一盘后，我现在每次来都点。"

她猛地抬眼看他。

他笑了，说："嗯，对，我上次真的是眼睁睁看着你吃完了一盘。"

即便早有准备，她还是冷不防又生生呛一口茶，而且茶水从嘴里进，竟然从鼻孔喷出来……

她感觉鼻孔一阵暖流喷射出来，只觉得世界都要崩塌了。

他赶紧扯了好多张纸巾递给她，人已经明显笑得绷不住了："说你慢点喝，着什么急。"

她尴尬地笑笑，一边收拾自己，一边赶紧进入了正题，说："学长你那边是什么事需要我帮忙。"

他却不急，慢条斯理拿起一边的酒水单，翻开，轻浅地问了她一句："咱俩喝点酒？"

她怔一下，问："为啥呀？"

他抬眼，定定看她，笑了："我觉得你状态有点紧，喝点酒松一松。"

喝就喝，松就松，等我真松了要扑你的话，你别跑就行。

她笑笑地对他说："我看行。"

但是打从喝了酒后，两人的气氛一下子就变得不太一样了。

她觉得很明显的一点就是，他会与她有些肢体接触。比如在她吃完螃蟹后，他会拿湿毛巾帮她擦手，一只手一根根细细擦，另一只手就轻轻握着她的手腕。

只是这一个动作，让她觉得暧昧至极。

她吃到嘴角的酱汁，他也会用手帮她抹掉，然后不动声色地再把手擦净。

饭局整程，让她真的很难不去浮想联翩。

也不禁感叹，酒真的是个好东西啊。甭管多紧着多端着的人，几杯下肚，都得荡漾。

而她从前对他也是有不少了解的，知道他吃饭的时候，是喜好喝点小酒的。

也知道他工作结束，每晚有固定去的酒吧，就点一杯酒，喝完步行回家。

她见过他朋友圈发那个酒吧的图片，几千瓶酒一层又一层摆满了酒柜，灯光是昏黄色的，原木色的吧台，氛围感觉是很放松又舒服的。

那天吃饭的主题其实是他想挖个营销经理过来，觉得她有经验，想让她帮着一起见见，就这么点小事，她当然一口答应下来了。

饭后，他在路边帮她叫车，她问："你呢，不回家吗？"

他说："去酒吧喝一杯再回。"

她便问了句："我能去吗？"

他怔了下，说："不是你想象那种很好玩的酒吧，就都是我们一些很熟的朋友，全男的，你介意吗？"

她摇头。

他便带着她去了。

果然如他所说，客人很少，都是男人，也都是认识的，加他和她也不过四个客人。

每人面前一杯酒，坐吧台边安静玩手机，偶尔有人进来，才会聊几句。

比起酒吧，更像是朋友家举办的那种小酒会。

他们跟他打招呼的时候，目光都会顺道打量到她身上，他也大大方方介绍，说："学妹，带过来转转。"

那天是她第一次喝伏特加，跟着他点的，却没想到味道太呛了，酒劲也大，一口下去，感觉舌头都要着火了，喝了一大口，吐了半口出来。

他笑得收都收不住，人喝了酒，也变得随性了很多，他握着她的肩膀说："调个别的酒喝吧？"

她看着他手里那杯酒，在灯光的映照下，好好喝的样子，她便指了指，说："我想喝你的。"

他笑着看她，酒精的作用下，他的眼神有些迷离，问她："你确定？"

她吃饭时喝了不少清酒，加上刚才那口伏特加，视线里的所有都有点晃，包括看他，也多了一圈虚影，她知道自己醉了，但或许因为与他在一起，她有点享受这种意外晕乎乎的感觉。

于是她笑着点头，再点头，人凑到他的酒杯面前去，人是晃的，额头几乎要抵到他下巴去，说："我确定。"

他笑着，眉头轻轻拧了下，拿起杯子轻抿了一小口的酒，然后扶起她的下巴，吻住了她的唇。

她在这个突如其来的吻中，只觉得天地晕眩，脖子是软的，腰也是软的，人都快要从高脚椅上掉下来时，他从椅子上站起来，继续吻着她，只是双手轻轻扶住了她的腰。

一吻过后，他把她揽进了怀里，在她耳边轻声细语，他说："我喜欢喝点酒后的你。"

她问："为什么。"

他说："你清醒的时候，客套得让我不敢下手。"

他说："明明我就很喜欢你，可就是不敢多说多做，怕被你讨厌。"

她人是醉的，目光是晃的，可心里却是醒的，她借着他表白后，双手捧住他的脸，她说："学长，我也喜欢你啊，我买了好多 CK 的内裤啊。"

她声音大到旁边几个人都看了过来，他赶紧挡了她的嘴巴，笑得脸埋进她的脖颈里。

他说："发展一定要这么快吗？"

她被他气笑了，说："你的内裤啊，同款内裤呀……"

他再次捂她的嘴，笑得几乎抬不起头，他说："你到底在惦记我什么啊……"

算了，她知道自己也解释不清楚了，行吧，就按你想的那样吧，惦记什么都无所谓了。

反正今夜她已经醉了……

从酒吧出来，她的身子更晃了，眼前的街道和汽车都转圈圈。做了这么久的项目，她也醉过，但这一次有些不同。

从前她不论多醉，都会提醒自己要清醒，直到回家前，都绝对不可以让别人看出她的醉态。

可这一次，她就随心所欲依在他怀里，脚下走的是曲线还是直线，全不在意了。

要说这是出于信任，倒也不全对，即便她此刻觉得爱惨了他，可让她把全数身家转账给他，她也肯定立刻捂好钱包摇头说 NO 的。

两人走到街边，他指了前面一个楼盘，说："我家就是那栋。"

嗯？她仰头醉意朦胧地看他，抿着嘴，笑着看他，心里说了句：好，那咱走吧。

可马上，他又接了一句话："你家呢？之前看你朋友圈说搬家了，搬到哪儿了？"

她还是仰头看着他，笑容收了收，问他："你这是要送我回家呀？"

他正经脸："不然呢？"

不然个屁啊，气氛都烘到这份上了，还回什么家啊。

她想着，他大概不确定她的想法，才退却吧，于是决定推他一把。

想到这里，就立刻装起了虚弱，和他说："我怕是不能坐车，喝这么多估计会吐……"

再看他时，他已经换上了一副洞察一切的表情，看着她，眼角眉梢里都是笑意，扶着她的腰，他说："乖，送你回家。"

懂了我的暗示你竟然还要君子做到底吗？

她心一横，干脆就把七分醉演成了十分醉，人更重地往他怀里扎，手环住了他的腰，仰头，一双眼色迷迷地看着他，说："你，就不想带我去你家看看吗？"

他是涵养要多好，才忍住了没有笑场，目光震惊到服气也只用了一秒，绷着笑，特别认真地回她一句："不想。"

"哼，可是我想……"这句话一说完，她自己都腰软了一下。我已经不配当我妈妈的女儿了，瞅瞅说的什么虎狼之词。

但话既然都说出口，不达目标决不松口是她的性格，于是就继续装着醉，扮着迷途小白兔，盯着他的眼，逼他给答案。

他看着她的眼，那眼神明摆着就能看穿一切，她心里那点小九九，他全懂，可是他还是含着笑，满眼宠溺地说了句："好了，别闹。"

这四个字，一下子凉了她的心，让她突然觉得今天晚上的自己，成了一个笑话。

人家没驳你的面子，还一直让你这么缠着抱着勾搭着，那你也应该知道适可而止了吧。

或许刚才那个吻，只是一时气氛催到了那里。

意乱情迷嘛，成年人也难免。

想到这儿，她的醉相也就说收就收住了，她松开他的腰，维持着笑嘻嘻表情，和他说："嗯，不闹了，今晚很开心，谢谢你陆总。"

谢字出口的时候，自己眼眶子都酸了一下，扭头晃晃往街边走，伸手准备打车走了。

他从后拉住了她的胳膊，把她拉回了脸对脸的姿势，他说："我不想和你只是随便玩一玩那种关系，你明白吗？"

他说："我不想这么轻易就和你发展到哪一个阶段，你是我想认认真真接触、了解和相处的那种姑娘。"

他见她一直没有反应，声音里几乎有乞求了，他说："我知道刚才那么对你挺伤你的，可我真吃不透你，我不知道在你心里，我算是什么样的男人，我刚才都有点怕了，我怕你喝酒后对谁都这样……"

哦？这样呀。原来在你眼里，我是那种喝了酒随便往男人怀里钻的人啊，那……那还有什么可说的啊……

她听着他的话，兴许酒后的情绪也比平日里迟钝许多，心还没觉得有多痛多伤，可眼泪却就顺着脸颊一重重地落下来了。

她推开他的手，一句话没说，快步往街中间走了几步，打到一辆车，离开了。

车上，眼泪怎么也收不住。果然是酒后迟钝了，这会儿心里那种难过，胸口那种闷痛，才一点点地显现出来了。

像是被人抡着大棍子在身上重重一击，而抡棍的人是她惦记了小半年的男人。所以一时间是心更痛，还是身上更痛，她也说不清了。

司机师傅从后视镜里看她好几次，默默递了纸巾盒给她。

她说着谢谢，用力又大声地擤鼻涕，哭过一场后，流了那么多的泪，酒精却依旧没有被稀释，人好像醉得更深了。

包里手机一直在震，她挂掉后，看到他的微信，说担心她，让她接电话，她直接划向了关机。

随便向什么男人都能撒酒疯的女人，有什么值得你好担心的。

到家栽头就睡，尽管都觉得天眩地转了，闭眼前还不忘重新开机，上了闹钟，每五钟一个，每一个都挨个点过去。

闭上眼时，又想到他说的那句话，眼泪顺着脸颊浸湿了枕头。

隔天醒来头疼得要死，胃也拧着痛，睁眼看手机，九条微信，全来自他。

分别在凌晨两点、三点、四点、早上六点、七点。

你回去了吗？安全到家了吗？看到了回个信息。你没事吧？那酒后劲大，你有没有不舒服？

她床上怔怔坐了半天，醒了醒神，清了清嗓子，给他回了一条语音："陆总早呀，我没事，昨天喝太多了，哈哈哈哈，让你见笑了吧，我起床上班了，以后常联系哦。"

回完这条，人还怔着，他的消息就回过来了。

一个笑脸，后面五个字：早，没事就好。

她手指怔怔向上划，向上划，把和他的聊天记录一直划到第一条：我通过了你的朋友验证请求，现在我们可以开始聊天了……

原来从做项目到现在，她和他真的没说过多少话，聊过多少天，也难怪吧，他会看不透她是哪种女生。

算了，怪自己呗，人有千面，偏把最不值钱的一面轻易露给了他。

她不是十八岁的年纪，会把对一个人的爱恨都表现在脸上言语里，但嘴上说着陆总早，常联系，不代表她心里对他没有芥蒂。

只不过在商言商，这种关系的人，留下比失去的意义更大。

原本想清空他聊天记录，想了想，没必要。

她放得下。

接下来几天，他的消息倒是比从前勤了许多，但也不是那种私人瞎聊的话题。

就是来和她约时间，问什么时候有空，帮他面试几个人，把把关。

她那几天确实忙翻了天，加之心里状态一时没调整过来，就今天推明天，连推了一周半。

　　她承认自己是有私心的，不想见他，大可说下周才有空，让他下周再约。可她就想每天都吊他一下，让他天天来一次，她就天天拒他一次。

　　都说天蝎座爱复仇，她一直是不认的，因为要分人，觉得对方是傻的，天蝎别说复仇，就是连抬个眼皮都懒的。

　　可如果在乎的人，就另当别论了。你以为是复仇吧，其实她就是想找点事，吊着你。

　　她和他之间，毕竟也只有这一个事由可续着联系了。

　　对这个没能得到的男人，她虽告诉自己放下了，可到底心火未熄，还是有股子执念。

　　到了约好的时间，她去他公司，跟着他一起面试。

　　会议刚坐下，助理说去叫陆总，人还没出门，他自己就推门进来了，笑盈盈地走到她椅子前，手掌撑着桌面，说："我刚屋里坐着，就觉得好像听着你声儿了，果然是你。"

　　她笑着说："陆总好耳朵啊，一看就是肾好。"

　　玩笑照常开着，众人都跟着笑，她的目光从他脸上移开，她才发觉到底还是有什么不同了。

　　再次看到这张脸，原来她还是会心动，也会因为听到他的声音，看到他的笑容，而变得很愉悦。

　　那种说不出的通体舒畅的感觉，好像沙漠里的人遇到了绿洲，即便他说的那些话，仍令她耿耿于怀。

　　人真是奇怪的生物，就那一颗心脏，一半为他心动着，一半又记着他的仇。

　　一共两场面试，两个备选的营销经理，一个一看就精明世故得厉害，说话滴水不漏的，给公司的未来画了一张又一张的大饼。另一个就谨慎许多，带着PPT来的，想说的话要干的事都在PPT里，个人表达和渲染力就差很多。

　　两个都分别面试完了，他叫她去办公室单聊。

　　他说："你觉得哪个合适。"

　　她说："看你需要什么样的人了，营销口才和思维还有反应，都很重要，第一个更优，但是我怀疑，他说的这些方案，他自己落不了地，会有大功也会有大过。第二个，方案就普普通通，但是交代下去的事，肯定都能给你完成，无功也无过那种吧。"

他目光安静看她，习惯性抠着手指甲，她说完后，见他半天没反应。

就笑了下，说："喂，陆总，这事得你定呀，我说什么都没用。"

他一手拇指搓另只手背，身子坐直了，长吁了口气，说："还有两个备选的，约个时间再帮我看看？"

看他表情，她就知道，这两个，他谁都没相中。

工作这么多年，她知道自己的长处，就是目光够敏锐，捕捉别人的心思几乎从没失误过。

只不过，坐在办公室里的他，她猜得透。

与她私下相处中的他，她全看不懂。

隔了几天又面试了两个，隔了一周又见了一个，零零总总一共见了有十几个了。

都不知道他是从哪里搜罗来那么多人，有行的，也有摸鱼的，她也不瞒着他，有什么感觉就照直了说。

最后一个见完了，还是他办公室，他问她："综合所有的，你觉得哪个最合适？"她琢磨了一下，反问他："你觉得呢？"

他说："感觉都差点意思。"

她抿嘴笑，他这句真是也说到她心里去了，她也觉得真的，好像都差那么点点感觉。

她叹气，说："唉，选人这事真的难，我都替你急，恨不得我自己来了。"

他突然眉头挑了下，笑了，那种笑容让她猛地心提了一下，隐约觉得有点不对。

果不其然，他开了口，说："所以你来吧，我说真的，我觉得我想要的，我一说，你就全懂，能策划也能实施，都合我意。"

她看着他，嘴巴微张着半天没说出话，心里在一刹那里就把这件事的逻辑盘清了。

她看着他，特别服气地笑了。

她说："厉害，陆总，在这儿等我呢。"

他反反复复让她来帮着面试，又一次一次不厌其烦地换人又换人，他的目的根本就不在这，他就是让她参与选人这事里来，让她也跟着他着急，让她无形中对他招人这事产生责任感，最终恨铁不成钢，想着撸袖子自己给他干得了。

谁说他看不透她，他明明就把她性格吃得透透的，他知道，她虽然是个女生，但是骨子里有股子义薄云天的劲。

只要是心里有他了，就总想着为他分担解忧。

他就是认准了这点，就把她早早算计进来了。

她说："不行，我不能和你干，你这老板心机太深了，我都要吓死了，我这种小弱鸡。"

他可能没想到她一下子就盘清了，脸上从惊到喜也只用了一秒，他说："你看，咱俩明明是一路人，弱弱联合，就不是强了嘛。"

她看着他，只笑不语。

他才不弱，虽说她跟着学姐也见过更诡道奸滑的老板，但是他这种为人处事的水准，也确实已经不差了。

也是这件事，让她重新审视了他这个人。

她突然就觉得，眼前这男人，她拥有他，真的是奢望了，人家的能耐之处才开始慢慢显现了，然后她都已经黔驴技穷了。

最后她也同意再考虑一下要不要过来。

只不过准备告辞的时候，她实在忍不住，多问了一句说："你是真的看中我的能力，还是有其他的？"

如果答案是前者，她真的跃跃欲试，她打心里觉得他是做事的人，想跟着他一起拼一把。

可如果是后者，她虽然会自尊受挫，但是作为一个女人，心情大概会不错。

他想了想，答她："二合一。"

哈？这情商加智商，简直不服都不行。

人嘛，没必要和前途赌气，在那边也是带团队，也是拿提成和分红，来跟着他，待遇上升，前途更广阔，她没理由拒绝。

她只有一点担心，学姐那边怎么交代。

也不想瞒着学姐，毕竟也一起走了那么多年，就实话实说了，说："我过去也不光是因为待遇吧，我特想跟着他干的，嗯，就是你之前猜的，我喜欢他，还有点崇拜。"

学姐见她撂了底，便也直说了，说事实上也有金主联系了她，想挖她过去，她一个单身妈妈带孩子创业不现实，也想着寻个大山靠靠了。

她说："那咱们姐妹就此散伙吧，以后相互照应着。"

她也是那时候才知道，原来学姐已经离婚两个月了，在婚姻上受了打击才越来越没了斗志，想求个稳定收入了。

可学姐要走了，她也要跳槽，工作室其他小姐妹怎么办？

于是她又和陆总沟通了下，他说："如果你坚持，就都带过来，我大不了咬咬牙，给他们的待遇争取不减。"

有这句话，她心里就安定了。

正式入职的那天，他送了她一支万宝龙的笔。她笑着说："啥含义？"

他耸耸肩说："不懂，电视上都这么演的，签约有好运气吧。"

说完，他自己也笑了，说："你还没有签约的权限，那就祝你快点高升吧。"

他走了，她研究了一会儿那支笔，给他发了个消息，说：**给我个愿景吧，我能高升到哪个位置去？**

他回她：哈哈哈哈哈，肯定高不过我。

她刚想回一句奉承的话，他又一条消息过来：**也离不开我。**

这一句，让她的脑里一阵风起云涌。

她笑着摇头，假装叹着气，论撩，她真是搞不过，搞不过啊。

他这个人，想把她高高捧起又或重重踩到泥土里，也不过就是动动嘴皮子的事。

论找对象这事，她是从来不认输的，大学里凡她看中的，没有能跑掉的，可偏偏对他。她一点招都没有，被吃得透透的。

此后她陪着他见客户，谈项目，凌晨在公司加班，几乎也都是日常了。

也总会一起吃饭，时间紧了，就在车里对付一口面包。晚上忙完了，就找 24 小时那种馆子，或粥或面随意吃一口。

逢项目谈得顺利，也会去那家日料店，点份金枪鱼寿司，几个小菜，一小瓶清酒，两人都不会喝太多。

那次醉酒后，她和他之间好像形成了某种默契，就是在一起的时候，都不会喝太多，保持着清醒。

直到春节前的一天。

他隔天要出国，她傍晚刚拿到他加急签证，说给他送过去，问他在哪里。他说："酒吧，你过来吧。"

她挂了电话，长吁了口气，那次之后，她一次都没去过那个酒吧。

回忆烙印太重了，睹物思吻，让她至今都没缓过劲来。

但她有什么权利和老板说我不去，于是就假装一身轻松地去酒吧找他。

她把签证给他，说："那我走先了。"

人刚要动，胳膊就被他握住了。

他目光浅浅看着她，说："喝一杯吧，来都来了。"

她犹豫了下，没动。

他便和吧台点了酒，说："给她调个口感柔和的。"

吧台小哥开玩笑问："度数大点吗？"

他笑了，回脸看她，说："嗯，大点，最好喝一口进去，就能让她对着我笑那种的。"

这下，她也没绷住笑出来了。放下包包，挨着他坐在了高脚椅上。平常与他谈公事也多了，玩笑也开到飞起，可偏偏坐在这里，她心头压得紧，总是不自在。

闲着也是尴尬，便把他酒杯上插的一片柠檬取下来，她平常喜好吃酸，也没当回事，抬手放嘴里吃了。

谁知，这柠檬真是酸成精，一口吸进去，脸就直接酸变形了，五官缩成了一团，哑巴嘴喊了一声："我的，妈呀……"

他看着她，再次笑绷了，赶紧把酒杯推到她手里，说："给，喝一口就好了。"

她也是信了他的邪，端起酒，小抿了一口，发觉竟然有点好喝，便又抿了一口。

酸的味道冲淡了，口腔里只剩酒的醇香。

她回头，问："什么酒？"

他答："上次喂你喝的那个酒。"

一句话勾着她的记忆，让她从脖根一直烫到了眉头，太阳穴突突直跳。

她的酒调好递过来了，她捂着酒杯不再作声，酒吧里放着她很喜欢的一首老歌。

静谧了片刻后，他重新开了口，说："你知道，我什么时候开始对你有印象的吗？"

她转脸看他。

他说："你第一次来公司开会，中途休息，你在茶水间，胶囊咖啡里倒了六小盒奶。我助理问你，为啥加那么多奶啊，那干脆喝牛奶多好呀。你说哎呀这不开会呢，喝奶没有咖啡有格调嘛。"

他说着，嘴角徐徐笑开，他说："这件事我真的记了好久，每次出去应酬还讲给朋友们，说现在的女孩多有意思，一边要装一边还特别敢承认，说她活得假吧，还透着真实。虽然咱俩就差着六岁，可我活得没你洒脱，好多事不敢认，好多错不敢犯，一年比一年厌，得到的越多，脸好像倒越金贵了。"

他说："就说上次吧，我是个男人，那种事来说，我真的不想吗？可就觉得不敢，万一你隔天醒了后悔了，那我不成人渣了吗？可隔天我都和小助理打听到了你住所，车就在你家楼下停着，你却嘻嘻哈哈发消息过来，说以后常联系，好像昨天的事都没发生一样。我当时就觉得自己还守在你家楼下这事，真挺打脸的。我原本还想着，那天带你吃个早饭，两人清清醒醒的时候定一下关系。可原来是我想多了，你可能就是酒后和我瞎闹了一下。

"再之后，我每天给你发消息约时间，你一天推一天，我其实也窝火，我也不是个闲人对吧，天天被你放鸽子，问题是我还得给面试的人约时间呀，但也说不清怎么想的，就忍着了。后来你说我是把你算计到公司来，其实也不全对，我也是面试了一圈，没合适的，才更坚定想要你过来。

"小麻，我觉得你把我想得有点妖魔化了，我没那么复杂。我让你过来就两个目的，一来我觉得你是个人才，平台不好可惜了，二来我想看着点你，天天给你点加班任务，你就没空出去喝酒了，你不知道，你喝了酒后，那眼睛像会勾人一样，我怕一般人扛不住，也怕你吃亏。"

她听着他的话，面上宁静，心里却一时风起云涌，嘴巴抿着吸管，一口又一口地咽着酒。

他说："我这个人上感情上真挺尿的，谈了十几年的对象，也都被动的。当初上大学我又文艺又屌丝的时候，前任突然找我告白，说喜欢上我了，要在一起。我看着人家姑娘也挺好看挺真心的，就摄影也不玩了，骑行也不搞了，老老实实给人家当男朋友了。去年我公司遇着点难事，几个月没着家，前任突然一个电话就和我分手了，说从家里搬走了，觉得我没意思了，心里没我了，说也不瞒我，喜欢上个搞美术的……你说这叫什么事，我为了她从文艺小伙变成中年老大叔了，她却变成了又文艺又屌丝的样子了。

"后来有个朋友帮忙给融了点钱，公司扛过来了，都怂恿我去找前任。我觉得人家都走了，还纠缠挺没劲的，就没去，幸好没去，人家现在都结婚了。再之后觉得一个人也行，找对象这事，就随缘呗，然后就碰到你了……"

他笑着搓了搓额头："说我人生里第一次跟姑娘表白，就搁你这了。结果还是没弄成，每天不见你的时候，脑子里全是招，一见你，全懵。"

她吸光最后一口酒了，杯底发出滋溜滋溜的声音。他停了话，扭脸看她，说："你听没听啊，净喝酒了吧……"

话没说完，她突然伸手捧着他的脸，俯着身从高脚椅上凑过去，吻住了他的唇。

她闭上眼，酒劲没有上次足，人也没有晃，可脑中的晕眩感却比上一次更甚。

她第一次那么激烈又忘情地去吻一个人，吻到口腔里忽地多了一丝丝血的味道。她慢慢松开他，才发觉她竟然把他的下唇都咬破吸肿了……

刚才抛在脑后的羞耻感兜头上来，她捂着他的嘴巴，笑得特别难为情，她说："你疼不疼，哎呀我真不是故意的……"

他看着她就剩笑，也不说话，一眼的柔情蜜意，让她看着，心都陶醉了。

出了酒吧，她说："你明天还要出国，早点睡。"

他拉着她的手不松开，指指前面的一个楼盘，说："我家就是那栋。"

她转头看他的眼，两人对视着，同时笑了，像是一起被戳中了笑穴，笑得前俯后仰。

她说："我知道啊，那又怎么样啊？"

他说："我家有好多 CK 内裤，你不想看看吗？"

她笑得更厉害，手捂着嘴巴，感觉眼睛以下都笑到要变形了。她说："我不想看，我已经不喜欢 CK 了。"

他说："那你喜欢什么，我现在去买。"

她把他推远，笑得收不住，说："天呐，我要报警了！！"

他又把她拉回怀里，强忍着笑，又煞有介事地指了一下前面那个楼，说："你看，我家就住那栋……我家可好了，精装修、能洗澡、能做饭，还有地暖……"

她笑得浑身都没了劲，那个晚上被他背回了家……

隔天早上她在卫生间刷牙时，他醒了，走进来也拿起牙刷，和她一起刷牙。

她看着镜子里的他，吸吸嘴边的泡沫，笑笑说："早啊，陆总。"

他亲亲她，说："早，老板娘。"

她被他的话一口呛到，把满嘴的泡沫都咽肚子里去了……

小麻和学长在一起的第三个月，就决定了结婚。用她的话说，她和他，遇见的时候，可能不是最好的年华，却是最对的年华。

她任性又刁蛮的公主病时期早结束了，现在从业久了，有的是看人心办人事的经验和技能。

而他，也不是年轻小伙毛毛躁躁的年龄，万事都特别沉得住气，捅了多大的篓子都一副不惊不乱的模样，就卯足了劲去想如何解决就是了。

两人在一起，从工作到生活，哪哪都和谐，什么事都能摊开来谈。

都是习惯了解决问题的思维，不作也不闹，万事都向好的那面推动。

两人还认真分析了下结婚的劣势，除了工作关系可能会有点不方便，其余都没什么问题。她同意不干涉他在公司的领导权和决策权，他也保留给她提异议但不被接纳的权利。

她表示很服气，公司是他的，更大或败了，也都是他的，能走到今天全是他的能耐，她有什么资格和能力上来指点他的江山？

自己值多少斤两，她一直都清楚。

况且，她原本就崇拜着他啊。这年头，谁敢弹劾实力派的偶像。

结婚的事，她第一个通知的是学姐。学姐举着大拇指，说："你厉害，合着跳槽就是奔着老板娘去的。"

她笑着敲桌子，假装炸毛。

其实全天下，最了解她的就是学姐，学姐知道，哪怕对方不是他，只是个平凡无奇的男人，只要她爱了，他也会是她心里的神。

婚礼筹备那几天，得知他前任的爸爸患了癌，需要一大笔钱。

他几个同学都说想给捐点钱，他便去和前任联系了一下，让她给个卡号，说大家想帮她一下。

那几天，他和前任联系比较多，但也都是问病情、转账，帮着找专家什么的。

他没瞒着小麻，凡是与前任有关的事，都会跟她讲。

可前任似乎有些会错意了，好几次深更半夜给他打电话，哭得特别无助，说想让他来医院陪陪她，她一个人挺不住了。

他接她电话时，一直都是开着免提，听前任哭得真的惨，他看看小麻，说："咱俩一起去看看她吧。"

两人一起去了一次后，小麻说也有一些医院的亲戚，有需要帮忙的，找她也可以。

前任便和小麻加了微信，从那天后，前任几乎不再联系他了，有什么事，都是先找小麻。

小麻觉得从这点来看，前任是个知规矩的人，于是他同学发动第二次捐款的时候，她也捐了一万。

其实那几天，她因为这些事，是有点不痛快的，和他的关系也有点微妙。

她认同他的好心，也知道他们射手座的性格，就是有股子朋友有难，两肋插刀的江湖义气，她也不好说什么，但是就是心里不爽。

这一万转到他卡里后，他很快打电话过来，问怎么打钱给他。

她说："给那谁吧，救人要紧。"

他在电话那边久久没说话，过了会儿，他说："老婆，我修了什么福分遇到你。"

那天晚上，她和他同学闲聊的时候，才得知，他和同学们都打了招呼，说实在忙不过来，让以后捐款都直接打给前任，他就不帮忙筹集了。

他这么为了她避嫌，她倒觉得有些过意不去。但是转念想想，这样做也是好的，可以少很多无谓的争吵和猜忌，便也没主动再和他说这事。

小麻和他结婚后，重新招待有事没来的同学们时，遇到了前任。

她爸爸已经过世了，她也渐渐走出来了，那天她特意和小麻敬了一杯酒，说："我觉得他跟你在一起后，虽然很短，但是改变翻天覆地。"她说："你知道我和他分手的最重要的原因是什么吗？他把朋友永远看得比任何人都重，从前因为这些事没少吵架，可是这一次，他为了你，给我打了电话，说对不起，只能帮你到这里了，需要钱我再帮你想办法，但是其他事不能再帮你了，我有老婆了，不想伤她的心。"他说："我挺怕失去她的，我已经不是从前的我了。"

小麻听完这席话，转身看着和同学们在另一边说笑聊天的他，眼眶酸酸的，可心里却有种史无前例的安稳。

每个人，都是在不敢失去中，才学会了做取舍。

她是，他更是。

03

藏在牛奶瓶里的青春

讲述人 ❋ 小哟

人一辈子里，最能带来安全感的就是伴侣。

像每一个青春校园里的爱情一样，小呦与男生也相识在年少。

那年，小呦初一。刚开学没多久，就听班里的女生们说："这届有一个长得很帅、家境又超好的男生，不知道他有没有女朋友。"

即便这么听着，小呦心里也其实没什么波澜。

"女朋友"这种词对她来说，实在太遥远了。

因为爸爸是军人，从小到大她都接受着军事化的教育，也常被告诫不可以早恋。

加上小呦的性格原本就是软绵绵的，小呦从小个头不算高，人又长得白净，所以家里长辈们总觉得她是乖巧又听话的孩子。

那么，像早恋这种违背学生准则的事，对她来说，简直就是禁忌。

但缘份可能就是专门在挑战人底限似的，越是对这样的男生不感冒，老天还偏偏就安排她和他相遇了。

很普通的一天，她和同学一起去吃饭的时候，同学碰了她一下，说："快看，就是那个男生，长得超帅，家里超有钱那个。"

她顺着同学的目光看过去，竟然第一眼就被他惊艳到了。

果然好看，长得高高瘦瘦，笑起来有个梨涡，简直是颜值瞩目。

可好看归好看，小呦发觉他身上有股痞痞的感觉，倒不像那些小混混，就是有种小痞小坏却还很招人的气质。

即便是这样，小呦心里也有点打鼓，毕竟看起来不是那种乖学生，还是离得远些好。

她看着他的同时，发现周围不少女生其实也都在偷偷看他，同学也在一边一脸好奇地说："不知道有没有女朋友。"

她懵懵地扭脸，问同学："你们都很喜欢他吗？"

同学嬉笑着说："当然了，这么帅的人谁会不喜欢？现在就是看脸的年代啊。"

"哦……"小呦低低地应了一声，可如果只是长得帅，性格不好呢，学习也不好呢，这些难道都不重要的吗？

她抿抿嘴巴，想这么多干嘛，这和她又有什么关系呢。

那次之后，她时常会在学校看到他。

大概是对他眼熟了吧，她总能在人群中一眼看到他拿着篮球和一大帮男生去打球。

每次看到他跑跑跳跳特别开心的样子，她都心里犯嘀咕：他怎么这么有空，都不用读书的吗？

之后转念一想，他学不学习，又关她什么事呢。

就这么过到了初一下学期。

这一年里，她依旧只是学校芸芸众生中普通一员，而他好像拿着主角剧本的明星，有他在的地方，所有人都成了背景板，成了群演。

而这样的她，也从没想到，真的会与他有交集。

放假前，学校组织了一场篮球赛，她的班级在抽签中抽到了和他班级 PK。

老师要求所有同学都要去观赛加油，等她和同学们过去的时候，双方球员已经在做热身了。

还是像每一次一样，人群中，她还是第一眼就看到了他。

坐在观众席上，周边女生们窃窃私语的议论声也都是关于他的等真正比赛开始，大家发现两边的球员实力悬殊，她们班压根不是他们班对手时，全场的女生就开始反水，一起喊着他的名字，给他一个人加油了。

她不是那种爱激动的人，喊破了嗓子加油也不是她的性格，所以大家撕心裂肺狂为他加油的时候，她只觉得脑子被吵得嗡嗡作响。加之头顶太阳巨晒，她觉得自己快要中暑了，就打算开溜回教室了。

她正偷摸沿着看台往下走时，没走没步，突然听到场上安静了一下，还纳闷发生了什么，下一秒，球砸到了她头上。

好疼，疼得她头都木了，紧接着有人跑到了她面前。

她听到头顶响起一个男声："你没事吧，对不起啊。"

她揉着头，抬起头，万万没想到面前的男生竟然是他，心里一瞬间也不知道是窘迫还是惊喜了。

她摇头，说："没事。"

痛还是痛的，但她不想成为全场人目光的靶子，便也没多说什么，揉着头打算离开。

人刚迈脚出去，听到后面声音又响起来："你是哪个班的？"

她微微回了半张脸，目光甚至没敢再去瞥他的脸，条件反射地答："五班。"

他应了声："好的。"

好的？她缩着脖子从球场离开，回教室的一路上，都在回想他这两个字的含义。

他问了她的班级，是想做什么呢，是因为太不好意思了，没话找话似的随口一问，还是打算有别的什么呢。

走了一截，再回头看球场，比赛依旧如火如荼进行着，场上加油呐喊声震天。

那边发生的一切，那边的人，好像从来都跟她没有什么关系，她揉揉头，连同那一点点胡思乱想一并收回了。

回了教室，感觉头还是懵懵的，也不知道是热的，还是被砸的。

趴在桌子上吹了一会儿风，不知不觉就睡着了……

也不知道过了多久，感觉教室里有脚步声，她以为是别的同学回来了，便也没睁眼看。

又过了几秒，感觉有人靠近了她。

隐约熟悉的男声再次响起来了："同学，你睡着了吗？"

她抬了头发现竟然是他，一下子就从椅子上站起来，慌慌张张地说："没有，没有睡着，你……你有事吗？"

见她被自己吓到了，他露出一个特别温顺的笑容，然后从口袋里摸出来了一个茶叶蛋和一个玻璃瓶装的牛奶。

她看着那个茶叶蛋，有点没想明白，他是觉得撞坏了她的头，拿茶叶蛋给她补脑吗？

见她没接也没动，他把东西往她面前又送了送，说："不好意思刚刚砸到你了，鸡蛋是给你揉脑袋的，牛奶是赔罪。"

她这下终于明白过来了，只是第一次听说茶叶蛋也可以揉脑袋，她心里虽惶恐，但看着他特别真诚的脸，又觉得有点想笑。

她对他说："不用了不用了，我没事的。"

他突然更靠近她一步，说："坐下，我给你揉。"

还没等她反应过来，他就已经剥了鸡蛋，开始在她脑袋上滚了……

那是她有生以来第一次和男生这么近距离接触，心脏都快要从喉咙里蹦出来了，她都害怕强烈的心跳声，会不会连他也听得到。

她紧张到手足无措，想把鸡蛋抢过来自己揉，可他动作特别敏捷地躲开了她的手，说："别动来动去的，我给你揉就好。"

她把手收回来，丛在椅子上，连怎么正常呼吸都已经忘记了。

之后很漫长的几分钟里，两人都没有再说话，一个安静坐着，一个安静站着。午后的风从窗外吹进来，她闻到他身上很好闻的味道。

心里还有点诧异，明明是刚打过球，却一点汗味都没有……

对啊，他不是应该在打球吗？她刚才都睡懵了，这会才一下子反应过来，抬脸问他："你不是在打球吗？怎么来这里了？"

他倒一脸很淡然的表情，说："我不喜欢欠别人的，砸到你了就不能放着不管，不把你这边处理好，我打球也没心情。"

她赶紧再次去抢茶叶蛋，说："你赶紧去吧，我真的没事了。"

他偏了偏头看着她，淡淡笑了，说："你这是，在为我考虑吗？"

她"啊"了一声，没反应过来这是什么意思。

他便推开她的手，继续帮她滚脑袋，说："我已经找人替我了。"

看来不论她怎么争抢，那个茶叶蛋她都抢不赢了，她低低应了一声，两人便再次都安静了。

又滚了好一会儿，他停了手里的动作，问她："好些了吗？"

她说："嗯，好多了。"

他低头看她，没什么征兆的，再次对她笑了，说："同学，你有一股茶叶蛋的味道……"

可，这还不是拜他所赐吗……

估摸着球赛快要结束了，他从她教室离开了。

放学后，她回了家，掏书本时又看到了那瓶牛奶，妈妈看到了，说："天这么热，牛奶应该都坏了吧。"

说罢，便把牛奶拿去扔了。

她在房间里呆坐了一会儿，起身出门去把牛奶瓶捡了回来。

把瓶子里边洗得干干净净后，放在台灯下，下巴撑在桌上怔怔看着那个瓶子。

就是个普通至极的玻璃瓶，可她却盯着看了好久，灯光打在瓶身上，泛着柔柔的光，她脑海里不禁浮现出了他的脸。

意识到自己精神犯错后，她赶紧拍拍脸让自己清醒过来，打开书本开始做功课。

旁边的瓶子就安静立在那里，像是某种无声又具体的陪伴似的。

她也说不清为什么会留下那个瓶子，更没想到，这个瓶子在她往后的青春里占着那么重要的分量。

那场球赛后没多久，暑假便也到了。

假期里，她都没有再遇见他，不过那个牛奶瓶却一直安静地留在她的书桌上。

因为它，总让她会想到他，不过因为与他太不熟悉了，连联想的画面都很匮乏。

初二再开学后，她还是没有再遇见他。越来越感觉那个有风吹过的午后，与他发生的过往，像是一场梦了。

她都不确定下次再见面，他是否还记得她。

几天后，她在餐厅正吃饭，正慢悠悠地往嘴里送着饭，突然对面一个人影坐下来，挡住了她面前一片光。

她抬头，看到了他。

一个假期没见，他的帅气真是不减分毫，好像还更惹眼了。他冲着她笑，嘴角的梨涡简直好看到犯规。

她的心一下子怦怦开始狂跳，他依旧在笑，对她说："嗨，上次忘了问你叫什么。"

她不敢直视他的眼，低垂了眸，乖乖报了自己的姓名。

他说："你好，介绍一下我自己。"他报了自己的名字。

她点头，说："哦。"依旧躲避着他的目光。

他顿了一下，说："那，加个QQ？"

她抬眼重新看他，说："我没有。"

他一脸惊讶，说："没有？"

她说："嗯。我爸妈不让我玩电脑。"

他又笑了，小梨涡又开始释放它该死的魅力了，他说："唉？乖宝宝呀。"

她没有吱声，勺子在饭里不自在地搅来搅去，因为他在对面，她连怎么吃饭都不会了。

他见她呆着不动了，突然夹了一个鸡腿给她。她猛抬头，问："干吗？不用给我，我自己有菜。"

他歪歪头笑，说："多吃点，长高一点，这么小小的，风一吹就倒了。"

她看着那鸡腿，手足无措，他的出现，让她对所有的饭菜都提不起兴趣了。

可能也是感觉到了她的不自在，他飞快扒拉完了饭，便很快离开了。

他走后，她朋友扯了扯她的衣服，说："喂，我怎么觉得他对你不太一样？"

她闷头吃饭，说："什么不一样？"

朋友一脸看穿一切的表情，说："听人说他对他班里的女生都挺冷淡的。"

她低"哦"了一声，说："大概是因为他上次打球砸到我了吧。"

朋友想了想，应了一声，便也没说什么了。

过了几天，到了周五，他突然出现了她班级的门口。

让门口的同学帮忙叫她出来。

班里顿时一阵山崩海啸般的起哄声，她脸一下子滚烫起来，从座位走到门口那几步，似乎都快要走成顺拐。

她停到他面前，问他："怎么了？"

他双手抄在口袋里，半俯身看她，笑了，说："你干嘛脸红？"

她脸埋得更深，说："我没有。"

他便笑得更厉害了，她抬头，有点气地瞪他，问："你笑什么？"

他笑得眼睛弯弯的，说："真的是乖宝宝哦。"

她受不了他这样目光看她，语速都加快了，说："你有什么事吗？"

他从口袋里拿出一个纸条，递给她，说："我给你申请了一个QQ号，这是账号和密码，我已经帮你加好我了，你周末回去记得登陆。"

她一脸懵看着那纸条，还有这样的操作吗？要不到QQ号，就帮人家申请了一个QQ号？

虽然知道登陆了QQ号，会距离他更近一步，可也知道这样可能会走向什么不可测的未来，但是那个周末，她还是没忍住，上了那个QQ。

登陆上去，发现QQ的名字叫6.9，而他的网名叫meet you。她那时候还没有想到他为什么要帮她取这个名字，到了很后来，她有次问他为什么网名是6.9？他说："因为是我们遇见的那天。"

六月九，遇见你。

她刚显示在线，他消息就来了：小乖？

她回：我不叫小乖。

他说：乖宝宝一样，还不是小乖？

她无言以对。

他问：你都什么时候可以玩电脑啊？

她回：不知道，爸妈不在家可以玩一下。

他说：那你玩的时候发消息给我。

她反问他：为什么要发给你？

他说：你 QQ 里面就我一个人，你还可以发给谁？

他确实是她独一无二的选择了……

回想第一次和他聊天，其实也没聊些什么，他打几句过来，她慢吞吞地回一句。

聊天效率也着实不高，她对他的了解，便也没什么新增信息。

等到周一再上学，她去办公室拿东西，刚好路过他们班，听到他们班老师在骂一个女生，说她书不读，整天浑浑噩噩，骂得挺难听的。

她听到时，还心里想了下，无论这女生做了什么，老师这么骂都不合适吧？

然后心里声音刚落，就突然看到他站起来了，和老师说："老师你这么说一个女生不好吧？她也有自尊啊。"

老师还是气汹汹地说："她自己都不要自尊，我给她自尊干嘛。还有，你别以为你家里条件好，就可以这么吊儿郎当。"

他说："我从来不觉得我家里条件多好，也没觉得这会成为我的资本，但是我知道这样说一个人不好。"

她原本都走过他教室了，却因为他的话悄悄驻足了一下。

视线穿过一个个同学的脑袋，看到他笔直直地站在那里为女生抱不平，她心里不禁激起些小波澜。

她之前也一直觉得，他是个不学无术的男生，虽然没做什么坏事，但也绝对不是那种好男生。

可这一天，她脑海里关于他的印象，简直得到了重写。

过了几个星期，学校突然传出来，说一个男孩子喜欢小呦。

同学都问她怎么回事。

她想起来，是前些日子有个男生给她写了情书，她没收，不知道怎么这事就流传出去了。

她原本想着不回应，事情就会过去，可没想到，那男生也不是个普通男生，这事便越传越厉害了。

等到周末回家，她看到男生的留言，问她：那个男生是不是喜欢你？

她说：可能吧。

他说：那你呢，你也喜欢他？

她说：不喜欢。

他说：他给你写情书了？

她说：嗯，我没收。

对话就这里结束了，她也没多想，没想到等周一再去学校，发现桌子底下有一封情书。

开头前两个字就写着：小乖。

她心跳一下子就失控了，再往下看，内容是：我喜欢你。

最下面，写着他的署名。

她见没人发现，赶紧把情书塞到了书包里，想假装一切都没发生。

可到了中饭的时候，她刚坐下，他便照直坐到了她旁边，问她："收到了吧？"

她紧张地左右看，最终很低地"嗯"了一声。

他好像每次见到她慌乱的样子，都会很开心似的，人笑嘻嘻的，说："就这反应？"

她还是没说话。

他说："我是你第一个收情书的人吗？"

她说："不是。"

他说："以前的不是都拒收了吗？"

她说："那我也还给你。"

他脸一摆，说："不许还，收着。"

她拧起眉头说："你这是强迫。"

他笑笑说："反正第一这个身份要给我。"

隔天，她班级上体育课，老师让她去办公室帮着改一下试卷，她提早改完了，就返回了教室。

路过他班级时，他可能看到她了，就要上厕所，跟着她从班里溜出来了。

他追着她回了教室，问她："你都没有回应吗？我第一次喜欢女孩，你就这样对我吗？"

她被他这么纠缠着，有点慌，但更多的是害怕，因为她从小家教严，若是让家里知道她和一个男生走得这么近，她会被骂死吧。

在她还犹豫怎么应对时，他问她："我们可以在一起吗？"

这一下，彻底触到了她底线，她便也没客气了，直接回他一句："你成绩不好，我不可能和你在一起。"

他呆了一下，说："那我成绩上去你就同意和我在一起？"

她那天也不知道怎么回事，急于摆脱他，就咬牙点了头，说："对，这个学期期末考考到年级前五十，我就和你在一起。"

他说："年级前五十就在一起是吧？"

她点头。

他看了她一会儿，之后点点头，说："好，一言为定。"

他从她教室离开了，她长吁了一口气，她知道以他这种性格，考到前五十怎么可能。

先说到前面也正好，她起码这段时间不会被他这么追着了。

不能否认她内心对他确实有好感，可是这种好感太脆弱了，比起家里的压力，学业的压力，她根本不敢去压那根红线。

可没想到的是，那天之后，她真的很少在操场里看到他了，每次路过他们班，发现他不是在看书就是在刷题，连球都很少再打了。

看到他这么用功地读书，她心里都不知道是喜还是慌了。

开心的是他终于有了正形，不再和男生们天天混在一起玩了，可慌的是，万一他真的考到了前五十……

她可怎么办才好？

他果然也是言而有信的人，说好了提成绩单来见，那之后便也真的没来找过她，人也从她的视线里消失得干干净净，甚至都让她觉得，他是不是要放弃她了？

直到期末考结束后，他突然给她发了消息，说：**下楼**。

她看着消息愣了一下，赶紧偷偷跑下楼，一出单元门，就看到他站得像棵笔直的小树，站在对面笑盈盈地看着她。

她赶紧把他拉到无人的角落里，问他："什么事，怎么来这里找我了？"

他从书包里摸出成绩单，拍到她手上，说："你看看。"

她打开一看，年级第32名。

她几乎都不敢相信自己的眼睛，呆呆地抬脸看他，隔了那么久没见面，此刻眼前的他似乎什么都没变，可又一切都不一样了。

他还是那个长得超帅气的富家子，比起从前痞痞的玩世不恭的样子，现在的他全身上下怎么透着一股子阳光正能量了呢。

他表情认真回来，看着她，语气也是前所未有的正经，他说："我做到了。"

她还是觉得难以置信，说："你是怎么做到的啊，我天天拼了命地读书也在第十名。"

他说："聪明呗。"

她承认他是那种天姿极聪明的人，不像她，读书是真的要靠拼命努力才能拿到理想的成绩。

见她不说话了，他脸慢慢凑过来，微弓了些腰，问她："现在能和我在一起了吗？"

她其实看到成绩单的那一刻就已经在打退堂鼓了，被他这么一问，人就不自禁往后退了一步。

他一看，急了，伸手拉住了她，说："喂，你可不能说话不算话啊。"

她抬头看他，说："我没有说话不算话，但是被我爸妈发现，我会很惨的。"

他再次凑到她脸前，说："那你喜欢我吗？"

她听着他的问话，看着他认真的小眼神，心跳猛地失控了，她害怕被他看穿心思，又挪挪脚向后退了一步。

她退了，他便又一次逼近她，说："那这样，别的我都不要求，你只要告诉我，你喜不喜欢就好了。"

她紧抿着嘴唇，不敢去看他的眼，埋着脸猛点头。

他便开心地笑起来了，他说："这就够了，小乖，别人看着我都是吊儿郎当的，其实我做事情都是很认真的，打球也好，读书也好，对你也好，只要我开始做了，我就会是认真的。"

她依旧杵在原地，低应了一声："嗯，我知道。"

他说："你信我就好了，那我回去了。"

他转身刚要走，她怯怯地拉了一下他的衣角，他回头："嗯？"

她说："如果你成绩掉下来，我就不会再理你了。"

他笑了，说："你这是要把我培养成状元啊？"

她说："我不想看任何事耽误到我们成绩。"

他叹口气，说："如果没有你，我可能都不会读书。"

她立刻提高了声音，说："那不行，没有我，你也要好好读书。"

他顿了下，像是誓言般说："好，那我们一起考状元。"

期末考结束没多久，新年到来了。

过年那天，他和她说："我买了烟花，带你去放烟花啊。"

她看了不远处的爸妈，说："我可能出不去。"

他委屈巴巴说："这是我们俩的第一个新年，你真要让我一个人过吗？"

她心软了，说："那晚一点我想办法溜出来吧。"

他听出她声音胆怯怯的，便说："还是不要了，晚上危险，在家好好待着吧，十二点的时候，记得看窗外。"

因为他的一句话，她那天硬是熬到了零点，时间刚跨过零点，她下意识看向外面，就看到窗外的夜空中绽放出了一簇簇的烟花。

她眼眶一热，知道是他给她准备的惊喜。

她便静静站在窗边，看着烟花散开，又消失。

等烟花都结束了，她偷偷溜到书房开了电脑，给他留了言：谢谢。

他没有回消息，她知道他还没有回到家，就又黑着灯胆战心惊地等了好一会儿，他终于上线了。

他发来了一句话：希望以后每个新年，都能和你一起度过。

她回：嗯，我也是。

他说：新年快乐。

她：新年快乐。

寒假结束之后，再次开学。

他有时候会来班里找她，给她一些吃的用的。

她总是羞怯怯地去门外见他，把他的东西都得了又推回去，说："不要给我带东西，我都有的。"

他坚持又塞给她，说："不一样，我就是想给你带。"

一来二去的，同学们便也觉出不对劲了，就当着他的面开玩笑问她："你俩是什么关系呀？"

她刚想说就是普通同学，他却抢先开了口，说："朋友。"

同学问："朋友这么好的吗？"

他头一歪，那股痞劲儿又上来了，说："我就想对她好，怎么了？"

过了段时间，老师也看出两个人不太对劲了，就把他们叫到办公室。

老师问两人："是不是在谈恋爱？"

他立刻抢先一步说："没有，但是老师，我喜欢她。"

她悄悄用余光看他，他说喜欢她的时候，竟然一脸骄傲，仿佛她是什么盖世宝藏，喜欢她也是一件很值得骄傲的事。

她移回视线，心里虽然紧张得要命，却依旧还是对他的那份磊落与责任再次心动。

老师说："你别耽误人家女生读书。"

他说："不会的，我成绩也不差啊，而且我保证，我们俩的成绩都会越来越好的。"

老师目光在两人脸上看了又看，最后一挥手，说："你们自己多注意一点，不要太过分，学业第一。"

走出办公室，他一脸洒脱，她停下来，扯了一下他的衣角，说："干嘛你一个人担？明明我也有份。"

他笑着看她，说："保护喜欢的女孩子，这不天经地义吗？"

那时候她心里对这件事被爸妈知道的恐惧，大过于他给过的甜蜜，可是在见过老师那个午后，她突然觉得，她这样对他很不公平。

喜欢着彼此，想要一起变成更好的自己，这原本就不是他一个人的事。

她的成绩没有掉，稳稳居前，而他的成绩也和自己咬得很紧，就算这事被爸妈知道，她也敢于面对了。

那之后，两人的关系依旧是比朋友近一点，但距离真正的情侣却还差一点热度。

在一起时，更多的也都是一起刷题，研究学习相关。中考的时候，两人分别以第五名和第六名考上了重点高中。

得知他成绩的那天，她再次惊呆了，和他说："你太厉害了，居然考到了第六名。"

他摇摇手指说，不厉害，当初还说拿状元，没想到还是差一点。

她说不不不，真的很厉害了。

他笑了，说："有这么棒的一个女朋友，我怎么不棒呢。"

那个暑假，两人一起回到母校，羞涩地拉着小手绕着学校走了一圈。

她回头与他对视时，看到少年眼里闪亮亮的光芒，她心里也暖烘烘的。

她知道要一起走到最终，还有好长好长的路，但是她对自己的男孩有信心，知道他会一直努力地跟着她，或者超越她。

就在她觉得未来全是光明与美好时，却想不到，她家发生了一件翻天覆地的大事。

高一下学期的一天，她妈妈突然赶来了学校，说爸爸在执行任务的时候受伤了，可能不行了。

她听了之后，人都吓懵了，跟着妈妈赶到医院。

病床上的爸爸已经不行了，用力地握着她的手，说："乖女儿，爸爸可能陪不了你接下来的人生了，爸爸之前对你很严格，你不要怪爸爸，爸爸是希望你能勇敢坚强一点。爸爸知道，你是一个好孩子，你骨子里的那股劲儿和我很像，爸爸不在的日子里，你要照顾好妈妈，不要让妈妈担心，你也不要为爸爸难过，爸爸能为国家献身感到很光荣。爸爸这一生，忠于祖国，忠于你和妈妈，爸爸无悔了……"

这一席话说完，爸爸就闭上了眼，再也没有醒来了。

她抱着爸爸的身子，拼命地喊哭。

从小到大，爸爸一直对她很严厉，可是骨血那种亲与羁绊，没有任何事情可以阻断。她爱爸爸，在她的心里爸爸一直是她的盖世大英雄，每当看到他穿着军装，她都觉得爸爸是全天下最帅气最耀眼的男人。

可是从此以后，她再也没有机会看到爸爸穿军装的样子了。

那个忠于国家、忠于妈妈和她的，最伟岸最亲爱的人，匆匆来过人生间一趟，陪伴了她短短十几载，便永远离开了。

她不能承受这个事实，可想到爸爸的遗言，让她照顾好妈妈，她知道自己要坚强，她不再是那个无忧无虑的小女生了，往后，她要和妈妈一起担起这个家，担起妈妈的后半生了。

后来的几天，她像是一朝长大了，冷静地陪着妈妈处理爸爸的后事。每天忙到很晚，回到家，也不想和任何人说话，或者抱着妈妈陪她静坐着，或者就一个人回房间，躺在床上怔怔地望着屋顶。

所有事都处理完了，她才登了一下 QQ，看到他发了好多好多条的消息给她，问她发生了什么事，怎么都找不到她了。

她鼻子酸得厉害，眼眶也憋胀着，回复他的短短几个字，她费了好久才发送出去，她说：我爸爸去世了。

他秒回：你在家吗？

她回：嗯。

他没再说话了，过了好一会儿，他的消息再次过来，他说：我在你楼下，我会一直在，你别害怕。

按捺了好多天的眼泪就这么失控了，她坐在电脑前，看着那行字，哭得几乎不成人形。

她洗了脸，下楼，看到他的一瞬间，她把所有顾忌都抛到了脑后，朝他跑过去，扑进了他怀里。

她抱着他，号啕大哭，她说："我没有爸爸了，我再也没有爸爸了……"

他没有说话，手掌一直在抚着她的后背，她感觉到他整个人也在发颤。

他说："小乖，爸爸会在别个地方看着你啊，他没有离开啊，你要好好生活，不能让爸爸担心。"

他的声音也带了哭腔，她看到他的眼泪也顺着脸颊滑下来。

他一直深深抱着她，两人都没有再说话，她哭着，他陪着。

不知道哭了多久，她的情绪也终于都排解了大半。她怕他回家太晚会被说，便和他说："你先回去吧，我也上去了。"

他说："好，有事一定给我发消息。"

也许是哭痛快了，她那晚睡得特别沉，是事发到现在，睡得最好的一次。

早上醒来，妈妈让她出去买早饭，她下了楼，猛然发现楼下的长椅上睡着一个人。

她看着那人的身形，心里猛地一记震动，她赶紧跑过去，叫醒了他，然后他揉着眼睛坐起来，对着她特别疲惫地笑了。

她看着他的脸，嗓子卡住了似的一个字都说不出来，手握着他的胳膊，缓了好一阵子，她才问出来："你一个晚上都没有回去吗？"

他说："嗯，怕你害怕，就在儿这陪着你。"

她眼泪又开始地往下掉，他赶紧哄着她，说："你别哭，我只是想陪着你。"

她哭出声来，喊他："你傻不傻啊？晚上多冷啊。"

他还是笑笑的，说："不冷。"

他看了看时间，问她："是要去买早饭吗？"她点头，他便麻溜地站起来，说："走啊，陪你去。"

又休整了一天，隔天她回学校上课，发现他没有在。

问他们班同学说也好像是生病了。她就猜到肯定是前天晚上冻病了。

晚上回去，她发消息给他，他起初还不承认，她逼急了，他才终于说了实话，是那天冻感冒了。

她心里难过得要命，说：你对我这么好，我该拿什么回报你才好。

他发来一个笑嘻嘻的表情，他说：拿你接下去所有的时间，好不好？

她想到与他相识以来，受到他那些点点滴滴的好，她毫不犹豫地答了：好，只要你喜欢我一天，我就不会离开你。

可没想到，就在她刚对他做出承诺的第二天，她妈妈和她说，要离开这个城市，到姥姥姥爷那个城市了。

妈妈红着眼说，这个城市有太多回忆了，她真的承受不住了，她想离开这里。

她能理解妈妈，这个城市对她来说，又何尝不是到处都是对爸爸的思念。

她问："妈妈，那爷爷奶奶呢，他们怎么办？"

妈妈说："问过爷爷奶奶了，他们的亲人都在这边，不想一起搬走。"

她听着妈妈话，人一直沉默着，她无法拒绝妈妈的决定，即便她喜欢的少年在这里，可是妈妈遭受的痛苦是成倍的。

她不能这么自私，她答应过爸爸，要照顾好妈妈的呀。

她问："妈妈，我们什么时候走？"

妈妈说："就这两天吧，给你办好手续，我们就走了。"

那天晚上，她坐在电脑前，一直在想怎么把这个消息告诉他。

他的消息就恰巧发过来了，他说：我已经好多了，明天就可以回学校了。

她手指在键盘上辗转了好一会儿，最终一个字都没有回，关了电脑，躺回到床上。

从前像这样的深夜，她临睡前总会习惯想象与他的以后，描绘未来一起的生活，即便从没有向他说过，可在她脑海里那些画面出现过几千几万遍。

但是现在，她目光空空地看着屋顶，从前那些画面好像都一点点离她远去，变成了遥不可及的幻影。

清早，妈妈和她说，不用再去学校了，老师帮她去办手续了，明天就可以走了。

她知道，不论再怎么舍不得，最终还是到了与他道别的时候了。

那天他到她班里去找她，听同学说她要办转学了，便一直急着联系她，而她那一整天都没上 QQ。

她不敢面对，更不知道怎么和他说。

联系不到他，他把电话打到了她家，和她妈妈说，是她的同学，来给她把书送过来。

她没想到是他，懵懵地下了楼，看到是他的一瞬间，她一下子停在了原地。

她不敢再向前走一步，不敢看他的脸，甚至不敢迎接他看过来的目光。

　　他走过来，把她拉到了无人的角落里。

　　她第一次见他那么火大的样子，他叫她全名，说："你打算什么时候告诉我？还是打算什么都不说，就这么一走了之？"

　　她埋着脸不敢说话，眼泪一直在打转。

　　他气得身子都颤了，他说："你就这么对我的是吗？你把我当什么？回答我！"

　　被他这么一吼，她的眼泪直接掉下来了，她缓缓抬了头，看着他的眼，说："我不知道怎么和你说。"

　　见她哭了，他语气怎地软下去了，叹了口气，说："你不知道怎么说，也不能不说啊？也总不能等你走后再告诉我吧，还是你想和我分手？"

　　她没有说话。

　　他扶起她的脸，问："你不会真的想和我分手吧？"

　　她坚定地摇头，眼泪还是不停地滑下来，她说："没有，我没有想和你分手。可是我们这样分开，你觉得我们能坚持多久？"

　　他声音再次提高了，说："你有没有心的？你就这样信不过我吗？"

　　她也对他喊起来："我也会害怕啊，我也在担心啊！"

　　他看着她，之后伸手把她拉进了怀里，两个人许久都没有说话，身子僵直地抱了好久。

　　他说："小乖，你要考什么大学，告诉我，我和你考一样的。"

　　因为这句话，她又哭了。

　　那么骄傲的一个少年，几乎都在用恳求的语气了。

　　她心里难受得厉害，问他："不，你想考什么大学，告诉我，我去找你。"

　　他说："小乖，你知道吗？遇到你之前，我的人生没有什么目标，可是遇到你之后，我的目标就是和你在一起，此生都在一起。我没有什么理想的大学，我理想的大学就是有你的大学。"

　　她点着头，眼泪更多地流下来，她哽咽着说："好，那到时候我们商量一下，考一所我们都喜欢的大学好不好？"

　　他说："好，但是你一定要告诉我，不要丢下我。"

　　她看着他，说："好，那你也等着我。"

　　他说："嗯，一定！"

离开的这天，妈妈叫她整理好自己的东西，她东西不多，很快就整理好了。

环顾房间的时候，看到了窗台上那个牛奶玻璃瓶。

她走过去，看着瓶子，人静了好半天，然后把它塞起了行李箱。

她记得，她一直都记得，这是他给她的第一件物品。

坐车离开家时，小区拐弯处，她看到了他。

他没有走近她，只是远远看着她，目送着她一点点远去。

她坐在车上终于忍不住眼泪，号啕大哭，仿佛心上紧系的什么东西被生生扯断似的，让她痛不欲生。

妈妈吓到了，问她："是不是舍不得走？"她摇着头，却哭得说不出话。

妈妈抱着她说，新生活开始后，一切都慢慢会过去的。

她把脸埋进妈妈怀里，她知道这样的选择没有错，妈妈必须要开始新的生活，没有爱人的城市对妈妈来说仿佛一个枯城。

她想让妈妈重新开始，想看到妈妈不再难过的脸，希望她能快点好起来。

只是……只是她的心上，也有一个深深喜欢着的少年啊……

到了姥姥家那边后，她去了一个新学校，新环境里，也认识了新的朋友。

可是，她的生活一点都不开心，她像一个外来物种，好像怎么样都融入不到群体中去。

他每天会给她发消息，而她只有周末才能看到。

他的留言总是整屏整屏过来，他会说：小乖，我真的有好好读书，你别担心我，自己也要好好吃饭，好好生活。

关于她这边的不顺心不快乐，她从来只字不提，每次看完他的留言，她只回复他：你一定要等我。

他说：你放一百个心，我每天除了学习、想你和打篮球，就不会有别的事情了。

因为他的存在，周末成了她最开心，也最难过的时候。

开心是她总能和他聊聊天，难过是两人只能隔着屏幕聊天。

高一下学期结束，她想去看望一下爷奶和他，便和妈妈说，想回去一趟。

妈妈不同意，说："快高二了，时间紧张，报个补习班吧。"

她的成绩稳居年级前十，就和妈妈说，不用上补习班了。

可最终拗不过妈妈，还是没能回去看他。

她和他说：没办法，我妈妈已经给我报名了。

他听了后，安慰她说：没事，那我也上补习班，隔空陪你一起努力。

假期就在忙碌的补习中结束了，高二开学后，他和她的学业都更紧张了，妈妈把她也逼得更紧，让她有些喘不过气了。

周末和他聊天时，他说：开学考了年级第五。

她打心眼里为他开心，说：这么棒啊！

他说：对啊，我们要一起考大学的嘛。

她想象他努力埋头读书的样子，突然觉得那么久没有见到他，都不知道他有没有什么变化，就脱口而出说了句：我好想你啊。

没想到，周一的晚自习，她刚走到家门口，突然发现楼下站着一个好熟悉的身影。

她不可置信地急匆匆走过去，竟然真的是他！

她惊讶地语无伦次，问他怎么找到她家地址的？

他说："你忘了，你和我说起过位置呀。"

她鼻子一酸，扑进了他的怀里。

从他家到这里坐车要五六个小时，还要转车。她抱着他，眼泪一直控制不住地往下掉，说："你好傻啊，一个人坐那么久的车，累不累啊。"

他说："小乖，你是不是过得不好，都瘦了。"

她抱着他，不吭声，可心里却幸福得一塌糊涂。

没有和他见面的这些日子里，她真的好想他，在人生地不熟的城市里，夜晚做作业很累的时候想他，考试的时候想他，看到别人打篮球想他。

她带着哭腔说："我真的好想你。"

他说："所以我来了，过得不好要告诉我，别一个人扛。"

她说："我好想现在就毕业啊，好想和你一起读大学。"

他说："那明天逃课好不好？"

她愣一下，他说："你请个假，我带你去玩。"

她说："你认识这边吗？"他说："不认识啊，但是也还是能玩的。"

那段时间她被妈妈和老师逼得太紧了，人像是随时快要炸开的气球，急需找到一个排解的口。

于是她决定和他一起逃课去玩。

两人一起去夹娃娃，逛商场，开蹦蹦车，吃烧烤。

直到午后才依依不舍分开，送他之后，她压着放学时间回家。

一进门，就发现妈妈坐在沙发上，脸上表情阴沉。

才知道，妈妈今天刚好去学校给她送衣服，听说她请假了，就知道她逃课了。

即便被发现了，她也没打算说谎，在妈妈问她是不是谈恋爱时，她坦白说是。

果不其然，妈妈一阵狂风暴雨似的数落，她那天也不知道发了什么疯，跟妈妈说："就算是谈恋爱了，也没有影响学习！"

妈妈说："都逃课了还没有影响？你告诉我什么叫影响？"

她哭着说："你知道我这段时间过的很不开心吗？今天虽然逃课了，却是我最开心的一天，你从来不关心我过的怎么样，你只关心我成绩怎么样，你从来不问我来这边开心不开心。我知道你失去爸爸很难受，可是我呢，他也是我爸啊，我也难受啊，我也走不出来啊，也需要排解啊……"

妈妈看着她也哭了，她说："你知道我一个人带你有多难吗？你还这么不懂事，我做这么多都是为了你。什么都不用说了，从今天开始，家里的网线我会停掉，直到高考结束。"

她哭着跑回房间，她知道逃课是不对的，早恋也是不对的，即便了解妈妈所有苦心与期望，可是她真的过得很不快乐……

是不是十八岁前，只要你是个学生，就不配拥有快乐的权利，只有书本和成绩才是唯一且必须守住的道。

她不知道，她也没有答案。

她想快乐想呼吸想自由如果没有错，妈妈如果也没有错，那么到底是谁的错？

但不论谁的错，她都必须要妥协了。

隔天晚自习下课，她去超市打了一个电话给他，告诉他："妈妈都知道了，把家里的网停了，电话也停了，可能接下去的时间，我都联系不到你了。"

他沉默了好一会儿，之后在电话那边轻轻笑了，他说："小乖没事，只剩一年多时间了，很快就过去了。"

她问他："你还等得了吗？如果等不了……"

她话还没有说完，他便打断她的话，说："我说了会等你，就一定等你。"

那之后，她每星期都会给他打一个电话，相互聊聊这一周发生的事，也打不了太久，但只要听到他的声音，她就觉得人放松了不少。

再到了假期，妈妈自然也不会让她回去了，见不到面的日子里，她有好多话想和他说，就都拿笔记下来，然后揉成小纸条丢到那个牛奶瓶里。

慢慢地那只牛奶瓶成了她精神唯一的寄托，那里边有她这一年多对他的想念，还有对未来的期待。

虽然日子很难熬，但学习越来越紧张，日子也飞快划过。

高考前，两人通了一个电话。

她说："放轻松，别紧张。"

他说："如果我们没有在同一所大学怎么办？"

她说："没有信心吗？"

他立刻重振士气，说："有！我们一定会在一起的！"

高考那天，她拿笔写下：愿我们考试顺利，携手走进同一所大学。

那也是她放进牛奶瓶里最后一张纸条。

她知道，想念他的日子终于走到尾声了，走过高考后，他们的未来就更近了一步。

高考，终于到来了……

成绩出来那天，她和妈妈坐在电脑前，看着查分界面，却谁都不敢去查。

比之同届考生，她担心的事情会更多，担心自己考不好，却更担心他也考不好。

不论谁发挥失常，一起上大学的梦想可能就无法实现了。

这么多年的坚守与努力，可能都会功亏一篑了。

即便打心里再信任他，她也明白现实有多残酷，如果继续异地的话，他和她还都能撑多久？

她不敢想，只是想到这么努力，如果最终都没能换来一个美好结局，她这一生恐怕都会意难平了。

这么逃避也不是办法，她深吸了一口气，和妈妈说："该来的总得来。"然后毅然输入了准考证，成绩跳出来了，竟然比她预估的还要高。妈妈立刻打电话问老师这个成绩能排多少名。

她也一刻等不急，赶紧给他打电话，问他考得怎么样。

他报了分数，她听到都惊呆了，说："这么高？"

他说："嗯，我也不敢相信。"

他问："你呢，怎么样？"

她脸上已经荡漾出笑容，说："差不多，比你高一点点。"

他的声音里也满是激动，说："那我们同一所大学应该没问题！"

很快成绩排名出来了，她的成绩是年级第二，而他是年级第三！

那一天她和妈妈抱头痛哭，她明白妈妈是在哭女儿的争气，与她这两年来的不容易。

可她哭的是，他的男孩啊，怎么可以那么棒。

后来和他聊天时才知道，当他知道自己排名后，也低着头默默地哭了，觉得这么多年的努力终究没有白付，没有辜负喜欢的女孩，也没有辜负自己。

报志愿时，两人选择了共同喜欢的大学。

填志愿时妈妈和她说："还有烈士子女的20分。"

她想了想，和妈妈说："能不能不要投档。"

妈妈不理解："20分投档加上去，大学可以选到更好的。"

她抱抱妈妈，她说："大学是我自己考的，这20分不属于我，爸爸生前磊落，我想让他的功绩也纯粹无暇，他永远都是当之无愧的大英雄。"

妈妈听了她的话，最终也同意她的决定。只是学校的老师们都觉得可惜，说："20分，或许都够改变命运了。"

她笑着宽慰老师，说："不用可惜的呀，我现在选的大学就是我最喜欢的大学。"

提交志愿的时候，男生比她还紧张，一个劲地说："小乖，你再检查一遍，好好检查好了。"

她无奈地说："我都检查三遍了，不会错了。"

提交结束，他和她说："小乖，我们坚持下来了。"

她被他说的心里一阵潮涌，她说："是的，谢谢你，谢谢你这么多年的坚持。"

暑假里，她回到爷爷奶奶那边，看完爷奶后，和他一起回到了从前的高中。

这所学校虽然她只读了一半，但是这里却承载了她最美好和开心的时光。

两人还是像中考后那天，牵着手悠闲地走在操场上，不同的是，这一年他和她已经成人了，不必再躲躲藏藏，可以肆意地牵手拥抱。

她扬起脸看他，和他说："给我讲讲你这两年怎么过的吧。"

他笑笑，目光看向她，说："好像没什么特别，你走之后，我就一直拼命读书，朋友也变少了，他们都说我像变了一个人，都快不认识我了。"

她问："你过得开心吗？"

他摸摸他的头，只是笑笑，没有说话。

他看她的眼神里，有很多很多的内容，他不用说，其实她也全看得懂。

想到这两年里异地各自拼搏的时光，她眼眶莫名湿了，她停下来，轻轻抱住他。

她说："谢谢你一直等我，以后我们一定会越来越好的。"

尽管之前也有把握可以被录取，可录取结果出来那天，她还是忍不住在电话里放声大哭。

她和他一遍遍地说："我们做到了，我们真的做到了。"

他声音里也尽是哽咽，说："从见到你的第一面起，我就知道我们会有未来，虽然中间的过程难了一点，但我们都挺过来了。"

录取书寄到的那天，她让他拍了照片发过来，然后她也拍了一张。

她把两张放在一起，发了一条说说，配了一句话：不负青春，不负你。

之后他转发了那条说说，配文是：我的青春都是你，你的未来都是我。

下面祝福无数，她心里，与他的未来已经越来越清晰了。

那个暑假，她也带他去参观了自己的高中。

她边走边给他介绍学校，和他聊这两年里的点滴。

她还带他去常去的小吃店，她说："有时候来不及回家吃饭，我会在这里吃。"

不料他点点头，说："嗯，我知道。"

她惊讶，说："你怎么知道的？"

他很害羞地笑了，说："其实后来我偷偷过来看过你几次，我实在放心不下你，就偷偷跑过来了。有一次下雨，你没有带伞，就在这家店吃的饭。当时我很想给你送伞过来，可是我怕你看到我过来，会说我担心我，就忍着没有给你送了，一直在外面等你吃完回学校，我才返回去的。"

她听着他的话，心跳都几乎停摆了，她说："你来了为什么不告诉我啊？就默默看着我？"

　　他长吁口气，说："嗯，那时候真的觉得默默看着你，就很好了。只要看到你过得好，我就觉得一切都不是问题。"

　　她看着他的脸，眼泪不受控地落下来，说："可我什么都不知道，我什么都没有做，你这么喜欢我，真的值得吗？"

　　他把她拉进怀里，说："值得，只要我们在一起，就都值得。"

　　她一直觉得爸爸过世后，她的生命和生活都不可能再完整了，可因为他的存在，她总觉得，是不是爸爸将他送到了自己面前。

　　他那么年少便出现在她兰活里，此后那么多年里一直守护着她，没有一句怨言，是不是，老天安排好了由他来接替爸爸继续爱她的？

　　大学开学那天，她把那个牛奶玻璃瓶带了过来。

　　他看到了，说："这个东西好眼熟。"

　　她说："是你初一那时候不小心砸到我，给我赔罪的那瓶牛奶。"

　　他拍着脑门说："对对对，难怪这么眼熟，你还留着啊。"

　　她笑着说："嗯，一直留着。"

　　他突然坏笑下，说："所以那时候你其实也有一点喜欢我？"

　　她撇嘴，说："才没有。"

　　他说："没有的话，你留着干吗？"

　　她嘴硬，说："留着看看。"

　　他也撇着嘴，说："骗人精，肯定那时候也喜欢我，明明就喜欢我……"

　　她没有言语。

　　那反正也在一起了，也这么多年了，你要这样想，也无妨了。

　　他看到里边塞满了小纸条，就特别好奇地想都拿出来看，她挡着他的手，说："一天只能看一个。"

　　他见她一脸认真，说："那好吧，一天只看一个，这也太折磨我了。"

　　瓶子给了他之后，没多久她就把这事忘记了。

　　隔了好久后，她有天回寝室才发现，那个瓶子竟然回到了她这里，而且里边的纸条都没有了，只剩一个。

　　她拿出来那个纸条，上面是他的字迹，只写着一句话：**给你一世深情，还我一生陪伴。**

她眼窝一热，给他打电话，说："你干嘛，怎么突然写情书给我？"

他笑着说："初中第一次给你写情书，写得不好，这次补给你。"

她问："我的那些纸条呢？"

他说："我收藏了啊。"

她哭笑不得，说："那有什么好收藏的。"

他说："这么宝贝的东西，每一张都代表你想念过我，当然要好好收藏了。"

她一直知道他是个细心又体贴的男孩，对自己已经足够好了，但是真正在一起后，才发现他从前展示的那些好，只是九牛一毛。

他的男孩，是爱一个人，会把整个人整颗心奉上的人。

即便遭遇了生活的痛击，但在他这里，他从来都给予着她满满的安全感。

四年的大学里，两人就和每一对情侣一样，一起吃饭，一起读书，一起逛操场，把从前的遗憾一样样都了补回来。

大二那年，她妈妈生病了，要做一个小手术。

她和他说："我可能要请假两周，去陪妈妈。"

他说："请两周的话，到时候课不好补吧。"

她说："那也没办法，姥姥姥爷年纪大不方便，我得去照顾妈妈。"

他想了想，说："要不这样，你请一周，我请一周。"

她惊讶地说："啊，你请假去照顾我妈妈？"

他说："是啊。"

她摇头，说："太不方便了吧？"

其实她心里也有点打鼓，毕竟当初坦白早恋，妈妈便已经知道了他的存在，这个时候见面，妈妈或许还是不能接受他。

但是男生却一副信心满怀的表情，说："你放心，我会安排好的。"

她确实也担心请假久了，学业会落下，另一方面也相信男生会把事情办好的，于是就同意了。

她先去医院照顾了妈妈一周，之后她和妈妈说："我要回学校了，他会来继续照顾你。"

妈妈说："什么？他来照顾我？开什么玩笑？"

她说："妈妈，你先别急着否定他，他既然说了，那说明他也做好准备了，你先看看，不行的话，我再继续请假过来。"

妈妈犹豫了一下，在家长的心里，没什么比学业更重要的，最终也就没说什么了。

第二个星期，他去照顾妈妈了。

她在学校实在放不下心，发消息问他：**怎么样？妈妈有没有为难你？有没有说很难听的话？**

他说：别担心呀，你妈妈可喜欢我了。

她回：妈妈怎么转变这么快？

她便将信将疑着，每天都给妈妈和他打电话，发觉好像两人的关系真的还不错。

妈妈出院后，她才找机会问妈妈那个星期到底发生了什么。

妈妈说："原本知道他要来，就觉得挺不方便的，一个男孩子怎么护理啊，可没想到他来的时候带了一个护工，平常里护工忙前忙后，他就在旁边帮帮忙，和妈妈聊聊天和买买饭什么的。妈妈就觉得，这孩子心还挺细的，也挺会处理事情的。"

一开始妈妈对他态度是不好，知道是他拐着女儿早恋，脸色怎么好得起来。

可是他总是对妈妈笑嘻嘻的，不论妈妈说他什么都接着，又细心又热情，搞得妈妈也不好意思对他冷脸了。

而在那一个星期里，他也慢慢把两人这些年的事情都告诉妈妈了，没想到妈妈听哭了。

妈妈说她这些年只顾自己失去老公很痛苦，觉得一个人带女儿生活很辛苦，却从来没有考虑到，当女儿的也过得很辛苦。

这些年把小呦逼这么紧，她也在反思，知道很多事情她做的也不好，当时只想女儿努力读书，这样以后就可以不用吃苦了。

其实妈妈的用心她也明白，只不过事情来得太突然，母女俩就像绷紧了的两根弦，敏感又易断，都没有静下心来好好谈谈。

却想不到，让母女俩真正了解彼此想法，打开心结的，竟然是他。

也就是那一周后，妈妈对他彻底转了态度。再之后，每次打电话说起他，妈妈总说，有空带他回来吃饭。

听到妈妈这样说，她心里一大块石头落了地，她其实多怕妈妈会很难接受他。

却想不到，她的男孩用自己的真心和能力，把事情转向了皆大欢喜的结局。

大三那年，男生把她带回了家。

一进他家门，他爸妈就立刻围着她团团转。他爸妈很热情地说："你就是小乖啊，哎呦，怎么长得这么漂亮。"

她特别不好意思地笑笑，说："叔叔阿姨好。"

他妈妈说："来买来，快点过来坐。"

她坐下后，他妈妈说："你在我和他爸爸心目中，就像一个神交已久的网友。"

她不解，惊讶地讯："啊？"

他妈妈说："儿子以前总说他有一个多漂亮、成绩多好的女朋友，我们都不信，以为是他瞎编的，可没想到，竟然是真的。"

她说："他还提起过我啊？"

他妈妈说："可不嘛，天天挂在嘴上。初中有一段时间开始猛读书，我们都以为他着魔了，后来他说他喜欢的女孩子喜欢成绩好的，他要开始拼命了，之后就真的像换了一个人，说起来我们还要感谢你，要不是你，他可能浑浑噩噩不读书瞎混日子了。"

她赶紧说："他自己原本就聪明优秀的。"

他妈妈继续说："高中有段时间他心情很不好，我们怎么问他，他都不说，后来才知道你转学了……"

妈妈说到这里，长长地叹了口气，他赶紧拦住了妈妈的话，说："哎呦妈，都过去了。"

他妈妈立刻又换上了笑脸，说："对对，都过去了。"

她扭头看着他，问他："你那时候心情特别不好，为什么不告诉我？"

他说："告诉你，你还要担心我，就不打算说了。"

她说："你就都这么硬扛了？"

他笑了，揽揽她的肩说："当时觉得挺难的，但现在想想，好像也就这么回事。"

他说："小乖，我们在一起就够了，真的足够了。"

两人大四那年，干妈的儿子突然出了车祸，他接到消息后，立马就赶回去。

她知道两个男生亲如兄弟，就想着陪他一起回去。

他说："不要回云了，这种场面还是不要去了，我一个人去就好了。"

他走后，她一个人在学校待着也不安心，便也决定买票跟过去了。

出发前，她给他发了消息，说她也回来了，不用来接她，她自己可以过去。

结果等她到了，他都一直没回消息。

她估摸着他忙着，就先回了爷爷奶奶家开车。这时他消息回过来了，问她："怎么回来了？现在在哪？"

她说："我在爷爷奶奶家了，我去找你。"

他发来了干妈家的地址。

她心里一沉，想着出了车祸没在医院，这会儿在家，难道是人不行了吗？

她加紧赶过去，想上楼，又怕不方便，便给他发了消息，说自己在楼下等他。

过了好一会儿，他下来了，眼睛里满满的红血丝，胡茬也长出来了，整个人憔悴得不成样子。

他给她拿了面包和牛奶，让她先垫垫肚子。

她把东西放到一边，抱住了他，都什么时候了，他连自己都照顾不好，还想着她是不是饿着肚子。

她问他："很累吧，靠着我休息一下。"

他看着她，一时间眼睛更红了，他说："为什么生命这么脆弱，为什么好好的人突然一下就没了。"

她说不出话，猛然想到当初爸爸也是这样突然就去世的，让她至今都无法接受和释怀。

她抱着他，静静陪着他，过了好一会儿，他说："还要上去，让她回爷奶家等他。"

她说："没事，不用担心我了。"

他重新上楼了，她把车门锁好，缩着身子开始在车里等他。

打从追过来那一刻起，她便没有打算再离开他了。很多年前的那一晚，他在她家楼下整整守了一夜，现在他这么痛苦，她也想同样守着他。

等他的时候，她回想他刚才的话：生命为什么那么脆弱……

她脑海里不断地浮现出爸爸的脸，那天在医院与爸爸告别的画面，爸爸握着她的手说："爸爸无悔了……"

她的眼泪突然就忍不住了，她不敢想象他在楼上正经历着什么事，她也没办法安慰他，他们都特别详和地去了另一个世界，因为这个理由当年也一样无法让她释怀。

过了好长时间，他重新走下来，车门一开，便一把抱住了她，脸埋在她肩上开始放声痛哭。

她知道，他一定在上面忍了很久很久，便一直抚着他的后背，让他想哭就哭，她会一直在。

他哭着说："他还这么年轻，什么都还没有开始就离开了。他明明说过要当我的伴郎，还说给我儿子当干爹的，为什么他食言了，他都还没有看到我结婚生子，他怎么能走呢。"

她抱着他，他哭她也跟着哭，她经历过这样的事，知道不论说什么，都苍白无力。

能做的，只有默默无声地陪着他一起痛。

但是那一天，她知道自己的内心有了改变。

从前，他一直问她想什么时候结婚，她说工作后一两年吧，等一切都稳定了。

爷奶也问过她，什么时候结婚，说爷奶年纪大了，想抱曾孙子了。

那时候，她觉得长辈们不过是开玩笑逗她的。可现在她一下子明白，他们没有开玩笑，他们是真的害怕会有一天离开人世，会再也看不到她结婚和生子的模样。

想到这一件件事，这一次她是真的想和他结婚了。

她知道，若是一生交予他手心，她不会有一丝一毫的恐惧。

毕业后的那年冬天，她和他决定去领证。

那之前，她问他："我们结婚后，不只法律上有了关系，这辈子我们都会有关系，我们要肩负彼此。我可能会生病，我们的父母可能会生病，我们要一起面对种种，你真的考虑好了吗？"

他定定看着她，说："以前读书的时候，我觉得只要和你在一起就是最好的，现在我们长大了，我知道我们的责任，婚姻和谈恋爱不同，但是婚姻会比恋爱更有力量。我们知道，我们彼此始终会在，哪怕有一天，我们谁先离开了，我们都不会害怕，因为我们知道，留在世上的那个人，也会因为拥有过足够的爱而有力量继续生活下去，这才是婚姻的意义。"

他的话，让她的眼眶一次次湿润。

是啊，婚姻的意义，就是这世上从此有一个人会始终陪伴在旁，父母总有一天会离去，孩子也会独立，最终，身边留下的只有爱人。

好的爱人就是力量源泉，有他在，她便感觉自己无所不能，有他在，她便不惧一切。

毕业后，他问她想去哪儿工作。

她说："我妈在姥姥姥爷这边，她肯定想我也留这边。"

他说："那就留这边。"

她问："那你呢？"

他说："陪着你。"

她说："可是你爸妈会同意吗？"

他说："没关系啊，现在交通发达，想回去很快的。"

后来她回去和妈妈讨论这件事，妈妈问："你怎么想的？"

她想了想，看着妈妈，说："妈，这么多年了，我也真的想为他做一件事……"

妈妈静了一会儿，说："那我们回去吧。"

她惊讶地看着妈妈，说："妈妈你愿意回去吗？"

妈妈说："你也长大了，有自己的想法，妈妈不应该再绑着你，他确实为了你做了好多事，你应该为他做一件事了。"

她把这个决定告诉了他，他说："不用的，没事的，我过去陪你可以的。"

她静静看着他，笑着笑着眼泪便落下来了，她说："这一生，我能为你做的事情不多，嫁给你，给你生孩子，这是两件，但我想凑足三件，第三件事，我们一起回去，回到你爸妈的身边，回到我们相遇的地方。"

他也眼睛红了，说："小乖，嫁给我，就是我最想让你做的一件事，其他的都我来就好了。"

她一下子破涕为笑，说："那生孩子呢，你也要自己来吗？"

他噗嗤笑了，说："这个，这个还是得你来……"

最终，她和妈妈回到了从前的城市，那个城市有爸爸的气息，有她和妈妈最苦痛的往事，却也有昔日最幸福的回忆。

她带着他去了爸爸的墓地。

她说："爸爸，这是你的女婿。"

他认真鞠个躬，说："爸爸好。"

她说："爸爸，你离开这么多年了，现在我大学毕业了，要工作了。你去世之后，妈妈带着我去了姥姥姥爷那边，现在我要成家了，妈妈带着我又回来了，我想留在你待过的地方，这样就会觉得安心一点，会觉得一切可有依靠。你放心，这些年好的不好的，我和妈妈都挺过来了，现在我们都很好，我也找到了对我很好的那个人，你在另一个地方也要好好生活。"

她说完后，他接过话说："爸爸，这是第一次见面，谢谢你培养了一个这么好的女儿，并让我遇到了她。你放心，我一定会对她和妈妈很好，从前你肩上担着的责任与事情，往后起，就正式交给我了。"

婚礼上，两人邀请了当年初中的老师。

初中老师当着所有宾客，说："这两个孩子啊，当时早恋，还死不承认。这个臭小子说是他在追小呦，和小呦没有关系，但是作为老师，怎么会看不出来，我就是知道他们在谈恋爱，但是他们俩当时成绩偏偏还很好，我也没法说什么。可没想到，这么多年后他们居然结婚了，我还有幸能参加他们的婚礼，喝到他们的喜酒，也是他们让我知道，青春期的爱情也能长久。作为老师不同意学生谈恋爱，怕他们耽误学习，也怕他们不够成熟，伤害到自己和另一方。但是他们两个人都很争气，爱情学业两不误。与其说爱情会影响学业，倒不如说一个优秀的人会影响另一个人。"

他听着老师的话，在一边吸着鼻涕哭得像个孩子一样。

对新娘致辞时，他看着她的眼，说："我真的没想到，我第一个喜欢的女孩，会最终陪伴我终生。那时候我打篮球不小心砸到她的时候，一般女生肯定会娇气地哭或者生气，可是她没有，给人感觉很文静很舒服。砸到她之后，我篮球也打不下去，就买了茶叶蛋给她送过去。直到现在，我每次吃到茶叶蛋就会想起那天。

"再后来的相处里，我发现这个女孩子真的乖到不行，连 QQ 号都没有，我在想这样的女孩子应该不会和我谈恋爱吧。果然，我告白后，她要求我考到年级前五十才和我在一起。我也是第一次因为女孩子说喜欢成绩好的，就拼命去读书。没想到，我考进前五十了，她也终于同意和我在一起了。

"可是后来发生一些事情，她去了另一个城市读书，我们便约定读同一所大学，所以我更加拼命读书，我害怕没办法和她进同一所大学。幸运的是，所有的努力都得到了回报，我们考进了同一所大学。

"现在，她成了我的妻子，而我年少时最期盼的梦，也成真了，感谢她的坚持，她的陪伴。我的余生，只属于她。"

听着他的话，她站在台上也哭得稀里哗啦。

　　她泪眼模糊看着他说："人一辈子，最能带来安全感的就是伴侣，遇到他之后，我再也不需要任何人的任何力量，只要他在，我就会充满能量，底气十足。感谢遇见他，感谢这么好的他，会与我走过这一生。"

04

穿白纱
当新娘

讲述人 ◎ 之之

愿给予重生的爱人，我们终皆拥有。

之之是个不急着恋爱的女生。

大学毕业后便参加工作，一直觉得恋爱这事随缘就好。

但她爸妈眼瞅着女儿一天天没男人没爱情没约会的，愁得要命，就开始给她张落起相亲的事。

对于相亲这事，她心里不乐意，总觉得这是几年后实在嫁不出去了，才会动用的终极大招，于是就左推右推一直都没有去。

就这么耗了好一段时间，妈妈一看以她个人能力，还没能脱单，于是就特别强硬地和她说："又给你物色了一个，各方面都挺好的，这次必须给我去，不然我就气死了！"

一看亲妈要翻脸，之之也熬不过去了，只能硬着头皮同意了。但心里打着自己的小算盘，想着走个过场就得了，也算是逗老妈开心一下。

和相亲对象见面那天，她刚走到约定地点附近，就迷路了，看了看手机里的信息：某某路与某某路的交叉口，路南的咖啡店。

她长这么大，认识的地方就那么几处，也从来不记什么街道名，这会儿看着这地址，人站在十字街口，一脸的懵圈。

先不说街道名哪条是哪条，这路南是哪边？写左右不好吗？画个标志物不好吗？

在路口转了一大圈，终于看到了一个咖啡店，心里石头落了地，这会儿妈妈的电话也打过来了，说对方已经到了，让她赶紧的。

她便也没犹豫，整了下发型，就推门进了咖啡店。

所幸店里人不多，而且还都是成双结伴的，只有其中那么一张桌子，只坐了一个年轻男客人。

侧个身，也看不清脸，但看穿着和轮廓，还是蛮不错的。

毕竟也是第一次相亲，她平整了下呼吸，故作轻松地走过去，然后笑着弯了些身子，说："你好，我是陈阿姨介绍过来的。"

桌边的男生抬起了头，扬脸看着她，双目就在此刻对视了，这一对视不要紧，之之的心跳一下子就收紧了。

这陈阿姨靠谱啊，这亲能相啊，这男生俊得相当耀眼啊！

她还惊叹于自己什么狗屎运，竟然遇到了这种品相的相亲对象，可男生脸上却有点懵，脸上带着淡淡惊讶，低应了声："啊？"

她一看到他这表情，心里立刻了然了，铁定也是不乐意来相亲，硬让家里给撺过来的，那不要紧啊，来都来了……

就相互，多了解一下呗。

于是她也没多矜持，顺着椅子坐下来，小包一解，外套一脱，对着他笑笑说："你也不想来的，是吧？我也是，没事，咱们就吃顿饭，走个过场就好了。"

他的表情好像更懵了，这会儿服务员走过来，问她点些什么喝的。

她也没多想，说："拿铁就好了。"

然后目光移到男生脸上，笑笑问："你呢？"

男生："我黑咖就好。"

她嘴一抿，咂咂嘴："那个很苦的。"

他摇摇头："没事。"

她说："好吧，那就给我俩一杯拿铁和一杯黑咖。"

服务员走后，她顿了一顿，又把男生的脸好好端详了个遍，越看越觉得上头，但这么干坐着不行呀，得找点话题聊聊，于是便笑嘻嘻问他："你也是被迫来相亲的吗？"

这句话问得多高明呀，一个"也"字既表达了我和你一样不乐意，大家是"命运共同伙"，又表达了其实我这样的用不着相亲，是家里逼的，但我估摸着你这样的也一样，咱俩都是被逼的，不是没人要被剩下的，这样一来，谁的身家都不会被贬低。

哎呀，她可真是个小机灵鬼，怎么这么机智呢。

心里飞快盘算后，等着他回话，没想到他还是维持着刚才那个懵懵的表情，嘴巴若有所思地抿着，问她："那个，你是不是误会了？"

唉？说这么清楚还能误会？

她正疑惑着，妈妈的电话便再次打来了："你是走哪儿去了，怎么还没到。"

她理直气壮，说："我到了啊，我都坐下了。"

妈妈："……你坐哪儿了？人家至今没见着你呢！"

这一下子，她整个人糗掉了，挂电话的时候，眼睛都不敢往男生这边瞅了。

男生也大概听明白了，一下子笑了出来，说："你是找错人了吧。"

她咬唇闭眼，点点头。

他又问："来相亲？"

她闭着眼继续点点头。

这时候她听到他轻轻地笑了，声音里像是裹了什么蜜似的说了句："像你这么好看的人，还要相亲的吗？"

什么？！她这是……闯了祸后，竟然还被夸奖了吗？

她抬眼重新看向他，他始终笑笑的，眼睛亮亮的，看不出一点嫌弃和嘲笑，她的心放下来了一点，问他："那你，也是来相亲的吗？"

他说："不是，在等朋友。"

人家在等朋友，她还好意思这么占着人家的座儿吗？

她赶紧起身站起来，挪到了桌子一边，说："那个不好意思啊，我这个人路痴，也没来过这边，就搞混了。"

他依旧笑笑看她，摇头，说："没事。"

她说："我去买单，今天太不好意思了。"

他拦了一下她，说："不用了，我买单就好，就当和美女来了一个邂逅。"

两人正争着谁来买单更合适，他等的那个朋友也过来了，站在桌子边又是一脸懵，问男生："这是谁呀？"

男生笑着回："刚邂逅的美女。"

她那一刻很怕、非常怕，怕他会当着她的面把这个故事重新给朋友讲一遍，于是就飞快说了句："那我还有事，我先走了！"

她急匆匆把单买了，就赶紧推门走掉了。

回家路上开着车，人一直都是晕乎乎的，回想起刚才的事，她觉得自己真是糗到家了。

怎么能干出这么蠢的事，这得给人家留个什么样的印象啊，这男生肯定以为她是个女张飞了吧？

等等，萍水相逢且不会再有交集的人，她干嘛在乎他对自己的印象？而且还一路上都不断地为此懊恼？

虽然知道是不会再相遇的人，但重新回忆他的脸，她还是打心底感叹了声：与自己无关的这些男人，长得是真好看呐。

回了家，妈妈迎头一通批，问她为什么没去见人家。

她抠抠额头说："找错地方了……"

妈妈哭笑不得了，说："这是你二十来岁的人能干出来的事吗？

没事，我和人家解释一下，再约。"

她眼皮一耷拉，说："不约了不约了，我再也不想相亲了！"

回了房间后，人呆呆坐床上，明明也没发生什么事，可就是觉得特别不舒服。

她知道，还是放不下刚才的糗事，她也不知道，自己怎么会这么在意。

那时候，她根本没有想到，这么大的城市，她竟然还能再与他重遇。

过了快一个月，到了周杰伦开演唱会的日子，她，小呦还有小呦男朋友一起飞往那个城市去看演唱会。

那天场下的气氛简直嗨爆了，全场跟着偶像合唱，然后她给小呦拍了那张亲吻男朋友的相片。

拍的时候，心里就酸成了一个柠檬，一边祝福着好姐妹的爱情修成了正果，一边又感叹，自己的那位良人到底在哪里呢？

正心里默默祈祷邦人能快些出现，也能陪她看一场偶像的演唱会时，突然有人轻拍了下她的肩。

她仓皇回头，没想到竟然在这里，看到了那个错认的男生！

她惊讶到说不出话，怎么会，偏偏就是这个时候，在她祈祷想要个男朋友的时候呢……

他就这么悄无声息出现了。

她耳边是全场观众跟着周董尽情唱歌的声音，她看着男生的脸，在那一瞬间的气氛和心境下，他美好得仿佛失了真。

他见她呆住了，就笑出来了，凑到她脸边，嘴巴贴在她的耳边说：好巧，相亲对象。

她只感觉心脏嗖的一下子弹到了嗓子眼，脸一下子烫得像是煮开了似的，但还是努力掩饰着内心的激荡，说："好巧，你一个人来的吗？"

他指了下旁边的一个人，说："和朋友一起。"

她顺着手指看过去，哦，是她那天在咖啡店见到的那个朋友没错了。

她看着他，笑着轻点点头。

场下吵得厉害，他继续凑近她，说："我们这么有缘分，那，加个微信？"

这叫一般的缘份吗？这简直就是老天送男人到眼前，就差把民政局也一起搬来了吧！

没有一丁点拒绝的理由，笑着点头，和他加好了微信。

之后他和朋友便回到自己位置去了，她转身回去继续看演唱会，面上一派安宁，可心房里的跃动还依旧强烈。小呦这时凑过来问她："唉，你脸怎么这么红？"

她怔了一下，木木地摸摸脸，说："很红吗？"

小呦点头："说很红！！"

她假装轻松地拿手掌扇扇风，说："可能太热了！"

小呦便没再问什么了，继续和男朋友一起甜蜜蜜地看演唱会了，全然没有发现，她几分钟前刚和一个男生说过话，而且还加了微信好友。

可她的心已经大乱了，后来周董又唱了什么歌，说了什么话，她好像都是肉体摇摆着参与了一下，灵魂早已出窍了。

她无法控制，满心满脑全是他。

直到演唱会结束，大家都要离场了，她才内心重重一声叹息：这就结束了啊？可她都干了些什么啊，这可是她最爱的偶像啊，她感觉那么贵的票钱都白花了……

散场时，她和小呦一对儿往外走，然后就发现，人真是多到你要怎么走，根本是不由你的。

三个人就被人潮裹着往外涌，实在是太挤太挤了，她和小呦原本拉着手，不一会儿就被挤散了。小呦大喊着："之之，我外面等你！！"她也使劲喊："好的，外面见！！"

然后单身狗的孤单与狼狈就在此刻全面体现了，娇娇瘦瘦的她被完全丢进了人群里，被挤来柔去时，突然不知道被谁绊了一下，人失了重心就快要跪倒下去时，突然有只手稳稳地捞起了她。

她惊慌失措地回头，居然是他。

她一脸狼狈至极的表情，对他说："谢谢啊。"

他护着她的身子："你拉着我的胳膊吧，人太多了。"

她觉得不好意思说："没事的。"

他笑笑看着她，说了句："都跟我相亲了，就别不好意思了……"

她的脸再度飙红了……个人能力实在有限，她便也没再坚持了，默默拉着他的胳膊，两人一起向外走，她轻声和他说了句："不要说这件事了………"

人太吵了，他没听到，示意她再说一遍。

她此刻与他太近了，心都快要跳出来了，便也没再坚持说第二遍了。可能是发现她沉默了，他回脸看她，这一看，一下子笑开了。

他对她说:"看到我这么不好意思的吗?脸红得像苹果一样。"

她原本就局促得厉害,被他这么一说,像是被戳破了心事似的,抬头瞪了他一眼。

他还是笑笑,说:"我知道了,不提那件事了。"

他明明都听到了,也明明知道她不自在着,还故意逗她说没听到,让她再说一次,也太坏了吧!

但他既然答应她了,她便也不纠结了,只是这时候才发现,他怎么也孤身一人了,于是抬眼问他:"你朋友呢?"

他说:"先出去了。"

她问:"你怎么慢了?"

他扭脸看她,嘴唇弯弯笑了,说:"我就知道有人要摔倒啊。"

她听着他的话,心里莫名一甜,但也没再说话了,安静拉着他手臂继续往外走。

走到出口,人们都四散开来了,她也看到了不远处的小呦和男朋友。

她松开了男生,说:"我先走了,谢谢你。"

他说:"不客气。"

她低着头快步跑向小呦,小呦一脸疑问,问她:"那是谁啊?"

她话到嘴边卡壳了一下,要怎么介绍他呢,最后化繁为简,回了一句:"相亲对象。"

小呦惊了一下,说:"这么帅的人都要相亲了吗?"

她便只好解释了那天的事,小呦这才明白过来,说:"我就说嘛,这么帅的人怎么需要相亲。"

小呦这么一提醒,她也才想到,对啊,这么帅的人可能是单身吗?他会不会有女朋友?但如果有女朋友,刚才这么帮她,又是为什么?

回程的路上,小呦还问:"你们是约好一起来的吗?"

她摇头:"偶遇。"

小呦立刻兴奋起来,戳戳她说:"相亲无意碰到,这里又碰到,这不就是缘份嘛!!"

深夜里回到酒店,洗过澡出来,看到了他发来的一条微信,问她什么时候回去。

她回:明天。

他问:买机票了吗?

她说:买了,×点的飞机。

谁知他立刻发了一条语音过来，说：真的太巧了吧，我们是同一班飞机。

那一段语音听完后，她不禁又回放了一遍，然后又回放了一遍，一个人抱着手机在床上边听边花痴笑。

之前一直匆匆忙忙的，没有仔细听过他的声音，说话声音也太好听了吧！！

回放了好几遍，才猛然想起来还没回消息呢，这才赶紧回了一条：真巧。

发完之后，又觉得实在是太巧了吧，便又发了一条：这不会是你预谋好的吧？

他立刻回过来：你希望我是预谋的吗？

她看着那句话嘴角不自禁咧起来，回：希望啊，能被帅哥预谋很荣幸。

他又发了一段语音过来，声音里裹着笑，说：那明天见。

一共就说了四个字，她又循环了好几遍……

临睡前，不禁又一条条翻过和他的聊天记录，想到他，莫名就想笑，忍都忍不住似的。

她也有点看不清自己了，她是被他，迷住了吗？

第二天，他们三人去了机场，候机的时候，她左顾右盼。

小呦见她丢了魂似的，便问她："是等那个相亲对象啊？"

她有点不好意思地笑笑，说："嗯。"

小呦睁大了眼，说："这是什么缘分啊？唉，你是不是喜欢他？"

她听到这句话，猛地愣了一下，这要怎么答，虽然算起来认识快一个月，可一共见过两面，这样就谈喜欢的话，会不会有点草率？

她便和小呦说："喜欢算不上，但是有好感。"

小呦便一脸鼓励地说："那多接触接触，说不定就是那个对的人呢！"

两人正说着话，就看到不远处男生和他朋友朝这边走过来了，距离越来越近，男生的脸也越来越清晰，比之昨天夜里的昏昏暗暗，白天里的他好像更光彩夺目了。

他走到跟前来，对着她灿烂一笑。

这一笑，她心都要化了。

这该死的外貌协会，这辈子都折在长得帅的人手里了。

他看着她，头偏了偏，笑问："等我？"

她扬扬眉，却也不敢直晃晃地看他，把目光移到一边，说："什么等你，等飞机。"

他还是笑着，说："眼睛里就差写着，你怎么还不来这几个字了。"

就算这么明显也不用说出来吧，我不要脸面的吗？

他和他朋友在她身边坐下，她给他们介绍了小呦。

他朋友笑着说："你朋友这么漂亮，介绍一下呗。"

那时候小呦的男朋友刚好去卫生间没在，她便立刻挡下了，说："恐怕不行，人家都要结婚了。"

朋友笑着说："可惜呀。"

她接了一句："那你可以考虑一下我嘛。"

朋友一下子缩了肩膀，说："我可不敢考虑，某些人……"话刚说到这里，朋友就被男生推了一下，后面的话便也没再说下去了。

她看男生一下，心里荡起微微波澜，她也在想，这句话是不是代表……他对她也是有些感觉的呢……

登机后，小呦和男朋友坐在靠窗和中间的位置，她坐在走廊边上。

刚起飞不一会儿，她就睡过去了。

醒来时，发现身上披着一块毛毯，她以为是小呦给她盖的，结果扭头一看，小呦和男朋友都没有盖毯子。

她便一下子明白过来了。她扭身去看男生的方向，隔着一条走廊，他也闭眼睡着。

她不禁多看了一会儿，结果他像是有某种感应似的，突然缓缓睁开了眼，两人在机舱里静静地对视了……

他静静看着她，目光恬淡而安定，什么话也没有说，只是静静看着她。

她的心跳又失控了，脸也滚烫起来了。

她指了下身上的毯子，他浅浅地笑了，周边很多人都在睡，她便用嘴型向他说了句：谢谢。

他也无声地，动动唇形，回她：不用谢。

原本猜到是他，她就觉得这份细心让人心动，如今确定是他，他还那么温柔望着自己，说不用谢。

她的心，真的是一下子很难平静了。

飞机降落。

因为每逢面对他，她都很羞涩又不自在，也没有主动告别，拿了东西便同小呦和男朋友三人一起在前边走了。

刚走出去不远，就听到后面有脚步声追上来了，她觉得是他，刚要回头，他便已经走到了她面前，笑着对她说："那，期待下次见面。"

她点头，笑笑说："好。"

他和朋友走后，小呦一脸姨母笑着说："这是在一起的节奏？"

她脸嗖的一下子又红了，说："我太难了，别笑话我了。"

小呦说："别难，喜欢就在一起试试。"

她轻叹了一声，望着他远去的方向，说："再看看吧，人家也没明确说什么。"

那之后，她和他总会在微信上聊聊天。

但是感觉似乎总是差一点味道，像是已经蛮熟悉的朋友，什么都会聊一点，但是偏偏又没有那种勾魂摄心的暧昧。让她不禁有点气馁，觉得或许就是自己想多了。

没准，人家也只是把她当个普通朋友，见她那时候单身狗处境尴尬，临时关照了一下而已。

有了这种想法后，她便也不主动不强求什么了。

毕竟感觉这东西，半分强扭不来，如果他也对她有感觉，那么她的心思，他一定会懂。

他约她出去吃了一顿饭，聊了好多天都没有进展，她原本以为这一次会有什么实质突破。

可没想到，一顿饭吃的，就仿佛是朋友叙旧。她在感情里不是个主动的人，与其说不敢主动，不如说，她压根不知道怎么样才算主动。

在不知道人家心思前，就先开口表白，如果这样算主动，那她这辈子都做不到。

她一直觉得感情是水到渠成的铺排，而不是莽撞和猜赌。

于是那顿饭，她不知道怎么调高气氛，也不敢放开自己的心，而他也一直跟着她的节奏，客客气气有礼有节。

所以吃到后来，她都已经放弃了对他的念想。

觉得他，可能就是想单纯交她一个朋友而已。

那顿饭后，两人似乎还跟从前一起聊着，但感觉多少还是不一样了。

她能感觉到他和她都在原地踏着步，好像谁都不知道要怎么向下走了。

那种友达以上、恋人未满的瓶颈，几乎都要让她窒息了。

过了几个星期后，逢她单位聚餐，她原本不是一个会喝酒的人，但是那天被人劝着多少还是喝了一些。

但那天也不知道怎么回事，没喝多少，人就已经晕得厉害了。

感觉状态不对后，她就找借口去了洗手间，想着透透风，能快点醒酒。

人正立在洗手台边缓着酒劲，突然听到有人叫她名字。

扭头，竟然又是他。

算起来，这都是与他的第三次偶遇了吧。

她冲他笑笑，他走到了她身边，说："你怎么在这里？"

她醉着，看他的眼神有点迷离，说："单位聚餐，你呢？"

他回："和朋友谈点事情。"

她点点头，不再说话了。

他定定看着她的脸："你喝了很多吗？"

她抬头对他笑笑："也没有，我酒量不是很好。"

他眉头轻拧了下："那快结束了吗？"

她想了想，说："应该还没吧，刚开始不久。"

他便问："那可以提前走吗？"

她怔了一下："啊，应该不好吧。"

他看着她，顿了下："那这样，你结束了，发消息给我，我送你回去。"

她看着他一副好像出了多大事的模样，便又笑了："你没有喝酒吗？喝了酒怎么送我啊？"

他还是一副认真表情："本来要喝的，现在不打算喝了。"

即便她脑子再晕乎，也听得出来这是什么意思了。

她冲着他笑，歪歪头："你这是特意为了我吗？"

这下，他难得收起了那副老干部的正经脸，弯弯唇角，笑了。

她没想到，他会那么坦承地对她说了一个"是"字。

她看着他的脸，几乎都有些怀疑自己听错了，这个只和她聊天、见面吃饭也没有任何进击动作的男人，突然就承认了，是怎么回事？

她看着他："干嘛对我这么好？想劫财还是劫色？"

他还是认真脸："劫人。"

这两个字出口，她只感觉眼前无端晕眩了下，这种正经语气讲情话，还真是比白酒还上头。

她笑着说："没事，我同事会送我的。"

他追问："男同事？"

她笑，故意讲："可能吧，我也不知道。"

他笑容收起来："结束了发消息给我，我等你。"

她晕晕乎乎回到包间，重新坐回桌上，却觉得异常开心，连平常听着废话很多的同事，都觉得变顺眼了许多。

余下的半席时间，她脸上笑着应和着气氛，可脑里满满的全是他的脸。

不需要她应和的时候，她会定定看着杯里的酒，她在想，她到底需要和喜欢一个什么样的男人呢，那个人，会是他吗？

她知道自己是真的喜欢他，尽管现阶段她不敢为这段感情做出什么巨大的牺牲与让步。

但是因为是他，她可以不管他有没有告白，有没有说想与她在一起，她就可以奔向他。

这不是她的爱情观，但可以是对他的破例与冒险。

因为这个男人，她也很想拥有和得到啊。

只是，她不要承诺与告白，可他到底是怎么想的，是喜欢她，还是出于寂寞，她也会觉得忧心。

她知道，与他的关系今晚或许就能定论，但是她也在忐忑着。

聚餐结束后，她走出包间，正想着要不要给他发消息。

一扭身，却发现他人就在门外守着。他看着她，静静的，人是静的，目光也是静的。

她不知道他到底等了多久，但似乎此刻这种状态已经持续了有些时间了。

她走到他身边："我还没有发消息给你，你就在这儿了？"

他浅吁口气："怕你不发给我，就在这守着你了。"

她笑了："干嘛一定要送我回家，有什么企图？"

他听到这里，嘴角撇撇，笑着说："之之，我是男人，想劫色劫人是真的，但是不会在这个时候。"

他这句话，让她莫名眼窝一热，她没想到他会把男人的企图这么坦白地说出来。

但更让她内心澎湃的是，这是认识至今，他第一次承认，他对她有企图心。

让她有种迷雾中终于寻到雪莲真身的唏嘘感。

她不再说话，就那么定定看着他。

她忽地发觉，她好像从这一刻起，才开始认识和了解到真正的他了。

相亲时错遇的那个有礼有节的他，演唱会上又遇到的那个笑容明艳的他，飞机上悄悄为她披上毯子那个暖心体贴的他。

都是他，又都不完全是他。

真正的他，是否也像她一样，习惯将自己的情感层层包裹，不确定前不会贸然行动，可一但认定了，就会全力以赴地奔向对方。

正如他此刻守在包间外，眼神里不掺一点虚假地对她说：我是男人，想"劫色""劫人"是真的，但是不会在这个时候。

她知道，她看到了，他对她的决心，和要奔向她的脚步了。

送她回家的路上，两人都没有说话。

似乎是太久没见面，一时也不知道要怎么打开话题，她有她所思，他有他所想，或许那一刻两人想的是同一件事，想开口问的是同一句话。然而，却都选择了静默无声。

时间突然变得好漫长，车里静到呼吸声可闻，她听到他终于开了口，对她说："下次少喝点酒，对身体不好。"

她慢慢地一下下点头。"嗯，这种聚餐有时候没办法，不过我已经尽量喝很少了。"

他也默了一下，抿唇看她，又重新看向前方："那下次再聚餐，告诉我，我来接你。"

一肚子的话真是快要憋到内伤了，他终于又把话题扯回了她想续接的点子上了。

她借着晕乎乎的涩劲，身子向他身边凑了凑，狡黠地笑着问他："那你以什么身份来接我呢？喝醉后的女生，可不是谁都可以来接的哦。"

这一次他没说话，也没有回应她满是期待的眼神，他打了转向，车子缓缓减速，然后停靠到了路边。

他回过头来，胳膊著在方向盘上，整个人特别正式地面向她，语气认真地说："这个身份，你来给我吧。"

她看着他夜色里那张巨好看的脸，在酒精的作用下，没忍住内心的悸动，凑过去捧着他的脸，轻轻吻了他的脸。

他明显被这个举动惊到了，眉毛拧了拧，看着她一副又想笑，又努力在克制的表情，他问："你是还醉着吗？"

她摇头，一字一句答："我很清醒。"

他抿着嘴，笑意却怎么都掩盖不住了："你知道你这样做意味着什么吗？"

她点头："知道。"意味着我喜欢你啊，我在向你坦露心意啊，傻瓜。

可没想到，他听到她的回答后，特别果断地和她说了句："下车。"

她一愣，这是干吗？因为亲了他，她就被他赶下车了吗？

她立刻坐稳在副驾驶，一动不动，他下了车，绕到她这边来，然后打开了车门，与她面对面站着。

她抓紧座位，看他："干吗？"

他说："你下来，吹吹风，清醒一下。"

她一下子就被他气笑了，说："你觉得我这么做很荒唐吗？"

他看着她，轻叹了口气，说："不是，就是想让你清醒着做决定。"

她一听，好，也对，于是她走下了车，坐到了马路边上。

他也挨着她坐下来，她默默吹着风，他便在旁边安静陪着，两人又陷入了沉默。

夜晚的风可真凉啊，她刚坐了一会儿就觉得身子都冰了，比身子更凉的是心。

她不懂，她都这样了，他怎么还不信她，也不肯再主动说些什么。

原本吻完他心一直在悸动，可冷静了这一会儿，那些悸动都变成了小怨念了。

她在想，她是被他拒绝了吗？

这时他站起来，从车里拿了件外套，走回来给她披上。

她完全猜不透他的心思了，便赌着气把外套还给他，说："我不穿，我继续清醒。"

他说："会生病的。"

她说："不会的。"

他听出了她声音里的怨念，在她旁边重新坐下，说："我没有说你荒唐的意思，只不过我不想我们是随随便便在一起的。"

她扭头瞪他："你觉得我是随便的人吗？"

他看着她，摇头，说："从来没有觉得。"

她说："那就是觉得我喝了酒，所以不会对自己的话负责？"

他轻叹了气："怕你反悔，也怕我空欢喜。"

她看着他，不由怔了下，语气不禁也变得软些，说："你是对自己没信心，还是对我没信心。"

他没回答她的问题，只是定定看着她的眼，帮她拨顺被风吹乱的头发，他说："那你愿意吗？和我在一起，超认真的那种。"

终于，让她等来了，她仿佛百年心愿终于一朝得以了结了。

她也看着他的眼，超认真地回他："好，超认真的那种。"

两人相视笑笑，她从路阶上站起来，问他："现在能上车了吗？"

他笑着扶她上了车，重新启程。

半路上，他买了一罐蜂蜜给她，她拿在手上一脸懵，说："买这个干吗？"

他说："喝了酒不舒服，喝点蜂蜜水会舒服。"

她默默点头，第一次听说，不过这罐蜂蜜倒是很应景，应景了她此刻的心情。

到她家楼下，她问他："一起上去吗？"

他说："我送你到家门口吧。"

她笑笑，便带着他一起上楼，那短短一程真是浮想联翩了所有的后续内容……

钥匙在门锁里拧了两圈，门刚推开，她回头看他，他站门外说：记得泡蜂蜜水。

她看着门外站得笔挺的他，问他："你不帮我泡吗？"

他笑笑，说："下次。"

话音落后，人便已经道别转身走了，竟然就真的走了……

她进家后，给他发了消息：到家给我来个消息。

他回了消息，发了个呆呆的表情：这就是谈恋爱的感觉吗？

她被他一下子逗笑了，回他：你是多久没谈恋爱了？以前难道没人关心你吗？

他说：想听实话？

她说：当然。

他说：我之前一段，还是在大学，大学毕业就没有谈了，你说我还知道恋爱的感觉吗？

她回了一个哈哈大笑的表情，说：那我尽量给你找一下甜蜜的感觉，不过我也不是那种会卖萌撒娇的小女孩，估计也没有多甜蜜。

他说：那我给你甜。

她回：……

他又说：你赶紧去洗澡，然后去睡觉，蜂蜜水泡了吗？

她回道：现在去泡。

他说：好，明天早二带你去吃早饭。

洗好澡后，她一个人躺在床上，回想与他认识的所有过往，想到自己竟然就这么恋爱了，跟一个只认识一两个月的人，越想越觉得不可思议。

之后她便把这件事和小呦说了，小呦秒回：请叫我预言家。

她却一脸担忧：是不是太鲁莽了呀，我不会被他给骗了吧？

小呦说：应该不会，当时我感觉他看你的眼神就不一样，就和我男朋友看我的眼神一样。你喜欢他吗？

她很果断地答：喜欢，但你要问我喜欢他什么，现在我也说不出来，但是我知道我喜欢他。

小呦说：你本来就是不会接触不喜欢的人的人，这个人你接触了这么久，说明就是喜欢他的。既然在一起了，那就认认真真地相处吧。

隔天早上，她还在睡梦中，他电话就打来了。

她还带着睡腔，说："你不知道女生没有起床不能打电话吗？否则后果会很严重的。"

他说："可是也不能不吃早饭啊，我在你家楼下等你，你收拾一下下来。"

她挂了电话，人懵懵的，她是找了个教导主任吗？

等她收拾好下去，他问："头还好吗？痛吗？"

她说："没事，没有痛，女生会不会很难等，以后我调个闹铃。"

他说："不会，其实等待有时候是一件很美好的事情，想到要和你一起吃早饭就很开心，所以不难等。"

她又一次被他逗笑了，问他："你大学专业是写作吗？怎么这话都是文绉绉的。"

他也笑了："我网上查的你信吗？"

一起去吃早餐的路上，等红绿灯的时候，他拿着手机对着她脸，她不解地问："干吗？"

他说："给你面容设置一下。"

她立刻把脸扭到一边："我不查手机的。"

他把她脸扳回来："不管你查不查，这些信任我还是要给你。

她笑着说：那我密码也告诉你。

他说："没事，我相信你。"

车子重新开走，她看着他的侧脸，从前对他了解不多，也没有多接触过，也从没想过，原来这个人做男朋友，是这么棒的啊。

到了吃饭的地方，是一家不大的店，装修很简单。

刚走进去，老板娘就热情走过来，招呼着他俩，说："来啦，这位是？"

他转头看着她，笑着说："女朋友。"

老板娘说："都找女朋友啦，真好，漂亮，郎才女貌。"

老板娘问吃些什么的时候，他抬头问她："爱吃什么？"

她说："随你吧，你吃什么我吃什么。"

他说："那老样子来两份。"

两人坐下后，她问他："你常常来吗？"

她说那这种多年珍藏老店，就这么分享给我了呀。

他一边帮她拿餐具一边很恬静地说："我想让你了解我的生活。"

轻轻浅浅一句话，却让她在那个早上无比心安。

她觉得他就是有种能力，会让她无时无刻不感受到他给予的安全感，多小多碎的细节里，都是他的真心。

两人就这么甜甜蜜蜜相处着，那段时间里，两人一起吃饭一起逛街，周末会一起腻在家，什么都不干，只是陪在对方身边，都会觉得世界好美好。

她也总是在庆幸，与他在那次误会中的遇见，才让她拥有了这么甜蜜的恋爱。

可不知道是不是幸福来得太快，老天也同时准备了考验给她。

在一起两个月的某一天，她突然感觉胸痛难忍，原本以为是增生痛，但后来越来越痛，便去医院做了检查。

结果很快出来了，医生告诉她，是乳腺癌。

听到这三个字，她只觉得天都塌了，脑子登时一片空白，没有办法把这件事和自己联系在一起。

她才二十四岁啊，一直觉得这些病距离自己好遥远好遥远，可怎么会，为什么会发生在她身上……

医生安慰她说："先别担心，早晚期还不一定，早一点来住院检查。"

她呆在原地，脑子里是巨大的嗡嗡声，一时间都不知道要向医生问些什么。

医生也看出她情绪崩溃，便和她说："先回去和父母说一下，这事不要瞒着父母。"

听到父母两字，她这才缓过来一点神，木木地问："医生，要切吗？"

医生说："看情况，严重的话基本要切。"

又是一记重雷，她还这么年轻啊，如果是五十多岁她或许可以接受，但是现在的她，真的承受不住，也接受不了呀。

医生说："压力先别这么大，回去和父母说一下，然后来住院。"

她不知道还能说什么，谢过医生，走出医院。

一个人在车里待了好久好久，中途他发来消息，问她在干嘛，说带她去吃饭。

她看着消息，不知道要怎么回，便和他说自己已经吃了，现在手头有些忙，稍晚联系。

她一个人开着车，脑子空空地回了家。

爸妈还有点吃惊，问她怎么突然回来了。

她话就在嘴边，可看到爸妈的脸，突然一个字都说不出口。

她紧抿着嘴，把话全咽了回去，走到妈妈身边，挤出一个笑脸："我想吃你做的饭了。"

妈妈脸上又是一惊，说："今天抽什么疯，想吃什么啊？"

她艰难地装做轻松的模样，说："想吃番茄牛肉。"

爸爸说："那我去买吧，她想吃啥就做啥吧。"

她实在忍不住眼泪，就躲回了房间里，蒙在被子里任眼泪一直流，哭到快要喘不上气。

哭了好久，妈妈说开饭了，她才赶紧去洗了把脸，坐在桌边时，妈妈愣了下，问她："怎么眼睛红红的？"

她说："没事，刚揉了一下。"

妈妈把筷子放下了，问她："你是不是有什么事情？"

她挤出笑容："没有啊，吃饭吧。"

然后妈妈也没再问了，她埋着头一个劲地往嘴里扒拉饭，拼了命吃番茄牛肉，一块接着一块。

妈妈说："吃慢一点，没有人和你抢。"

她抬头怔了怔，然后继续拼命吃，感觉嘴巴都快要塞不下，心里一口气堵在那里，快要把自己憋死了，她突然哭了出来。

爸妈吓坏了，问她怎么了。

她抬头看着妈妈，她说："妈妈，我得了乳腺癌……"

爸妈全呆了，几秒过后，爸妈一起过来抱住了她，一遍一遍地对她说："没事没事，现在癌症很多都能治好的，不怕啊，不怕啊，爸妈在啊！"

她号啕大哭着，说："妈妈，我不想离开啊，我还想看看世界，我还想结婚生孩子啊。"

　　妈妈也抱着她一直在哭，一边哭一边帮她抹眼泪："不会的不会的，我们好好配合医生，一定可以的。"

　　吃完饭，爸妈去收拾，她回到房间和小呦说了这件事，小呦在电话那边也哭得停不下来："你这么好肯定不会有事的，我会陪着你的。"

　　她抹着眼泪："可我该怎么和他说啊，我根本开不了口。"

　　小呦说："可是你不说，他之后知道要多难过啊。"

　　她心里乱得很，就和小呦说再考虑一下。

　　等到下午，男生又发消息过来，她还是没有做好准备告诉他。

　　她不知道，如果他知道了，执意要陪着她，她要怎么办？

　　她不想以这样的身体继续和他相处下去，她不想让爱情变得那么沉重，更不想拖累他。

　　她宁愿他就此一走了之，她心里的担子会轻一些。

　　可是她知道，若他知道了，他一定不会离开她的。那么以后呢，若是她好不了呢，若是她匆匆离开呢，伴过她这一程后，他往后要怎么生活下去？

　　这一次，她还是决定了隐瞒。

　　她说："晚上可能要去一下爷爷奶奶家。"

　　他说："好，那回家再打电话。"

　　她说："嗯。"

　　他那边静了一下，说："你是不是有什么事情？"

　　她说："没有呀。"

　　他说："之之，有事情一定要说啊。"

　　她说："知道了，没事的。"

　　爸妈去医院办了住院手续，隔天要做各种检查。她也和单位请了假，但是没有和同事说什么原因，只说有事情。

　　到了晚上，她给他打了电话，他在电话里说："这一天不联系，好想你。"

　　她眼泪又一次涌出来，她又何尝不想他，比从前更想，比过往每一次都要想。

　　他问："爷爷奶奶身体怎么样？"

她说："挺好的。"

他说："那就好。"

他顿了一下："你是不是很累啊，怎么感觉声音没有力气。"

她说："可能赶路赶累了。"

他说："那喝杯牛奶，洗个澡睡觉。"

她静了几秒，说："你能不能给我讲个故事。"

他在电话那边笑了："今天怎么想听故事了。"

她用力咬着嘴唇，忍着哭腔："就是想听了。"

那一刻，她知道自己已经做好了决定，她决定不论发生什么事，都不会告诉他了。

她不知道这个夜晚会不会是他和她以爱人身份共度的最后一晚，又是不是最后一次听他的声音。

所以，她真的很想，听他给自己讲一个故事。

他还是笑笑的，用像逗小朋友一样的声音说："好，给你讲，讲什么呢？"

她说："都可以啊。"

他说："那我找一下。"

然后她躺到床上，听着他讲着故事，眼泪不停地顺着脸颊往下流。

他轻轻地讲着故事，她咬着被角，死命地压抑着哭声，他讲了什么，她完全听不清，但是电话里他的每一句话都好温柔。

她的眼泪更汹涌地掉下来，她舍不得啊，她真的舍不得他啊。

他是她这辈子里最美好的遇见，是她爱过最深的男孩，可是她……她怎么能，拖着他一起走进深渊？

她没有勇气、没有信心可以给他一个好的未来，就算她控制住了病情，可是以后呢……

她真的不知道，她的命运最终会走向什么样的结局，这样的她，怎么能继续拖累着他……

那个故事讲了好久好久，她这边一直哭着不敢出声，过了一会儿，她听到他问："睡着了吗？"

她用力捂着嘴巴，没有回应他。

他轻声说："那宝宝晚安，好梦哦。"

然后电话挂断了。

她一个人在房间哭到声嘶力竭。

那个晚上，她看了和他所有的聊天记录，回忆着这段时间在一起的一幕幕。

她第一次那么害怕死亡，可比起死亡更让她觉得绝望的是，她再也不能拥有他了。

那一整晚，她都没有睡。

第二天早上，她打开他的对话框，发了一段消息给他。

"这段时间和你在一起很开心，也谢谢你，但是我觉得我们不合适，或者你就把我当成渣女吧，我们就到这儿吧，祝你幸福。"

发完之后，她拿着手机，整个人坐在床上哭到浑身发抖。她想，就在这里了结了吧，从此她和他都不会再有联系了。

洗完脸后，她走出房间，妈妈说："吃完早饭，我们就去医院，你准备一下东西。"

她回到房间，看到他一连串的消息和未接电话。

她深深呼了口气，把他微信删了，电话也拉黑了。这样的话，他应该就会觉得她是真的想分手，不会再纠缠了吧。

她告诉小呦，今天就要去医院做检查，也已经和他说分手了。

小呦说："我陪你去，那他同意了吗？"

她说："没有，我把他删了。"

小呦叹着气："你这样真的可以吗？这样你自己放不下，可他呢，他怎么办呢。"

她说："可是除了这样，我真的没有别的选择了，我不能拉着他陪我承担这些，就算他愿意，我也不愿意。人不能活得这么自私，对吧？"

小呦沉默了一会儿："好，我尊重你的决定，有什么事情告诉我。"

整理好东西后，她和爸妈一起去了医院，小呦也赶来了。

医生说："今天要做的检查很多，但是结果没有这么快出来，检查先做着。"

护士拿着一大堆单子走进走出，让她签这个、签那个。

她坐在那边，仿佛一具没有灵魂的肉身，在那些纸上一张张签着字。

等做完各种检查，已经中午了，医生说："可以先回家，等结果出来再来。"

她顿了一下，问："医生我能不能先去玩几天？"

医生说："你不要这么悲观啊，结果不一定是很坏的。"

她说："无论结果怎么样，我想去玩两天。"

医生说："那去吧，但是别想不开啊。"

她苦涩笑着，说："不会。"

爸妈立刻说："我们和你一起去。"

她说："不用，我想一个人去。"

她知道，爸妈肯定也是担心她会想不开，才说不行，一定要陪她去。

她对他们保证，说："放心，我一定会回来治疗的，出去也会每天给你们打电话的。"

小呦一直在哭，说："那我陪你去好不好。"

她抱着小呦："别担心，我真的就是想一个人出去看看。"

小呦哭着说："可是你这样我更担心，我宁愿你哭、你闹，也比这样冷静好。"

她听着，轻轻笑了："别哭啊，我还没死啊，我真的就是想去看一看，别担心好不好。"

小呦说："求你了，告诉他好不好，这种时候，你很需要他，比起父母朋友，你更需要他。你怕父母担心，怕朋友难受，你最想依靠的就是他。"

她听着小呦的话，把脸扭到了一边。小呦说的没有错，她此刻，最想依靠的人就是他，可是她不能那么自私。

她长叹一声，说："算了，他的生活还要继续下去，我的生活都不知道有没有机会进行下去了，我们俩可能只能这样了。"

小呦说："你不要这么说行不行，你不会有事的，一定不会的。"

回家后，她打开中国地图看，一个个省份看过去，不知道该去哪。

她不知道，这是不是她的最后一程旅途，如果是，她人生的最后一程选择哪里好呢？

看着看着，她不禁想到之前和他说过，想去吃新疆的葡萄，听说特别甜。

他那时说："好，到时候我们一起去。"于是她心里有了答案，她决定隔天出发去新疆。

晚上小呦问她："新疆好远的，真的不要我陪吗？"

她说："没事，我会天天给你打电话的。"

小呦说："明天什么时候走？"

她把机票信息发给了她。

那天晚上，她脑子里空空的，比起前两天的兵荒马乱与恐惧，现在的她好像静下来了。

整个人，整颗心，都静下来了。

她不知道接下来要面对什么，也不知道未来人生会是什么模样，从前所有特别具象的东西，一下子都虚白模糊了。

也不知道过了多久，她迷迷糊糊睡过去了。

隔天，妈妈过来叫她："小呦打电话给你，你没有接，就打到我这里了，她让你下楼一趟。"

她怔了一下："她怎么不上来？"

妈妈说："可能有事吧。"

她换了衣服下了楼，刚推开楼门，就看到了门口停着他的车，她猛地一怔，下一秒立刻飞快转身往回走。

他在那同时也看到了她，几步跑上来，一把抓住她，把她用力拉进了怀里……

他说："你傻不傻啊，干嘛不告诉我？"

她不敢去看他的眼，故意声音硬硬地说："我不喜欢你了，告诉你干嘛。"

他扳过她的脸："你看着我眼睛说。"

她看着他，却怎么也说不出口不喜欢他这四个字，最终她推开他的手，脸转到一边，眼泪开始簌簌往下落。

他握住她的手臂："你不了解我吗？我不是那种知道自己喜欢的人生病了，就会离她而去的人。"

她强忍着眼泪："但我不可能拖着这样的身体和你继续下去的，就算你愿意，我也不会愿意的。"

他说："现在结果还没有出来，你不要这样好不好。"

她不想他在这个时候还对她的病情抱有什么不切实际的愿景，她转回脸，哭得好大声，对他说："如果结果就是最不好的那种呢，你要怎么办？哭着和我说陪着你吧，不要离开你？生病的人是我，你不知道我的压力有多大，我不知道未来会怎么样，我也不能这么自私，因为喜欢你，太喜欢你了，所以希望你过得好，哪怕我最后离开了，我也希望你能继续好好生活。可是如果你一直这么陪着我，最终我离开了，你还怎么好好生活啊……"

他的眼眶也通红："可如果连陪都没有陪，你觉得我就能一个人好好生活下去吗？"

她压抑着哭腔："至少你可以快一点走出来。"

他说："可是你走进我的心里了，你以为能这么容易走出来吗？"

她听着他的话，手捂着眼，眼泪却更汹涌地从指缝里落下来。他说："你不要推开我好不好，真的，就让我和你一起面对，好不好？"

她哭得整个人都在颤抖，推开他的手："求你了，你真的不要这样，就让我一个人吧，好不好？"

他的声音带着哭腔："我怎么舍得让你一个人啊！"

她说："那等我好了，我们再在一起好不好？"

他说："在你心里，我是那种只能和你同甘，不能共苦的人吗？我要眼睁睁看着你一个人受苦，然后全结束了，再来和你在一起吗？你喜欢这样的我吗？"

他重新把她拥在怀里："之之，我们会在这时候遇到，就是老天派我来陪着你的，不然我们就不会相遇对吧。"

她说："可是这个过程会很长，而且到最后可能还是没有好结果。"

他摇着头："不会的，一定有好结果的。"

他抚摸着她的头。"我们虽然认识半年不到，可是你知道吗？有些人第一眼就会走进心里，那时候你相亲找错人的时候，我就觉得你这个女孩不错，说不上哪里好，可是不自觉就会想起你。

'演唱会又遇到你，我觉得这就是缘分，看着你那天红彤彤的脸，我觉得你好可爱，好喜欢你，如果能拥有你，那该多幸福。我们终于在一起了，我发现我越来越喜欢你，我已经打算要带你见我父母，想让他们知道你，我想和你结婚，和你有共同的未来。"

她听着他的这些话，哭得更凶了，她不知道该怎么办，她内心里想要继续和他在一起，可是就是过不去心里这关。

他继续恳求着她："你再考虑一下好不好，你想出去走走，那我先陪你一起去新疆。"

她就已经猜到，小呦已经把所有事都告诉他了。

她问他："你真的想陪我一起去吗？"

他说："那是我们约定好一起去的地方，你怎么能一个人去呢？"

她缓了缓，平复了下情绪，看着他说："你愿意和我上去见见我爸妈吗？"

他目光惊讶了下，问："我可以吗？"

她点头。

他再次将她抱进了怀里，说："谢谢，之之，谢谢你愿意相信我。"

她从前也想过，带着他一起见爸妈的场景，却怎么都没想到，会是在这种情景下。

妈妈得知他是她的男朋友，要决定陪着她一起去新疆时，眼泪一下子就忍不住了，哗哗而落。

他说："叔叔阿姨你们放心，今天我既然上来了，我就已经做好要和她一起努力，一直走到结婚的准备。"

妈妈问："你真的想好了吗？得了这个病，不是几天就能结束的事情，有时候是几个月几年，甚至一辈子的事情。"

他说："阿姨，我想好了，我这个人一旦做了决定就不会再改变了。"

妈妈抹着眼泪说："我从来没有想过一个人还没有和我女儿结婚，就能做到这个份上。"

他回头看着她，又转脸看向她爸妈，特别诚恳地说："我们总有一天会结婚的。"

她在一边听着听着又开始落泪了。

他揽揽她的肩，说："不哭，接下去有我在。"

那天午后，他和她坐飞机去了新疆。

比起她所在那个城市，新疆真的好广阔，天大地大，空气清甜，那里的葡萄也真的如传说中一样甜。

她的心情也随之舒展不少，身在如画的美景中，扭头看看身边这个她此生最爱的男人。

她从来没有像这一刻那么渴望，能够继续活下去。

心情刚刚放松了一天，隔天半夜，她在酒店里突然胸痛得厉害。她悄悄爬起来，没有叫醒他，去厕所关上门，一个人蹲在地上，缓了好一会儿。

没想到他还是醒了，推门进来，看到她蹲在地上，急忙过来扶她，问她怎么了。

她说胸痛，痛得喘不过气。

他小心翼翼把她抱回了床上，问她要不要去医院看一下。

她说："太麻烦了，人生地不熟，忍一下就好了。"

他满眼都是心疼，把她轻轻抱在了怀里，说："宝宝，你要告诉我啊，不要一个人承受。"

她在疼痛中挤出一丝笑容，说："没事的呀，等会就好了。"

他说："就算等会儿就好，也要告诉我，不可以有一点点瞒着我。"

她说："知道了，啰嗦老太婆。"

他看着她，声音低低说："你知道吗？我这几天时常会和老天说，我愿意减寿来换取你的健康。"

听到之后，她呼吸一滞，她知道他爱着她，却从没有想过，这份感情会让他情愿搭上寿命。

或许平日里听到这样的话，她也一样会感动，可是现在这份处境下，她却听着觉得心被戳得生疼。

她是不论自己终将要承受什么样的结果，都不愿意让他受到一点点伤害啊。

她赶忙用手堵上他的嘴，说："不要不要，不能这样说，我们都会好的。"他把头埋进她的发丝里，说："宝宝，回去跟我见见我爸妈吧。"

她怔了一下，她现在的情况怎么去见他的家人，她拖累了一个人已经很过分了，又怎么能拉着他的父母一起煎熬。

她正犹豫着要怎么拒绝，就听到他说："我都告诉他们了，你不要担心，从此这世上会多两个人一起爱你。"

那时候的她，从不敢想，让未来的公婆知道自己是这副身体，他们会以什么态度来面对她。她惶恐不安，甚至不敢继续想下去。

可是接下来，他要常常来医院陪着她，可能是一两个月，也可能是一两年，她和他不可能瞒得住他的家人。

但她知道，这事不能瞒，还是越早面对越好，即便是被他父母坚决拒绝和反对，她也都全可以接受和理解。

从新疆回去后的一天，她和他回了家，去见他的爸妈。

与想象中尴尬又静默的场景完全不同，他爸妈见面后，一直都在鼓励安慰着她，说别怕，现在医学很发达的，一定会好的。

她透过他们的眼神也知道，他们是担忧儿子的，怕万一结果不好，他最终也会耗尽自己。

但明面上，这样的担心，两位长辈一句都没有提过，只说："儿子既然做了这个决定，我们就选择尊重。"

她与两位长辈从不曾见过面，可从他们态度里看到的包容与善良，却让她十分感动和震撼。

她也是那时候才明白，他身上的那些美好的特质，原本就来源于他的父母和家庭教育。

见过他爸妈后，她回到医院，检查结果出来了，是早期。

医生说不是很严重，不过还是要做化疗。

她战战兢兢问医生："早期是不是可以不切？"

医生说："可以先不切，后面据情况再定。"

她听到这句话，泪如泉涌，知道不切就代表不算严重，她还有救，她从鬼门关里险险捞回了一条命。

得知结果后，爸妈还有小妳哭成了一团，他也眼红红的，一直强忍着眼泪。

他抱着她，一遍遍地说："宝宝，会好的，肯定都会好的。"

她开始了第一次化疗。

化疗的过程真的很痛苦，消耗的体力巨大。

一次七天，一个月一次，其间可以回家休息。

即便已经做好了足够的心理准备，她还是几乎要吃不消了，第一次化疗完，她整个人白得像张纸，全身没有一点力气。

出去后，看到爸妈和他都等在门口，她在里边强忍了好久的眼泪一下子就忍不住了，身体的疼痛，心里的压力，对家人和他的愧疚与心疼，让她真的扛不住了。

那段时间，她吃不下饭，他就每天变着法给她烧饭，甚至比她妈妈烧的种类还多。

他妈妈也经常来看她，给她带饭，陪她聊聊天。

七天结束后，她回家休息，因为整个人无力，几乎都是躺着的。他每天过来陪她，她妈妈心疼他太辛苦，就提议让他住下来。

然后他便搬了过来，每天给她擦身体、做饭，推着轮椅带她去转转。

她问他："会不会很辛苦，你回家休息几天再来好不好？"

他笑笑看着她，说："不辛苦，工作的时候比这累多了，现在每天做饭，陪你看看剧，散散步，好像生活都慢下来了，很幸福。"

有天，她看到他有一根白头发，她唏嘘着开玩笑说："你都有白头发了，这段时间太累了。"

他答她："有白头发，说明我们会白头到老。"

到第二个月化疗的时候，她的抵抗力下降了很多，吃什么吐什么，人也瘦了不少。

有一天吃饭的时候她又吐了，因为真的太难受了，实在忍不住就悄悄哭了。

他抱着她，一声不吭，她只感觉肩膀慢慢地湿了，她扶着他的脸，才发现他哭了。

他哽咽着："宝宝，我什么都不能为你做，你受苦了。"

她摇摇头，抚摸着他的脸："很难受是真的，但是看到你，我就又有力量撑下去了。"

那次化疗结束，他妈妈说让她爸妈也休息下，把她接到他家里去。

她生怕麻烦到叔叔阿姨，可他妈妈却说不麻烦，照料儿媳妇应该的。

她眼眶猛地湿开，她不知道有多幸运，才能遇到这样善良的一家人。

那个月，她住到了他家。

他爸妈真的对她很好，一天接一天地照料着她，从没有一句怨言，还不断地鼓励和安慰着她。

她食欲不振，只是偶尔突然想吃什么，他爸爸就立刻开车去买。

有一次她想喝酸奶，但是因为冷，她想说放开水里泡一下，热了再喝。

可等她拿到酸奶的时候，发现是温的，不像开水泡过那么烫，而且酸奶也没有变稀。

他在床边告诉她，妈妈怕烫了口感不好，便用手给她捂温了。

她听到后，心里的感激一时无以言表，她走下床，抱住了他妈妈。

她说："阿姨，我真的不知道该怎么回报你们了，你们对我这么好，我却什么都没有做。"

他妈妈说："孩子，你知道吗？当阿姨刚知道你生病的时候，阿姨是不太愿意你们在一起的，因为生病这东西谁也说不好，可是我看着你们这么喜欢对方，我也就不忍心了。

'再之后看到你做化疗这么难受，什么都吃不下，但是每次看到我儿子，你都是笑眯眯的，我就知道你也是真的喜欢他。你们都这么努力，我还有什么理由不支持你们，他是我儿子，我会心疼他，你是我儿子喜欢的人，也就像我女儿一样的，我怎么会不心疼你。"

她摸摸之之的头。

'阿姨从来不信那些乱七八糟的东西，但是那天阿姨去给你求了一个平安符，希望你健健康康，也算是阿姨的私心吧，阿姨希望自己的儿子幸福，希望你们幸福。"

她抱着他妈妈哭到全身颤抖，她从来没有想过，除了自己的妈妈之外，还有一个妈妈能把她当亲生女儿一样。

第三个月化疗的时候，她开始掉头发，她开玩笑和他说："我要变秃头了，你会不会不喜欢我了。"

他说："想什么呢，你光头我也喜欢你。"

她笑着说："我才不要光头，到时候去买假发。"

可没想到，第二天他来的时候，竟然剃了光头。

她惊讶地看着他，说："你干嘛呀，我都还没有光头你怎么就光头了。"

他笑嘻嘻说："还帅吗？"

她看着他，眼泪在眼眶打着转，说："帅翻了。"

他说："我光头都帅翻了，你掉了头发也是美女。"

她知道，他是为了让她宽心，不让她有心里负担，才会去剃光头。

他在极尽全力地对她好，让她在生病的时候，可以有力量继续坚持下去。更让她没想到的是，过了一天后，她爸爸竟然也剃了光头。

之前，她一直觉得自己很不幸，年纪轻轻就生病，可是那一刻，她觉得自己原来好幸运。

虽然生病了，但是这个病没有夺走她的生命，还让她知道，有这么多人爱着她。

就这么一直化疗到了冬天。

过年前，她和他说："这几天你不要来了，在家里好好过年，陪陪亲人。"他不干，说："你就是我亲人啊。"

她说："真的，没有开玩笑，你也好好休息几天。"

因为她知道，有些家庭很避讳过年来医院，怕一整年都晦气。他嘴上说着知道了，不来了，可没想到大年三十那天，他和小哟来到病房，带了一大堆装扮的东西。

她说："你们干嘛啊？"

他们说："装扮一下啊，过年了，喜气洋洋一点。"

他们用了一个下午，把病房搞得喜气洋洋的。

医生看到后，说："你们装扮完了，到时候可要给我整理回去啊，不然领导看到要骂我了。"

他立刻笑着说："好，大年初一就给你整理好，保证看不出来。"

让她更没想到的是，年三十的晚上，他爸妈拎着饺子和饭菜过来了，说要一起过年。她看着他爸妈笑盈盈的脸，桌上热乎乎的饭菜，一次次把眼泪强忍回去。

她真的觉得自己很幸福，他们不想让她一个人在医院里孤孤单单，便放下忌讳，都来医院陪她。

那个新年，她一辈子都不会忘记。

吃完饭后，大家都回去了，只剩他陪着她。

零点的时候，他把她轻轻叫醒："宝宝，新的一年到了，有没有什么愿望。"

她说："希望大家都身体健康，快快乐乐，还有，和你共度余生。"

他说："好。"

她问："你的愿望呢？"

他说："和你一样，我们要共度余生。"

新年后不久，最后一次化疗前，医生说她恢复得不错，情况都好转了，这次做完以后，只要定期复查就可以了。

她泪眼模糊地谢着医生。

医生也长叹了一声，说："你要谢，就谢谢你的家人和男朋友吧，我从医这么多年，从来没有看到一个男朋友能陪女朋友抗癌的，老公陪老婆的是有，毕竟是法律上的夫妻，但是没有结婚的情侣，从来没有看到过。我甚至还看到女朋友生病后，男朋友听到就离开的，所以你真的很幸运。"

她抬头看着他，泪盈于睫："是啊，我真的很幸运，我会好好生活，不会辜负他们。"

最后一期化疗结束那天，他在医院向她求了婚。

他说："宝宝，从今天之后，一切都会变好的，从第一眼认定你，到一起经历了这么多，谢谢你这么努力，让我们的未来有了可能，你愿意嫁给我吗？"

她看着他跪在地上举着戒指，哭得稀里哗啦，这几个月来一桩桩一件件都重新浮现回她脑海，难过的、开心的、流泪的、欢笑的，他和她真的一起经历了太多。

在她本以为生命暗淡无光，也不会再有未来的时候，是他的坚持和陪伴，让她撑下来，获得了一次重生。

因为他，她想要好好活下去，让她对未来重新有了渴望。

她泪中带着笑，对他说："我愿意。"

他眼底通红为她带上戒指，说："余生别怕，我会一直在。"

那天后，他便不停问她，要什么时候领证。她总说："再等等，稳定些，再复查几次看看。"他一下子生气了："干嘛要复查几次，好了就是好了，不会再有问题，你也不要再瞎想。"

她看着他生气的样子，哭笑不得："那就一次好不好，再复查一次。

你总不能娶一个生病的人啊，我不想我自己有任何负担，想健健康康嫁给你。"

他见拗不过她，叹了一口气："那就复查一次好不好，没问题的话，我们就领证。"

她犹豫了下："两次吧。"

他再次生气了："不行，不能讨价还价，就一次！"

她笑了："好，那就一次，等下次复查后，各方面都好，我们就领证。"

他这才心满意足抱着她，她抬眼问他："我生病的时候，你怕不怕？"

他也看着她，沉默了下，才说："怕，怎么可能不怕呢，可是比起害怕，我更担心你一个人熬着，我怕你一个人偷偷哭，一个人承受着所有。我知道你不想你爸妈担心，肯定会表现得特别坚强，可是生病的人能有多坚强，我想无论结果是怎么样的，至少我都要陪着你，让你在生病的时候不害怕。"

她看着他眼睛："你知道吗？其实这段时间，很多次我痛得想放弃，可是我想到你这么陪着我，我有什么理由不坚持，就算是为了你，我也要咬牙坚持下去。"

因为坚持，就能拥有和你的余生了。

因为是你，我才不想，也舍不得放弃。

几个月后，她去复查，医生说各项指标都不错，目前来说不会复发。

她忐忑地问："复发的概率大吗？"

医生说："这没有人能保证，后面要靠你自己，保持好的心情，多运动，定期复查。"

走出医院后，他拦下她，问："可以领证了吗？"

她被他气笑了："你满脑子都是领证吗？"

他诚实点头，说："嗯，就想早一点娶你回家。"

她看着他，郑重点下了头："好，我嫁。"

婚后，他对她的生活真的是严格把控。

每天带她锻炼，拿着手机看菜谱做菜，她不解地问："你明明会烧菜，为什么要看菜谱？"

他说："上面有各种菜的营养元素搭配。"

她才意识到，她每天的饭菜的营养均衡都要赶上营养师专业搭配的了。

从化疗结束到现在，她复查的结果都是好的。

虽然不知道以后的日子，会怎么样，但是现在的她，好像对未知的日子，没什么可怕的了。

她知道，不论发生任何事，拥有着他的她，都有足足的勇气去面对。

那时候，她时常听一句话，说生过病的人才知道生命的可贵。

她对这句话，还有另外一种理解，只有生过病，才知道生命可贵。

也才更会明白万千世界里，能让人从绝境中重新站起来的……

是爱。

愿给予重生的爱人，我们终皆拥有。

05

知道你的夜好黑
我来破晓

讲述人 ◈ 晓晓

能拥有你，是我人生最大的心愿。

这是一个长达十年的故事，主人公从十五岁相识，到二十五岁走到美满。这中间所有经历过的那些犹豫和彷徨，再到坚定，仿佛也是我们每个人的青春。

故事开始的那一年，晓晓念初二。

那时，晓晓最好的朋友在别班，在好朋友的引荐下，她和那个班的女生 A 也成了朋友。

女生的友谊其实就是这样，围绕着一个朋友，她身边的女生也会常常带着一起玩。实际上这种被串联的友情，关系也不会特别深，无外乎一起嘻嘻哈哈，有的都认识了好多年，可能连个知心话都没讲过。

晓晓和 A 便是这样的关系了。

A 是转校生，因为又高又瘦长得也好看，刚一转过来就吸引了一大票男生的注意，然后没多久，就听说她和一个男生在一起了。

那时候，晓晓还惊讶了一下，觉得这也太速度了吧，这个女生大概连全班同学的脸都没认全，就已经谈恋爱了。

在晓晓的认知里，谈恋爱这事对于学生来说真是比天还要大了，先不说顶风作案，就说爱情这事，真的会这么快吗？

不需要了解一下、相处一下、细水慢流地感受一下，才在一起的吗？

再加之 A 自身条件确实不错，她便一直挺好奇，是什么样的男生，会让 A 这么快恋爱了。

很快，她就见到了 A 的男朋友。

第一眼见到他，晓晓其实没什么特别的印象，只觉得这男生白白净净的是真够好看的，性格挺腼腆的，他和大家浅浅打个招呼后，也就没再说什么了。

因为是 A 的男朋友嘛，她也同样没多搭理。

只是之后自己寻思了一下，难怪 A 会这么快恋爱，这种品相的男生，真是不喜欢都难嘛，毕竟小时候的恋爱，谈什么内心美，都是扯淡。

还不都是只看脸。

再之后，因为不在同一层教学楼，她与男生几乎就没再见过面了。

对他的印象也就一直停留在第一面，每次A提起他，她心里就大概有个轮廓，瘦高的，好看的，不怎么爱讲话的。可具体五官长什么样，有多好看，她若仔细去回忆，发觉也不大记得起来了。

原本就觉得他和她压根不会有什么交集，可半个学期后，好朋友和A一起来找晓晓。绘了晓晓男生的QQ号，说让她加一下。

她一脸懵，问为什么。

A也没解释什么，就说："你先加了吧。"

她以为是有什么事要找她帮忙之类的，便迷迷糊糊加上了。

加了之后，发现男生也并没有找她说什么，而A也没有再提这事了。她虽然继续懵着，但既然大家都不提了，她也就把这事忘一边了。

过了几天后，一直没怎么在QQ上说过话的他，头像突然晃动了。

她还觉得挺惊讶的，点开了消息，可没想到，他竟然丢来了那么一句话。

他问：*你喜欢我？*

四个字犹如一道惊雷劈得她目瞪口呆，她当时就错乱了，她做什么了？打从和他认识，她和他几乎连话都没说过呀，怎么就喜欢他了？

这事是他误会了？还是有人瞎传了什么，于是她赶紧回了一句：*谁说的？*

他回：*我女朋友。*

这下她更懵了，这是什么操作？她和A也算是好朋友啊，哪有正主把朋友推出来当第三者的？

她越想越不对，立刻找了A，结果A支支吾吾也说不出个道理，央求她："你就对他承认吧，就当是帮我一个忙。"

虽然这其中的因由，她是完全没想明白，但是觉得既然A这么求她了，那可能是他们之间有什么矛盾，想要靠这件事激一下男生。

她那时也小，思想也够单纯，也就没多想，就硬着头皮在男生那句"你喜欢我？"的后面，答了一句：*是的。*

可谁想到，男生像是举着正义之剑的骑士似的，立刻给她回了一句：*我有女朋友。*

剧情发展到这里，晓晓是真的凌乱了，她当然知道他有女朋友啊，而且就是他女朋友指使她这么干的，可这到底是策划着一出什么道德伦理剧啊？

她迷迷糊糊，不知道怎么回，他声明了立场后也便没再理她。

这事之后也就不了了之了。

她以为这事也就过去了，可没想到在那个学期都结束后，她突然又收到他一条消息：分手了。

与上次如出一辙的惊雷又劈了她一道。

她立刻预感到，这件事情和她有关。

问了才知道，果然，分手的原因就是 A 指责他喜欢上了晓晓，所以必须要分手。

这个操作比之前更迷了，她完全懵圈了。她再次去问 A："咋回事？闹哪样啊？"

A 还是支支吾吾的，也说不上个理由，最后还是用了杀手锏：装可怜。

她说："晓晓，你就帮帮我吧，就委屈你一下了。"

她也忘了当时自己是搭错了哪根筋，竟然又一次同意了。

然后就在 QQ 上看到了他对她一系列的穷追猛问，问她到底为什么喜欢他，为什么外面都说他也喜欢着她？

她怎么知道啊？但是想到 A 的嘱托，她想着这事其实与她无关，她无非帮着姐妹顶一下，于是就硬着头皮生编，说：我就是喜欢你，怎么的吧？

他顿了一会儿，然后回复：有病，吃错药了吧你？

她一肚子的苦水没处倒。

但之后他也没再说什么了，她便再次以为自己成功混过关了，而与他也就从此再没交集了。

直到初二下学期，她有次看到 A 和另一个男生嬉闹着，很亲密的样子。

她就随口问好朋友："A 这是和别人在一起了？"

好朋友说："嗯，放假的时候好的。"

她脑子突然就灵光了一下，男生说自己分手是在假期，A 让她顶包也是假期，那么把前后的事都串联到一起的话……她一下子就明白发生了什么事。

她一下子窜起了火，逼问好朋友，这才问出了真相：A 在和男生在一起的时候，喜欢上了别人，可 A 知道男生不会同意分手，于是就策划出了这一出戏。让所有人都以为晓晓喜欢男生，然后男生出轨了，是他有错在先，这样 A 就可以心安理得地和新男朋友在一起了。

晓晓听着这原委，像是被惊雷劈了第三道。

她不敢相信，被自己当成好朋友的 A，竟然把自己当一颗棋子。

破坏别人感情，这种罪名想都不想就让她背了，在她们心里，她到底算什么？而她还这么傻呵呵地全力配合着。

她质问着好朋友："就因为 A 的朝三暮四，那个男生就背上了出轨的罪名，而我也成了勾搭好朋友男朋友的坏人，你们难道都没有心的吗？"

好朋友连声道着歉，她气得眼泪成串地往下掉，扔下好朋友独自跑开了。回教室又哭了好久，好朋友带着 A 也来道歉了。

她冷冷地对 A 说："不用了，你们做都做了，道歉还有什么用。"

A 说："之前就是想快点分手，没有想那么多。"

她抬头看着 A，冷眼看着她："你想怎么样分手是你的事，可你为什么要利用我？为什么偏偏是你好朋友的我？"

A 见她态度生冷，人也慌了："当时就是觉得你长得好看，说是你的话，大家会更容易相信，而且你人很好，应该不会怪我的。"

她听了只觉得心夏凉了，原来真的有人会利用这个世界上的善良来达成自己的目的，看来，善良是不会被珍惜的。

她和 A 说："你走吧，这件事过去就过去了，我以后也不想和你们有瓜葛了，就当我瞎瞎吧。"

A 和好朋友还想解释几句，可她已经不想听了，转身回了教室。

虽然这事也没有造成什么特别不好的影响，可是在那个年纪，被朋友这么利用和出卖，她曾一度都不敢再交朋友了，总是一个人郁郁寡欢的。

过了一段时间后，晓晓发现 QQ 里多了一条好友申请。

她看着眼生，便也通过了。

加了之后，才知道是男生。

她才知道，原本他早就把她删掉了，她原本还想加回来正好，她正好一肚子火气，要在他这里讨个公道，把被他冤枉和失去的尊严找补回来，可看到他加上好友后，发的第一句话是：**对不起，我知道整件事了。**

她的火气一下子就消散无踪了。

隔着屏幕，她甚至都能想象他也同样失落又无助的样子。想想看，他其实更惨吧，女朋友变心了，临走前，还非要把他搞成渣男才算。

她其实挺想安慰下他的，可关系也不熟，也不知道怎么说才好。

她想了想，便回了一句：那我也要说对不起，如果我当初不加你好友，拒绝她们，可能一切就都不会发生了。

他说：不，如果你不加我，她们也会找别人加我。但是最后还是你中招了，你好傻啊，你当初干嘛不和我明说，非要一个人承担。

也是想不到，事情发展到这一步，当她满腹委屈无法可说，心里憋得都快抑郁时，第一个考虑到她感受的人，竟然会是他。

两个都被玩得团团转的傻子，在那一刻像是无处可倾诉，只能彼此取暖的患难朋友，互相安慰着对方。

也是那天，他对她说：那我们重新认识一下吧。

两人仪式感十足，郑重交换了名字，便算是开始了一段全新的关系。

那天后，两人聊天渐渐频繁起来，也是聊多了，才发现两人竟然是同年同月同日生。

她开着玩笑说："我们可以结拜了，说不定前世就是一家人呢。"

可那时候谁又想得到呢，就是这么一句随随便便的玩笑话，竟然在若干年后，成真了。

聊多了，两人的关系也越近了，发现不仅生日相同，连性格爱好也很相似，于是便更有了种命中注定要相识一场的感觉了。

一直以来，她其实也没什么特别能交心的异性朋友，而他原本就是很会照顾人，又很细心的性格。对她来说，这种感觉挺新奇，也挺让她踏实的。

就这样聊了一段时间，有一天闲聊的时候，忘记说到了什么，他突然说了句：我发现我好像喜欢上你了。

她当时，就像被惊雷劈过了第四道，心情一下子就很复杂了。

那时候，学校里也有喜欢她的男生，但她明白，他们都是见色起意，觉得哪个女生好看，就立刻加 QQ，加上了第一句话就是：我喜欢你。

对于这类告白，她其实内心是抵触的。

她从小跟爷奶生活，爸妈长期在外地，加之奶奶在医院工作，她的童年也多在医院，小小年纪看多了生死别离，想法好像也就格外多。

加之巨蟹座的性格，喜欢在自己的壳子里缩着，对外面的一切都缺乏安全感，一想到那些匆匆告白的男生，对她的喜欢都是短暂的，她便一个都不答应，甚至在收到表白后，还会对那些人有些讨厌和恼火。

可这一次，她却觉得好像有些不同。

听到他的告白，她先是慌慌乱乱的，然后就意识到自己竟然有点开心。

但还是有很多的不确定，她便问他：你不会是以为我喜欢你，所以你才喜欢我吧？

他答：不是，我知道我对你的喜欢和对别人的不同。

她那时心想，吗，小小年纪，你懂什么呦，还能区分出不同了？

但转念又想，可能他只是因为失恋伤心，在她这里得到了温暖，所以才觉得是喜欢吧。

所以说，明明他自己都没分清喜欢和感动，竟然就来告白了。

这么想了一大堆后，她便果断地回复了他：你别喜欢我，我不会喜欢你的，我们还是做朋友吧。

他还挺坚持的，说：我认真的，能不能别这么快拒绝？

她不知道怎么回答，但是她觉得这小伙也是一时热情，她若不这么勤着和他联系，他总会分清楚感动不等于喜欢的。

于是那次之后，她便故意疏远了他，聊天也不总回了。

那时候，她觉得这么做才是对两人最正确的方式，也以为晾凉他就可以让他放弃她了。

可她又怎么能想到，他这一执着，就是五年的时间。

因为初中是不能带手机的，所以两人聊天只能在周末和假期。

那时候的聊天内容大都是"早上好、吃了吗、在干嘛"，诸如此类。

在她冷落他后，连这样的对话也都变少了。

到了初三，大家都为了中考而拼命了，她以为他也会慢慢放弃她了，可他依旧像从前一样给她留言，不管什么话题都喜欢来找她聊聊。

有段时间，学校有人追她，她原本都没放心上，他却特意跑来问她。

他问："某某和某某是喜欢你吗？"

她回："是吧。"

他说："你可不能答应啊。"

她回："不会，读书的时候不谈恋爱。"

他笑笑说："那我放心了。"

她又补了一句："同样，也不会和你在一起的。"

他还是笑笑，说："没事，我继续等，我愿意等，那些人肯定等不住，我等到最后我就赢了！"

她当时看着他信心满满的样子，觉得特别好笑，是谁给他的信心哦，谁又承诺坚持着就能等到她了？

可后来过了好多年，回想他那一天自信满满对着她笑的样子，真是好看。

笑容里的那份真挚与干净，在那些也说喜欢她的男生里面，是股独一无二的清流。

过了几天，那个好朋友来找她，突然问起来："小何是喜欢你吗？"

她说："是吧。"

好朋友问："在追你吗？"

她说："是吧。"

好朋友说："你怎么会这么淡定，说我们班的人都知道他喜欢你了。"

她突然懵了，说："为什么？"

好朋友这才告诉她："小何怕同学们觉得你是从前的第三者，于是就和班里人说一直都是他喜欢你，是他对不起他前任。"

她错愕不解，周末回家后赶紧问了男生是怎么回事。

男生倒是像她从前一样淡定，说："就是你听到的那样。"

她问："为什么要这么跟别人说？"

他说："本来是没有打算这么做的，但是听说好多人喜欢你，我就忍不住了，想告诉大家我喜欢你。"

她顿了一会儿，说："那你为什么不告诉大家，当初的真相，明明是你被前任设计了，你是无辜的。"

他说："算了吧，事情过去了，或许前任离开我，也是我做的不好吧。"

他说："所以现在我想对你好，我不想我用心对待的女孩子，最后都离开我。"

听到他这样说，她心揪了一下，她知道他善良又宽容，也知道她被他这样珍视爱护着，他宁可给自己抹黑，也不想坏她名声，而且即便与 A 分手了，也还没有捅破真相，没有把 A 再卷进来。

他的这些作为，都令那个年纪的她觉得感动，可是……感动之后，她觉得很惶恐。

她感觉自己承受了太隆重的心意，这么招摇又明晃晃被他喜欢着，被别人关注着，而所有人又总会把她和他的名字强行联系到一起，这让她感觉非常不自在。

他对她的好，对她而言，成了一种羁绊和桎梏。

她不再是晓晓，在所有人的口中，她是小何喜欢的那个女生，她与任何男生多说一句话，都成了罪恶。

　　那时候的她，坚定认为，他这么做是因为她上一次拒绝得不够坚决，才会让他这么执着。她不堪其累，最终选择了再次冷落他。

　　可那时她太急于缩回自己的壳里，却忽略了，他会这样做，正是代表他是能够给女生安全感的男生，而且也特别有包容心，分手了也不会去回踩前任。

　　在她的冷淡和绝情中，男生依旧不离不弃地喜欢着她。

　　中考结束后，两人考到了不同的高中。

　　得知消息那天，他一脸委屈地说："唉，不同学校了，以后都看不到你了。"

　　她假装很开心地跟他开玩笑说："终于不在同一个学校了，终于看不到你了。"

　　他突然瞪大眼睛看着她，说："你真的这么不想看到我吗？"

　　她点点头，说："是啊，你天天黏着我好烦的。"

　　他一下子就蔫了，说："哦，我知道了。"

　　那天说完后，她没往心里去，因为这样的玩笑，其实在朋友之间也常常会开吧，"我烦死你了，终于不用见到你了。"

　　她觉得也只是玩笑话，况且以她的性格，就是真的讨厌和烦一个人，都不可能说出来，又怎么会这么当真的跟他讲。

　　她是完全没想到，她的几句玩笑，却对他造成了那么大的伤害。

　　那一天他和她分开后，他很难过很难过，原本觉得不在一个学校就已经很难过了，又听到她那样的话，回家之后便偷偷哭了。

　　那是他第一次为一个女生哭。

　　因为喜欢着，深深地，用整个心喜欢着，所以他才会关心则乱，把她的每一句话，不分真假地统统听到了心里去。

　　之后两人到了不同的学校，有了各自的新生活。

　　每次周末回家，她还是会收到他的留言，他会把一周里发生的事都讲给她。

　　她一条条读他的消息，总能想象到他当面说这些话时的表情。

　　那是她第一次反问自己，她为什么会这么了解他，会了解他什么时候会笑，什么时候会生气，对什么样的人会喜欢或讨厌。

　　她突然意识到，这是不是代表喜欢他了？

她就开始给自己找理由，不可能喜欢他的，可再想他那个人，性格是乖的，长相也是帅的，成绩也是好的……

她想不出自己有什么理由不喜欢他。

但那个时候，就是觉得很抵触早恋这件事，就是觉得不可以和他在一起。

直到后来长大了，她才明白，其实那种迟疑和退缩，就是因为从小安全感的缺失。她总觉得在一起了，他对她不好怎么办，分开怎么办？

得不到的才骚动，真的在一起后，他或许就变了吧，不会再对她这么好了吧。

她自省着，原来早在青春期，她就已经是这么自私的人了，一边想要得到他的关心与喜欢，可另一边却因为害怕，而总与他保持着距离。

高中三年里，她对他的态度一直是这样犹豫的，直到某一天，她周末回家看到他在某个凌晨里发来的一条消息。

他叫了她的全名，他说：**我想娶你回家。**

看到的时候，她心跳空了一拍。

因为这个年纪还从来没有收到这样的告白，说想要娶她回家的。

那种慌乱又惶恐又一次席卷她，她选择无视了这条消息。

可他下条消息很快过来，问：**你看到了吧，我真的想娶你。**

知道逃不过去了，她便硬着头皮和他说：**小小年纪，说什么娶不娶的，好好读书。**

心动归心动，可潜意识里她还是觉得，他有可能就是随便说说的，却哪会想到，他那时候就已经打算好了，用他的一辈子来向她兑现这句话。

他之后还对她说，让她相信他，他会好好读书，会赚大钱，争取25岁娶她回家。

他越是这样说，她觉得害怕，她很怕自己也会认真，更怕认真后结局不好。她知道以自己的性格，若笃定了一个人，可他失信了，真的会很难走出来。

那一年元旦，男生学校有表演活动。

她的好朋友和男生同班，邀请她去看表演。

到了操场上时，看到了夜色下有数不尽的荧光棒，所有人都在快乐地叫着跳着。

因为天太黑了，她没有找到朋友，反倒男生一眼看到了她。

很惊喜地跑过来，说："你怎么来了，都不告诉我。"

她笑笑说临时决定的，然后就探探脖子，说了朋友的名字，问她在哪里。

　　他脸上一下子就失落了，说："原来不是来找我的呀。"

　　她怕他伤心，赶紧对着他笑笑，说："找，一起找。"

　　他看着她，傻乎乎的，却又特别帅地笑了。

　　之后找到了朋友，她和朋友聊天，男生就站在一边安静地看着她。

　　她和朋友说想要荧光棒，朋友开玩笑说："不给，你自己去拿。"

　　她说："这不是我学校，我怎么去拿啊。"

　　话音刚落，男生突然跑开了，过了会儿，拿着一大把荧光棒回来，塞到她怀里，转身又跑了。

　　然后就听到人群后面，他朋友都在笑他："拿了那么多荧光棒，原来是给女神的啊。"

　　她这才知道，原来他很早前就把她的名字说给了朋友们，所以他的所有朋友都知道她。

　　她拿着荧光棒，在夜色里看着表情羞涩的他，假装和朋友们打闹着来纾解紧张……有一种很温暖的细流缓缓流经全身。

　　连她自己都不知道，在很多年后，她再回忆那段青春岁月，想起的竟然都是那个夜晚里，少年在簇簇荧光中那张羞涩与温柔的笑脸。

　　以至于她都一直一直在懊悔，为什么没有早一点，再早一点牵起少年的手，生生与他错过了往后五年的时光……

　　就这么过到了高三，晓晓生了一场大病，住院一周。

　　尽管和所有朋友都说不必来看望，高三了时间耽误不起，还是学习为重，可床边没有朋友关心，其实心里还是有些许失落的。

　　可晓晓也想不到，男生不知道从哪里得知了消息，竟然赶来了医院。

　　他推门进来的那一刻，她惊地捂着嘴巴看他，一瞬间心里汹涌澎湃，说不上是震惊还是慰籍了。

　　她问他："你怎么过来了呀，多耽误时间啊。"

　　他羞赧地在她床边亭下，问她哪里还不舒服，会不会很难过。

　　她说已经好多了，劝着他赶紧回去学习。

　　她病着，也推不动他，他就杵在床边像根柱子似的推也推不动，她生气地瞪他，他目光柔柔地看着她。

　　支吾了半响，他才慢吞吞地挤出一句：如果你生病了，我不在你身边，我会后悔的。

　　一瞬间，她鼻子就酸了，眼窝潮潮的，除了家人，从来没有人跟她说过，她生病了他一定要在。

那种被人放在心尖上的感觉，让她的内心再次为了他而柔软。

她不说话，静静看着他。他帮她掖好被子，又调整好床高，一边做着这些一边声音小小地和她说："晓晓，你一定要好好的啊，不然我余生都没有盼头了。"

这句话一出，她的眼泪再也忍不住，哗哗落下。

住院的这些天来，抽血她没有哭，打针也没有哭，做各种检查时都没有哭过，可就是他这慢吞吞的一句话，让她哭得不可抑止。

看到她哭，他吓坏了，直接哄着她，说："别哭别哭，你还病着呢，你也一定会好的，我会陪着你的啊。"

眼泪更汹涌了，她伸开手臂，轻轻抱住了他。

与他相识这么多年来，受了他那么多的照顾与关怀，她从来都逼着自己视而不见，可这一次，她真的觉得自己错了，她怎么能一而再再而三地伤害这个善良又干净的男孩。

她说："谢谢，真的谢谢，我会好起来的。"

他被她突然这么一抱，人完全懵掉了。她继续和他说："谢谢你来看我，但是现在你要回去好好读书，不要再为我担心和分心了，我好了出院了就给你发消息好吗？"

他大概也知道这里待太久也不好，没准还会和她家里人遇上，便点了头，乖乖离开了。

出院那天，她给他发了消息。

他回复了她一个大大的笑容，说：*我就知道你很棒的，一定会好的。*

那一次之后，她也不像从前对他那样刻意冷淡了。

但考虑到自己若是总是和他聊天，可能会影响到他学业，便也克制着节奏，即便是网上与他聊天，也是聊一会儿就劝他去学习。

就这么到了高考前，有天他和她见面时，他问她想去哪里读大学。

她不想离家太远，就回答："本省吧。"

他说："那我也在本省。"

她问他："你不是有喜欢的大学吗？"

他答："比起喜欢的大学，我更想离你近一点呀。"

那种被无条件迁就的沉重感再次扑面而来，她真的很怕任何人因为她做什么妥协与牺牲，她觉得自己担不起这样的责任，更不能因为她的原因，让他委屈着去上不喜欢的大学。

于是她立刻就和他说："不行，你要去自己喜欢的大学。"

他笑嘻嘻地说："没事的，大学其实都差不多。"

她知道，如果她不死命抵抗的话，他一定会留在本省。她也想不出更好的办法，就又用了最直接又狠的办法。

她说："你要是为了陪我留在本省，我这辈子都不会再理你了。"

他一下子慌了："不是不是，本省也有很好的大学的。"

她继续丢狠话："那随便你，反正你这样做了，我就不会再理你了。"

他怔怔看着她，不言语，看了好一会儿，才对她说："你真的要这样把我往外推吗？"

她说："我不是把你往外推，如果你为了我做这么多，我就会觉得很亏欠你的。"

他听着，眼睛一下子就红了，他说："可是我……可是我喜欢你这么多年，要这么说的话，你已经亏欠我很多了……"

她真的没有想到他会这么说，之后两人无言地看着对方。

沉默了好一会儿，他深叹了一口气，说："刚刚的话没有别的意思，你没有亏欠我，是我要喜欢你的，还有，我会去喜欢的大学的，你别有压力。"

看着他满脸落寞的样子，她真的也很不忍心，她知道只要她再让一步，就可以让他重新阳光回来。

可是她不敢，也不能。

那是他的前途，关乎一辈子的选择，她又怎么能。

高考结束后，他履行了对她诺言，选择了他喜欢的大学，距家遥远。而她留在了本省。

被大学录取之后，男生把他学校的公众号发给她看。

她开着玩笑说："我才不看，那是你的大学。"

他便撒着娇，说："哎呀你看看嘛，等以后带你来的时候，你就感觉很熟悉，我要带你走过我走过的每一处地方。"

她那时候听着也没特别当真，因为他的大学，距离她实在太遥远了。

大学开学后，他和她都开始了忙碌的新生活。

一切都是全新的，环境，朋友，学校。

要做的事有好多好多，她忙得团团转，每天都是早出晚归的，日子充实得不得了。

一切都跟高中生活不同了，可唯一不变的是，她依旧每天会收到很多很多他的消息。

从初二熟悉之后，到现在，五年如一日，他的消息与关心从没有间断过。

军训时，她皮肤敏感，被晒伤了，之后就发了一条朋友圈。

他看到了，没有急着安慰她，而是从百度找了好多晒伤的处理方法，一条一条发给她，让她都试试，不行就要去医院看看。

她那时候对大学生活充满了新奇，加之又认识了新同学，对未知的一切投入了太多的精力与好奇，而他的关心对她来说早已成为了一种习惯，是她意识里觉得不需要再多经营的那种存在。

于是她一边为晒伤苦恼，一边又忙着新生活，加之与他距离太远了，觉得他的关心也没什么实际意义，也就不知不觉中疏忽了他。

总是在他大片大片的消息后面，潦草地回个一两句，然后就说自己要去忙了。

他也总是说，好的，去忙吧。

这么持续了一段时间后，他的消息渐渐变少了，可那时候的她却也没在意。

直到有一天晚上，他所在的省份地震了。

他给她发了消息，说：*我这边有一点点震感，如果你在我身边，我应该就不会这么害怕了，毕竟没人知道意外和明天哪个先来。*

她那天睡得早，隔天早上醒来才看到消息。

想着幸好是小地震，只是有些震感，便也没有很担心，给他回了几句注意安全什么的，也就没多说什么了。

等她收拾好东西准备去上课了，他的消息回复过来。

他问她：*这么久了，你真的一点都不在乎我吗？*

这一句话，让她也停顿了一下，她不禁也沉思了下，是啊，真的都这么久了，她到底还在犹豫什么？又在等什么？

已经大学了，可以谈恋爱了，而且他哪里都好，对她也一直那么好……连她自己都迷茫了，她到底对他是什么想法呢。如果不喜欢他，她又为什么一直留恋着他，可如果喜欢他，她又为什么不答应他。

她知道问题或许不在于他，在她没有接受他的这些年，也同样没有接受过别的男生。

所以她真的不知道，她想要的安全感，会以怎样的一种方式来补全。

她一时看不懂自己的心，也不知道要如何面对他的追问，只知道她还没有做好准备，把自己的心交出去，不是他，也更不会是任何人。

这与她的性格有关，也与她缺失的亲情有关，在她心里有一道纵使是她自己也无法逾越的门。

而她没有那把钥匙。

所以，这一次，她只能选择沉默。

隔了几天后，还是一个凌晨，他再次发消息过来。

他说：晓晓，我想我等不到你了，说了要25岁娶你的，可能实现不了了，喜欢了你五年，也该结束了。但是这五年我真的很喜欢你，五年来我的生活都是你。现在，我也想过自己的生活了。

她依旧是在隔天早上才看到，读完消息了，人惰了一下。

那一刻的心情，也说不上是难过惋惜失落，好像更确切来说，就是空。

心里空空的，史无前例的那种空，她在他的青春里占据了五年，可于她而言，又何尝不是同样份量的五年。

五年的点滴、过往，全数被齐齐斩断，他说他想过自己的生活了。

那时候，她的心对完全接纳并喜欢一个人这件事，依旧是迟钝又木讷的。那种又空又措的心情持续了几天后，她开始觉得这对于他而言，或许是件好事。

她对他感动有过，悸动有过，依恋也有过，可每次谈到关键，她还是会惊恐慌张地赶紧缩回壳子里。他在过去的五年里向她走完了九十九步，而她这种人，却连为他勇敢踏出一步的勇气都没有……

又有什么值得他爱下去的。

她忍着眼泪和自己说，好事好事，你既然没勇气去拥抱他，没勇气去承担恋爱的苦与曲折，没勇气接受会爱也会散这样的风险，那么就不如放手把他归还于人海。

她和好朋友说起这事，好朋友听着她的描述，一桩桩一件件，叹息着和她说："你明明就是很喜欢他的，只是你自己不觉得。"

她嘴硬着说："没有，不会，我可能只是依恋更多，但我不能占着他，拿走他幸福的权利。"

就这么一次一次劝动又说服了自己之后，她给他回了一条消息：谢谢你这些年的喜欢，真心祝你幸福。

消息回完，她蒙在被子里哭成了泪人。

却不知，手机那一边的他，哭得有多惨，放手青春期里最美好又深刻的一段感情，他几乎豁上了半条命。

那之后，他们虽然没有删掉对方，却再也没有联系了。

她继续着忙碌的生活，只是在每天清晨睁眼的那瞬间，习惯性去找他的消息，然而空空的屏幕界面，总在提醒着她：他已经离开了她的世界。

很多次，她也想发消息给他，问候他过得好不好。

看到他所处的城市有任何新闻，都想问他是否安好。

可最终，她什么都没有做。

祝他幸福那四个字，是她亲手打出去的，她不可以这么自私，因为怀念人家的好，又擅自去打乱人家的生活。

可是想念他的次数越多，怀念的感觉越深，她开始觉得事情似乎从某一天起，就早已变了。

如果只是依恋，如果只是怀念，如果只是习惯，她已经将生活安排得那么紧张又忙碌，和新朋友们相处得亲密无间，她亦不缺关心与温暖。

可她为什么，却还会那么深那么不受控地想念着他。

她开始向自己的执拗低头妥协了，她知道，她比自己想象中，还要喜欢他。

放假回家聚会，也总有人问她："你们俩现在怎么样的？当初他那么喜欢你。"

她笑笑，假装风轻云淡的样子，说："就这样，各自安好。"

也总有人惋惜，唏嘘着说："可他这么喜欢你，你为什么当初不答应。"

她目光呆滞地盯着桌上的杯，抬头苦笑，摇摇头："我不知道，我真的不知道。"

眼眶酸胀得要死，仿佛那里边有一整片海洋要争相翻涌着出来，她假装看别处，悄悄抹掉眼角的泪。

在这世上，她爱着他这件事，她是唯一的知情人。

到了大二下学期的一天，她微信里有个好友申请。

她看到申请原因里写着，我是小何的室友。

她犹豫了一下，通过了申请。

她问室友：是有什么事吗？

室友说：很冒昧地来加你，你的微信号是我从小何的手机里偷偷拿到的，我们实在没有办法了，只能这样做了。

她一下子意识到有什么事发生了。

然后她听到了她这辈子永远不会忘的一句话。

室友说，小何他患了抑郁症。

她在看到这句话后，一瞬间整个人都是木的。

她只觉得胸口喘不过气，脑子里乱成了一团，看着与他室友的对话框，一时间都不知道要说什么，问些什么。

足足愣了有几分钟，才打出了一行字：怎么回事？

小何室友便说了他的大概情况，与她不联系后，他整个人的状态就开始变得很差，加之学校也发生了一些事，堆到一起他一下子就承受不住了。

那时候，她对于抑郁症这三个字，还没有那么多了解，就知道是一种把自己封闭起来的心理疾病。

室友说：之所以来找你，是因为小何从前总提起你，说你长得很漂亮，他很喜欢你，每次说起你都很骄傲。可是有段时间他突然不提你了，只在半夜做梦的时候偶尔会叫你的名字。我们不知道你们发生了什么，但是我想如果不告诉你，他可能就这样了，或许你以后知道了，也会后悔的……

她听着室友的话，眼泪一下子就涌了出来，她不确定他的病情是不是因她而起，但她知道一定与她有关。

那个晚上，她一个人抱着手机哭了好久好久，像是情绪失了控，放声大哭，哭到室友都吓坏了，都来问她发生了什么事。她几乎讲不出话，断断续续讲了他的事，人生第一次感觉到了心痛，原来人在极致难过的时候，心脏真的痛，痛得她喘不过气，一口气就压在喉咙口，不论她如何用力拍打着胸口，它就是死死地卡在那里，她几乎快要窒息。

哭了整整一夜，身上没有一丝力气，她还是硬从床上爬起来，坚持着去洗了一把脸。她跟自己说，她要坚强，小何需要她，她不可以倒下。

之后她从网上查了关于这方面很多资料，知道这个病不论是谁都不可能与患者感同身受，安慰对他们来说没有用。

可能旁人随便一句话就是压倒他们最后的一根稻草。

她一边看一边哭，默默将这些要素都记下来。之后她努力调整心态，开始想重新回到他生活中的理由，她必须装作不知道一切，不然他一定不会让她靠近自己的。

与他已经有一整年没有联系过了，一时间实在没什么像样的理由，于是她想到了他家人是做茶叶生意的，她便给他发了消息，问能不能去他亲戚家买些茶叶送人。

等他消息的分分秒秒都变得无比漫长，过了一会儿，他终于回复了。

他说：好，帮你联系一下，联系好你去拿就好了。

她没有在这时候问他过得好不好，学校生活怎么样，她查了资料，知道现在问他这些事，等同让他重新回忆一遍过往不愉快的日子。

她知道他从前很喜欢打游戏，但是她从来都不会，也不喜欢，于是那几天，她拿出所有空闲时间让朋友教她打游戏，学会了之后，又去找他聊。

她说：你能不能带我打打游戏呀？

他没拒绝，她邀请他，他便进了游戏。

两人打了一晚上的游戏，开始像陌生人一样，很少交流，她原本也不是很会找话题的人，而从前也都是他在迁就着她聊天的。

但是这一次，她想着既然要帮他，就要坚持做下去，于是她用很轻松的语气和他闲聊，问他是不是很久没打游戏了，感觉技术退步了。

他说：很久了，要不是她找来，他早就不打了。

她说：你以前很爱打游戏的啊。

他说：嗯，后来就觉得没意思了，不想玩。

他问她：你以前不喜欢我玩游戏，怎么突然也玩了？

她笑着说：人都会改变的嘛。

从那之后，她只要有空就拉着他一起打游戏，在游戏里小心翼翼地问他一些学校里的事，生活中发生的事情。

他的回答里，她能明显感觉到，他对生活已经没有什么期待了。

她听着他那些心灰意冷的话，想着曾经一个多么骄傲自信的男孩怎么变成这样了？

下了游戏后，她便一个人躲在被窝里哭。

她一直在自责，如果她能早点陪着他，守在他身边，哪怕最后终究没能在一起，但他或许不会变成这样。

之后她就像他之前给她发消息一样，天天给他发消息，想到什么都第一时间发给他，无时无刻不在关注着他的生活。

他有的问题会答，有的也不想答，她也不追着问，就换个话题，陪着他继续聊。

她越来越多地了解着他的生活，他身边的一切。

之后有一天，他问她：为什么最近开始关心我了，还天天给我发消息？

她心一揪，很怕他察觉什么，就故意开着玩笑说：因为喜欢你呀。

话发出去了，他那边沉默了。

她的心紧了一下，想着会不会说得太过了，让他有了不好的反应，正担心着，他的消息回过来了。

他说：不要喜欢我，不值得。

她的眼泪一下子就落下来了，心口像是撒了一把盐，涩得心脏都跟着疼，从前那么喜欢着她的他，若是看到她的这句话，肯定会开心死了吧。

可现在，他却对她说，他不值得。

她知道，他知道自己状态不好，不想耽误她，才会这么说。可是她都已经耽误了他五年，现在被他耽误又有什么。

她心里也早想通了，就算是最后没能和他在一起，她也愿意陪他走这一程。

她也没有想过，她心里那道无人能逾越的心门，最终却是以这样的方式，对他无条件敞开了。

从前担忧他以后会对她不好，不会一直宠着她，依着她，喜欢着她。

可现在，她全都不在乎了，把所有的顾虑都抛在了身后，原来最终让她走出壳子的，是她自己。

她想要陪着他，喜欢着他的心。

她对自己说：小何，你要做的，在这五年里已经做得足够多了，接下来就换我喜欢你，守护你吧。

没多久，到了暑假。

她早早就做好了计划，然后和他说：我去找你玩吧，然后我们一起回去。

能很明显感觉到他的犹豫，她又特别热情地推动了一下，他才终于说：好吧。

她到达那天，他在机场等她。

远远地，她就看到了他，站在接机口，人长高了，也挺拔了，还是当初那个白净又帅气的少年，只不过眉眼之间看着没从前那么开心了。

走向他的一步步，她都在努力整理和调整着自己的情绪，之后终于走到了他面前。

她笑嘻嘻地看着他："我过来你不开心吗？"

他看着她，很腼腆地笑了下："开心。"

他问她："累吗？"

她摇头，对着他笑笑："不累。"

他们去了他的学校，她想起很久前，他就把学校的公众号推给她看过。

也记得他说，要带着她走过自己走过的每一处地方。

那时候，她还觉得这件事很遥远，所以并没有去看过那个公众号。

可这段时间里，她反反复复地看他学校的公众号，看着图片里边的教学楼，水池，操场。她总在想，他在这些地方走走停停的样子，想象他每天都会做些什么，有没有情绪崩溃的时候，躲在这些地方的角落悄悄地哭。

而此时，这些图片上的地标一样样地在她眼前清晰，她无法再去想象他孤独一人的场景，她转身用力地抱住了身边的他。

他呆了一下，问她："怎么了。"

她哽咽地说不出话，努力平整又平整着呼吸，跟他说："我终于来到你生活的地方了。"

他怔了一下，问她："是不是有人和你说什么了。"

她忍着眼泪："没有，我就是觉得你学校很美，还好来了，不然就错过这么美的地方了。"

他低着头看她，没有说什么，带着她继续在学校逛逛。

看着他的学校，她也给他讲自己的学校，讲她这两年里学校发生的事。他始终就安静走在她的一侧，默默听着，话很少，几乎不出声。

逛了一会儿，到了学校餐厅。

她抬头看着他，笑笑说："我可以在你学校吃顿饭吗？"

他说："可以，走吧。"

她说："那咱们点一个你最喜欢吃的，我想吃。"

两人找好了位置，她坐着等，他去买吃的。

过了会儿，他重新走回来，手里端着一份冰粉。

看着他手里的冰粉，她眼泪再也忍不住，汹涌而下。

关于她的事，他全都记得，一件都不曾落下。在很早很早以前，她就说过喜欢吃冰粉。

他看到她哭，就赶紧坐下来，问她怎么了。

她伸手抱住他，头靠在他肩膀上，失声痛哭着，一遍遍说着："对不起对不起，我来晚了。我真的不知道你会这么难，我不应该让你一个人，你当初要和我考本省的时候我应该同意，我们就不会离这么远了，我就能多陪陪你了。"

他人懵懵的，问她："你都知道了？"

她用力点着头："嗯，我都知道了，现在换我问你，你能不能不要推开我，让我陪着你好不好，你不喜欢我也没关系，我喜欢你，我真的好喜欢。我知道这不是同情不是感动，就是真的喜欢你。"

他慢慢地伸出手，把她脸抬起来，她看到他眼睛红红的。

他看着她，声音很慢很轻地说了句："可是我现在很糟啊，不值得你喜欢啊。"

她哭得更凶了："可是你也喜欢很糟的我喜欢了五年啊，我那时候很别扭，很自私，可是你从来没有离开啊，你始终站在我身后，那样的我你都喜欢这么久，现在的你我为什么不能喜欢？"

他听着她的话，顿了好一会儿，之后伸手把她拉进了怀里，抱得好紧好紧，像呵护珍宝一样。

他轻轻揉着她的背："谢谢，可是我不知道还能不能回到曾经的我。"

她说："不用回到曾经，我们重新开始好不好，一切都会好的，相信我好不好？"

他看着她的眼，点了头："好，我会努力的。"

那一刻她像得到了世界上最珍贵的东西，埋在他的怀里喜极而泣。

她知道，现在的他是不好，可是他会变好的，一定会变好的，他们会一起变好的，他们会有很美好的未来。

两人一起玩了几天，逛了景点，吃了好吃的，她能明显感觉到他在慢慢开心起来了。

每次看到他笑，她都觉得她做对了，回到他身边，重新拥抱他，这一切都做对了。

两人一起回家，飞机上，她小心翼翼地问他从什么时候开始有抑郁症状的。

他没有避讳："自从和你说了不喜欢你之后，心情就一直不好，然后学校事情很多，慢慢堆积起来，之后开始失眠，开始对所有事情提不起兴趣，感觉生活无趣，没有人可以诉说，就去医院查了一下，结果是轻度抑郁。"

她听着他很平静地讲出这些话，心里却疼得厉害，她不知道那无数个日日夜夜他是怎么过的，强撑着与情绪对抗的时候，是不是很辛苦，一个人孤孤单单去医院的时候会不会满是绝望。

她抱着他："我知道了，不说了，接下去都会慢慢好的，我会一直陪着你。"

她心里也知道，不会这么容易成功，但无论前方的路多么艰难，她都一定会牵着他的手走下去。

他看她一脸难过，还反着安慰她："没事，不用担心，只是轻度，我也曾经想丢下一切就不了了之，可是没想到你来了，我也想为了你努力一下。"

她把他抱得更紧了："好，我会一直陪着你的，我们一起努力。"

暑假里，两人只要没事就总会待在一起，白天在家一起打打游戏、看书或追剧，等晚上凉爽了一起出去散步。

也是那段时间，她打游戏的技术突飞猛进，从以前一个看到别人打游戏就气不打一处来的女生，竟然变成了游戏王者。

有时候想想，人一生的改变，其实多数也都源于爱吧。

她和他腻在一起的时间久了，交流也就越来越多了，虽然还没有挑明了正式成为男女朋友的关系，但是两人都知道，他们的心里全是彼此。

他的状态一天天在好转了，笑容也多起来了，她知道，他的病情未必能这么快恢复，但是他也在极其全力努力着，为了自己，更为她。

之后两人还一起去了丽江，那里的天好美，民风也纯朴亲切。她能感觉到，来到这里后的小何，身心都很放松。

有天两人路过了丽江一个挂愿望牌的地方，便兴致满满地写了各自的愿望。

后来过了很久，偶然说起这事，她问他："那天愿望牌写了什么。"

他说："祝我身边的人都健健康康，愿我和宝宝执子之手，与子偕老。"

她看着他，笑容满溢在脸上，她说："你知道我写的是什么吗？我写了祝我爱的人和爱我的人都平安喜乐，愿和小何同志白头偕老。"

两人听到了各自的心愿，相视一笑，原来他和她依旧那么默契，连写的心愿就如此相似。

暑假结束后，他和她各自回学校。

在机场分别的时候，她和他说："你要每天和我发消息，有事情一定要和我说，不然我就追到你们学校揍你去！"

他看着她，浅浅地笑，手掌摸摸她的头："知道了，像老太婆一样啰嗦。"

她假装生气。"你现在就嫌弃我了吗？"

他说："真的跟老太婆一样嘛，不过想想，要这样听一辈子好像也没什么不好的。"

说完后，她看着他笑，他也暖暖地对着她笑了。

回到学校后，每天都会语音或视频联系。

虽然总是隔着屏幕，不能触摸到彼此，但是镜头里的两个人总是望着对方笑笑的。

因为都知道，不论做什么，哪怕整个晚上都忙着学习，顾不上说话，也都知道对方一直都在，心也一直在一起。

闲聊的时候，她会把一天发生的事全都讲给他，鼓励着他也讲出来，不论好的坏的，她都想听他讲。

也是那时候，她才发现原来别人口中的异地恋，并没有那么可怕。

距离从来都不是阻碍，两个人的心想紧紧挨在一起，是任何东西都分割不开的。

隔了一段时间后，他有天和她说，打算再去医院查一下。

她立刻说：我陪你去，我请假过去找你。

他说：没事的，我去查一下，很快的。

她坚持要陪他，在很长一段时间里，她甚至不能去想象他自己之前去医院检查的那个画面，想到他孤孤单单的一个人，得知了病情结果，内心会是多么无助又绝望。

只要想到，她就觉得心疼得厉害。

她和他说：上一次就是你自己去的，这次不能一个人去了，我必须去。

他劝慰着她：真的没关系的，不要担心我，虽然上次和这次都是我一个人去，但是或许以后就不用去了呢，就把这件事当成人生的一次洗礼吧。

即便还是非常担心，但她承认，被他的话打动了。

他是一个男孩子，他有自己的自尊与骄傲，他觉得自己有能力撑过这一关，他把这件事当作人生的洗礼。

这代表着，她的男孩对自己有担当、有责任了啊，想要坚强的直面自己。

她也知道，这种事，不论她多么努力，关键要看他的信念。

最终她妥协了，她说：结果不论是什么样的，都要第一时间告诉我好吗？

他去医院那天，她在课堂上一直是慌乱无措的，老师讲了什么她统统听不进去，整颗心一直悬着。

隔几秒钟就看一眼手机，生怕漏过他的消息。

那种度日如年的感觉，实在太难熬了，他的消息没发来，她干着急却也不敢追问。

等得久了，她又怕是结果不好，他状态崩了，不想告诉她了。就这么胡思乱想了整个上午，快下课时，手机突然震了一下。

他的消息过来了，她点开消息那一瞬手都是颤的，然后她看到了消息的内容。

他说：**宝宝，真的不用再去了。**

人来人往的教室里，她的眼泪滚滚而落。

朋友看到她哭，赶紧问她怎么了。她摇头说没事，收拾了东西一路跑回宿舍，给他打了电话。

几乎是拨通的同时，他就接起来了，他都没有听到她的声音，就先说了一句："宝宝，别哭。"

他与她这样心意相通着，即便不能看到她，他都猜到她在电话这边已经泣不成声了。

因为这份他的懂得，她的眼泪更控制不住了，放声哭出来，这些天对他的担忧，对自己的谴责，终于全数释放出来。

他的声音也哽咽了："我好了，一切都好了，谢谢你陪我坚持着努力着。"

他声音放得好轻："宝宝，我们有新生活了。"

那天她饭也没顾上去吃，在空无一人的宿舍里抱着手机哭了好久好久，眼泪里有苦也有涩，有甜也更有希望。

她知道，她的少年挺过来了，没有人知道这有多么难，要历经多少次多么深的煎熬。

可是他，为了她，真的挺过来了。

那之后，他们就像所有的情侣一样相处着。虽然异地，但总感觉对方就在身边。

想要说的话，心里的感受，总是她刚刚起个头，他就已经全明白。

异地恋总会出现的那些问题，在他和她身上却从没有发生，她也觉得很奇妙，她和他好像真的不会争执，也极少出现矛盾。

两个人好像都在把每一天当作生命里的最后一天去度过，都想让对方开开心心的，尽情享受爱与被爱的幸福。

他的状态也越来越好了，渐渐地又像是初中那时候，重新开始黏着她了，和她有说不完的话，每天都会给她发好多的消息。

她的心情也会随着他而变得畅快，之前那种总是紧张不安，小心翼翼的情绪在慢慢减退。她知道只有她真正放松了，他也才能感受到她对他是爱，而不是同情，更不是迁就。

就这么甜蜜相处了一段时间，有一天他和她说：*我想考研了，之前都没有好好读书，荒废了很多。*

她听到就好开心，会想要学习，想要上进，这代表他越来越好了呀。

她说：*好啊，那我也一起考，你想考哪所学校呀？*

他顿了顿：*考你的学校，好不好呀？*

她立刻回复他：*好呀！*

她知道他也还记得高考前，她从身边赶走他的事，怕他心里有伤口，她便每天都很积极邀请鼓励他考过来。

那段时间里，两人都发了疯似的努力读书，然后一起参加了考试。

结果太让人惊喜，两人一起考上了她学校的研究生。

成绩出来的那天，她激动地和他说："小何同学，恭喜你成为我的校友哦！"

他的声音里也透着雀跃，他说："宝宝，终于可以实现在同一个学校里谈恋爱的愿望啦。"

她被他逗得笑个不停，在她规划着两人未来的时候，没想到这个单纯的少年，原来只是为了实现在同一个学校和她谈恋爱的心愿。

在他本科毕业那天，她瞒着他，悄悄去了他的学校，去参加了他的毕业典礼。

那天大家都穿一样的衣服，她穿梭在人群里，找了他好久，好不容易看到他了，她蹑手蹑脚躲在了他后面。

看着他笑得好开心和朋友们拍照，她看着昔日那个阳光灿烂的少年又回来了，眼眶湿湿的。

心里在感叹，她真的好幸运，此生还能拥有他。

过了会儿，他室友往她的方向指了下，他猛地看到她，人都懵了，下一秒就飞快跑过来了。

惊喜得要命，问她："你怎么来了？都不和我说。"

她把一捧花送给他："毕业快乐呀。"

他一手接过花，一手将她圈进了怀里："嗯，毕业了，谢谢你一直在。"

她仰头看着他，阳光洒在少年的脸上，她抚抚他的脸颊，说："这句话应该是我说才对，谢谢你一直在。"

离开学校前，他和她在校门口拍了一张合照。

那天的阳光实在太好了，暖洋洋地洒在每个人的身上，她依在他的怀里，两个人都笑得特别好看。

相机定格笑容的那一刹那，她回头看着身边的他，她知道，他和她还会有很好很长的未来。

毕业那个假期，他们去了他一直喜欢的青海。

两人约定好了，以后每年都要一起去旅游，要牵着手走很多的地方。

新学期后，两人终于实现了一起上学下学，吃饭自习的梦想。

可以尽情在校园里牵着手，在无人的小路上悄悄拥抱亲吻，做所有的事都总会一起，把从前漏掉的时光一天天补回来。

有朋友说，你们的感情可真好。

要是从前，她可能会害羞，会谦虚一下说："好什么好呀，就那样。"

可是现在，关于他的好，她一点点都不想掩饰，她就笑笑对朋友说："因为他值得。"

当初他走了九十九步，而我一步都没有走向他，可当我为他迈出那一步之后，才发现原来他是可以为我走一百步的人，这样的人，怎么舍得与他分开。

一起读书的时间里，她发现他越来越黏人了，简直恨不得二十四小时挂她身上。

有一次，学弟给她买了杯奶茶，给他气得哟，她硬是哄了好久才哄好。

看着他认真吃醋的样子，她恍惚看到，初中时那个意气风发的他又重新回来了。

这才是她记忆中的那个他啊，因为听说别人喜欢她就向全世界宣告，她是他喜欢的女生，因为她不去看他而委屈巴巴的，因为她不让他考同所大学就眼睛红红的。

她心里在感叹，还好，时光走了那么远，而我们都没有变。

有天空闲的时候，他们一起回到了初中母校，那个他们相遇的地方。

两人牵着手，你一言我一语说着曾经在这里发生的那些故事，好像一切都才刚刚发生。

那天很巧，逛到一半碰到了他初中班主任，看到两人在一起，超意外的样子。

班主任说：“你们真的在一起了啊？当初小何明目张胆喜欢你，我还批评过他，不好好读书，祸害人家女孩子，现在看来，小何很幸运啊。”

她笑嘻嘻地说：“老师，是我很幸运，幸运得到他明目张胆的喜欢，幸运能有这么美好的人贯穿了我的整个青春，幸运他从未离开。”

他在一边静静听着她的话，过会和她说：“我们算不算相互救赎的人？”

她说：“我们是相互治愈对方的人。”

是啊，人海茫茫旦，能遇见治愈自己的人，并能与其长伴一生，这么想想，是件何其幸运的事啊。

和班主任告别后，两人走到了篮球场。

毫无征兆地，他突然单膝下跪：“宝宝，还记得吗？我说25岁娶你，今年我们25岁，十年了，我以为我做不到了，没想到你还在我身边。”

说到这里，他看着她，泪水从眼眶缓缓流出，他哽咽着继续说：“所以在这个我们认识的地方，你愿意嫁给我吗？”

从他单膝跪地的那一刻，她的眼泪就也忍不住了，她看着他的眼，眼泪一重重地模糊视线。

她几乎也泣不成声：“我愿意。”

从与他相识至今，整整十年了，真的好久好久了，这十年，被他爱着，也爱着他。

她虽然晚了好多步，但幸运的是，要陪伴走完这一生的人，一直是他。

领证之前，他们去见了各自的爸妈，本以为家长们会多多少少有一点反对，可没想到两家都好赞同。

去她家时，她妈妈一眼就认出了他：“这就是高中时去医院看你的那个男生吧？”

她惊讶看着妈妈：“你怎么知道？”

妈妈说：“当时这个男生看你的眼里都是喜欢和心疼，我当时还觉得你们谈恋爱了，本来还想质问一下你，但是想想这也是正常的，而且很快就高考了，就不想问了，怕影响你们。大学的时候也问过你那个去看你的男生呢，你就说没有什么联系了，我以为你们分手了。之后放假你每天晚上都出去走路，平时让你陪我走都那么不愿意的人，突然变勤快了，那我想能让你去走路的人一定是很重要的人喽。”

妈妈顿了下，说："然后有天我跳广场舞的时候，旁边一个人突然指了下路边，说那不是她儿子吗？怎么和一个女生在一起？我转头一看，嗬，那不是我女儿吗？再看一下那个人眉眼很像那个男生，就想着你们可能和好了。我就又看看旁边的那个人，想着可能是未来亲家，然后就去把她微信加上了，约着一起跳舞，这以后要当亲家的话，得提前加深一下关系，没想到，真的就成亲家了，哈哈哈哈哈哈哈哈。"

她和小何都听懵了。

不得不服，这当妈的洞察力果然不一般，每个妈都是名侦探啊，竟然还知道提前和亲家建立关系，这可真的太有前瞻性了。

之后全家人一起吃饭，她带着他认识了家里的所有亲戚。

之前因为商量表姐结婚事宜时，家里这些亲戚其实闹得挺不愉快的，她还担心到她这儿，大家也会提很多要求，觉得这不好那不好，和表姐的婚事一样被否决了。

可没想到吃饭的时候，大家都笑嘻嘻，对小何竟然全员一致的满意。

都在说小何这也好小何那也好，说能找到小何这是她的福气。

之后，她问妈妈："为什么那些亲戚都没有反对，表姐那时候他们那么反对？"

妈妈说："其实大人看人比你们要准一点，一个人的行为和眼神是藏不住的，他看你的眼神和照顾你的细节，明眼人一看就知道他靠谱。你表姐对象还没有结婚就对亲戚不是很尊重，你说你舅舅怎么会同意？没有父母是真的要阻碍自己孩子的婚姻，从小养到大的孩子怎么舍得交给一个不靠谱的人。女儿嫁人了，就等于是别人家的了，我们父母能做的就是帮孩子挑一个值得的人。"

听着妈妈的话，她眼眶直发酸，她流着眼泪说："妈你放心，我一定会幸福的，我知道他值得，而且我们家这么近，可以经常回来的。"

妈妈哭笑不得说："现在心就飘出去了，还经常回来，哼，白眼狼！"

她连忙说："不是不是，都是我的家，每一个家住一天！"

妈妈哈哈大笑说："开玩笑的，女儿大了，要嫁人咯。"

那天晚上她深深拥抱了妈妈，感谢他们能认同小何，认同他俩在一起。

隔天，她跟着去了他家。

进了家，小何妈妈第一句就问："这就是和你一起走路的那个女孩？嘻，我当时就觉得一个不喜欢走路的人天天去走路，肯定是恋爱了，没想到还带回家了。"

晓晓心想：为什么两个妈妈说的话都一样，可能是一起跳广场舞的原因？磁场相通了？

小何的亲戚们也都在，第一次见这么多家长，她慌张得要命。

他握着她的手，说："不要紧张，他们都会很满意你的。"

一起吃饭的时候，他全家人也都是笑眯眯的，没有给她任何压力。

也是到了很后来，成了一家人了，他妈妈才和晓晓说："儿子是怎么样的人，我知道。他带回家的人，就是想要娶回家的人。他一直都很腼腆，不擅表达。但是他看你的时候，好像整个人都环绕着光，他的整个世界就是你。而且你也是一看就是会对我儿子很好的人，会把他照顾得很好的，我很放心的！"

之后两家长辈碰面那天，他妈妈看到晓晓妈妈时，惊讶得合不上嘴。

他妈妈说："哎呀！这不是一起跳广场舞的吗？咱们怎么成亲家了？"

她妈妈则一脸淡定，一副一切早在她掌握中的表情，把当初加他妈妈微信的原因讲了出来，一桌子人都哈哈笑得停不下来。

两人生日的那天，去领了结婚证。

她握着小红本，笑得像个小傻子，她说："这是天注定吗？我们同一天生，竟然还同一天结婚了！"

他揉着她的发："嗯，注定你是我的，注定我们分不开。"

两人在朋友圈晒了结婚证，把很多共同的朋友都炸出来了，说："你们还真的结婚了啊？小何终于把女神娶回家了！"

她回复朋友们：我终于嫁给那个满眼都是我的男孩了。

转眼看他也在回复朋友圈，她探头去看他发的文案。

15 岁，我的愿望是娶你；25 岁，我的愿望是和你共度余生。

关于婚礼，小何问晓晓："想要啥样的？"

她说："什么样的都没关系，新郎是你就好。"

最后两人决定举行草坪婚礼。

婚礼的前几天，原本都是阴雨天，都还担心着可能室外婚礼办不成了。

没想到，到了婚礼的那天，天空放了晴，阳光灿烂得不得了。

婚礼那天，是她第一次在他面前穿婚纱。

之前拍婚纱照，她和他没去影楼，而是找了学摄影的朋友，自己买衣服、采景，拍了一组特别日常又特别的婚纱照。

那时候他也觉得她不穿婚纱拍照会有些遗憾，她说就把婚纱留到婚礼穿吧。

婚礼那一天，她爸爸牵着她的手一步步朝他走过去，走得越近，他眼眶的眼泪便看得越真切。

她本来想做个美美的新娘，不想哭花了妆，可是看到他哭，她的眼泪便也忍不住了。

看清了彼此脸的那一小段距离里，两人望着对方，他站着，她缓缓走向他，都在静静流着泪。

她爸爸把她交给了小何，他接过她手时，手心满满全是汗，他凑到她耳边小声地说："我很紧张，你不许嫌弃我出汗。"

她转头看着他他认真又紧张的脸，一如当年写满她青春时的模样。

那天的主持人是当初加她微信的那个室友，也是没想到，一个大男人在那场婚礼上哭得不成人样。

室友哭得比小何还夸张，不知道的人，都快要以为他才是新郎了。

室友原本就是文笔很好的男生，婚礼致词中，他没有提到小何生病的事，但是把他所知的这段恋情讲得无比曲折坎坷，说眼睁睁看着小何茶饭不思，想她想到发疯，大家都被他逗得笑成了一团。

就是在这时候，他放慢了语速，用很婉转的方式，讲到了那段小何从生病到康复那段岁月。台下的人也没有全懂，但是全员被他煽情的语句讲得痛哭流涕，连双方的妈妈都跟着哭。

她和小何对望，知道室友所讲的每一个字都代表着什么，那段最难却最刻骨铭心的时光，把他和她重新紧系在一起，永生不会忘记。

他一直牵着她的手，眼睛红红的，轻声和她说："都过去了，我们会在一起的。"

原本以为室友的这番话就已经够煽情了，可没想到小何还准备了一段结婚誓词。那一大段话，每一字每一句都是他自己写的，让在场所有人都听得泣不成声了。

他看着她，眼睛通红着，可脸上却挂着最幸福又暖心的笑容。

他说："很多人的誓词都是主持人或者朋友代写，走个过程而已，可是我不这么做，我一辈子就结一次婚，誓词一定要自己写，而且要告诉我最爱的那个女孩。

"15岁的晓晓，你好，我是15岁的小何。与你相识始于一次意外，可我很感谢那次意外，让我拥有了此生最爱。

"我没有想过15岁喜欢的人，会喜欢这么久，我也不知道爱情原来可以延续这么久。初中和高中，我一直在你的拒绝中度过，回想起来都不知道当初是怎么坚持下来的。年少的认真，是真心的，那些承诺也是真的。

"很多人都劝我放弃吧,这么久了人家不喜欢你,就是不喜欢你了。可是我隐隐感到你是喜欢我的,只是你不知道该如何做。

"我知道女生都会害怕男生最后的离去,所以那时候的我相信,只要我给足你安全感的时候,你就会愿意和我在一起了吧。

"20岁的晓晓,你好,我是20岁的小何。一转眼,五年过去了。

"在这一年,我劝我自己放下你,我想过自己的生活了。没想到,我没有自己想象的这么洒脱,我根本放不下你,我的世界就是你,你说我要如何放弃世界?

"我尝试过,可还是失败了。本以为我就要了了过完此生,没想到你来了,就像一束光照亮我的生活。我还是愿意为了你再努力一下,或许我们能有好结果。

"之后我们恋爱了,这段恋爱迟到了,但还好没有缺席。我的愿望实现了,和你恋爱。

"可和你恋爱之后我又贪心了,娶你回家的念头又冒出来了。

"25岁的晓晓,你好,我是25岁的小何,很高兴15岁时说娶你,终于在25岁实现了。

"我没有食言,我做到了。当你和我一起拍红底照的时候,我知道我们的余生还长,我们会携手走过每一天。

"还有妈妈,感谢你养我这么大,今天我成家了,我娶了我最喜欢的女孩,你不要怪我不爱你,我爱你,可是我知道你伤心难过。还有爸爸,可我的女孩嫁给我之后她只有我。

"以后我们会有孩子,但我知道父母和孩子都不是陪伴我最久的人,站在我身边的这个人才是陪伴我最久的人。

"所以,妈妈原谅我,现在我要把我的爱多分一点给我的爱人,她嫁我便是相信我,我也不能辜负她。

"15岁到25岁,十年的时间,我们真的经历了太多,以前我常常怪上帝不公平,明明我这么喜欢的人为什么不能和我在一起?

"后来才知道,上帝安排她来到我身边的时间就是最好的时间,自从和她一起后,我没有怪罪过任何东西,我知道这是我最好的福气。

"人要知足常乐,现在的我感觉很幸福,能拥有青春时期最喜欢的人是一件多幸运的事情。

"我的整个青春都是她,我想我的余生也都是她,是不是从我们同一天出生的那一刻起,就注定我们会在一起?无论是不是,我都将会牵着你的手安安稳稳开开心心过完此生。"

他的这席誓词，让她从头哭到了尾，她一边听一边哭，在他讲这些的时候，她的脑海里像电影画面一样，把这十年来与他的点滴，一幕幕地划过。

与他共度的那些喜怒哀乐，都像是重演了一遍，她甚至听不清他具体都讲了些什么，可只是看到此刻穿着西装站在她面前的他，她的眼泪就忍不住往下落。

他讲完后眼睛红通通的，所有亲友都很安安静静，只能听到对面一阵阵的抽泣声。

他室友拿着话筒，声音颤着说："小何真的是一个很好很好的人，他值得！"

她看着小何，拿过话筒对他说："我真的不知道修了几辈子福才能遇见你，父母生我养我对我好我知道，可是你对我好却从来没有要求在我这里得到什么。你一心对我好，我错过了你这么久，我只能用余生来补，我这个人不信来生，但是因为你我想如果有来生，我真的还要遇到你，让我先喜欢你。"

他红红的眼睛里全是泪，她知道他被她这些话感动着。

可她每句话都来自真心，尽管很少这样倾吐心声，但她知道，这是她欠他的心声，这一次她必须要讲出来给他听。

那天的婚礼美满而顺利。

婚礼结束后，她看到他写誓词的那张纸，上面是他第一遍写的，涂涂改改得满满的。下面部分却很整洁干净的，应该是修改后又重新抄了一遍。

她看着上面那些字，眼泪不停掉在纸上，字迹都糊掉了。

他看到了，走过来抱住了她："不哭，接下来我们都要开开心心。"

她说："为什么你写誓词不告诉我，我都没有准备。"

他笑笑说："你不用准备，这些话我说，你听着就好了，我已经很幸运了，能拥有你，真的是我人生最大的心愿。"

她抬头看着他："接下来我会好好宠你！"

他笑笑摸摸她的头："好，等着你的宠幸。"

06

差点忘记
我本是尿小孩

讲述人 • 小拾

爱情，可以逾越一切沟壑，可以穿破所有空间与时间。

这一篇故事的主人公，与上篇的晓晓是好朋友，叫她小拾吧。

用小拾的话说：我和晓晓两个都是超级忍者，难怪会成为好姐妹了。

比起晓晓对小何爱了几年而不自知，小拾则是对男生一眼万年，默默地不动声色地跟着他的步伐走了整整六年。

从一个懵懂又天真的小姑娘，因为暗恋而一路飞快成长着，成了男生喜欢又欣赏的女生，按捺着沉甸甸的喜欢，最终被男生成功倒追。

那些年默默喜欢的心酸与为了比肩的拼搏，在深爱的少年告白中，全部变为了值得。

小拾说："后来想想，即便他没能留意我，喜欢上我，我也会同样感激他的出现，如果没有他，我或许不会那么努力生活，变成超乎自己想象的模样。"

这是一个励志又甜蜜的故事。

小拾是个从小就很得宠的女孩，因为家里都是哥哥，她是家族里唯一的女孩，所以从小就在长辈和哥哥们的宠溺中长大。

加之是双鱼座，家里人总觉得她是那种文弱安静乖巧的小女生，所以出生以来，她的一切就早早被爸妈安排好了。

也可能是被保护得太好了吧，她也早习惯了听从安排，凡事都毫无异议地生活。

小拾一直觉得她是个没什么韧性的人，只有跳芭蕾这件事长久坚持了下来，其他事好像也都马马虎虎。

直到遇见男生，她才知道，原来她内心的韧性是那么强的。

只是因为初遇时多看了他一眼，便死心踏地喜欢了他那么多年。

那是初一开学第一天，爸妈陪着她去学校，帮她找新教室。

她跟着爸妈身后，打量着这个全然陌生的环境，脑子正放空，突然听到头顶响起一个很好听的男声："你好，有需要帮忙的吗？"

平常她是不会关注这种事的，因为和陌生人接触或问路什么的，都是爸妈的事，她从来都是只管乖乖跟着就好。

可那天，也说不清为什么，她听到那个声音后抬起了头，然后迎上了一双巨好看的眼睛。

只是那一眼，她人便怔忡了。

她不是没有见过好看的男生，家里的哥哥长相也都不差，丢到人堆里也个个都算得上很好看，可她心里一直觉得好看和帅是两个概念，哥哥们距离她心里"帅"这个字，还有点差距的。

可眼前这个男生，他真的不一样。

干净利落的头发，得体整洁的衣着，暖暖的笑挂在脸上，身姿挺拔，五官每一样都好看，整个人综合起来看，就真的不单单是好看了，是真的帅，是特别帅了！

爸妈和男生交流的时候，她就一直站在爸妈身后，怔怔看着男生。

听到他问："是哪个班级啊，我可以带你们过去的。"

爸妈说："没事的，我们自己找找就好。"

男生一直笑笑的，说："叔叔阿姨没关系的，我带你们过去。"

爸妈看到新生那么多，怕给男生添麻烦就一个劲地婉拒，说："你忙你的，我们自己找找，没关系的。"

来回推了好几次，男生便也没再坚持了，给他们指了下方向，特别有礼貌地说了再见，然后就又去忙着接待其他新生了。

爸妈带着她继续找教室，她跟在后面，还是像往常一样安安静静地走着，可一颗心却已经不再平静了。

魂也跟丢了似的，走出去了好远，还悄悄回头望他的方向。

等到了教室，爸妈把周边环境都考察了一遍，然后回来和她说："都挺好的，爸妈以后每天来接你，咱就不住校了吧。"

她安静了一路，在听到这句话后，突然抬起了头，看着爸妈。

连她自己都没想到，打小从没离过家的她，竟然会在入校不到半小时说了句："爸妈，我想住校。"

爸妈惊了一下："住校什么都要自己干，你可以吗？"

明明什么都不会、被宠溺着长大的她，在那一刻却坚定地点了头，说："我可以。"

爸爸兴许也看出了她眼神中的坚定，顿了一下，扭头看向妈妈，说："女儿可能想学学独立，要不让她试试看？女儿总要长大的。"

看得出妈妈眼里有犹豫也有不舍，但最终也没说什么，带着她去登记宿舍了。

安排好了寝室，她一个人默默地坐在床上，听着室友们聊天。

她脑子有点空，看着陌生的桌椅床被，陌生的室友姑娘们，她不知道自己到底做了一个怎样的决定。

但是脑海里，那个迎新男生的面孔挥之不去，她知道，她已经在期待与他的下一次见面了。

这时候，一个女生笑笑地走过来和她打招呼。女生说："我叫晓晓，你呢？"

那是她与晓晓的第一次对话，她从来都不是个主动的人，也不擅于打开自己，所以晓晓的出现，让她全身的壁垒仿佛松开了一道口子。

她也笑了笑："嗨，我叫小拾。"

就这样，晓晓成了她初中生涯里，第一个好朋友。

新学期就这么紧张又忙碌地开始了。

尽管鬼使神差地决定住校，是因为那个男生，可开学后一个月的时间，她却几乎没有遇到过他。

直到学生会招新那天，她终于再次见到了他。

参加学生会，和更多陌生的同学聚在一起，要天天忙碌些学业外的东西，这种事本身就不是她喜欢和感兴趣的。

一来，她觉得自己没这样的交涉能力；二来，她原本就很难融入新环境。

但她没想到，来招新的人，会是他。

那天，教室里进来了好几个人，都是学生会的。

九月末的天气，还是闷热得厉害，令人昏昏欲睡。可看到他的那一瞬间，她只觉得一阵凉风抚过心上，周遭的一切都变得清爽起来了。

台上的人说些什么，她全听不见，她的世界里只有他和她两个人，与外界的所有仿佛架起了一道天然屏障。

她只看得到他，他依旧帅气的脸庞，如初见时暖暖的笑容。

过了会儿，学生会的一个同学向台下指了指，说了句："现在请我们的副主席给我们介绍下。"

接着他便走到了台上，目光环顾教室一圈，露出了超阳光又帅气的笑容，他说："大家好，我是学生会副主席，欢迎大家来到三中，接下来我给大家介绍一下学生会。"

她看着台上的他，他整个人就是被光笼罩的天之骄子。

她心里一遍遍默念着他的名字，再次这么近距离看到他，听着他的发言，她的心莫名地突突地跳个不停。

他介绍完，向台下问了一句："有人感兴趣吗？要加入我们吗？"

那时同学们都刚上初中，对于学生会什么都陌生着，也都羞涩着，不好意思表现自己，她这样的性格更是。

可时光仿若又回到了她开学那日，在爸妈问她要不要住校时，她斩钉截铁地说要。

这一次，在全班同学一个个盯着一个，憋着笑等着看热闹的时候，她举起了手，很轻地说了句："我想参加。"

全班的目光都射线一样聚了过来，晓晓也惊了，赶紧推了她一下，问："你认真的吗？你不是很不喜欢这种事吗？"

她咬咬嘴唇，点了下头："认真的。"

再抬眼看台上时，正迎上了男生的目光，他对着她偏偏头，笑了。

真真是一笑勾魂了，她都被那抹笑容看傻了。

他从台上走下来，停在她桌前，说："那你加我 QQ，后续的事情我再通知你，好吗？"

之后，依旧是那抹迷人笑容，也从她手中接过笔，把 QQ 号写在了她的本子上。

男生重新走回台上，问："还有同学想参加吗？"

有了小拾开这个头，很快同学就都陆续举起了手。

他又走下来，依次留了 QQ 号。她垂眼看着纸上的那串数字，手心都满满的都是汗。

学生会的人离开后，晓晓凑过来问她："怎么就想着参加学生会了。"

她刚才一直紧绷着的身体才终于松懈下来，轻吁了一口气："我想试试，感受一下不一样的生活。"

那时候她表现得一派镇定，任是朝夕相伴的晓晓也没看出什么，就说："好，那我陪你去吧。"

没有人知道，那一场暗恋是从何时发生的。

连她自己都无从知晓，它无声无息的，细密的，缓慢的，又饱满浓烈的。

以至于后来很多次，她再回想起这段感情的源头，都不知道应该将起始定到哪一天，是报到那天头顶响起他撩人的声音，还是他微笑自台上走到她桌前来，一笔一画留下了 QQ 号，还是在日后无数次见到他，内心澎湃无息的心跳时。

就这样，她参加了有他的学生会。

同学般相处了两年，她的心事她的喜欢她默默注视的目光，都始终是小心翼翼的，从没有被他察觉。

她初二那年，他由副主席升至了主席，他的优秀从始至终，她如籍籍无名的卫星，所有的生活轨迹一直围绕着他，仰望着他，却从未靠近。

初二末有次开会，他没有到。

有人问起来："主席哪里去了。"

大家面面相觑，没人知道。

一个部长和他同班，说："可能是家里出什么事，请假好几天了。"

那是她认识他以来，第一次听说他请那么久的假。开会的时候，她都心不在焉的，想了无数种可能，越想心越不安。

开完会，她晚走一会儿去打印资料，印完了刚要离开时，他走进来了。

她内心一怔，没想到刚才还一直在担心的人，竟然这么快就出现在了面前。

看到她，他也有点惊讶："你怎么在这？"

她说："我们刚开完会，我打印点东西。"

他"哦"了一声，问她："打印好了吗？需不需要我帮忙？"

她说："已经好了。"说话时，她抬头看着他的脸，看到他人憔悴得厉害，眼睛也红通通的，胳膊上带着一块小小的孝布。

她心里一沉，猜到他家里有人去世了。可关系也不熟，她没办法直接问，便只好沉默着。

看着他那张憔悴脸，她心里也堵堵的，拿着打印好的资料，与他面对面站着，一时间不知道要说什么才好。

两人都沉默了好一会儿，他才重新开了口："对了，接下来我要中考了，可能学生会没有什么时间管了，我向领导推荐了你，希望你来当主席。"

她内心震动了下，她知道他要中考，学生会是早晚要放手的，可他竟然推荐了她来接手，她确实没想到。

她猛地抬眼看他，目光里的不自信，立刻就被捕捉到了，他说："我知道你可以的，我相信你。"

第一次被这样委以重任，还得到了他的鼓励，她一下子不知道说什么好了。

那时候的她，在学生会的锻炼中已经改变了一些，性格放开了一些，但依旧算是个内向的人。

可学生会主席这样的担子，照从前的她，是一定会推卸的，但那天她不知道是因为他情绪低落着，她才不好意思拒绝，还是因为是他亲口推荐的，这样的认可她想要珍惜。

在他再次询问她的意见时，她听到自己脑壳嗡嗡作响的声音，然后她对他说："好。"

听到她同意了，他露出了一个鼓励的笑容，笑容很淡，但足以稳住她不自信的心。

他对她说："好好读书，你未来可期。学生会交给你了，我走了。"

说完他便离开了，她抱着资料在原地呆呆站了好久。

他不知道啊，她来学生会就是为了他，他不在了，这里对她便没有了意义。

可是他既然托付了，她肩上便像是背负了一件与他有关的重任。因为他，她决心要继续完成他的心愿，帮他管理好学生会。

回寝室后，她和晓晓说了这件事。

晓晓一脸惊讶："妈呀，当初因为要体验不同生活的小公主竟然要当主席啦。"

她笑笑说："小公主有要守护的东西。"

晓晓问："是什么？毕业的荣誉证书吗？"

她原本以为晓晓要猜到真相，还捏了一把汗，没想到这姐妹彻底想偏了。

她便继续笑着说："是啊，为了荣誉证书。"

两年了，她暗恋着他的事，依旧只有她自己一人知晓，他早已成为她内心里隐晦却又执着的存在。

男生考到了一所很好的高中，同时还拿到了学生会的荣誉证书。

再接着，她的初三生涯开始了，妈妈问她："想考哪里？"

她想都不想，顺口说了他读的那所高中。

妈妈说："分数很高的哦，可要加油了。"

她说："会加油的。那是我向往的地方。"

那之后她一边读书，一边管着学生会的事情。回想那段岁月，是真的忙碌，忙到分身乏术，一边是他留下来的学生会，一边是想要跟着他的步伐去他的高中，她真的很多次忙到焦头烂额。每次想放弃的时候，她就想到他对她说的那句：我相信，你可以的。

也想到从前的他也都是这么过来的。

既然他可以，那么她也一定可以。

就这么硬扛到了初三末。

中考那天，她坐在考场上，深深地吸了一口气，对自己说：能不能离他更近一点，就看今天的。

中考后，成绩出来，她超常发挥，如愿考到了他的学校。

爸妈都开心疯了，他们从小对她都没什么要求，这样的成绩让他们惊讶极了。

只有她自己知道，这一步步有多不容易，无数个累到崩溃的深夜里，她是凭着什么样的信念与执着，才挺到今天的。

毕业典礼上，她也拿到了学生会的荣誉证书，站在台上拿着证书拍照，弯起唇角微笑的那瞬间，她仿佛看到一年前的他，正与自己比肩，拿着同样的荣誉证书对着她浅浅微笑。

那天，晓晓对她说："你守护的东西终于拿到了啊。"

她看着相片，说："是啊，我守护了，没有失望。"

学校每年都会把获得证书的同学照片挂在一起，那天她去参观相片墙，看到她和他的照片紧紧挨在一起。

她静静看着，眼泪无声滑过脸颊。

重新看到他的脸，时光仿佛又回到初一报到的那个清晨，阳光很好，风很轻，他低头看着她，问："你好，需要帮忙的吗？"

两年的时光，在这个校园与他的全数回忆，历历在目。

他不知道，这两年里，有多少次校园里的偶然遇见，都是她的精心策划。没有人知道，只为了多看他一眼，她走了多少遍楼梯，绕了几圈操场，又傻傻耗在学生会里假装忙碌……

一切的一切，都只是为了与他假装偶遇。

每次笑笑擦肩而过，她都想要再回头多看一眼，可又怕朋友们发现，她都强忍着不去回头。

包括那时候她坚持要住校，就是因为相遇后，电光火石的那一刹那，她想，如果那个男生，他也是住校的呢，会不会有更多的机会遇见。

哪怕彼此不相识，不会笑着打招呼，多看他一眼也好，

初中就这么结束了，那时候的她，不知道以后的路会怎么样，考入了他的高中，然后呢，能再靠近一点点了吗？

她心中全是茫然，她只知道，她喜欢他这件事，一如往前的坚定。

高中再开学，她惊喜地发现她和晓晓竟然还是同班。

两个女生立刻抱到了一起，叽叽喳喳说着暑假发生的事。

那时候的她们，都对高中生活充满了期待，而她也很清楚，在她的期待中，男生占了绝大一部分的比例。

可明明就不算大的校园，她竟然半个学期里都没有遇见过他。

连全校集体出席的早操时间，她都没有看到过他。

她内心沮丧得要死，她一直在问自己：和他的缘份就这么结束了吗？

直到某个周末她回家，归校的时候，她妈妈让她带点水果去，顺便给同校的表哥也带点。

她开始是不愿意的，想着表哥身边全是男生，多不好意思啊。

妈妈说："那你和哥哥在学校约个地点，让他自己来拿就好了。"

她想这样方便多了，就答应了。

周日下午，她和表哥约定了在篮球场等，她拎着水果过去的时候，发现球场上满满的全是男生。

她找了半天也没找到表哥，终于看到表哥时，她喊了一声表哥的名字。

谁知这一喊，球场上的男生们齐刷刷地回头看过来了，她脸一下子就滚烫起来了。

哥哥走过来，旁边还跟着一个男生一起走过来。

她看着那个男生，几乎都要不相信自己的眼睛了，隔了半个学期都没遇到的人，竟然就在她哥哥的身边，还是哥哥最亲近的好朋友。

两个男生一步步走过来，她整个人都是呆呆的。

直到来到她面前了，哥哥叫了她一声，她才赶紧缓过神，把水果递过去，说："给你。"

哥哥说："就放这儿吧，我一会儿拿回寝室。"

她又弯腰将水果放地上，再抬头时，迎上了男生的目光，他对着她柔柔地笑着，然后搂着哥哥的肩膀问："是你妹妹吗？"

哥哥说："是啊，不像吗？"

他盯着她好认真地端详，然后摇摇头："不太像，妹妹好看多了。"

她只感觉自己嗖的一下从脖子红到了额头，整个人脑子里都乱轰轰的，不知道说什么做什么才对了。

哥哥笑着和男生说："乱说，明明都好看。"

男生又重新看向她，笑容好看得让她几乎失了魂，他问："妹妹你说呢？"

她伸手捂捂滚烫的脸，垂了眼，没说话，更不看他。

哥哥笑了："别开玩笑了，我妹脸皮薄，她是我姨家的女儿，比我小一岁，在我们学校读高一。"

男生说："我知道，我认识，是我的学生会主席啊。"

哥哥惊诧说："你说她是学生会主席？不会吧，她最不喜欢干这种事了。"

男生撇了下嘴："你当哥哥都不了解妹妹，她是很出色的主席。"

哥哥眼睛睁得大大的，看着她："妹妹你变了？什么时候开始喜欢这种事了。"

她一时间真是没办法解释了，脑子也乱得厉害，理不清个逻辑，就急匆匆说："我先走了，我还有事。"

之后也顾不上听他们还说了什么，一溜烟逃走了。

回去的路上她捂着自己滚烫烫的脸，一直在想，他们应该没看出什么吧，她的表现会不会看着很奇怪呢？

之后，她依旧没有在学校里碰到过他。

她甚至都怀疑自己和他上的不是一个高中，为什么每天张三李四那种无关的人她总都遇得见，偏偏没有他。

隔了一个周末回家，她竟然收到了他久违的 QQ 消息。

他说：你不喜欢学生会这种事？

她一下子慌了，赶紧解释：没有，哥哥乱说的。

他说：我就说嘛，你明明很出色的，那你要不要再来和我共事，一起做搭档？

看到他这条的同时，她就已经在对话框里敲下了：好的。

她没有任何犹豫，好像从很多年前，她就已经是这样了，所有与他有关的事，她都不曾犹豫过。

周末结束，新一周开始。

他和她依旧像初中时一样，面对面坐着，她通过了他的面试。

比起当年，现在的他更成熟了，不论是模样，还是谈吐，久违地这样单独近距离接触，让她每每与他对视，鼻子都一阵酸涩，眼窝也总是潮潮的。

她心里一直响着一个声音：终于，我又来到你身边了啊。

顺利通过面试之后，她又和他一起在学生会共事了。

晓晓得知这事后，说："你这学生会还真的干上瘾了？"

她笑得特别灿烂，那种喜悦和满足是从心里流露出来的，她说："嗯，上瘾了，戒不掉了。"

她脑中还幻想着，这一次或许能够与他发生些什么的时候，她的梦却被冷水浇醒了。

不久后，学校举行运动会，她和他都被安排了任务。

她报了800米，可能因为学芭蕾的原因，她的体力耐力一直都挺好的。

轮她比赛时，她和他说："我现在要去跑步了，这里的事情你帮我看一下。"

他说："我交代别人做吧，我和你一起过去。"

她看着他的眼，欣喜得有些不可置信。

想到他要来看她比赛了，她的士气都不一样了，第一圈下来，她第一。

晓晓一直在陪跑，和她说："现在的成绩坚持住，你稳稳第一。"

她想着，不行，他一定在看台上看着我呀，我要更努力才行。

于是就拼了全力地在跑，又跑了大半圈后，突然晓晓和她说："咦？那不是初中比我们大一届的主席吗？他好像在陪跑。"

她心里咯噔一下，猛地就在赛道上停下来了，回头看，发现真的是他，在陪她后面的一个女生跑。

她脑子嗡一下炸开了似的，僵在了原地，看着他和那个女生，脚下像是失了所有的力气，一动都动不了。

晓晓着了急，说："你快跑呀，后面要赶上来了。"

看台上的也有自己班的同学，她知道不能这么停着不动，便重新缓缓跑进来，可身上就是没有劲，心里空空的，脑子里也是一片空白。

很快，后面的那个女生追上来了，路过她的时候，男生还盯着她看了一会儿，说："跑不动了？那就要第二咯。"

她没有说话，把目光移回来木木地看着前方，机械地跑。

然后看到他陪着那个女生远远跑到了她前面，她一颗心像是跌进了冰窖，全身都是冷的。

最终，那个女生得了第一，她第二。

晓晓叹着气说："好可惜，就差一点点。"

她站在跑道上，看着不远处他和那个女生亲近的样子，眼泪在眼眶里打转，她飞快把脸埋下去，说："不是差一点点，是差很多。"

晓晓说："不是啊，真的就一点点。"

她埋着脸缓了一会儿："我累了，我回教室休息一下，有事叫我。"

回到教室后，她趴在桌子上，目光呆呆看着白花花的墙壁，眼泪成串落下来。

那是她第二次为他掉眼泪，第一次是因为两人的照片挨在一起，第二次是今天。

他恋爱了。

之后她再去学生会开会，听到别的同学聊起他在运动会上陪跑的事，他们都觉得他好帅。

又说起那个女生，也是她这届的，刚开学的时候，他就主动追求了这个女生，没多久就在一起了。

她听着心里堵得厉害，只觉得喘不过气。

听着他们议论得越来劲，她便去门外透透气。

站了一会儿，看到他走过来了，问她："怎么不进去？要开会了。"

她定定看着他的脸，那是她第一次那么久地看他的脸，她知道自己会这么勇敢地与他对视，意味着什么……

她看着他，声音特别平静地和他说："我能不能退出学生会？"

他满脸惊讶，问她："为什么啊？"

她不知道为什么每次见他都心如鹿撞，而此刻说这些话的时候，她却能平静成这样，她说："我这段时间有点累，想休息一下。"

他说："你可是初中拿了证书的人，怎么现在不行了？"

她心里一怔，微微拧了眉，问他："你怎么知道，我拿了证书？"

他说："我回初中看到了你的照片，我当时就觉得我真的没有看错人。"

听着他的话，她只觉得更难受了，那种痛揪扯着她的心，她用力抿着嘴唇，平整着情绪。

她想到为了追赶他这一路上的努力，想到那么累那么难的岁月，都是怎么扛过来的。

可如今，那些激励着自己的回忆，好像都成了属于她一个人的笑话。

想到他陪着女生跑步的那一幕，她真的坚持不下去了。

她无声地呼了一口气，对他说："算了，我还是退了吧，真的累了，麻烦你和领导说一下，我也会写封信给领导的。"

他脸向前倾了一点，问："你真的决定了？"

她说："决定了。"

也没等他再说什么，她转身就走开了。

就这样，她退出了有他的学生会，也决心把他从自己的生活中划出去了。

晓晓还特别不解："无缘无故干嘛退了？有人欺负你？"

她说："我打算戒了学生会这个瘾。"

晓晓想了想，也没再多问了。"好，接下来你有时间陪我啦。"

她原本以为离开学生会，从此就可以不再见到他，也就慢慢能淡忘掉他了。

可老天爷好像偏偏要跟她对着干，从前绕学校几大圈，都遇不到的人，现在不想遇见的时候，却不论去哪里都能看到他。

学校的广播站也天天都有他的声音，这样时时刻刻存在的人，要她如何忘记他。

原本心心念念想要考来的高中，也因为他，变成了她的苦难所。

从前有多努力地想要靠近他，现在就有多努力地抵抗着与他有关的一切。

之后有次去哥哥家吃饭，大家都问他想考什么大学。

哥哥说："警察学院吧，从小的梦想。"

大家又转头问她："想考哪里？"

她慢吞吞往嘴里送着米饭，说："不知道，没想好。"

那一瞬间，她真的很迷茫。

从小到大的决定，都是爸妈在为她做。之后她遇见了他，跟随他，成为了她唯一的风向标。

可现在，她失去了这个风向标，她连想要做什么，考哪里，都没有方向了。

她那一刻很想问问哥哥，男生想考哪里，可她知道自己没有资格和合适的身份去问，也没有勇气去问。

就这么过到了高二，男生也要面临高考了。

哥哥学习更紧张了，周末有时候也不回家了，家里就让她帮他带点东西。

有时候哥哥没有空，就会让男生下楼帮自己拿。

她总是把东西递过去，转身就走，一句话都没有。

她知道，她不能再多看他一眼，不能再多和他说一句话，不然她会更加走不出来。

而打从她退出学生会后，他起先还给她 QQ 留言，说觉得可惜什么的，她也客套地说，不可惜，没关系。

再久一些，他也就不再发消息过来了。

有时候学校里遇见，他会和她主动打招呼，她只点点头，然后飞快走过去。

她想，她这样冷落疏远他，他一定也有感觉吧，所以再后来，他也不再多主动和她打招呼了。

她知道这样做小气，也知道一定有很好的解决方式，可是她做不到。

她不敢给自己和他之间留任何有可能的缝隙，她很怕自己再次陷进去，得不到还最后对他有了怨念。

是她无能，做不到让他喜欢自己，却同样也做不到不再去喜欢他，而这从来都是她一个人的痴缠，与他无关。

她不想让这些年对他的喜欢，最终变成自己的一腔怨念。

所以，联系断得越干净，她的心也会收得越干净，起码不至于再去打扰和影响到他。

尽管也知道，这样的狠心可能会永远失去他，失去所有可能，可她没有办法。

对那年那个年纪的她来说，她只有这一条路可走。

那年初夏，男生和哥哥一起迎来了高考，哥哥如愿考了警察学院。

在哥哥的升学宴上，她再次碰到了他。

她坐在离他很远的位置，他也看到了她，双目对视的一瞬间里，他也选择了沉默。

她说不上自己那一刻的心情，到底是悲凉，还是庆幸。

悲凉的是，他和她终于成了熟悉过的陌生人。

庆幸的是，他终于也没有假客套地来和她打个不咸不淡的招呼。

之后哥哥邀请他的室友上去，说了他们这三年来的事情，其间说到了男生考上的那所大学，是一所很棒的大学，是整个宿舍考得最好的。

她默默记下他的大学，反复念着那个大学的名字，仿佛满是迷雾的内心再次有什么清晰起来了。

她不知道自己为什么想要考那所大学，为什么还会想着与他重逢，明明他与她都已经是这种冷寂的关系了。

那时候的她，也不再纠结于这些原因了。

那次升学宴后，她身体里的小马达像是再次启动一样，仿佛时光重回到了三年前，与她血战向着他的高中冲刺那时，如出一辙。

高三那一年，她拼了命读书，没日没夜用功，爸妈看不过去了，说不要累垮了身体，努力了就好了。

她把这些劝慰都抛到了脑后，她只知道，只有她拼命了，才能再见到他。

高考后，成绩出来的那一天，她看着电脑，眼泪哗哗地往下掉。

爸妈再次惊呆了，做梦都想不到她能考到这么好的成绩。

爸妈给亲戚们报喜，哥哥的消息很快就发过来了：我妹妹怎么这么棒！都超过哥哥了，难怪那时候小杨说你是学生会主席，现在看来是哥哥小瞧你了。

她看着哥哥的话，捂着脸，眼泪从指缝里簌簌而落。

她和爸妈说："想一个人待会儿，可以吗？"

爸妈不知道她发生了什么事，以为她也是喜极而泣，情绪失控了。于是默默退出了房间，她躲在房间里放声大哭出来。

她回忆着自己从初一遇见他那一刻，到今天。

她为了他进了最不喜欢的学生会，为了他考上了最好的高中，又为了他考上了最好的大学。

从始至终，她都不知道自己的理想是什么，又想过什么样的生活，想要去哪一座城市。

六年了，六年的时间，她一直在追逐着他的步子，她的理想，从始至终只有他。

都是他。

她不知道这样做对不对，又值不值得，一切的起源都是从见到他的第一眼。

就那一眼，她付出了她的六年。

她甚至自己都不敢相信，她一个普普通通平凡无奇、做事从没主见又不执着的人，竟然会喜欢一个人这么久、这么深了。

那天她哭了好久，她告诉自己，这是这辈子她为他做的最后一件事，无论对错，都不后悔。

她把这件事告诉晓晓，听完了她暗恋的故事，两个女生抱头痛哭。

晓晓说："六年了，你藏得真好，我居然没有看出来，我也没有想到你这么喜欢他。"

她说："是啊，我也没有想到。"

之后晓晓也把对小何的情感细细讲给了她，两人抱在一起又哭了一次，她说："你也藏得很好啊，我竟然从没看出你心里住着一个男生。"

后来过了很久，她也才明白了，每个人的青春期都随着高考一起结束了，而留在青春里的所有情感，也都会在那一时段里爆发出来。

女孩们的心思都是这样，默默的无声的，却又是深刻的，不说起时，没有人知道。

说出口后，换来的都是惺惺相惜，同病相怜。

只是那时候，她以为她的大学也是深海，是困狱，是六年暗恋延续的不见天光。

那时的她，只求还能再见到他，哪怕只是以陌生人的身份。

却想不到，他给她准备的甜蜜反转，已经在大学里被安排得妥妥当当了……

大学开学那天，天气特别好。小拾拖着行李箱站在学校门口，怔怔望着里面，她不知道未来四年在这里会拥有怎样的生活。陌生的环境、人，但她依旧充满期待。因为，他在这里啊。

她拉着行李箱走进去，门口站着很多志愿者，她想：他会不会也在？刚走了两步，便在人群中看到了挺拔又帅气的他，穿着一身志愿者的衣服。过去的六年里，他在自己的世界里散发着夺目的光彩，以至她永远都能第一眼找到他。而距哥哥的升学宴后，她已经整一年没有见过他了。

高三那年，她埋头苦学，两耳不闻窗外事，他成为了她心里的一个信念。没想到，再次见到他，她依旧心跳如雷，才发现对他的思念竟然如此深重。她站在人群中怔怔看了他许久，慢慢走了过去，待走到他身后时，他刚好回头，看到她时满脸惊讶。

下一秒，他便欣慰地笑了起来，他说："你考到这所学校了？"她点头，泪凝于睫，此刻的一切，像梦中的场景一样，她与他重逢在秋意盎然的大学校园里。他笑着说，"我的学生会主席这么牛啊，我就知道当初我没看错人。"她看着他，也轻轻笑了。

他拉着行李箱带她去宿舍，走在她身侧。她侧过脸看他：人高了，肩也宽了不少，依旧帅气逼人。一如她梦里的少年模样。

他边走边和她聊天："主席，有没有兴趣继续和我一起共事？高中没能和你共事，一直都是我的遗憾。"

她眉眼低垂，不知如何回答，想到当初退出学生会的原因，那根戳痛她三年的刺仍在。她顿了顿，笑了："好久没接触这样的事了，就不去了吧。"

他若有所思地看她，点了点头，说："好，那好好享受大学生活吧。"

与他告别后，她给晓晓打电话："我遇到他了。"眼泪不受控地落下来，晓晓也哽咽，两人沉默了一会儿，晓晓说："姐妹，太不容易了，答应我，如果他还没有女朋友，一定把他拿下，好吗！实在不行，我去你们学校找他！"她说："慢慢来吧，六年都过来了，不急这一会儿。"

晚上，他发来消息：你哥哥说你考过来了，让我照顾照顾你。

她看着消息，满腔的话最终缩成了客气的一句"谢谢"。

他回：不用客气，有事找我就好。

她还是以谢谢二字作为回复。

喜欢着他的这六年，她所有的心路历程，他都没有参与过，也不曾知晓。只有她知道，是怎样的心酸与辛苦。即便现在再次来到他身边，爱而不得的苦涩跟随了她六年，已是她青春的日常。

不见他时，她心里想着他；来到他身边后，她心里的戚戚然与惶恐，让她止步不前。

她怕他依旧不是单身，她不敢问，也不敢想自己是否还能受得住再一次的失望。所以，除了你来我往的客气，她当真半步都前进不得。

隔天早上，他的消息又发来了：带你去吃早饭吧，顺便熟悉一下环境。她知道，这关照是因昔日的旧情份，再或是单纯想帮哥哥照顾她，但她不敢迎合。她明白，如果他有女朋友，她依然会选择再次退出有他的世界，与他做个陌生人。

这么想着，心思去收不住，她回道：不用了，到时候你女朋友知道就不好了。

那时只以为这是一句再自然不过的对话，后来成熟了一些，见识了男女之间暧昧不清时的套路，才明白，这句话的潜台词是：我在乎你，我喜欢你。

消息刚发过去，他的电话立刻就打过来了，他说："都多久了，你还记得我有女朋友的事情啊？"

她沉默不语。

他说："毕业后就分了，她受不了异地。"

她承认，她的心情在那一刻放了晴，但很快又为他觉得惋惜，这么好的男生，那个女生为什么舍得放手呢？

她依旧沉默，他又问："那我们现在可以去吃早饭了吗？"

187

那时候只顾着开心，压根没有分析话中深意。后来再回忆起来，才恍然，原来那时他就已经读懂了她的心。

去食堂的路上，他边走边顺给她介绍学校。他问："怎么就喜欢这所学校了呢？"

她一时也编不出来什么谎话，呆呆回了句："我也不知道。"

豁了命才考上来的学校，竟然没有理由？她自己都不信。

但他听后却笑了起来："这么随意？大学必须得选择自己喜欢的，不然会不开心的。"

那时她听不出这几句夺命连环套，只以为是日常聊天，可每句都问到她的心尖上，她无法如实回应，只埋着脸轻轻说了句："不会。"

到了食堂，点好餐食，两人面对面坐下用餐。

有同学走过来，和他打招呼："小杨，你女朋友？没有见过呀？新生吗？"

她差点噎住，惊慌到连头都不敢抬。

他笑着抬头看向同学："像女朋友？"

同学也笑："像。"

他目光定定看着她的脸，声音里没有一丝玩笑意味："不知道有没有机会，她是我高中朋友的妹妹。"同学听后，一脸姨母笑的走开了。

她不敢看他，但他刚才的话搅乱了她的心，她低声问："刚刚你什么意思啊？"

他看着她："字面意思。"

她没抬头，也没再说话，假装继续专注吃东西，内心四海潮涌。

早饭后，与他告了别，她去了教室。

她给晓晓打电话："他到底是什么意思？"

"他喜欢你？"

她静了一下："不会的，我们很多年没有联系了。"

晓晓笑着说："姐妹，自信一点，没准他就是喜欢你。"

挂了电话，她一直都在告诉自己，镇定一点，心态稳一点，或许那只是一句玩笑。

那天之后，他时不时会找她聊天，关于学校、过去，什么话题都会聊上一些，唯独没有再提那天早饭时的事。

那段时间学校要举办迎新会，大家都不愿去。同学提议她跳个芭蕾舞，反正几分钟的事，当活跃一下气氛。她本不是爱出风头的人，便婉拒了。

到了晚上，他发消息问：你参加迎新晚会吗？

她回：不。

他回：我参加，还以为你也会参加，这样能看到你表演节目了。

他的话让她再次犹豫了。

从小到大，除了考级，她几乎没有在别人面前表演过芭蕾，她不喜欢当众表演。因为他，她又一次说服了自己。她想要和他一起站在台上，就像很多年前拿到那张证书，也不过是为了与他的照片挂到一起。

迎新会，她在后台候场。他看到她后走了过来，特别开心地说了句："还是参加了啊，很漂亮，期待你的表演。"她笑笑："你也加油。"他的节目在她前面，她站在舞台侧边，听着他朗诵诗歌，用手机录下了全程。轮到她上台时，她已经紧张到手心出汗。他正下台，走到她身边："别紧张，我会在台下看你的。"她深呼一口气，对他点了点头。

灯光亮起来时，舞台下所有人的脸都模糊了，但她知道，他在。

她调整呼吸，开始表演。

三分钟，没有失误，完美收尾，她鞠躬下台时，看到他正在等她。

他说："真棒，一直听说你从小学芭蕾，但没有看到过，今天看到了，真的跳得很好。"表演结束后的兴奋充斥着大脑，又看着他，心里春风荡漾，她回道："谢谢你，你也很棒。"

她走到室外，晚风强劲，吹散了兴奋。他刚才的表情、话语，真心不假。他是不是，真的有一点点喜欢自己了呢？

许是因为她迎新会表演，居然有男生向他要她的联系方式。

他问：要给吗？

这是她始料未及的事，但他若有一丝丝喜欢她，不应帮她挡掉吗？有点小赌气，她反问：你觉得我应该给吗？

好一会儿，他回道：想给就给，不想给就不给。

她再迟钝也能感觉出他不友好的态度，嘴硬回他：给吧。

原没想过要怎样，既然看不明白他的心思，也就借着这件事，了解一下。但这位男同学的追人方式实在浮夸，很快，好多认识的人都知道有人在追求她了。他和她的联系明显少了，态度也变得冷落了。

架不住男同学的狂热追求，她给男同学发消息说：不要再这样了，不然就删联系方式了。

那同学挺委屈：现在女生，不都喜欢这样吗？

她说：那是别人，我不喜欢。

也不知道她的话怎么刺激到了那位男同学，隔天就收到了他的消息。他问：你要和我同学在一起了？

她问：谁说的？

他说：这么猛烈的追求很少有女生不同意吧？

她缓了缓，问他：你希望我同意？

好一会儿，他发来一条：有空吗？我们去操场走走。

她下楼后，他已经在楼下等着了。两人对视一眼都没说话，一路沉默着走到了操场。

她说："有什么问题吗？问吧。"

他看着她："你喜欢他吗？"

她说："不喜欢。"

他拧拧眉头："那为什么要给联系方式？"

她语塞："就当交个朋友吧。"

两人沿着操场安静地走着，大半圈后，他突然拉住了她的手，她心猛地一收，站住了，她抬头看着他，眼里全是疑惑。他也看着她，一动都不动，定定地看着她，认真地说："你知道我喜欢你吗？"

她看着他，那一刻的心情是开心、激动，还是欣慰抑或是委屈想哭，她真的说不清楚了。这是她喜欢他的第七年，在这七年里，她不止一次幻想过，他们是双向奔赴，可她从没向过能成真。

她大脑一片空白，几欲落泪，摇了摇头："不知道。"

他抿抿嘴唇，说："那你现在知道了，我准备开始追你了，你做好准备。"

晚上，她给晓晓打电话，晓晓激动尖叫，她说："答应他啊，好不容易知道了他的心思，还不答应吗！"她犹豫了，她不敢立刻接受他，是因为这表白来得太突然了，她真的不确定他到底是感觉到了她的喜欢顺势将就，还是真的对她有一丝喜欢。

但接下来，他真的开始追求她了。

完全不同于他同学那样，是日常的、温柔的，细水长流的那种陪伴。他陪她上课、吃饭、散步，安静又温暖，生怕打扰到她似的，细致又体贴。

有很多次，她都想告诉他：其实我很喜欢你，喜欢你七年了。可是她不敢，她怕用心对待的感情，在匆促中开始，在鲁莽中结束。

那她，宁愿，不要这个开始。

寒假到了，她和他一起回家。

机舱里，她坐靠窗位置，一直看着窗外，她不知道他偷偷拍了一张她的照片，而这张照片至今都是他的屏保。

　　除夕那天零点，他给她发了一条消息：**又长大一岁了，希望我们能有很多个岁岁年年。**

　　看到这条消息时，她只觉得这一切就像这些年来她一直做不完的梦。

　　想与他有很多个岁岁年年，是她一直以来的愿望啊。

　　她终于等到这一天了，他和她的心愿重合了，她所期望的人生，未来也是他的了。

　　她知道，她说服自己了。

　　年后，两人一起搭飞机回学校。

　　她的心潮和窗外的云朵一样起起伏伏，心神稳了后，她看向他："你是真的喜欢我吗？"

　　他看着她的眼："真的。"

　　"还记得初中时，我和你说过咱俩对于喜欢和不喜欢的东西，态度是一样的。"他说。

　　她记得：喜欢的东西，我一定会坚持；喜欢的人，也一定会认真。

　　"小拾，我喜欢你，是认真的。"

　　飞机轰鸣阵阵，可她心里异常平静。

　　"我们在一起吧。"她望向他。

　　他一脸惊喜，瞪大了眼睛。她当然知道，这段考察期足够漫长，或许他都做好了不被接受的准备，可她却答应了他。

　　虽然没有所谓轰轰烈烈，而他的静水深流，却在一点点温暖着她不自信又胆怯的心。

　　是时候了，她不会再有顾虑了。

　　他问她："你想好了吗？"

　　她说："想好了，不会变了。"

　　他把她抱在怀里，轻应一声："好。"

　　后来，有次她问他："你是什么时候喜欢我的？"

　　他说："其实我知道你喜欢我。高中那会儿，你知道我恋爱了，就要退学生会，那时候我就感觉到了。但是那时我有女朋友，而我也一直拿你当学妹，不能够回应你什么，就想着疏远些也好，你慢慢会走出来的。所以，在你不理我的那些日子里，我也不再联系你了。说实话，我也以为我们之间不会再有交集了。直到在大学看到你的一瞬间，我就确定了，你喜欢我。其实我很惊讶。这所大学的分数不低，我想你肯定是非常努力才考上的，如果不是因为这所学校的吸引力，那大概是因为你有想追随的人吧。

"后来，你问我一起吃早饭的话，我女朋友会不会生气，我知道你在确定我是不是单身。我说没有女朋友之后，你状态明显轻松多了。

"迎新晚会，我说想看你跳舞，你也真的来了，小拾，你不知道，在台下看着你跳舞，整个人都放着光，我知道，原来我内心里一直是欣赏你、喜欢你的。

"我同学要你的联系方式，你给了。我承认，我慌了，看到他追求你，我知道我不能再无动于衷了，所以我向你表白了。"

"既然喜欢我，为什么要把我介绍给你同学？你完全可以不给啊。"她问。

他答："我当时不知道该如何处理这件事，哪怕知道你喜欢我，可是我有我的顾虑。"

她不解："什么顾虑？"

他说："还记得初三那年我家里有人去世吗，是我爸。我家庭条件原本不差，可是我爸生病了，积蓄几乎用尽也没留住他。我爸走后，家里的很多亲戚基本都不来往了，我妈带着我一个人生活，日子比以前苦多了，所以我拼了命的读书，就是为了有一天我可以成功。

"高中的时候，对于物质、经济这些，还没那么在意，总觉得只要努力就能改变命运。可是上了大学，人成熟了许多，才明白，很多事只靠努力依旧不够。我知道你父母很宠你，如果我们在一起，他们怎么舍得你找这样一个一无所有的男朋友？

"如果你不喜欢我，或许我就没有这样的压力。可是你喜欢我，我就不想辜负你，也不想你跟着我受苦。"

她问："那为什么向我告白了？"

他说："感情是收不住的，如果你和我同学在一起了，我会默默退出。可是那天你说你不喜欢他，我想为了你，去更努力地拼一回。"

这就是她真切喜欢了七年的人，诚恳、真挚，可以坦然地将自己的一切全盘托出，她没看错人。

他值得。

正式成为情侣的那个学期，她收到了他送的第一件礼物。

是他和她在初中拍下的荣誉证书的照片，他寒假回了母校，央求老师，把许多年前的底片一张张翻出来，才找到了他和她的底片，冲洗后装进了相框里。

她看到时，眼泪差点落下来，对她来说，这是承载了太多青春和回忆的重要物件。

他那么骄傲又优秀的人，为了她竟去做这样的事。

她问："你是怎么想到要送这个当礼物的？"

他说："我觉得这个照片很有意义，虽然我也没有想过我会这样做，但是我还是做了，想给尔一个惊喜。"

眼泪倾覆而下，所有她在意的点，原来他也一样。无需言语，他总能戳到她心中的点。

那种懂得与默契，总让她感叹，到底何其幸运，才能拥有爱了那么久的他。

一个周末，他带着她去游乐场。

两人从早上一直玩到晚上，可惜人太多，基本没玩到几个项目。

准备走时，他突然拽着她："我们再等会儿，先不回去。"

夜色渐浓，她才知道，他想带她去坐摩天轮。

等上了摩天轮，她发现他坐得端端正正，眼睛不敢往外看，她猛然惊觉，问他："你是不是恐高？"

他点头，她说："那还坐摩天轮？"

他看着她笑了一下："听说摩天轮上亲吻最爱的人，就能永远在一起了。"

她惊讶地看着他，他凑了过来，手捧着她的脸，缓缓在她唇上落下了一个吻。

那是她的初吻，她脑海一片空白，甚至都忘记了身在高空，只觉得一颗心都快要跳出胸膛。

直到现在，再回忆起那个吻，她还会脸颊滚烫。

一吻结束，她不敢直视他的眼，问他："你是从哪里听来的？"

他说："其实我也不信。"顿了一下后，他又说，"但是我信我自己。"

大二那年，学校举行元旦晚会，她没有参加，而他是主持人。

她找了个正对着他的位置坐下。

他在台上，如偶像剧中的翩翩阳光少年，整个晚上，她的眼里只有他。

几个节目结束后，他在台上刚要介绍接下来的节目，念串词的瞬间，他突然目光看向了台下的她。

然后他说了这样的一段话："我们醒着时，激发我感知的跃动的欢愉，主宰我们梦中安宁的节奏，以及和谐的呼吸。身体气息融洽的爱人们，无需言语就有相同的念头，无需示意就吐露相同的话语。凛冽的冬风凋零不了炽热的骄阳，枯萎不了这属于且仅属于我们的玫瑰园中的玫瑰。但这篇献辞是供他人阅读的，是我公然致你的私语。这是英国作家艾略特的《一切只因为是你》，接下来的节目名字就是《一切只因为是你》，大家掌声欢迎。"

他下台后，她手机震了一下，是他。

这是我公然致你的私语，一切只因为是你。

她直奔后台，一把抱住他，满腔的幸福与感动，一句话都说不出来。

他笑笑，摸着她的头："这么感动吗？"

"这是你自己加进去的吗？"她问。

他回："原来串词不是这个，我看到节目的名字时就想到了这段话，临时改了。"

她说："你这是滥用私权！"

他点头，轻笑一下："我有错，错在利用私权和你说悄悄话。"

她喃喃道："早知道我就该表演节目，你还能帮我介绍。"

他笑得特别骄傲，说："如果是这样，我介绍节目时大概会说，接下来请大家欢迎我的女朋友……"

从大一到大三。三年，这段校园恋爱，是她一生最美好的回忆。

在她的记忆中，从未有哪一段时光能比那三年更甜蜜、幸福。

好像整个人每天都踩在云端，幸福得宛如一场华美的梦。

遇见他前，她是个不谙世事，对什么都无所谓，也没坚持的小女生。

她的世界曾经就是听爸妈的话，做个乖巧的女儿，当个成绩尚可的学生。

遇见他后，她依旧不谙世事，对什么都无所谓，可她的心里有了想要拿命去守护的人。

她从未想过，她会为了他，与心爱的父母抗争，与整个世界为敌……

毕业后他开始自己创业，而她刚好大四了，想着反正也要实习，便去帮他。

他和她说："其实你专业也不对口，那么辛苦学了四年，还是做自己喜欢的事情吧。"

她坚持要留在他身边，说："不要，我要陪着你。"

他说："可是做自己不擅长的专业，会很累的。"

她想到他身上背着那么重的担子，为了和她的未来那么努力，她累一些又算什么，便坚持着做了决定。

他拗不过她，只能同意了。

他拿着家里仅剩不多的钱，和几个同学一起开始了创业时期。

她那时觉得两个人相处已经足够稳定，加之他已经开始工作了，便和他说："和我回去见见爸妈吧。"

他想想，也点了头："好，是应该要告诉你爸妈一下，你在陪我创业这件事，不然别的同学都在实习了，你不好和家里交代。"

她知道，他一直是有担当和责任的人，哪怕是陪着他创业这种事，都觉得要向她爸妈报备。

到她家前，她和他说："你放松就好，若问到你家里的情况，现在你的状态，你都如实说就好。"

那天果然如她所料，她妈妈见到他第一面就开始查户口了，也看得出来，爸妈对他的家庭并不满意。

不算友好的气氛贯穿始终，他也明显能感受到，他便和她爸妈说："阿姨叔叔，你们相信我，我会成功，我也一定会让你女儿过上好日子的。"

那是他第一次当着家长的面，应许她的未来。

她知道他说的每个字都是真心的，但是她也懂爸妈心里的顾虑与担忧。

他走之后，爸妈找她谈话，问她："为什么一定要跟着他？"

她没有隐瞒，把从初中开始喜欢他，追随着他考重点高中，然后是重点大学的事都说了。

爸妈超级吃惊，他们一直觉得她努力又争气，却从没想到那些拼命的背后，都是因为一个男生。

她问爸妈："如果不是因为他的家庭，你们会觉得他好吗？"

爸妈说："会，因为他看着就是一个努力的人。"

她说："那就好了，家庭怎么样，他本身是无法选择的，对吧？他也不想失去爸爸，可是他没得选。他一直在努力着，想要改变现在的生活，我知道你们怕我吃苦才不同意，但是我也不是千金大小姐，从小过得也不是多奢华的日子，所以对于我来说，现在跟他在一起不算是吃苦，而是为了一个目标一起努力。请爸妈给我们一点时间好不好？我们会成功的。"

爸妈看着她一脸认真在请求，也动容了，说："那就给他一年的时间，到你毕业，如果他还没有成功，那就没办法了，道理我们也都懂，但是女儿就一个，不能拿你的一辈子去冒险。"

得到了爸妈的赦令后，她便更加拼命去帮他了。

因为专业不对口，想要帮他就等于要从头开始学，刚开始真的很难，她基本天天熬夜，导致她大姨妈的日期全部错乱，一个月瘦了五斤。

他看着她心疼得要命，说："你不要做了，人陪在我身边就好了。"

她不肯，跟他说："我们的时间不多，要抓紧了，我爸妈都在等着我们成功。"

有一天凌晨，她突然肚子痛得厉害，忍了又忍，可一点都不见缓解，他便急匆匆送她去了急诊。

医生说："现在看不出来什么，白天来做个 B 超吧。"

隔天，她不想耽误他工作，坚持一个人去了医院做检查。

医生告诉她："可能是急性阑尾炎。"

她问："要做手术吗？"

医生说："最好做。"

她犹豫了，她现在哪有时间做手术，她耽误不起啊。她问医生："能不能打针。"医生说："可以，但是效果不好，而且打针可能以后会复发。"

她从办公室走出来，呆呆坐在医院的长椅上，眼泪一下子就掉下来了。她知道这个手术很小，根本就不值得担心，她怕的是，他得知后会责怪他自己，没有照顾好她。更担心的是，如果妈妈知道她要做手术了，一定就不会让她再跟着他了。

那天，她一个人在医院哭了好久，她原本打算一个人做手术，瞒过所有人。

可手术要有人签字，她只能告诉他了。

他知道后，用力抱着她，好久都没有说话。

她抚着他的背，说："没事的，很小的手术啊。"

他终于开了口，声音里尽是哽咽，他说："对不起，没有照顾好你。"

她摇头，笑着劝慰他，说："不是啊，是我原本体质就差。"

他说："给你妈妈打电话吧，无论她会如何对待我，这件事都要让她知道。"

她听到他要通知姆妈，急得眼泪直往下掉，她说："我们自己去做手术好不好？不要告诉妈妈，真的没事的。"

他眼睛通红地看着她，说："可是生病了妈妈不在身边，你会更难过的。"

她问他："你会陪着我，对吧？"

他说："我肯定会陪着你。"

她说："那就够了，我们去医院吧。"

两人一起去办理了住院手续，术前要家属签字时，医生问她："这是谁？"

她声音特别平静地看着他，说："是我丈夫。"

她知道，如果说是男朋友，医生一定不会同意的。

他签完字后，红着眼睛从办公室走出来，用力把她拥在了怀里。他一遍遍说着："对不起，跟着我，你受苦了，若不是那么辛苦帮我，你不会生病的……"

她抱着他，说："不会，只是小手术，还是微创的，不用担心啊。"

她还笑着劝解他，说："你看，我们从此拥有了不一样的经历了，想到你在我身边，我很开心，也很踏实。"

可真的进了手术室，她整个人都控制不住在发抖。

医生问："很冷吗？"

她摇头的时候，感觉牙齿都在打颤了，她知道，她内心是害怕的，怕的要死。可他在场的时候，她从不敢表现出来，甚至进手术室前，她还在一直对着他笑。

医生说："别紧张，小手术。而且看得出来你丈夫对你很好，他也很紧张你，一小时后你就可以见到他了。"

很快，她便什么都不知道了。

手术结束，她醒了，医生把她推出手术室，她迷迷糊糊看到他飞快跑过来，凑在她床前问她："痛不痛？"

她意识不算清醒，但是看到他的那一刻，真的好开心。

劫后余生，还能再见到心爱的人，让她有种重生一次的错觉。

她虚弱地笑着，说："不痛。"

但是那个时候，麻药的效力开始减退了，她已经感觉到了伤口的疼痛。

回到病房后，护士说："今天家属可能睡不了了，因为一个晚上都有盐水。"

他说："好，知道了。"

那一晚上，他真的一秒钟都没有睡，一直守在她床边。她昏昏沉沉睡了几次，每次醒来，他都会立刻凑过来，问她感觉怎么样。

她都咬牙强忍着，对他说："不痛，不痛的呀。"

护士说阑尾炎术后要多走走，手术才过去几个小时，起床真的巨痛。

她不敢使劲，可扯到伤口的时候，还是忍不住疼到哭了。

他连忙问她："是不是很痛？"

她咬着唇，没有回答，也不敢哭出声，可眼泪不停不停地落。

他的眼泪也在眼眶里打着转，她缓了几秒钟后，对他强挤出了一个笑容，她说："好了，现在不痛了，不哭。"

他垂眼，眼泪从脸颊滑下来。他轻轻吻着她，说："对不起，真的对不起，什么都帮不了你。"

她摇头，说："没事的，过几天，我就重新生龙活虎了。"

术后的那两天，他一直在病床前无微不至地照顾着她，帮她擦脸擦身体，喂她吃饭，还会讲故事哄她睡觉。

就在她觉得，这一关终于要熬过去了，却没想到，她妈妈突然出现在了病房……

住院那两天她都一直没有发觉，妈妈的朋友刚好也在这里住院，看到她后，就打电话问她妈妈："你女儿是不是生病了？"

妈妈一听到消息立刻就着急了，火急火燎赶来了医院。

那是术手第三天的中午，他刚出去买饭，她妈妈就推门进来了。

看到妈妈的一瞬间，她一下子呆住了，懵懵地叫了一声"妈妈"。

妈妈的怒火一下子发作了："你还知道我是你妈妈！别叫我妈妈！"

她知道这么大的事，都没有和家里说，妈妈一定气得不轻。

她赶紧说："妈妈对不起，不是故意瞒你的。"

妈妈说："现在立刻马上和他分手！他保证会把你照顾好，我们才给了他机会，他就是这么照顾你的吗？我不会再相信你了，出院了就跟我回家。"

看到妈妈的态度这么强硬，她慌得一下子哭了，她说："妈妈，不怪他，是我没有照顾好自己。"

妈妈看着她躺在床上病秧秧的样子，也终于撑不住，哭了出来，说："你还为他说话，他就是这样照顾你的吗？"

她不知道还能说什么，要怎么为自己和他辩解，就只是不停地哭。

妈妈说："我不是没有给你们机会，可是这样子，你让我怎么放心？"

她说："妈妈，我知道你的顾虑，可是我不觉得这样辛苦这样累啊。"

妈妈说："可我看着心疼啊，都动手术了也不告诉我，是不是以后发生别的事情也不告诉我。"

她说："我就怕我告诉你后，会是这样的结果，你肯定会让他和我分手的，可是妈妈，我真的好喜欢他，他也是真的喜欢我，一年时间还没有到，再等等我们好不好？"

妈妈也泣不成声了，说："那我们出钱给他创业好不好，你不要这么辛苦了。"

她说："不行，他有他的尊严，给他钱就等于是侮辱他了。妈妈，你相信他好不好？真的，我没有求过你什么，可是这次我求求你，相信我们好不好？"

妈妈一边气着她，却也心疼着她，不敢让她动了手术后还一直这么哭，把她抱在了怀里，母女俩一起哭了好久。

她不断地恳求着妈妈，说自己真的放不下，真的不能没有他，真的只再求一次机会……

最终妈妈妥协了，安顿好了医院的事，知道她的心已经都跟着他跑了，妈妈便也没有再多留。

妈妈走后，他拿着饭走进来，她赶紧抹干了眼泪，假装什么事都没发生，问他："今天我们吃什么呀？"

他默默地坐到床边，说："吃你喜欢吃的。"

她冲他笑笑，说："好嘞，吃饭。"

吃饭的时候，她刻意说了好多话，叽叽喳喳说些无关痛痒的话，她想要掩饰刚才自己情绪，不想被他看出来。

可他一直都没有出声，只是默默给她喂着饭。

过了好一会儿，她也早觉察出他的不对，便停了口，问他："怎么了？"

他抬头看着她，整个人都特别静特别静，静得让人害怕。

然后她听到他说："小拾，我们分手吧。"

她一下子慌了，问："为什么啊？"

下一秒她就想到了，他可能听到了她和妈妈的对话，问他："你都听到了？"

他不出声，点头。

她慌乱到不行，赶紧解释，说："那是妈妈的意思，不是我的意思啊。"

他看着她，说："可是你妈妈说的是对的，你跟着我只会吃苦。"

她的眼泪落下来，她说："我从来没有觉得跟着你会吃苦，我很开心我能和你一起共创未来，而且你一定会成功。如果这次分手了，我们就永远不会在一起了，哪怕以后你成功了，我也不会和你一起了。"

他依旧不作声。她便继续说："你不知道，其实我从见到你的第一面起，我就喜欢上你了，不是从高中开始，而是从初中见你第一面开始。"

她把这些年所有的事都讲给他听，她和他说："原本我不想说，我怕你知道我喜欢你，比你想的更久远，你的压力会更大，但是我不说，你可能真的要离开我了。我想你知道，是我喜欢你在先，你不要有压力，能和你在一起我真的很开心很满足，所以我们不要分手好不好？"

他听着她的话，满眼的不可置信，两人久久地看着对方，然后他伸手把她拥在了怀里。

她感觉到，她肩上的衣服在一点点被他的泪打湿。

她捧起他的脸，看到他满脸全是泪，她说："别担心，我们会越来越好的，真的，相信我。"

他重新将她拥在怀里，用力地点了点头。

出院后，她只休息了几天就又重新开始工作了。

自从那次后，他每天都会盯着她吃饭，每一顿都按时按点地陪着她吃。

工作稍稍晚了，他就会立刻陪着她去睡觉。

之前她从来都不知道，原来每次一起睡下后，他在她睡熟后，还会重新再爬起来。

直到某个凌晨，她起床上厕所，发现他不在床上，出去找他，才发现他还在工作，电脑前放着浓咖啡。

她走过去，从后面抱住了他，一时间心里说不尽的心疼。

他转头，声音柔柔地说："你醒了？"

她低"嗯"了一声。

他说："上厕所吗？我陪你去，上完赶紧再去睡。"

她说："我陪陪你吧。"

之后也不顾他的劝阻，自顾自拉了椅子，在他身边坐下。她说："你不用管我，我就陪你一小会儿。"

他知道拗不过她，便回身继续工作了，她手撑着下巴，静静看着台灯下他的侧脸。

一如从前的清俊帅气，唯一不同的是，现在这个帅气的少年，总是会皱着眉。

她伸出手揉揉他的眉心，说："别皱眉，这样就不帅了。"

他回头看她，笑着摸摸她的头，说："好，以后我多笑笑，让你开心一点。"

创业那段时间真的很辛苦，有时候他去拉客户，一顿接一顿的应酬，喝酒喝到吐。

她想着他也是大学刚毕业的人，为什么就要承受这些。明明有些同学还在啃老，为什么他却要辛苦成这样。

她实在忍不了了，便和他说："我们不要这么辛苦了，现在已经很好了，接下去可以慢一点了。"

他对她笑笑，说："宝，不行啊，要娶你就要更努力一点，要让你爸妈认可就要抓紧时间。我的家庭这样没办法慢一点，我不想你跟着我，到最后我们还是一无所有。一直以来你为我做的太多了，你默默喜欢了我这么久，可我都不知道我有什么地方能让你喜欢这么久。但也是因为你，让我知道我可以变得很好，你一步一步陪着我牵着我，我不能让你失望，让自己失望。"

在她毕业前，公司开始有了一些起色。

她再次带着他回家，这一次，她和他说："把你妈妈也带过来吧，让长辈们都见个面。"

那天，她家里所有的亲戚都到场了，还有她的哥哥和他们从前的同学。

哥哥看到两人一起出现时，完全懵掉了，惊讶地说："你们在一起了？什么时候的事情？"

她就把所有的事情都告诉了哥哥，哥哥听完更加惊讶了，都不敢相信自己的妹妹竟然默默喜欢了一个男生那么久。

但很快哥哥就释然了，说："你选的人不会错，小杨是个很值得托付的人。"

她忧心忡忡地说："可我爸妈不同意。"

哥哥一副不理解的表情，说："现在都自由恋爱了，更何况他的公司已经有起色了，会越来越好的。"

她点头，转头看着身边的他，她一直都相信，从没有一秒钟质疑过，他就是全世界最厉害最优秀的男人，他一定会越来越好的。

全家一起吃饭的时候，她向所有人介绍他："这是我男朋友，也是我会嫁的人，这是他妈妈，我未来婆婆。"

她妈妈沉了下脸说："不要说这么早，女孩子要矜持。"

她看看妈妈，之后目光看过所有人，特别坚定地说："我知道，我们会成为一家人的。"

他站起来了，对大家说："大家好，我是小杨，是小拾的男朋友。这是我妈妈，我爸爸因为生病，在我初三的时候去世了，我跟着妈妈生活……"

他说到这里，停顿了一下，她知道，让他当着这么多人的面，重新提起这些，对他来说有多艰难。

她在桌下紧紧地握住了他的手，目光鼓励着他继续说下去。

他缓了下，继续说下去："我和小拾毕业于一所大学，现在自己开公司，时间还不久，但有些起色了。我知道我的家庭条件不是很好，但是我一直在努力。"他拿出一张卡，"这是我所有的积蓄，现在交给小拾了，往后我所有的钱都会给她。如果没有遇见她，我的人生可能就只是一心赚钱了，可现在的我，努力有了目标，我要给她一辈子的幸福。"

他说完后，一大桌子人都安静了。她能感觉他非常紧张，可她妈妈没有表态，桌上的其他亲戚也不敢说什么。吃完饭后，大家都走了，他妈妈也先回去了，就剩下她和他，还有哥哥。

她看着爸妈，说："爸妈，你们有什么想法，也说说吧，一年也到了，这样的结果你们满意吗？"

她爸妈对视了一眼，都没有说话。气氛一下子压抑得可怕，他们越是沉默，她越觉得害怕，人好端端坐在那里，可想到结局可能还是不好，她的眼泪便忍不住地往下掉。

他伸手揽住了她，一直轻声说："不哭，我们再努力努力。"她这边哭着，过会听到旁边也响起了一阵抽泣声，她妈妈也哭了。

他哥哥长叹了一口气，说："姨，小杨的家庭真的挺不容易的，可他真的很努力，也很优秀了，对妹妹也那么好，这些你们都看得到。就算他现在没什么钱，可以后也一定会有的，你们真的要硬生生拆散他们吗？"

她妈妈只是哭，哭到说不出话。

这时，她爸爸长长叹了口气，抬头看向了他，说："叔叔阿姨没有不同意，就是叔叔阿姨真的心疼女儿，但是看到你们都这么努力，我们也很心疼。我的女儿我知道，从小到大就是很听话的人，和你在一起是她唯一一件和我们反着做的事。我当时以为她可能坚持不了，没想到，她竟然真的坚持下来了，她一直在和我们说你有多好多好，我知道就是想让我们认同你。今天吃饭你说的那些话，我们都听到了，我们知道你有能力对她好，我们哪还有理由反对你们呢。"

她听到这里，放声哭了出来，她说："爸妈，你们不反对了吗？"

爸爸说："这么好的女婿，怎么舍得让给别人呢。"

她一下子抱住了爸妈，一遍又一遍地说着谢谢。

她说："他肯定能带给我幸福的，爸妈放心，我保证，我一定会幸福的。"

那天她跟着他也去了他家，告诉他妈妈，她爸妈同意了。小杨妈妈听到后，眼泪也一个劲地掉，说："谢谢你，小拾，要不是你，你爸妈可能就不会同意了。"

小杨妈妈说："我们家之前条件也是不错的，但是小杨那时候没了爸爸，家里的顶梁柱没了，我带着他一个人生活，想办法给他最好的生活。他也一直很懂事，很努力。后来听说你们恋爱了，我很开心，可又怕你们家会看不起他，但看到你一直陪着他，这一路走过来，你真的很不容易，还好你们都没有放弃。"

两人一起哭，她知道小杨妈妈这些年也受了很多的苦，承受了很多的心酸。但是她知道，再难过的岁月，都已经过去了，未来有他和她撑着这个家，一切都会变好的。

毕业那天，他和她一起又去了学校，两人手牵着手绕着学校走了一圈。她看着学校的一草一木，满心感叹，仰着脸看他，她说："还好我来了，不然我们真的错过彼此了。"

他说："是啊，还好你来了，你努力考到我学校，努力陪我创业，这是我想都不敢想的事情，谢谢你的坚持，让我们的未来有了可能。"

毕业后，她没有去找和自己专业对口的工作，去了他公司上班。

公司在慢慢变好，但他依旧很拼命，一刻都不敢松懈。晓晓读研究生的时候，两对小情侣打算一起去海南玩，一切都定好了，可是他公司突然有事，去不了，她就只能当晓晓和小何的电灯泡。回程那天，他们遇上了台风，气流太大了，她当时感受着飞机强烈的颠簸，眼泪不停地掉。

一直以来她对死亡没有概念，可一想到，或许以后就再也见不到他了，她的眼泪就停不下来。幸好飞机顺利降落到了别的机场，下飞机后她赶紧开机，他的电话瞬间打了进来。她说自己在别的机场。

他说："你在那里等我，我开车过来接你，不要坐飞机了。"

她便与晓晓、小何一起坐在机场大厅等他。几个小时后，看到他从外面跑进来时，她一颗慌乱的心，才终于落定了，飞奔过去扑进他怀里。

他一直在说："对不起，不应该让你一个人去，工作再重要也没有你重要。"

她抱着他，因为他，她第一次开始害怕死亡。原来死亡真正可怕的，并不是你将从这个世界消失，而是所有你爱的人、放不下的人，都会从此再也见不到了。

他说："去机场接机后，听到机场广播说你的飞机遇到气流了，可能会在别的地方降落，我就不停给你打电话，可是一直打不通，我开始慌了，然后等你接起来，听到你哭，我心都碎了。"

人潮汹涌的机场里，他捧着她的脸说："宝宝，我们结婚吧，我不想再这样担惊受怕了。"她看着他的眼："你不是说还要过几年吗？等事业再稳定一些吗？"他说："我等不及了，钱可以慢慢赚，可我想你永远都在我身边。"

第二天，他和她拿了户口本后领了结婚证。没有求婚，也没有挑选个吉利的好日子，可她还是开心得要命。

他对她说："以后要补给你一个求婚礼，至于日子，只要我们在一起，每一天都是好日子。"

在两人还筹备着婚礼的时候，没想到晓晓和小何先办了婚礼。

晓晓的婚礼上，听着小何给晓晓的誓词，她坐在亲友席里，哭得稀里哗啦。她和身边的他说："他们真的好好，好幸运，遇到了彼此最爱的人。"

他亲吻她说："我们也很幸运，我们也是彼此最爱的人。"

终于迎来了婚礼。她其实内心里很希望能看到小何那样的新郎誓词，但她知道，她爱的这个人，很少会袒露自己的心声，总是把一切言语都化为行动。

尤其是当着那么多亲友的面，她怕他更加不好意思，所以在他问她，婚礼想要什么样的流程时，她没有说出心愿，对他说，怎么样都好，我都会很开心。却没有想到，就是这个从不当众表白的人，竟然在那天的婚礼上，说了同样感动的一席话，让她哭得不能自已。

他当着所有宾客和亲友说："我的妻子在别人的婚礼上，因为新郎的一席结婚誓词哭得稀里哗啦，那时候，我就猜到她其实是喜欢这样的仪式的。

"但是她知道，我的性格有些内向，可能不会做这样的事，所以在我问她的时候，她都从来没有和我提过这样的愿望。可，她是我最爱的人，她喜欢的事，我还是想要为了她去做。

"从小到大，我都是一个喜欢了就一定会去争取的人，可我的妻子她不是，她习惯小心翼翼地藏匿着自己的情感，所以在我们的共同的青春里，她默默喜欢了我六年。

"大学里，我与她重逢，喜欢上她，觉得她是世间最美好的女孩。可她却告诉我，我才是她最美好、是像太阳一样的存在，哪怕靠近不了，她也在不断努力靠近着我，因为她那样努力过，所以我也加倍去努力，去靠近她。

"这一路上，她陪我努力，陪我吃苦，陪我一路成长，那个一直被妈妈捧在手心里的小女孩，在一瞬间长大了。可我很心疼她，她是因我而长大，不能再无忧无虑地生活。她告诉我，她很开心，只要留在我身边，她从来都不会觉得累。

"她无时无刻不在为我考虑，为了不给我压力，自己承受着所有的压力。我总在想，一个女孩，要多勇敢和坚强才能做到。所以有了她之后，我一直都在拼命工作，想要给她幸福又安定的生活。现在我做到了，多么幸运，守在我身边的人依旧是她。"

她听着他说这些话，眼泪止不住地流。他不是一个时常讲这样话的人，但婚礼上，因为猜到她喜欢，他说了。他把他的一颗真心毫无隐藏地捧出来给她看，向她献上了他的一腔赤诚。

婚礼上，穿着一身白纱的她，流着泪，也对他说了一席话。

她说："从见你的第一面开始，我就开始了长达六年的暗恋。这六年没有人知道我内心的想法，我一步一步向你靠近，只为能站到你身边去。

"当我考上你的大学时，我告诉自己这是最后为你做的一件事，如果我们没有结果，我就会放弃你了。

"没想到，你喜欢上我了，还来追我了。你告诉我，其实你知道我喜欢你，但是你假装不知道，还诚意满满地追求我，就是为了给我一个女生的骄傲与尊严，那时候我就明白，你比我想象中的还要好。

"你知道，如果你直接问我是不是喜欢你，我可能会否认，然后我们可能就没有结果了，是你一步一步带着我告诉我，你喜欢我，让我可以放心和你在一起。那时候的你有很多的顾虑，可你还是选择牵起我的手，让我漫长的喜欢不留遗憾。之后我们确实很辛苦，可最苦的日子里，你都从没有忽略我。很多人说你男朋友这么年轻这么帅气还有钱，你不担心吗？我说不担心，他给足了我要的安全感。

"公司刚起步时，我曾一个人去庙里，我是一个什么都不信的人，可是我还是想去求神，我希望你不要这么辛苦，想你快点成功，为了你，我相信了这世间有神灵，也盼望着神灵能看到你的努力，庇佑着你。真的没有让我们大家失望，你成功了。

"还有我得急性阑尾炎那次，你第一次提分手，我那时候真的很慌很害怕，我知道你有压力，不知道该怎么和你说，我只能陪着你，让你真真切切感受到我对你的喜欢与认定。那之后，你再也没有和我说过分手两个字，多苦多难你都一个人扛下来了。

"到今天，我们领证一年了，婚礼延后了，你问我有没有关系，我说没有关系，婚礼是一个形式，只要我们永远在一起就好了。"她一边哭一边说，目光一直痴痴地望着他，他握着她的手也越来越用力。

她看到他眼里打转的泪，她放下话筒，含着泪踮起脚吻了他。吻落下去的那个瞬间，两人的眼泪滋味混合到了一起，她心里只有一个声音。

这个我喜欢了整个青春的少年，他真的好棒。

他，是我的了。

小拾的故事结束了，再多祝福与感动的话，我都说不出来了，我知道，优秀且执着的人，总能得到幸福，尽管幸福来得艰辛且漫长，但还记得那句话吗？

爱情，可以逾越一切沟壑，可以穿破所有空间与时间。

小拾说她一分一秒里都不曾后悔，在第一眼里喜欢上他。

因为他，改变了她生命的轨迹，改写了她的人生。相信对小杨而言，小恰的存在也同样意义重大，他一直都在她坚定的爱里，温暖而有力地前行着。

07

谁还不是在一地鸡毛里谈情说爱

讲述人 ❋ 小彤

男生一定要上进，只有上进了，才会给足女生安全感，女生要的从来不是你有多么成功，却会因为看到你为了她有多么努力而感动。

小彤是家里的独生女，但是并没有像大家想象中那样集万千宠爱于一身。

因为妈妈是个严厉又要求很高的人，脾气还有些急，从小她哪里做的不好，妈妈都会用骂的方式来教她。

所以久而久之，她觉得自己真是一无是处，变得特别自卑。

加之青春期后，她的身材变化很大，像吃了发酵粉似的，仿佛一夜之间就变得圆滚滚的模样了。

亲戚们总拿这件事来开玩笑，有一次被他们说胖，她委屈地偷偷跑到阳台去哭，被妈妈看到了，很生气："就这点事都要哭，做人不可以这么小气。"

这句话，在她心里留下了烙印，此后她一方面内心里自卑着，可外表还要表现得特别自信，什么玩笑都开得起。

可能也是因为自己长得不好看，又胖，成绩又不好，就很担心这样的自己不会有朋友，所以那时候班里同学给她起多不堪的外号，她也都笑嘻嘻地接着，默许着。

但没想到，就是这样假装坚强与豁达的她，竟然也因祸得福，交到了很多很多的好朋友。

她高中所在那个班不算是好班，但是班里同学们关系都好。

那时候，和她玩得好的同学很多，但让她有些不一样感觉的，是班长。

大概是因为觉得她总笑嘻嘻的，很好相处吧，班长常常会逗她，问她借杂志看、帮着带早餐等等。

有时候还要她这个学渣教他做生物题，就连路过她座位时，也会拍一下她的头闹一会儿。

她也想过，难不成班长对自己有意思？可后来又一想，可能是他刚分手，只是想和她打打闹闹中变得开心一些吧。

高考结束后，班里一起去毕业旅行。

他在途中一直很照顾她。有个晚上她跟朋友的房间有蟑螂，吓得两人魂都没了，跑去敲了班长的房门，恳求能不能换房间住。

但过去之后，发现大家都没什么睡意，便有人提议玩个通宵好了。

大家选了玩狼人杀，具体细节她记不太清楚，就记得有一局，大家都玩嗨了，他突然拿着被子一下罩住了她。

她猛地吓了一大跳，在黑漆漆的被子里感觉到他很近的气息，她的心漏了一拍。

从来没有被男生追求与告白过，也没有任何心动经验的她，私以为这就代表了他喜欢她。

旅行回来后，班里组织了一场球赛，她和朋友都去了。朋友给她猛盘了一通逻辑，最后结论是：班长真的喜欢你。

在朋友的怂恿下，她在球赛结束后，给班长发了一条告白的消息。

那时她想着，自己这样的条件还能被他喜欢，那么就由她先告白，也未尝不可。

可告白后，显示对方一直在输入，她停在了路边，提着一颗心等着他的回复。

仿若一个世纪那么久，他的回复过来了，他说：*肥啊，对不起。我也很喜欢你这个朋友，可如果你再瘦一点或者好看一点，那我一定跟你在一起。*

看到这句话的时候，她的眼泪一瞬间就掉下来了，从没有这一刻她那么介意过自己。

她站在公交上哭得稀里哗啦，那一刻觉得自己特别特别差劲。

抹了眼泪，她还追问他：*如果我变好看了，你就会愿意跟我在一起吗？那你能不能等我变好看……*

他回复她说：*好，但是你不要太过在意我，其实我还放不下前女友。*

她记得他说前任伤他多深的事，但是那时候，她觉得自己可以成为愈合他伤口的那个人。

所以她对他说：*没关系，我会努力变好，也会等你整理好自己的感情的。*

那个暑假，因为他的话，她每天都去练瑜伽，去健身房踩单车，每天的训练度都超过了自己的极限。

但是她身上那些肉真的好难减啊，好像就要赖着她似的。

暑假期间，班长也单独约她看电影，吃饭。

之后他大学先开学，她还去他的学校看过他。他还带着她参观学校和周边，这一切，都让她恍惚觉得，与他还有可能。

再之后，她开学了。

因为不想与他失去联系，她连军训都偷偷揣着手机，一休息就拿出来给他发信息。

但是聊天的画面通常都是一片绿，中间偶尔夹着一点白。

也心酸吧，但还是特别心甘情愿。

等到国庆节放假，以前班的同学说一起去他家玩。

那天还是玩了通宵，他依旧像从前一样照顾她，该笑该闹都一如往常，可她却真的感觉有什么不一样了。

他似乎，只是很纯粹地拿她当老同学、好朋友了。

就连一点点暧昧的感觉都没有了。

国庆后，她回学校想去面试社团，但又担心自己又胖又不好看，没什么信心。

在朋友的鼓励下，最终还是去了，可结果还是被刷下来了。

那段时间她心情特别失落，每天都会给班长发消息，聊生活里的事，但他基本不会回复。

那时候她觉得自己真的好失败，喜欢的人不喜欢自己，连一个社团都面试不到。

后来班里一个女生看出她的失落，便主动给她介绍关系，问她要不要挑战一下宣传部的工作。

她知道宣传部的工作要用到电脑各种软件，什么绘声绘影啊，PS之类剪视频做海报的软件，而她从小就是电脑瞎，就很怕自己做不来。

但是朋友给她打着气，说："没关系了，先进去，再不济也就是混一下，感受一下大学的社团组织氛围，总比你窝在宿舍强。"

她想了一下，也对，要是一个社团都没有，真的有点丢人，哪怕先进去挂个名也好。

于是她稀里糊涂进了宣传部，因为没有面试过，压根也没见过部长和副部长长什么样。

只是听舍友说，宣传部的副部长还挺帅的。

那时候她听了也没什么反应，觉得帅又怎样，我要等我的班长。

她被拉进了宣传部的群。部长在里边巴拉巴拉说了一堆很鸡血的开场，再接着又定了时间，说大家一起出来见见面、吃个饭。

她与大家第一次见面就是在学校食堂。

那天所有人都到齐了，她也不知道谁是谁，人还懵着，就突然听到挨在身边的人说话了，介绍自己是副部长。

她抬头看过去。

是个长得挺亲切的男生，她想起舍友的话，心里应了一声：是还挺帅的。

副部长说，部长有事还没来，让大家先等等。

几分钟后，有人说部长来了，她扭头看过去，却听到副部长在她耳边说了声："呐，你看，这就是我们的部长，很帅有没有？"

她瞅着迎面走过来的人，疑惑了下，这人是男还是女？是女生走了中性风，是男生长得太像女生。大眼睛高鼻梁，皮肤也特别白，头发可能是自然卷的原因，不长不短的，像个杂草堆一样，看上去一点都不清爽，还穿着件很老气的 T 恤。

嗯，确认过眼神，是她欣赏不来的类型了。

不过那天部长看上去好像挺开心的，跟大家挨个打了个招呼。她一听，确定了，哦，是个男的。

但第一次见面也确实没什么特别的感觉。之后正副部长送女生回宿舍的时候，她看着前面这两师兄个子都不高，她感觉一垫脚就能把他俩比下去了，心里还叹息了一声。

为啥不是小说中的那种学长呢。

但唯一让她觉得部长这人还不错的是，当时他在食堂跟大家聊天的时候居然一下子就叫对了她的名字。

因为她名字里有个生僻字，总有人念错。但是他居然很准确地念出来了，她这个人是非常在意小细节的，这让她觉得部长做事应该挺认真用心的。

也是后来两人再说起这件事，他才说，当时他看到这个名字也不知道怎么读，就特地去查了，他觉得念对别人的名字是起码的尊重。

小彤念的这所学校男女比例 7:3，所以作为女生在学校的待遇还是挺不错的。

当时社团有活动除了写写画画的东西，其他活都不用女生动手。

社团举办完第一次活动，五个部门一起聚餐，近五十人在学校后门的大排档吃饭。

可能爸妈一直管得很严吧，所以那天满满一桌子啤酒，大家都好像涉世很深似的相互敬酒，让她觉得很不适应。

让她意外的是部长还抽起了烟，她惊得下巴都要掉了，心里想着这种聚餐氛围竟然还抽起了烟，这都什么人啊这是。

再加上当时她觉得自己有喜欢的人了，那人比在座各位都好，于是对其他人都特别不屑。

饭后，她找了个借口先溜回了宿舍，回去就抱着手机想和班长吐槽一下晚上的聚会体验。

那时候宿舍网络贼差，她每次给班长发消息，都要蹲在宿舍门口才能把消息发出去，所以每天洗完澡，她的固定动作都是往门口一蹲，开始给他发消息。

一直蹲到熄灯后，有时候一晚上等不到他的回应，她刚失落地爬上床，他的消息回过来了，她就立刻从床上跳下来，又去门口蹲着和他聊。

那她心里也明白，他每天只回一两个字，就代表她与他没可能了吧。

但那时候，她也钻了牛角尖似的，觉得他一天不说不要等他了，她就要坚持到地老天荒，有种总能打动他的错觉。

只是后来回想起来，她会笑自己傻，那时候的她自己失去了自我，又凭什么会打动人家。

后来社团的活动越来越多，班长的回复也越来越少。

她一边想念着不甘着，一边又觉得事情多也挺好的，可以让她忙起来，会暂时忘记他。

在社团待久了，和部长的关系也慢慢熟起来了。

她发现他讲话总是特别好，很容易就能逗笑大家，聊天时时不时蹦跶出一两句让人意想不到的回答，都是爆好笑那种。

他特别会讲话，也很会搞气氛，每次五个部门一起开会，他总能在台上一边讲大道理，一边掺着笑料十足的话，而且大家听了之后都不觉得他是在故意装，就觉得他是挺用心在做事的一个人。

后来她发现，他在私下里，也真的有很用心去了解团队里的每一个人。时不时会在微信和大家聊聊天，开会时发现哪个人情绪不好，都会多加些关照。

她对他的印象也越来越改观，抛开他那件老气的 T 恤，她觉得他还是很不错的。

她还跟闺蜜说："我们那个部长呀，虽然长得不怎么地，但是好像是个有趣的灵魂。"

就这样到了 12 月份，她请假回去考驾照，照常给班长报备日常。

却在临考前，看到了班长发的一条朋友圈，他跟前女友复合了，下面是那个女生甜甜的回复。

她脑子突然一片空白：这是什么情况，你跟前任复合，好歹跟我说一声啊，说一声你不要再给我发信息了，我要跟她复合了，有那么难吗？

而她还跟个傻子似的天天给他发信息，等他回复。

她一瞬间觉得自己被侮辱了，说不上是生气还是委屈，就是心乱又想哭，明明一向练得挺稳的路考也因此没过。

考完后，她和爸爸打电话，原本只是想说自己没考过，可电话接通的一瞬间，她号啕大哭起来。

她知道其实自己不是因为这件事哭，就是觉得自己简直就是一个笑话。

哭够了，坐车回家，人正低落着，部长的信息发过来了，问她什么时候有空，社团有个活动要给她安排点工作。

她低气压得厉害，想与这世上一切为敌，心想什么社团，一天到晚都是活动，烦不烦，就直接回了句：我回家考驾照了，没空。

他知道她平常笑嘻嘻的，一见这口气，便猜她情绪不好，于是就和她聊起来，说是不是没考好呀，也不管她回不回应，就长篇大论地讲起了自己学车时候遇到黑心教练什么的事。

她看着他大段的话，虽然没心情笑出来，但注意力被转移了不少。

她说：不是因为路考，烦心的事多着呢。

他立刻回复：有什么事说来听听，说出来就好了，我顺便给你掐掐。然后就开始吹嘘自己的心理咨询能力有多么厉害，让她放心给他讲。

当时她非但没觉得这人热情，反而觉得怎么这么油嘴滑舌，怎么会有这么多中央空调男。

但是心里拒绝着，却还是把这些很丢脸的事一五一十和他说了……

她从来都是个很藏得住心事的人，觉得好多事说出来了又能如何，但那天为什么会对他倾诉，可能心里多少还是信任他的。

他安慰了她很久，她的心情虽然没因此真正变好，但是被关怀的感觉多少还是治愈到了她。

最终，这件事就这么过去了，她没再和别人提起，他也没有再说起过。

好在社团有很多的活动要参与准备，而晚上她也终于不用再一夜一夜地蹲在门口等消息了。

每天晚上跟舍友打打闹闹做作业，白天忙着上课和社团，总想让自己变得忙碌一些。

和部长的关系，也还是维持在工作层面，即便倾诉了私事，但他也仿佛没事发生过，更没有向任何人提起过，让她有种被尊重和被保护的感觉。

就这样一直到了年底，迎来了一次很大的活动——系里所有学生组织、社团的部长换届转正会议。

学校领导老师都会来参加，会议的压轴是要播放一个视频，里面包含了过去一年系里各个学生组织和社团的成长、变化还有未来的展望。

当时的视频制作不像现在这样，可以下载一些便捷剪辑视频的软件，一键导入，很简单就能够完成。

那个时候对于学生来说，能做出来一个视频确实是挺厉害的，起码让她这种电脑盲相当崇拜，加之视频中的字幕，写得也很动人，让她不由得暗自佩服。

视频快播完时，她感觉突然有个人窜到她身边，小声地问了句："视频怎么样？我做的。"

突然冒出来一个人，吓她一跳，看清了才发现是部长。

她特别惊讶，说："真的吗？做得超好的啊，你那么厉害啊。"

他笑嘻嘻说："那我以后教你啊，要不要学？"

她点头如蒜，说："好呀，没想到你还是个人才呀。"

接着他非常不要脸地说了句："那不废话嘛，我什么不会？"

话刚说到这里，他就被人叫走了，她望着他的背影，突然觉得这个个子不高的男生，在她心目中突然身高二米八！

原来不光嘴巴很会讲话，也确实还是有两把刷子的。

而她因为嘴巴笨，原本就很欣赏这种嘴巴会说、情商高，而且有自己特长那种人。

这么想来，他不就是了嘛。

到了寒假时，她也已经适应了大学新环境，认识了不少朋友。寒假的时候还跟几个朋友出去旅行，玩了一圈后，班长那件事她也消化得差不多了。

寒假里偶尔也会和部长聊聊天，有时候他自己遇到一些好笑的事也会分享给她。她也会告诉他今天出门遇到什么奇葩事或者是也没什么实质内容，就单纯和他互怼几句，关系就像朋友哥们。

大一下学期，一开学部门开会就说，这学期的活动都由大一的来策划和筹备了，部长们只能指导，不能插手了。

会议结束之后，部长找到她，希望她能做一个流程PPT出来，文字内容都是规定的，只要负责做个模板就好。

她一听，人都懵了，她原本就是个电脑盲，但既然是任务，就从网上找了几个模板套进去，交给了他。

却没想到，他看完非常不满意，特别生气地打电话训了她一顿，说根本不符这次活动的主题，内容排版也不好，为什么不学着参考一下以往活动的PPT，做事不用心什么的。

他训完后，顿了会儿，问了句："你吃饭了没？"

她被他骂懵了，从没感受过他这么严肃，而且确实是因为自己没做好，就有点大气都不敢出的感觉，弱弱说了句："还没，等下弄完再吃。"

他说："那你先去吃饭，等一下再弄，不差那会儿。"

她哪还敢吃饭，技术本来就菜，再吃饭估计就要干通宵了，于是挂了电话就继续奋战。

想着不就是模板吗，不就是要与众不同吗，不就是没有钱去下载更好的吗，那就自己去找小图，一点一点凑一个出来还不行吗？

她真是每做一步都要百度，还要找到相同风格的配图，那一刻她就一个想法绝不能让别人小瞧了，吐血都要做出来。

正当忙得火热的时候，有人敲了宿舍的门，外面站着的是部门另外一个女生，手上拿着一份饭。

那女生说："在食堂碰到师兄，他让我给你的，他要你先把饭吃了再忙。"

她第一反应有点惊讶，有点被感动到了，但是又觉得很不好意思，本来是自己的问题，还要麻烦别人照顾，也有点害怕别人误会两人的关系。

但还是禁不住看了下带过来的菜式，嗯，竟然是食堂里最贵的菜了。

这么好的饭怎么能辜负呀，她想着部长大人还挺大方，不抠门。

之后她给他微信转了饭钱，他不收，只是说：不要为了工作连饭都不吃，身体才是革命的本钱。

她非要他把红包领了，他不理她，她也不好追着说，有点尴尬地说：那算啦，下次请你喝糖水。

他这才重新冒出来，回了一句：哈哈哈哈哈哈哈，好呀。

她也不知道自己为什么那么笨，本来一两个小时可以弄好的事，一直弄到了晚上，交付的时间远远超了规定。

但他看了后，对她说：你看，你用心做事，还是可以做得很好的呀，我刚刚给其他部门的部长看，他们也觉得这个模板非常好。你还是很可以的呀，以后要对自己有点信心，知道没？

虽然她知道他的夸奖有点夸张了，对他来说，这点事简直小儿科了，但那天她真的很开心。

是那种由衷的开心，完成一件自己不擅长的事，感觉太过瘾了。

那之后，算是在他的"逼迫"下吧，她学会了很多以前根本提不起兴趣的软件，还设计了海报邀请函之类的，都获得各部门老大们的夸奖。

当然，这中间她有跟他吵过架，她好多次都不理解，为什么他总要逼着她做不擅长的事。

他告诉她："你在宿舍睡觉，永远做着自己得心应手的事情，人会有进步吗？你是有能力的，我不希望你在这个部门一年，什么都没有学到，只是混着日子，你好好想想那样有意义吗？"

每次被他这样训完，她都会憋着一肚子气把一件事做好，有时还会跟他讨价还价，让他把工作分给其他人。

他从来都是一副没商量的冷酷样。但每次需要通宵完成的工作，他都在另一端默默陪着她。

因为无论凌晨几点她把成品发过去，总能收到他秒回的消息。

他一直不想她通宵熬着，说："白天做吧，就算交迟了，我也会帮你兜着。"

可那时候她偏偏对他有股不死的好胜心，就想一口气完成掉。

后来他也放弃了，只说："那你做吧，无论你做到几点，我都陪着你。"

那个时候，虽然对他一直强迫自己做很多事，会崩溃会生气，但想到他一直在陪着她，虽然不会手把手教，但是只要有问题找他，却一定会收到很用心的答案，她就觉得，遇见他，还是幸运的。

若不是他，她从不知道自己原来可以做的事有那么多。

那时候，她对他还没有什么感觉，甚至偶尔会恨他，讨厌他，不让她出去玩，总拉着她干活。

直到那年清明节，她提早回了学校，在图书馆正温书时，收到了他的消息。

他说：明天早点回来，请你吃烤鱼。

她心一提，觉得无故请她吃饭，还让她提前回来，肯定又要给她安排任务了吧。

但又想着，也不至于吧，便回他：我现在就在图书馆。

过了没一会儿，就看到他过来了，又巧穿了那种她看不上的老大爷款式的 T 恤。

她问他："怎么突然大发慈悲想着请你的干事去吃烤鱼了。"

他轻描淡写，说："有个朋友在烤鱼店做兼职，答应他好久去帮衬一下了，刚好现在有活动，其他人还没那么早回来。"

她想，原来是这样啊，就想找个饭友，正巧放假了食堂的菜也不多，索性出去改善一下伙食好了。

去的时候，她说坐公交，他死活要打车去。

等吃了饭回来，天色晚了，她说打车吧，他却说不打，走路回去吧。

她一瞬间都凝固了，从吃饭的地方走回学校，是有一条河堤一路可以走回去，但是天知道那条路有多长，坐公交都要 40 分钟，走路的话没有两个小时根本走不回去。

加之大晚上的，她觉得特别不安全，万一有人抢劫怎么办？

她以为他在开玩笑，说："你还正常吗，刚刚也没喝酒啊。"

结果他看着她，表情特别认真地说："没骗你啊真的，我们走路回去吧，我经常走，保证你能在晚归前回到学校。"

她当时觉得脑子里好几团毛线在绕圈圈，这什么事儿啊，这怎么走回去啊？

但是他一直给她洗脑，说："走一走消化一下，河堤那边很亮的，也有很多人在散步的。"

就这样，她被他生拉着去走路了。

还没走多久，她就明白今天为什么要请她吃饭了。

他刚和她瞎聊了一会儿，就正式打开了话题，说这学期快结束要换届了，希望她能留任，把他部长的位置接了。

她一听就懵了，心想着：我去，今天这顿烤鱼是啥，鸿门宴吗？谁要做部长啊，什么都要管，我快乐的大学生活还怎么快乐得起来。

于是想都没想就拒了。

这个时候他又自动启动了他那三寸不烂之舌，开始给她洗脑了，说什么这个经验很宝贵的，以后你眼光都会不一样啦什么的。

但这一次，她也打定了主意，她绝不干，她知道自己几斤几两，根本就做不来。

但他却对她说："你知道吗？你做东西虽然速度有点慢，但是都真的很好看的，是大家都觉得好，而且你的性格跟大家也相处得来，现在你发言不会怯场了，宣传部很需要你这种人。但你自己就是不自信，你不就担心自己技术方面不好嘛，我都会给你安排好的。"

但不论他说什么，她就是不敢接，整整一路上，她都在拒绝。

他讲了一路，说得都快要没气了，好话丑话都讲了，没想到她还是油盐不进，他都要生气了。

她也知道他是好意，就笑嘻嘻和他开玩笑说了一堆理由。两人就这么边走边说，中途好几次走得近了，她的手臂无意间碰到他的手臂，听着他苦口婆心为了她的将来操心，这种不经意的碰触，竟然让她有了些小鹿乱撞的感觉。

但那一瞬间，她被自己的想法吓到了，怎么可能，天啊！人家在跟你谈公事，你却在这里想这些无厘头的事。

而且这个人的长相和身高，都根本不是自己想要的类型啊。

虽然她曾经也很震惊地发现除了她，其他人都在说他长得好看，说他白白净净的，眼睛大大加上高鼻梁，算得上非常好看了，加之异性缘还很好，挺多女生都跟他很聊得来……

但是，她明明不会对他有感觉的啊！！

现在又怎么可能，有一点点对他心动了呢！

她晃晃脑袋，一定是因为他一直以来都很鼓励她，让她出现了一些神经错乱的想法。

她内心一遍遍告诉自己，不可能，我不会喜欢他的……

可那个时候的她，又怎么会知道，就是这个男人，改变了她一生的路，让她从丑小鸭到白天鹅的历程里那么真心爱着他，却又最终差点将他归还于人海……

那天回去之后，在部长和副书记的软硬围攻下，她最终稀里糊涂接下了部长的担子。

从此她被当作接班人来培养了，中间两人因为工作也有过矛盾，但是过后他总会给她讲道理，他那张嘴真的是太会说了，她原本还特别理直气壮，到最后都会成为诚恳道歉的那个人。

接触越来越多，两人的关系好像也越来越近了，超过了普通师兄妹。而且不论她有多少问题，他都能很快帮她理顺，还能捎带送她一锅一锅的心灵鸡汤。

那时候他对她说：“你首先要当我是朋友，然后是师兄，最后才是你的部长。”

那句话让她当下心头一暖。但她还是自卑着，而且他的异性缘真的太好了，让她总是想到从前的班长，这类中央空调男真的让她有点怕了，但转念一想，又不是自己男朋友，只欣赏他有趣的灵魂有何不可呢。

后来有一天，他发了一条朋友圈跟室友一起骑单车了。

她随手点了赞，没想到他的消息秒回过来，连发了几张相片过来，说：和舍友骑着单车去了一个地方，风景很不错。

她看着那景色是挺美好的，便回了句客套话，说：羡慕，啥时候也能带我骑单车过去耍一下。

他回了一个笑嘻嘻的表情，说：好办呀，随时都行。

原本觉得这事也就结束了，可到了周末，她突然收到他的消息，说：下午有空吗？走啊，一起去绿道骑单车啊！

她正好在宿舍闲得要发霉了，便一口答应下来：好啊。

可走出宿舍门的时候才发现天好暗，好像随时都要下一场大暴雨的样子。

她拍了张照片给他，说：天这么黑了，要不改天有空再去吧，不然等一下骑着绿道都没地方避雨。

他说：怕啥，下雨更好玩啊，还没试过在雨中骑单车，走吧。

按她平常的性格，是断然不会去的，但那天就又一次被他洗了脑，感觉他说的好像挺有道理，下暴雨骑单车这么疯狂的事一定很好玩，脑子一热又走出了宿舍门。

到了之后，发现他有单车，但她没有呀。

他说：“我们租电动车吧，我载你。”

她一瞬间尿了，觉得和他坐一辆车太害羞了，于是就特别坚定地说：“我不要坐电动车，我就想骑单车。”

他无奈了，跟她说：“那我单车给你，我自己租个电动车跟你在旁边，可以吗老板？”

她被他逗笑了，说：“非常好。”

两人开始沿着绿道骑，天也越来越暗沉。她望着天担心地说：“死啦，等一下真的下大雨怎么办。”

他一开始还说不怕，后来他干脆说：“下大雨我肯定先跑，我电动车，谁让你不肯坐我车，等下你自己就慢慢骑回去吧。"

她心里一句，你是狗吧。

路上两人还经过了养蜂的地方，那一片的蜜蜂密密麻麻满天飞，她特别害怕被蜇到，握着车把吓得大叫，一动都不敢动了。

他在旁边喊着，说："不要停啊快点跑，停在这里就更完了，冲过去就没有了。"

她一听，就开始狂蹬车，可越蹬后面蜜蜂越多，她才意识到这整段路都是养蜂的。

这时候想返回去也迟了，他在旁边淡定地说："踩快点，跟着我。"

她怕得要死，但也不想让他看到自己特别　的一面，就豁出去了狂踩。

终于躲过了养蜂的地段，到了一道小桥，真的累死了。他提议说休息一下吧，结果刚坐下，天就开始下雨了，雨点硕大。

他拿手挡着头，说："哎呀不好，好像要下暴雨了，我们要赶紧冲回去啊！"

她当时真的"黑人问号脸"，不知道为啥，她就觉得这个人好像在整她，但没办法，硬着头皮跟着他又开始狂蹬。

返程那段路真的好远啊，庆幸刚才的蜜蜂也回家了，两人一路狂蹬。头顶是一阵又一阵的噼啪响雷，她感觉自己像是丧尸围城的逃亡者，都已经蹬到绝望了。他骑着电动车还心情好好的样子，说："哎哟，你能不能快点呀，要不是等你，我手一捏，现在都回到去了。"

后来两人说起这个片段，都还是会笑得停不下来。

她问他："是不是那时候已经喜欢我了。"

他说："我也不知道，当时就是很想单独约你出来，其实那次就是载你一起骑电动车，可你死偏着不肯，非要骑单车……"

那天真的好狼狈，好在一路狂奔回去后，暴雨才终于下起来了。

两人跑到食堂避雨，吃饭的时候聊到了好多。认识了这么久，她也是那次才知道，因为超生，他刚出生就被送到亲戚家养了，十岁才回到父母身边。

他说带大他的叔叔婶婶对他很好，很疼他，所以他不觉得自己成长过程中是缺爱的，相反被照顾得很好，所以他才自信又开朗。

第一次听到他聊这些，她心里有些很不一样的感觉。

总觉得，一个男生会交底私事，那是不是意味着，在他眼里她是不寻常的。但她的自卑又开始作祟了，劝解着自己，千万不要想太多。

骑完单车不久后，她过生日，她发了条朋友圈，可那天他忙着学校活动，直到隔天才看到。

他立刻给她发了句：生日居然不告诉我？

她刚想回复，他的消息又来了一条：你想不想吃西瓜，不如我们买个西瓜去操场吃？

她这个人超爱西瓜，光是看到这两字馋瘾就犯了，立刻和他说：好呀好呀。

她去约定地点等着他，过了会儿，就看到他拎着一颗切成两半的西瓜跑过来了。

她伸了脖子望了望，说："没勺子怎么挖呀？"

他说："没事，我在外面的大排档拿了筷子。"

她愣了："拿筷子怎么吃西瓜？"

他说："吃得了，你跟着我学。"

说完他就拿起筷子很吃力地往西瓜里戳，她在一边看着笑得倒了好几次，脸都要僵掉了，他还在认真地戳西瓜。

她说："哈哈哈哈哈哈哈，其实你是不是没有找到勺子，又不想让我觉得你没找到勺子？"

这下他也绷不住笑了，他说："你别说出来啊，心里知道不行嘛。"

看着他用筷子戳成渣渣的半个西瓜，两个人像傻子一样又一起笑倒了。

她觉得这样不行，便说："你去食堂拿把勺子出来，等下我们还回去。"

他说："可是好远呀，不想去。"

她说："那咋办，吃不了啊？"

他指着那半个戳烂的西瓜说："那我们就喝点西瓜汁可以吗？"

她再次笑疯了，说："滚吧，好恶心。"

他也笑，说："你别吵，我今晚一定能让你吃到西瓜。"

然后她就看着他拿过剩下半个还没动过的西瓜，视作珍宝般抱在怀里，慢慢地用筷子一点一点去撬果肉。

西瓜被他撬得汁水飞溅，他衣服上到处都是西瓜汁……但最终他还真的把果肉撬成了一块块的。

他特别开心地递到她面前，望着她笑嘻嘻的，他说："吃吧。"

前面被他笑得肚子都痛了，脸都僵了，可她看着那些好不容易撬成的西瓜块，那一瞬间鼻子酸了下。

她承认自己被他感动了，她知道他真的在用心对待她。

但他为什么这么做，她又一次不敢去深想了。

她真的怕死了从前那样的自作多情。

那个晚上，他和她坐在学校体育馆的台阶上，她吃着他用筷子一块块撬出来的西瓜，他在旁边跟她聊着好笑的事。

晚风徐徐地吹过来，是她这辈子第一次感受到的浪漫。

那天后没多久，她参加助理班主任竞选落选了，原因是学校规定下一任的社团部长以上的同学，不能够身兼多职。

明知是这样的结果，但她还是觉得挺遗憾的，助理班主任是她一直很想要做的事。

那天她心情有点沮丧，他打电话过来，问竞选怎么样了。

其实他早告诉她，这种情况肯定是没戏的，但是见她那么喜欢，便还是让她去试试。

她低落地说："就是你说的那样啊，还能怎么样。"

他听出来她情绪不高，便说："那出来吃西瓜呀？"

她说："我不要用筷子吃了。"

他笑嘻嘻说："不会，这次有勺子的。"

她的心情被西瓜治愈了，兴致勃勃过去，结果看到他拿着两把一次性塑料小勺。

他还贼得意，说："你不是要勺子吗？这次给你带了勺子啦。"

她看看西瓜，又看看西瓜，一瞬间感觉到了绝望，她甚至就觉得他是故意的。

她坐下来，说："你挖一个给我看看。"

然后他就真的很认真挖了一下，还没挖下去勺子就断了……她刚想损他两句，就听他一个人幽幽地说："是你自己说要勺子的，上次用筷子多好。"

第二次吃西瓜后，她真的心里有很强烈的感觉，觉得他应该是对她有意思的。

但之后他好像也没表现出什么特别的，跟以前一样，时不时帮助一下大一准备活动，每天都会跟她聊几句笑话，吐槽一下学校的某些令人无语的操作。

久而久之，她觉得，果然还是自己想多了。

直到五月末，凌晨四五点学校突然停了电，宿舍唯一的吊扇停了，大家都被热醒了。

她看到他发来的消息，原来他早就热醒了，和她吐槽这学校这么热的天竟然停电。

她正准备回他，刚巧从前高中一个男同学也在这个学校，那天也给她发了消息，说：走啊，热死了，出去喝早茶吧，现在5点多，到6点茶楼也开门了，也能有空调吹。

她真是热到不行了，马上说：好好好，等我。

这么一忙，也就忘了给他回消息。

直到和男同学从后门出校门时，路过他宿舍的窗下，正巧看到住在二楼的他穿着件背心，也在往下看。

她对他笑了笑，他扭回头进屋了。

她不知道为什么莫名有点心虚，赶紧微信找到他，说：你怎么穿了件背心就出来，哈哈哈哈。

他回：祖传的背心不行吗？

她说：走呀，一起去喝茶呀。

他阴阳怪气地发了句：我们吃苦耐劳的老百姓又不怕热，不像有些人，只知道跟别人去喝早茶。

她拧了眉头，什么别人，说得好像她跟他是自己人一样。

她忍不住又想了下，这人不会是吃醋了吧？但转念就否定掉了，人家凭什么吃你的醋。

等她和男同学吃饱喝足回来，刚好有社团的事请教他，谁料他回了一句：哟，跟别人喝完茶了？我都不敢打扰你。

啧啧，那语气，她真的很难不多想。

之后学校要做公众号，一个师兄想让她过来帮忙。照平常，他肯定会积极同意她过去，可那次他找尽了借口不让她去。

她其实也觉得自己会忙不过来，没有很想去，但是看着他这么苦口婆心编了一箩筐的理由阻止她，还不让她和那个师兄多联络，她莫名觉得心情有点好……但下一秒，她就被自己的想法吓懵了。

她为什么看到他霸占着自己会觉得心情好，难道她真的喜欢他了吗？

那天晚上他带着她去了一家喝早茶的地方，她刚巧看到旁边有家肯德基，就随口问："为什么要吃这个，肯德基不好吗？"

谁想他立刻说：怎么？你的意思是现在只能够跟你自动化系同学喝茶，就不能跟其他人喝茶吗？

她听着特别想笑，这语气听起来为什么有点酸酸的感觉。

又过了一周，社团周五有活动，也是本学期对外举办的最后一次活动了。

但她突然听说爸妈周末坐高铁出去玩，她一听就兴奋了，爸妈包吃住，这么好玩的事怎么能错过。

周五下午她提前把活动分工搞完，然后就开开心心回了家。

下午她给他发短信，却发现他一条都不回。她硬着头皮问：**怎么了，为什么不理我。**

他还是不回。她心里有点不好的预感，但是也不知道自己做错了什么，干脆丢掉手机睡觉了。

直到第二天早上，她坐在高铁上，收到他很长一段信息。

他说对她特别失望，一直觉得她是一个很有责任心的人。但是昨天作为一个接班人负责的活动，居然连面都不露，就因为要出去玩，而且所有人都在，就她缺席了。他以为她做事有分寸，可没想到会直接把工作丢给其他人，他觉得自己看错人了。

不知道为什么，她看到他说对她特别失望的时候，一下子忍不住就掉了眼泪。也是那一刻，她才明白原来自己一直都害怕会辜负他，害怕他对自己失望。

那条消息越看越觉得戳心，她也越哭越凶，她跟他说了好多道歉的话，但是他没有理，只说了一句：**你自己好好想一想。**

他这么一说，她哭得更猛了，肩膀一抽一抽的，跑到车厢连接处，一个人蹲在那里边哭边害怕从此他不会理她了。

她找了另外一个部长说了这事，可能是这人转告给了他，过了不一会儿，他终于回了他的消息。

他也道了歉，他就是对她的期望越来越高，才没忍住跟她说了重话，让她先好好玩，回来再一起好好说。

她回来时给他买了好大一包特产，特别狗腿带回去讨好他。

他问她："有没有给其他人也带。"

她说："哪能呢，就只有你，这是干事对你的爱，收着吧老部长。"

他笑得特别开心，但是下一秒她就觉得他真的很"狗"。

他说："你怎么能这样，一直教你们要学会感恩，副书记他们几个师兄平时对你们这么好，你怎么能不给他们带，你从我这里分一半给他们。"

她说："不要，这就是给你的。"

他说："我知道你给我的，但是你要听话，给他们也送过去一些。

无论之前还是以后，我都不会做害你的事，要相信我，知道吗？"

那时候，她就知道自己已经对他没有抵抗力了，他说的话她都听，他要她做的事，她都服从。

她也知道，他不符合她审美，家里又是说客家话的，家乡也不在本地，这些都会成为两人的障碍，但是她已经全都不去计较了。

换届前的那个周末，她回了趟家，上车一直跟他聊着天，快下车时，他突然没音信了，她就逗他，是在跟哪个小妹妹聊天呀。

他消息很快回来，说：*冤枉啊，我哪里敢跟别人聊天啊，你不相信我，等换届了，手机给你保管。*

看到这条消息，她一瞬间心停跳了好几秒，才终于知道，以前看的小说没有骗人，看到心动的话，人真的有种心跳停止的感觉。

等她一下车，却惊喜地发现，他就等到落客区。

她呆住了好几秒，强行平复自己激动的心，说了句："你怎么来了？"

此时她甚至都能想象出自己表情管理失控的脸，一定笑得跟煮熟的狗头一样。

他看到她，也笑着，很自然地说："我来接你啊。"

从学校到车站不近，坐公交也得要半小时。

这个城市六月底的天气热得像火炉一样，她知道如果眼前这个男生没有一点点其他心思，根本不可能过来接她。

那天她包里背了不少东西，有些重，他很顺手就要接过来帮她，她从小不习惯麻烦别人，就笑着一直说不用。

他手都已经伸过来了，听到她还在拒绝，就笑了一下，说："怎么连个机会都不给我。"

她脑子登时一片空白，想着自己平时跟他斗嘴时那么能说，可这个时候却哑了似的，真的不知道接什么好。

他见气氛有点尴尬，就说："走吧，带你去喝茶，就去你之前和男同学那家店吧。"

怎么又是喝茶，还非要去哪家店？

她当时一脸的懵加无奈，可是后来真的在一起后，他才说："别人跟你去过的地方，我一定也要跟你去一次，这样你所有能回忆起来的地方，就都会有我的身影了。"

出了车站外面太晒了，两人撑着一把伞往外走。

让她不由得想到从前有次下雨，他来图书馆给她送伞。回去的路上他怕她担心和他距离太近，就一直把伞往她这边送，她看到了，又推回去，两人推来推去，到最后大家都淋湿了不少，但是在雨中看着对方，两人都笑得很开心。

想到这里她不禁笑了，他问她笑什么。

她说："记不记得之前跟你下雨撑伞？"

他说："怎么会忘记，因为想和你同撑一把伞，我都特意没跟别人多借伞。"

关于和他的记忆，她真的有好多。还有一回，有天晚上她跟他一起往宿舍走，他突然看到了一条蛇，他说："哇，你看那是什么？"

她一看腿都吓软了，她特别受不了这些东西，整个人抓狂了，拔腿就狂跑。

他在后面追过来，一直笑她吓成这个鬼样。

也是后来在一起了，他才说，他以为正常女生的反应是一把将旁边的男生抱住寻求保护，他没想到她会完全不顾他，自己撒开了腿猛跑，还嘴里一直鬼叫。

可越是想到这些回忆，她那天却越觉得伤感。

她想到可能过了今晚，以后跟他在一起走路的机会也许就没有了，毕竟换届了，又能有什么理由跟人家一起共事和相处呢。

那一瞬间真的很不舍得，特别想哭。

那天晚上，他把她快送到宿舍楼，在一处光线昏暗的地方和她说了再见。

一般他都只送她到这里，因为他知道她怕别人看到误会。

可那天，在他转过身走了几步的瞬间，她不知道怎么的，飞快追上去从后面抱住了他。

她心里也不明白这个拥抱代表着什么，就觉得无论怎么样或者就当作告别了。

被她这么猛然一抱，他明显有点愣住了，推开了她。

她一颗心猛地就跌回了黑暗里，就觉得可能是自己做错了或许自己又一次自作多情了。

于是很快说了句："谢谢你。"转头就冲回宿舍楼里。

一进到楼道，她的眼泪就流下来了。她也不懂自己到底是在期盼什么，明明根本就没有资格去期盼啊，她也很清楚自己不配与人家在一起的啊。

可他推开她的一瞬间，为什么她的心会那么痛。

她知道，自己到底还是陷进去了。

在楼道里哭了好一会儿，脑子里一团乱，抹干了眼泪回到宿舍。

她不敢打开手机，怕收到跟从前班长一模一样的拒绝消息，最终只收到一张好人卡。

她强撑着没事人一样，洗澡收拾东西，还跟舍友聊了一会儿天，躺下已经快 11 点了。

这才鼓起勇气打开手机。这学期部长在中国移动兼职，给换了张电话卡，信号好了很多，在床上都能上网了。

她看到他发来的信息……

他说：哎呀，你个小东西你刚刚在干嘛？

她心一横，豁出去了，说：怎么了，抱了你一下，没想到你推开我，你的干事表示很伤心，以后都不会给你拥抱了。

他说：什么啊，我没有推开啊，我回过头，你已经跑了。

她说：我一抱你就推开我了啊，我还不跑？我不要脸的吗？

他说：唉，我不知道怎么解释，反正我真的真的没有推开你。

她的心情突然开朗了，他接着说：以后能不能只抱我。

天啊，她看着这句话，简直心跳得不行，人安静躺着，内心真的比蹦迪还要兴奋。

他接着又发来一句：能不能天天都抱我，我真的没有推开你，我回过头你已经跑了，我都来不及说话。

他说：我也是第一次遇到这种情况，你一直说我推开你，你是不是在找借口不愿意接受我？那我现在很认真地问你，你跟我在一起的时候开心吗。如果你不开心我以后尽量少打扰你，不会勉强你的，虽然我也不知道为什么总是很想见到你。

看到这里，她的眼泪又掉下来了。她说：你推开我的时候，我觉得你很嫌弃我，我知道我自己不够好看，不够优秀，你嫌弃我是正常的，我就是很自卑的人。

他说：你是狗吗？不要再说我推开你了，我发誓真的没有。你怎么这么傻，我为什么要嫌弃你呢，我嫌弃你我为什么要一直跟你聊天，你跟别人玩的时候我为什么要不开心，你跟你同学去过的地方我为什么要带你去一遍，别人看到你跟别的男生玩会不开心吗？你自己好好想一想，我不是你以前追的那种男生，不要将我去对号入座。我一直想等换届之后找个机会再跟你说清楚，是因为如果我们在一起了会被人议论的，你自己也知道，我已经大三了我无所谓，但是如果给别人知道，议论的是你，我怕有人会说你不好，你知道吗？

她看到他长长的一席话，真的有被感动到，她原本只是社团不起眼的小干事，但现在变成了部长候选人，若是让大家知道两人是这种关系，一定会有很多质疑声……

而且他从来都知道她内心的想法，也一直想保护和尊重她。

想到这些她哭得更加厉害了，字都打不了。

他的消息很快又发来，说：这么久不回我，你要不要跟我在一起？不要就算了，最多我悲痛欲绝一两个月，然后下个学期申请提早实习，离开学校去一个没有你的地方，再也不见你了。

她哭着发信息给他，说：但是我很胖啊，在一起万一别人说你，怎么找了一个这样的女朋友怎么办？

他说：你能不能对自己自信一点，你要是真的跟你认为的一样自己很丑，长得很不堪，你认为我会喜欢你吗？我现在真想跑过去，封住你的嘴不让你瞎说。

她看着手机完全哭成了一个泪人，长这么大，她还是第一次感受到自己也会成为别人心里珍视的人。

他看她还是不回，继续说：你就放一万个心吧，有我在，谁敢这样说你，不过你到底答不答应我，不答应我都要睡着了……

她想了好半天，又问了他一次：那你觉得我真的配得上你吗？

他说：你觉得呢，你再这么不自信我打你哦，虽然我知道我很帅。

她被他逗得破涕为笑，讲了这么多，她已经确定了他的心意，心情便也放松了许多。她给他回：恕我直言，我一直都不觉得你帅，只是觉得你很优秀。

他说：啥？我优秀吗？！我怎么没感觉出来，我觉得你说我帅比较有说服力，真的一点都不帅吗？不应该啊？我到底帅不帅？

最后的问题，就成了两人一直在辩论，关于他到底哪里不够帅了……

他始终想不明白为啥在别人眼里他长得挺好看的，在她眼里就一点都不帅，导致他一直觉得她审美绝对有问题……

那天她给他发了一张图，上面写着：爱就是要一起吃好多好多顿饭。

他回：那我就要牵着你胖胖的手，吃好多好多顿饭。

直到现在，有时候吵架了，他都会对她说："我始终会握紧你胖胖的手，吃好多好多顿饭的。"

在一起之后，两人约定了先不公开，因为在这个节骨眼上，怕有人因为候选人的事会有议论。

两人平常还是以师兄妹相处着，到了周末，才一起偷偷出去玩。

有天两人沿着河边的林荫道回学校，她问他："你什么时候喜欢我的？"

他想了一会儿，说："真不知道，就那么喜欢上了。"

她说："那你知道我什么时候喜欢你的吗？那次吃完烤鱼回来路上，我不小心碰到你的手，那时候心里就有点不一样的感觉了。"

他长长地"哦"了一声，说："原来你那天时不时蹭到我手，就已经对我另有所图啦，看来你是蓄谋已久的！！"

两人就这么打闹起来，结果她脚下一崴，差点摔倒的瞬间，他一把拉回了她，结果不知道怎么就亲到一起了，彼此嘴巴很轻地触到了。

她瞬间整个人都呆了，懵懵地跟他说了句："你亲我了……"

他一看她反应呆滞甚至有点要哭了，吓懵了，连忙说："没有啊，只是鼻子碰了一下。"

但是当时她不知道怎么应对这个突发事件，脑子里在火速思考，表情可能自然有点丧，脑子里明明想要说"没关系那你亲就好了"，但是一出口就说成了："不，不是鼻子碰，是你亲我了……"

他一脸哭笑不得的表情，抱着她，摸着头发超级超级温柔说："那你想要我亲你吗？"

她听到这句话，整个人都发软，那声音太撩了。

但是哪有人亲亲的时候，要先问别人啊，说"好"的话太主动了，说"不好"又太违心了，于是她就羞羞涩涩说了句："我不知道……"

之后他的吻就这么落下来了。

那天晚上，两人都不愿意回宿舍，就坐在操场上一直聊天玩闹，打从吻了她之后，他就像个亲亲狂魔，隔一会儿就要亲一下她。

后来过了晚归时间，两人就决定不回宿舍了，就在操场看了一夜的星星。

凌晨两点多，气温有点冷了，她冻得打寒颤，他便整个人把她围住，给她取暖。后来聊着聊着她在他怀里睡着了，他就这样抱了她一整夜。

到了暑假，两个月异地恋回到学校后，两人继续偷偷摸摸地约会。

她那时候忙着开学迎新，都是很晚才约出来和他见一面，但是走在路上怕被人看到，也不敢牵手。

他慢慢也有了一点小情绪，跟她说想要公开了，因为有天梦到她和别人玩得很嗨，他怕失去她，她听到后心里很愧疚，但还是觉得时机不够成熟。

直到有天，她穿着迎新的衣服和他在操场里打闹了一会儿，正好被几个老师看到了。学生会学长说要找她了解下情况，想确认一下是不是她，因为穿迎新衣服的一共就四个人，老师们觉得学姐这个样子让新生看到了，不太好。

她听到后一下子懵了，慌得要死，当着他的面立刻给喝早茶的男同学打电话，让他来顶一下，就说是跟他在一起玩的。

那时候她生怕别人知道和部长的关系，怕别人会说三道四，认为自己这职位来的不光彩，却忽略了他的感受。

但两人谈恋爱的事最终还是没隐藏住，被学生会学长识破了，跟她说，谈恋爱也没什么，但不要一直瞒着大家，搞得他都没办法在老师面前给她打掩护。

她从办公室出来，给他发了消息，他却一直没有回。

第二天，她约他出来道歉，说自己错了，昨天太害怕了，没考虑到他的感受……他听着，却依旧没有理她。

她不敢再说话，在他旁边默默走着。之后他叹了口气，拉起了她的手。但她看到操场上那么多人，下意识就甩开了他。

他愣了一下，突然把手里的水用力扔到了地上，很大声地说了句："去它的！"

她从来没有见过他这样发火，吓得立刻就哭了。

那一瞬间，她觉得一切都不重要了，什么公开什么社团，全都无所谓了，她不想再让喜欢的人这么委屈。她哭着去拉他的手，说："对不起我真的错了，我真的知道错了，不要生气好不好。"然后抱着他一直哭。

过了好久，他才慢慢转身回抱她，说："走吧，去买水。"

她说："不行，你不说不生气了我就不走。"

他静静看着她，说："先走吧，我再跟你说。"

他从食堂买完水出来，她看到旁边有很多人，但还是鼓起勇气握住了他的手。

他愣了一下，抬头看她，说："你要是不愿意或者还没做好准备，就不要勉强自己，我知道你害怕什么，我也尊重你，但是发生什么事后，为什么不能是我跟你一起去面对呢。我觉得很伤心的是，你遇到事情第一时间不是找我，而是去找其他人来解决……那我想知道，我这个男朋友在你心里到底是什么位置。"

他表情特别严肃，但是又害怕她哭，她能感受到他是尽量在放缓语气了。

可她听着他的话，心里愈发难受，觉得自己真的很自私，从没想过他也在受着委屈，却还在处处为她着想。

她红着眼眶跟他说："真的对不起，我知错了，我们以后不藏着了，谁看到就看到吧，好不好？"

他说："你要学会相信我，无论有什么事，我一定会跟你一起面对的，不要再找别人了，知道没？"

他也真的没有失言，往后的许多年里，不论她有任何事，他都履行着自己那天的誓言。哪怕是后来两人矛盾重重，觉得几近不能再走下去时，他一直都守在她身边，一直帮她面对着所有问题。

后来两人就没有再故意隐瞒恋爱的事了，但那段时间确实很忙，迎新结束又开始社团招新，忙到连约会的时间都没有。

不过到了周末两人都会一起吃饭，然后散步回家。

那时候，她已经比高中瘦了很多，因为忙社团工作，吃饭不按时，生活费又想省下来出去旅行，结果体重下来了，胃却不好了。

他知道后，特别无语，每天都会陪她去吃饭，她有时候怕胖不敢吃，他就说："不要怕胖，饭要吃，想瘦就运动，但我想你健健康康的。"

为了让她放心吃饭，他又开始陪着她每天饭后散步，其实那时候他很瘦，而且本身不爱运动，所以她一边感动又一边很害怕——万一他越来越瘦了，不是显得她更胖了嘛。

可就是因为他坚持不懈带着她走路，她真的越来越瘦，即使每天按时吃饭，还会吃其他乱七八糟的东西，体重却没有反弹过。

但她心理上还是觉得自己很大只，有时候他说要背她，抱起她，她都不乐意，就怕他万一抱不起来，她会好丢脸。

招新结束后，她组织所有新人在操场上见面，那天他作为前任部长也来了。大家玩嗨了，起哄让他抱着现任部长做深蹲，她当时都懵掉了。

但他没有一丝迟疑，拉起她的手走到中间，一下子把她公主抱起，做了十个深蹲，到最后也是慢慢把她放下来。她看到他大口喘着气，突然特别感动，她能看出来他是真的很累，但是她知道他想要表达什么。他想让她相信他，想让她知道其实他没有她想象中那么瘦小，他也是有力量保护她的，想让她以后不要再去在意自己是不是大只、是不是胖，无论怎么样他都可以给到她安全感。

后来在一起很久后，有一次她发神经非要他抱着她回忆当初的深蹲。他不干，她说："不行，你一定要抱，不抱就是觉得我胖。"

他把她抱起来，但是刚抱起，人就站不住了，整个人带着她倒下去，两个人笑成了一团。

她说："我有那么胖嘛，当初更胖的时候，你是怎么做到的。"

他说："当初是为了在别人面前宣誓主权，那么多师弟小鲜肉，我怕你跟别人跑了，虽然大家都不知道我们两个在一起，但是我还是要示威一下。"

唉？原来是这样啊，看来当时的她，真是白感动，想太多了。

没多久后，他和她第一次去广州长隆玩。正赶上万圣节主题趴，晚上有很多鬼屋之类的游戏，她怕得要死，可他特别想玩。她走到鬼屋门口人就已经腿软了，拉着他死活要走。他特别无奈，有他在，当然会保护她啊，还怕什么呢。

那时候她其实已经玩得很累了，玩了一天，又热又累，整个人特别燥，听到他埋怨，她就忍不住发脾气了，闹着脾气骂他，呆在原地不走。

他不理解，怎么好好的，就发起火了呢。

后来回了酒店，躺在床上没那么乏了，她解释自己是因为累了，所以发脾气。他说："你告诉我啊，你说累我还能逼你继续玩吗，肯定会带你回来休息啊，以后你要是再动不动就发脾气，我可就不管你了。"

但是后来他发现，原来金牛座的她发起脾气简直是六亲不认，火力百级，不管他说什么，根本一个字都听不进去那种，热了会发脾气，累了会发脾气，饿了也会发脾气……

直到现在一起逛街出去玩，他只要看到她差不多要爆发了，就会说："我觉得现在要找个有空调的地方，坐下来，买杯甜甜的奶茶给你，我觉得你又快要发作了……"

长隆那天，她和他在朋友圈官宣了。

很多共同的朋友都觉得好惊讶，一直以为两人是关系好才一起出去玩的。

那天评论里满满全是祝福，她突然觉得，其实很多时候，大家根本不会那么在意你，你怎么样、与谁在一起，真的没有人会去关心，最重要的是自己和身边的人能够过得开心自在。

　　到了下学期，他出去实习了，巧的是，他被分配到了她家所在的那个市的工地。之后他实习一直很忙，她便周末只要有空都会回去看他。
　　两人的感情越来越好，也让她不由得想到如果未来要继续一起走，首先要面临的双方家里的问题。
　　有一次她看到他手机里和表姐的聊天记录，才知道，原来他已经和家人提过了她，但知道她是独生女，特别反感，觉得自己的儿子以后压力会很大，代表她的父母以后都只能她和他来照顾，没人能分担。
　　而且他也跟他爸妈说，她过年想过去家里给他过生日，但他爸妈没有同意，觉得家里亲戚多，看到了不好。
　　但是这些他全部没有和她讲，直到她问起来，他才说他做好的决定，爸妈没有办法改变，而且他相信只要见了面后，爸妈一定会很喜欢她的。
　　那时候她心里也没把握，不清楚自己能不能讨他爸妈喜欢，但是她相信他能够把事情处理好，最终也一定能得到祝福。
　　而真正的难题，是她家，她爸妈接受不了她远嫁，更接受不了他家里说客家话，说："大家都没有共同的语言，你以后怎么和人家相处，你听不懂她们说什么，即便人家骂你你都不知道。"
　　她便和爸妈说："但是他自己会讲广东话，而且我是嫁给他，又不是嫁给他们家。而且他远比你们想象的要好，人上进，对我也很好，凭着自己的能力去了国企单位实习。要知道一个专科的学生，没有任何工作经验，能进到国企是非常不容易的，而且分配实习的项目就在我们这个城市。"
　　她爸妈听到他这些，脸色没那么差了，就答应先相处着再说。
　　第二年春节，他留在项目上值班，刚好有机会见见她的爸妈。
　　那一次他真的没让她失望，他主动介绍自己的工作，自己的家人和家庭情况。他知道她爸妈很介意语言方面的问题，全程都用广东话跟她爸妈交流。而她从来不知道他广东话能说得这么流利，因为和她在一起时两人都说普通话。
　　那天结束之后，她问妈妈："你觉得他怎么样？"
　　妈妈说："还不知道，只见了一次不好下评论。"
　　她知道，妈妈是必须要多了解他，看清这个人，才会放心。
　　那之后妈妈经常会让他来家里吃饭，她知道妈妈是想多了解他。
　　那一年，她也出来实习，通过他的关系，进到了他的单位，但是被分到了另外一个城市的项目。

逢她不在家的时候，他还会主动约她爸妈周末喝茶，还时不时去看望她身体不太好的奶奶。

她家里人对他的态度改观很大，开始觉得他情商高、有主见、处事也成熟，工作也上进，即使现在还没什么钱，但是她爸妈说，莫欺少年穷，只要他有足够的上进心，足够努力，别人有的，以后他们也一定会有。

那之后妈妈虽嘴上不愿意承认他好，但是一听到她骂他，就会说她不懂事。

有一次两人吵架了，他实在拿她没办法，跟她妈妈说了。妈妈立刻打电话训了她一通，说她不懂事，不懂得体谅他，他上班那么辛苦，干嘛老是这么凶他，有话不能好好讲吗，没有人像她这么闹的。

而他每次一来她家吃饭，她妈就做很多好吃的，怕他吃不撑一样。还叮嘱她一定要听他的话。

妈妈很难得去肯定一个人，但是曾经对她说过："这个人是真的为你好的，你不可以辜负他。"

她毕业时。省里有一个政策，专科生在大三的时候，参加一次省内统一的考试，就有机会考到省内本科的学校当插班生，作为全日制本科生毕业。

相当于一次经历小高考，录取了继续读下去，就可以拿到本科学历。

她是有心想考的，但毕业后贪玩，不想读书，考了一次没考过，本来都想放弃了，但是他逼着她，再考一次。

二考那年，也是两人争吵最多的一年，在一起久了，她也不知道为什么变得越来越敏感。

可能因为自己是靠着他的关系进到他单位，也可能因为自己没有考上本科插班生，而同时他努力上进情商高，很快就在公司和项目站住了脚跟，当上了项目书记。

他越来越好，她却好像一事无成，两个人的差距一下子拉大了。

在他心里，她也不再是那个积极向上的小师妹了，他觉得她消极怠工，贪玩不上进。而她觉得他仗着自己有一点点小成就，就看不起她。于是吵架成了常态。

那一年她真的过得好累，学历低，在单位的待遇低，因为考不上插班生，他对她很失望，她也特别恨自己为什么这么没用。

九月份，他从原来的项目被调回了公司，公司就在她项目附近。

他租了房子,因为没有什么钱,租在城中村,特别狭窄的街道,阴阴暗暗,房间里蟑螂特别多,但为了多跟他呆在一起,她就跟他一起去住。

一个小单间里,一拉柜子,里边全是蟑螂,她吓到尖叫,但为了他,还是硬着头皮住了下来。住在一起后更是经常吵架,她埋怨他不愿意早起送她上班,他埋怨她晚上不好好学习。两个人每天都是低气压的状态,甚至为晚上开不开空调都会起争执。

那时候,她觉得自己真的熬不住了,不止一次想要提分手,但又总会想到过去最开心最快乐的时光,想到他这么逼着自己,也是希望她能成为更好的自己,便又把委屈全部吞了回去。

可现在回想起来,那时候虽然住的简陋,但是他在明知道不会长期租的情况下,还是把小屋里贴了墙纸和木地板,到最后退房的时候,两人又一点点扯下来,他都从来抱怨过一句。

国庆节,她和他正式回家见了他爸妈。在那边连住了几天,看了他的养父,他爸妈还带着她看了那边的海。虽然听不懂他们讲的话,但是她觉得他们真的很好很热情。

那几天,她也总会在他爸做饭的时候跑过去问要不要帮忙,会在吃完饭主动收拾碗筷。他爸妈也慢慢觉得她没有那样娇生惯养,临走的时候,他爸说:"我跟你阿姨对你没有意见,但是你们两个以后怎么样,就看你们的缘分和你们自己了。"

从他老家回来后,他紧接着被调去了另一个城市,两人开始了距离更远的异地恋。

那年元旦,公司知道她会弹古筝,让她在元旦晚会出个节目。她都已经好久没有弹古筝了,便拒绝了。他知道后,说她不懂得珍惜机会,这样下去她以后什么事都成不了。

那段时间,是她压力最大的时候。白天有做不完的工作,一下班就自己一个人坐地铁去附近的琴行练琴,回到宿舍之后在床上支起小桌子学习,学到一半,浑身起满荨麻疹,好多次跟他打电话时,都在哭着说讨厌他。

有时候视频,他看到她浑身荨麻疹,又心疼又无能为力。他说:"坚持一下吧,比别人努力一定可以比别人收获更多。"

她最终坚持下来了,那天演出很成功,公司更多的领导也因此认识她,叫得出她的名字了。

从前他们说起她,只说是谁谁的女朋友,现在会说这是上台弹古筝的女孩儿。

而有了这次的经历，她也终于不再觉得自己一无是处。

第二年，在他连续不断的强迫下，她终于考上了本科插班生，比起原来的学历更高了一级。

也是这时候他才和她说："其实我知道你不爱学习，也知道你懒，但是我觉得女孩子应该尽量多读书，这样子以后才有底气在社会上拼。即便以后我们没有缘分在一起，跟我分手了，那我也放心，至少你不会因为低学历被其他人看低。"

那一年春节，两人一起去了上海迪士尼。那是第一次一起出远门，她性子急，有时候找不到路，赶不上时间，就会跟他吵。但是无论她多烦躁，吵得多生气，他都会一直牵着她的手不松开，自己默默找路。

等找到了地方，他总会说："不吵了？刚刚嘴巴不是很厉害的嘛，下次你来认路，看你多厉害哦。"

即便吵了那么多，不愉快也那么多，但她越来越明白，这个男人就是她想要的人，他总会用实际行动来证明他的爱。

当本科学校的录取通知书到了，她终于觉得自己可以扬眉吐气了，去找他炫耀。他说："我早就知道你可以做到了，因为我看上的人，从来没有让我失望过。"

她不屑地说："你就瞎说吧，不知道是谁给我压力最大，我快要垮的时候，你还说我这样考不上，说我一事无成，考试前一天我不想看书，你还说我没救了。"

他说："就你这个人，我不这样刺激你，你更没有自制力了，考十年都考不上。"

好吧，确实是这样，她承认，不反驳。她爸妈知道这事后，特别开心，不过他们也在担心他家人会不会因为她又去读书，不赚钱了，而有意见。却没想到，他爸妈逢人就说儿子女朋友考到了本科，特别支持她提升学历，还说只管好好读书，以后工作的事毕业以后再说，还鼓励她考研，他们全家都会支持她。

去年他爸妈就一直想说两家父母见面，但她觉得有些早，而且也并不知道他的想法，于是就推托了。后来被她爸妈知道了，也说是时候要见面了。他说双方家长是应该见见面的，买房什么的也要提上日程了。

她听到他这么说，才知道这个男孩是真的有心思娶她了。但是这两年真的吵得太多了，虽说从没有分手过，但是也代表还有很多问题需要磨合。但他却积极推动起了家长见面的事，或许在他的心里，所有的问题和矛盾他都有信心解决，所以结婚早晚都没有关系，婚后一样可以解决。

可是她心思更细，总觉得磨合更好，再结婚也不迟。关于磨合时间的问题，俩人没有沟通过，但知道他已经决定让爸妈过来见面了，她也没有阻止，觉得见一面也是好的。

年底，他带着他爸妈过来，长辈们都用普通话交流，全程其乐融融。本想着，年后她也带父母过去一趟，但被疫情耽误了。两边家长都没有提起有关经济的事，他爸妈说只要两个孩子有缘分走下去，过好自己的小日子，其他的事情都不用两个年轻人操心。

他是一直想在她的城市买房，但是这边的房价比他家那边的贵很多，而且他爸希望儿子的房子离他们近一点。这点她倒觉得没关系，因为他的工作就是到处跑项目，在哪里买房其实不重要，她觉得只要两个人在一起，能少点压力更好。

她爸妈十分理解，说在哪里买房不要紧，不要为了这件事跟家里人闹得不好。

疫情期间，有两三个月两人没有见面。他大年初三被派去了支建家乡的"小汤山"，每天忙得连吃饭时间都没有，两人的交流也更少了。

那段时间，她反而想了很多，他工作后变得浮躁了很多，总想爬上去，但是不如愿，总是跟她抱怨工作很难。她一开始总安慰他，到后来，她觉得是他越来越不上进了，只会抱怨，却不想想怎么去提升自己，不好好复习考证，整天只知道喊累。

说实话她开始对他有点失望了，觉得他不再是从前那个积极向上的少年，开始有了那种社会老油条的懈怠感。她便总是跟他说要努力啊，只有考到一建，考到很多证书，才能在这个行业立足。他却很烦她总是这样叨叨。

而这两年，她可能也不再是那个不自信的胖女孩了。在他影响下，她的眼界和思想成熟了很多，对很多事有了自己的想法和见解，不再是从前那个对他言听计从的女孩，所以对于他目前的状态，她真的很不满意。

有一天，他说想买一款新出的电子产品。她一向不喜欢他花钱大手大脚，即便明白男生喜欢电子产品，但是她觉得他一直存不到钱也是因为这些原因，一边抱怨很穷没钱，一边花钱又大手大脚，手机没用坏，出了新的还想换，好面子，喜欢用这些来炫耀。

那天她跟他大吵了一架，她说："你口口声声想跟我结婚，但是连理财的观念都没有，一边逼我学习，一边抱怨自己学历低不好升职，却不想努力考证，你觉得我敢嫁给你吗？"

她说一句，他呛一句，她不懂他怎么一下子变成了这样。她一气之下跟他说了一个数额，说："如果你存不到这个钱，就别想和我结婚了。"

但是他误会了，他以为她原来在意的只是钱，他说："既然你要这么多钱，我借给你行不行。"

她握着手机，手都在抖，气到字都打不出。

那次吵架后，两人冷战了一周，谁都没有联系谁。再接着，说要把彼此的物品归还，出来吃顿分手饭，在送她回家的路上，两人路过了从前总一起去的小公园，他说下去走走吧。她没拒绝。在小公园里，他伸手抱住了她，一个从前那么骄傲又爱笑的男孩子，眼泪一个劲地掉。他仿佛用尽全身力气抱着她，他说："我错了，我们不要分手好不好。"

在一起这五年，她只见他哭过三次。

第一次是刚在一起，别人都找到实习单位，他还没找到的时候，压力特别大，哭着跟她说觉得自己好没用，怕自己不能给她带来好生活。

第二次是他申请调去深圳项目那次。她哭着舍不得他走，虽然在一起老是吵架，但是她真的害怕异地恋，加上那段时间备考和准备节目压力大，她哭得停不下来。他拍着她的肩，说："忍一下就过去了，我只有去了深圳，才能够有机会学到更多，熬过这段时间，我们就能在一起了。"说这些话的时候，她听到了他的哭腔。

这是第三次，见他哭得这么伤心，她心一下就软了，但她真的不知道接下来的路要怎么走。她没有说话，他抱着她过了好一会儿，叹了口气，说："你想怎么样就怎么样吧，只要你开心。但是如果你有一天在外面累了，回过头发现我还适合你，你再向我走来，我的怀抱依然会向你敞开，等着你回来。"她埋着脸，说："我想回家了，可以吗？"

开车送她回家的路上，路过了一条长长的河堤，很多人在那里散步，她突然泪流满面。她想到了最初的他和她，牵着手曾打打闹闹一起走过无数遍的学校那条林荫道。她知道自己其实还爱着他，他也爱着她，但有些矛盾，注定不能解决，但是这世上哪有两个完美适配的人呢。或许他真的很努力了，只是她没有看到，也或许他逼着她成长，向她表达爱的方式是她不喜欢的，但是又如何呢。

爱一个人，不就要接受他的全部嘛。他总是说她不懂得满足，是，她知道她确实越来越贪心，想他时时刻刻关心，但是又想他认真工作积极上进。

他曾经对她说："抱起你，就得放下手上的砖，抱着手上的砖，就要放下你。"她那时候不懂，可现在才明白，这一路走来，他又何尝过得不辛苦。

路上她想了很多很多，想到当初一路走来，恋爱快第五个年头了，无论她出了什么事，无论他在什么地方，哪怕隔着天南海北，他总会第一时间赶到她身边。

当初在学校，有天她和他赌气，一个人边哭边骑单车回宿舍，不小心摔倒在路边的草丛里，他追过来的时候满眼心疼。她被蚂蚁咬了二十多个包，全身过敏红肿，眼睛从单眼皮肿成双眼皮。他带她去医院，帮她挂号拿药，陪她吊水吊到凌晨3点。打针的时候她晕倒了，他吓得不行，一直拉着她的手。到现在说起这件事，他还很愧疚，他说："当时不该让你自己跑走，我不会再让你出事了。"

后来她被宿舍养的小猫抓伤，她去打疫苗，分了好几次打。他每次都会开三个小时的车过来，只是因为他知道，她害怕自己去医院。

她总会埋怨他周末舍不得请假陪她，就算她去异地看他，可他却不能抽出一天时间陪她逛街。她以为他的工作比她重要，却忽略了他的工作其实是没有休息日的。

他带她回家吃饭，都提前告知妈妈她喜欢吃什么菜，之后怕她听不懂他们的客家话，他妈妈其实不太会打字，但是从来没有给她发过语音消息。

跟他在一起之后，她确实变得越来越好看，比以前更加优秀，更加有自信了，虽然偶尔还会自卑，但不再是从前那个唯唯诺诺、自卑到不行的小女生，有了更多的底气。

但她知道这些底气都是他带给她的，虽然他不懂得制造惊喜，连生日礼物和纪念日礼物都是提前问好她想要什么，而无论她提出想要什么，他从来都是二话不说就去满足。

那天她坐在车上，边想边哭。他一边开车一边找地方停下来给她擦眼泪，两人都没有说话。

小区后巷，她实在心酸，伸手抱住了他。他愣了一下，反抱着她，抱得很使劲，把她的口罩扯下，吻住了她。他擦干她的眼泪："傻瓜，哭什么？"她哭着说："我们以后不要冷战了好吗？"他说："好，答应你。"

关于未来，她知道和他的路还要很长。一直以来，她都不太敢去想能不能真正与他走向婚姻。但她和我说："我很相信缘分，虽然他只比我大一届，但是我跟他年龄差了差不多五年。以前特殊的原因，他复读了两次，而且一开始考上我们学校也不是我们系的，是后来才转去我们系的。我有想过，这到底是不是上天注定，让两个本来不同地方的人，并且看似不可能认识的人走到一起。"

有人总在问爱情的保鲜剂是什么，可她觉得，爱情其实没有保鲜剂，再轰轰烈烈的爱情也有厌倦的一天，也有回归平淡的一天。只有两个人一起不断努力，让自己变得越来越优秀，才是吸引对方的最好保鲜剂。

而美好的爱情从来都是棋逢对手的，女生一定要自信，要爱自己。你一旦变得优秀了，爱情一定会找到你，要相信总会有一个人在远处等着你，就只为等你，你就是他最珍惜的人。

男生一定要上进，只有上进了，才会给足女生安全感，女生要的从来不是你有多么成功，却会因为看到你为了她有多么努力而感动。

上周是两人的周年纪念日，那天早上他醒来抱着她，第一次非常非常认真问她："老婆，我们来谈谈以后好吗？"她睡得有点懵："啥未来？"他轻轻理着她的头发："什么时候想要嫁给我呀？"

她说："以前我说结婚，你都不理我，我现在也不理你。"

他说："我是认真的，我原本是想买好房子就结婚，但是你自己想什么时候嫁给我，是等一毕业还是等工作稳定，还是什么时候，我好做准备呀。"

她抬头看到他很认真的眼神，心里突然就被触动了，那种感觉不知道怎么说。以前跟他谈未来的时候，他总是说想自己再变得更好一点，但现在听到他说了这番话，真的很想哭。她把头埋在他怀里，说："等我毕业半年之后吧，安安稳稳地嫁给你。"

他紧紧地搂着她："那说好了，不能反悔哟！"

08

穿彩虹毛衣的男人
都是狠角色

讲述人 · 小胡

恋爱可以是脑子一热的事，但生活绝不是。

小胡是个有点传奇的女生，她现在最好的朋友，是她从前的情敌。

说白了，前任就是被这个女生抢走的。

那时候小胡和男朋友都还在上大学，只有假期才能见面。有次去男朋友家玩，无意中看到他 QQ 在电脑上挂着，随手进了他空间，之后就在访客里看到了一个女生。

其实来访的人很多，但是小胡第一眼看到那女生头像，脑子突然轰一下，有种很不好的预感。因为女生的头像，是两只猫咪在亲亲，两只猫是小胡家的，照片是她亲手拍的。

刚上大学时，她和男朋友达成协议：异地时，他只要想她，就在空间里发这张照片，她便会知晓。于是再开学后，男生每次更新说说，都会用到这张照片。她懂这其中的暗语，心里总是甜甜的。

只不过也没延续多久，两人就都忘了，没再继续了。

但现在又看到这张图片，却是他 QQ 里一个女生的头像……她想过是巧合，可能只是觉得可爱便当成了头像，可她总觉得事情不会那么简单。

去查男朋友和她的聊天记录，空空如也，她更觉得可疑了。于是她便记下了这个 QQ 号，回家加了好友，才发现这个女生竟然早就是她的好友。

她震惊了，她大学的社团常常组织活动，QQ 里时常会加新人，但这个女生是什么时候加进来的，她却完全不知情。看着那个女生的头像，她冒了冷汗。去看她的空间，发现她从前也总发那张猫咪的照片。小胡觉得不对劲，又打开男朋友的空间，一对比，她傻眼了。每当她发完那张照片的当天，男朋友也会发出那。而她也总会那条说说下发一个嘴唇的表情。

下面的评论里无人认领这个吻，倒是有人总问她：是不是恋爱了？这状态不对啊？

她的回答总是一个害羞的表情，从不言明。

小胡翻了几百条女生的说说，都没看到男朋友和这个女生有互动。直到看到有一条，是这个女生转发的一条情侣耳钉的宣传文案。男朋友在那条后面点了一个赞。

小胡立刻将耳钉文案的图片放大……是了，那耳钉，男朋友这个假期还一直戴着。而女生也拍过自己的侧脸，露出了那枚耳钉。

女款银色，男款黑色，两枚都是小小的字母 Z，还怎么可能是巧合。ZZ，男生的姓与名缩写。

小胡脑子登时一片空白……所以说，女生加了自己好友，就是等着看她什么时候发现，而女生早就做好宣战准备了。

她只觉得全身血液往脑子里灌：你和 ZZ 什么关系？

没想到女生秒回：就是你以为的那种关系。

小胡气得手抖，几乎打不出字，对面又发来一句：我以为你起码半年前就该发现了，现在晚了。

她刚发出去一行：你要不要脸？之后看到"晚了"两个字，把继续要骂的话又删了，改成了：什么晚了？你要寻死去了吗？

女生回：我是第三者没错，如今他又有第四者了，你还不知道吗？

小胡一向张飞性格的人，在这种时候竟然冷静下来，和这个女生打了一小时的语音。她知道了全过程。

女生叫 T，和小胡的男朋友一所大学，两人在一个群里认识。很巧，在学校里遇到了，男朋友隔天就表白，T 也觉得他长在自己审美上，就答应了。

关于小胡，在男朋友口中，说这个女朋友太爱自己了，慢慢精神有了问题，不能刺激，所以即便早已貌合神离，他不敢讲分手，怕小胡轻生，要给她一些时间来适应。

男朋友还和 T 说："真爱不怕晚，你理解一下，我心里只有你。"

T 把聊天记录的截图一张张发来，证明着 T 每一句话的真实性。

T 说这一年来，她差点都抑郁了，以为自己落入了什么韩国狗血虐心剧，内心天天都在纠结，每次和男生说坚持不下去，要分手，男生都跑来哄她，有一次还当着好多人下跪过……

T 确信了男生是真的身不由己，第一次觉得原来爱情会这么沉重、悲伤。其实她内心里并不知道自己到底有多爱男生，只觉得好像挣脱不开了，另一边也不知道小胡病的有多重，要多久才能不缠着男朋友……

T 被折磨不成人形的时候，最终趁着男生不注意，偷偷加了小胡的 QQ。可自从看了小胡的空间，T 越来越觉得，小胡阳光又灿烂，根本不像有病的样子，她疑心自己被男生骗了。

当她意识到这个问题，想要从男生这里找更多佐证的时候，却发现男生在游戏里和同城一个女生又好上了，周末还出去过了夜。她已经下定了决心打算找男生闹个你死我活，没想到小胡这时候也出现了。

真是人算不如天算，被劈腿一号和二号就这么齐聚一堂了。

小胡看完了所有聊天截图，冷静了一天，之后对 T 说：即便你是被骗的，我心里过不去这关，对不起删你了。

T 说：你知道吗？我虽然被骗了，但是知道你是个健康又阳光的女孩，压根没有什么抑郁症，我真的长呼了一口气。

她说：既然删好友了，多说一句，坏的是他，你也别为了男人折磨自己，不值得。

不得不说，这两句话起到了扭转乾坤的作用。

小胡说：等下，你想不想报复？

T 答：怎么报复？你来个计划，我离得近，我实施！

于是两个女生就这么组成了一个"复仇者联盟"。小胡假称自己出了意外，让男生给自己东拼西凑了五千块钱，那是她这两年陆续给他转过的钱。

T 为男生办了一个生日会，请了两人认识的所有学生会出名的人，然后当众打通了小胡的电话，说："你现女友和现现女友一起给你庆生，你开不开心？要不要把你游戏里的第三个女朋友也叫来？手机、QQ、学校地址和宿舍号我也都有哦！"

男生在学生会任着职，那一次丢光了所有的脸面，气得甩门走了。之后这事被议论纷纷，老师也找他谈了话，男生顶不住压力，辞了学生会的职位。

T 在 QQ 上问小胡：你过瘾了吗？

小胡说：不知道，只觉得闹得越大，自己也输得越惨。

T 说：闹的时候我也没想到，只觉得要让他声败名裂，可是现在做到了，觉得自己也好像跟着一起声败名裂了。

T 说：舍友们都安慰我，可我都觉得，她们背后都在看我笑话，说不定还在指点着我，傻子，还不是自己作的……

小胡又反过来安慰她，让她不要想那么多，大家很快就会忘记这件事，她也会有新生活……

最后，小胡问 T：那，我们还删好友吗？

T说：怎么突然有点舍不得了？！

T说：说句不好听的话，搁旧社会皇宫里，咱们这种关系也算是姐妹一场呢，是不是？哈哈哈哈。

小胡回：哈哈哈哈，此话有理。

两人把男生的一切联系方式删了，说好了忘掉狗男人，重新开始新生活。

可之后，小胡还有点生疑的，很怕自己退出了，可T和男生到底还是同校，抬头不见低头见，加之男生之前还和她戴过情侣耳钉，代表在他心里重量不轻。

会不会，又暗地里旧情复燃？

就算是以小人之心度君子之腹吧，她就每天时不时给T发几条消息，问她过得怎么样，还好吧，要好好生活呀。

T也总是回复得很勤，说自己已经放下了，没事了。但是聊几句，话题总又说到男生，先前说他在学校里有多狼狈，都没有从前那副得瑟劲了；过了几天又说听说他们班有一个女生对他很好；又过了几天，说那女生好像和他告白了，真是多烂的人都有人要啊！

小胡每次也跟着骂几句，也是那天没忍住，就问了一句：如果现在他找你复合，你会同意吗？

T打了一个省略号。

小胡心猛地提了一下。

T之后发来一句话：姐妹，我有那么贱吗？你说已经吃了一次恶心的饭，还会吃第二次吗？

小胡说：我其实觉得听你讲完那些相处的细节，我觉得……他对你是真心的。

小胡说这话，其实是真心的，但她承认也有一点试探的成分。

T却回的很直接，说：我看出来了，你是个软心肠。但是答应我，咱们都活得矜贵点，以后，以后的每一年每一岁不要这么卑微了，好吗？

若是平常听这句话，她觉得无非是句口号，可那天那时，她回忆起自己在这段感情里的忍让与付出，本以为在青春里就那么幸运地遇见了可以交付一生的人，可最终却换来了这样的结局。

这么想着，就忽地掉了眼泪。

她给T回了一句话：你这句话，我截图保存了。

她说：T，如果以后有机会，我们能见一面，我想我会抱抱你。

T回：好，给你抱。

后来，T 找了新的男朋友，和她同班，一个身高一米八二的男生，叫他高高吧。

高高其实一直都在暗暗对 T 好，即便她在上一段感情中时，高高其实也暗示过她，那个人不可靠。

只不过他当时说的是，学生会里的某某和某某特别看不习惯你男朋友。

他说这就是在暗示 T，可 T 一脑袋毛线，这算什么暗示？

到了后来，高高才和 T 说："学生会的某某和某某是作风特别正的人，我说他们不喜欢你男朋友，意思就是他品行不端呗。"

T："……我怎么会知道某某作风正？! 我对他们的了解仅限于脸长什么样，连是不是说普通话都不清楚！!"

可最终在高高坚持不懈的努力下，T 和高高在一起了。

而小胡便在 QQ 里见证了这段感情的每一个进展。小胡打从见过高高相片后，就一直帮着高高说话，让 T 就和他好吧，直觉觉得这个男生很靠谱。

后来 T 和高高闹矛盾，小胡也总劝 T，说：你站他立场想想嘛……

再后来三个人一起打过游戏，小胡和高高也有了彼此的 QQ 号，闲时也会聊几句，话题全围绕着 T。也就是那时候，小胡才知道她为什么觉得高高特别靠谱。

因为高高是她老乡呀。

她家乡的男人，就是对老婆很好，很重情义的那种人啊！

就这么与 T 在网上聊了近两年时间，两人的联系从 QQ 换到了微信，又因为喜欢同一个偶像，进了后援会，假期在不同的城市去看了偶像的演唱会。

一个看的时候，给另一个全程开着视频，里面外面一起尖叫。

T 总在聊天的时候哀声叹气，说："唉，我们怎么又爱上同个男人了。"

小胡说："可不是嘛，以后我有了男朋友，可不敢带去见你，一准就被勾走了。"

T 说："就算全天下男人只剩你男朋友，我就此发毒誓，我若多看一眼，我孤老终生。"

T 说："对不起过你一次了，虽然从没认真道过歉，但我欠你的，你想我怎么还，随时来跟我讨。"

小胡眼泪又没骨气地默默掉。

T好像特别知道怎么能让她哭，有时候她甚至觉得，对T的感情和依赖甚至比身边任何一个朋友都多，许多不敢讲的话，也只讲给她听，不敢发的牢骚也只发给她听。

T知道自己最不堪的一面，也打着气陪自己度过最难的时候，她知道自己心里真的拿T当朋友。

但又说不上，这份感情之所以被她认可，或许只是因为，T对她来说，是只属于二次元的朋友。

T可听可知自己的所有真情实感，却永不会踏入属于她的真实生活。

直到毕业后，小胡去上海投奔表姐，决定在那边工作几年，试试自己有多少本事。

小胡把这个决定告诉T后，T说：小妞子要去大城市了呀！这魄力可以！我给你鼓掌！

她说：去了上海就离你更远了。

T说：你还想着抱我的事是不是？

这些年，两个人总是没事就说起这个梗，还讨论了一下，见了面要怎么抱……

每次起头的是小胡，可说到一半说受不了的也是小胡。

她觉得自己始终不能像T，什么都敢说，大爱大恨如雷如电般的女生，真的很有魅力。

行程定在某个周六。

正在家收拾东西，突然收到了T的消息：说巧不巧？你要走了，我却决定了和高高来他家乡常驻了。

T说：姐妹，刚落地，还抱吗？

她看到T最后一行字，整个人怔了一下，情绪非常复杂，想去见T，因为T是她这些年最好的朋友。又不想见T，自己曾真的在T手下惨输过。

小胡见过T的相片，虽然已知T是个很漂亮的女生，可真的见了，她在想，自己会觉得自卑和不自在。

就这么挣扎又犹豫间，把鞋子穿了又脱、脱了又穿，最后还是拿起包出了门。

出租车上，她还是在犹豫，收到T的消息：你确定，是真的想见我，再来。我们之间不必假客套，若你没想好，来日方长。或做一辈子的网友，我也非常OK。

小胡怔了一瞬，和出租车司机说："回去吧，回我刚上车的地点吧。"

她确实没有做好准备，她非常明白，前任的事在她心上的伤，还没有愈合。

她给 T 回了消息，说：我对不起你。

T 回了一个抱抱的表情，说：这个城市以后也是我的第二家乡了，我就在这儿，欢迎随时回来。

她说：胡胡，不论何时，你需要我在，我都会毫不犹豫抱住你。我是你的好姐妹，永远是。

刚去上海，表姐帮她介绍的那份工作，让她压力山大。

是她的专业，可实际工作中不懂不会的却太多了，自己就好像是个压根没念过书的文盲。

加之公司天天都加班，她那段时间又忙又累，与 T 聊天的机会少之又少。

倒是总能看到 T 的朋友圈，在她的小城市活得潇洒又滋润。

高高家庭好，毕业有车有房有存款有工作，有时候小胡在想，相片里 T 的那种模样，明明就是电视剧里那种豪门少奶奶的长相啊。

她好像一直都知道，自己和 T 总会走上完全不同的人生路。

小胡一直没有回过家乡，这家公司连轴转，她平常连病假都不好请，更何况别的。

直到过年放假，她回到家乡。

回程前几天，就告诉了 T，问 T：过年还在吗？还是回自己老家？

T 说：把爸妈接这边过年了，你何时到，我去接你。

小胡又犹豫了，说：不用不用，回家歇几天先看看爸妈，再去找你。

T 说：我今天订婚，真不来？

小胡对现实中的 T 一直筑起的那道心墙，终于在那一时刻瓦解坍塌了。她知道，横在她和 T 中间的东西，终于消失了。

她像是得了什么心病，这么多年总是担心着 T 与前任复合，她很怕很怕，连理由都说不清。

她觉得，前任与 T 的背叛是一重，可如果 T 最终与他复合，这种背叛是双重的，是她完全承受不住的。

所以，直到今天，她都不清楚，这两年多她与 T 走得这么近，是真的喜欢和她相处，还是只想时刻看守着她，看她有没有与那个人复合……

T 和高高订婚那天，一共摆了五桌，高高的亲戚和朋友多，然后剩下一桌，全是 T 现在的同事和朋友。

小胡回家简单收拾了一下，就直奔酒店。

包间走廊里，远远看到一个穿着小礼服的女生，露着整肩和半背，背影的线条都能想象出主人会拥有多么惊艳的一张脸。

她跟在一个上菜的服务员后面，慢慢靠近穿礼服的女生。女生突然回了头，目光穿过服务生，直直落到了她身上。

她怔了一下，想笑，却又怕认错，眼前的女生与相片里的不大像，可能是妆容？还是气质？她说不出来，笑容只咧开一点。

可那个女生却很坚定地绕开服务生，踩着高跟鞋朝她走来，一阵香水味直袭向小胡。

之后她被一个紧紧的拥抱包裹住，穿礼服的女生说："怎么样，我说过，我会毫不犹豫抱住你，你现在信了吗？"

二十三年来，小胡从来没有想过，自己会在一个女生的怀抱里哭得稀里哗啦。

可 T，她偏偏就真的有这种本事，让小胡一次次因为她掉眼泪。

T 知道小胡与在座谁都不熟悉，便一直把小胡带在身边，走到哪桌带到哪桌。

美其名曰，"你帮我搞搞妆""你帮我拿着手机""你帮我挡挡酒"。

T 一直握着她的手，向她介绍在座的朋友，她介绍小胡说："我姐妹，我最重要的一个姐妹。"

小胡从小都没喝过几次酒。一次是小学的时候被爷爷哄着抿了一下，她辣得直哭，爷爷乐得前仰后翻。之后便是去公司跟着前辈应酬的时候，喝过些红酒，但没有信任的人，她从不敢醉。

可这个夜里，她真的没少喝。

人都觉得有些飘飘然了，还觉得不尽兴，去了 KTV 和 T 抢着唱偶像的歌。两人都抢着唱高潮，去抢彼此话筒，边闹边笑，高高在一边拦都拦不住。

最后高高和 T 打了车送小胡回家，路上，T 每次想说话，高高都赶紧回头，以为她叫自己。

T 气得打高高，说："你捂起耳朵，我和小胡要说悄悄话了，你不可以听！"

高高便很乖地捂耳朵，不再回头。

T 拉着小胡的衣服喟子，说："我下辈子是有着落了，你呢？"

小胡说："没人要我啊，我能怎么办啊？"

T凑过来，满身的酒气，说："你是不是还放不下那个人，要不，我帮你把他找回来？是不是再相处一次，你才能彻底死心了？"

小胡赶紧否认，说："不是啊，我怎么可能还想着那人。"

T努力稳住身子，眼睛定定望着她，说："你以后真的不用再看守着我了，我早放下了，也求你，放下吧。"

她说："你想要什么样的，求你随便说个标准，就算天上我都给你拽下来行不行。"

小胡也是被她说得脸上扛不住了，就顺着她的话说胡下去，说："好啊，今天给高高挡酒那个，我看就不错，给我搞来！"

T眼睛亮了一下，赶紧伸手去扯高高，说："唉唉唉，你听到没，我姐妹也就是你军师看上阿栋了，你能不能给搞来！！"

高高一扭头，说："啥？！不可以啊军师，为什么是他啊！！那是个超难啃的骨头啊，你真要啃啊？"

小胡觉得不过是开玩笑，就说："对啊，我牙挺好的！！"

原本以为只是那天夜里一句再普通不过的玩笑话，可没想到，原来她和这个难啃的骨头，还真的发生了很多很多的故事。

而且这骨头惦记小胡，早在小胡惦记他之前……

出租车上也没来得及说更多，加之都醉得七七八八，关于阿栋这个人，便也都没说更多。

只是隔天小胡看到T在朋友圈里发了订婚宴的相片，里边有一张她和T的合影，她顺手保存了。

还有一张所有男生的合影，原本记忆里对那个叫阿栋的长相还有点模糊，可一众男生中，她第一眼看到的竟然就是他。

穿着件像是掉在大染布缸里似的彩虹条毛衣，模样真算不上多帅，可身上就有种劲儿，好像丢进万千人海，你依旧能一眼就找到他。

小胡不知道他那股子引人瞩目的劲，是只有她一个人这么觉得，还是女生们都会有同感。当然了，也可能是她将自己闭关锁国这几年里，几乎没接触过什么男生，才会在偶然见到一个出彩的人时特别留心。

但昨天那个场合，她真的很难不注意到他。

别人喝酒都推推躲躲的。有边喝边故意晃酒的，还有轮到自己撒腿就跑的，唯独他，陪着高高把前四桌一路喝下来，一杯又一杯的酒，边聊天边就轻抿进去了，喝完不眯眼不拧眉，连嘴唇都不带咂巴一下。

以至于她都怀疑，他手里一直握着的那瓶酒，会不会早提前换成了白水？

敬到她这桌，他绕着桌子给每个人满酒，走到她面前的时候，侧脸微微凑近她，问了句："不是一杯就倒吧？"

一阵来自异性身上那种无法准确描述却又极具诱惑的荷尔蒙味道，夹杂着酒香味直袭向她的鼻腔，她全身的感官一瞬间像被他打懵了似的。

晃晃悠悠地站起来，把杯子凑到他面前，挤出两个字："不会。"

男生的眉目间立刻浮出惊喜，说："女酒神啊？那我给你满上哦。"

她直愣愣地看着他，酒杯从空到满，她目光都没离开他的脸。倒完酒，他朝她笑了下，之后走向下个人。

全程不过十几秒钟吧，可她心脏紧了又紧，那一瞬间仿佛被无端放慢延长。

一桌酒添好，男生陪高高与众人一起碰杯。她和男生分站圆桌的两端，她原本想碰碰桌子意思下得了，可刚想这么做，就看到男生远远地朝着她这个方向把杯子递过来了。

她赶紧又举起杯，探着腰伸长手，去和他轻轻碰了下杯。

他收回酒杯到嘴边，喝前又看着她特意向上举了举杯，之后仰头喝了。

她也应酬过，知道重新向上举举杯，是敬酒者诚意加倍的意思。她默默喝了酒，落座，但目光却不自觉跟着他的背影走。

内心里一瞬间想了无数个可能性，他好像并没有和桌上每个女生都特意碰杯，那么远天远地探着身子非要与她碰那一下，是否代表了什么？

还有满酒时，与她说两句话，是不是也代表了什么？

目光跟随着他的背影，脑里却已经拍了一部连续剧。原本沉寂了两年的心，好像莫名就有点骚动了。

之后看到他也落了座，就坐旁边桌，背对着她。她便故意起身假装去卫生间，从他身后经过时，拍了拍他椅背，示意他椅子挡路了。

他回头看到是她，只是飞快划过一丝笑容，然后往前挪了个椅子，便转身坐回去了。

她心里有点失落，云卫生间洗了手出来，人也才猛地清醒过来了。

她大概是酒上了头，也大概是里边的喜庆气氛太容易让人想入非非了。再回去时，她绕了远路，不再从他身后经过了，目光也刻意没再去看他了。

然而以上，她跟谁都没有提起过，也庆幸没谁看出她那瞬间动过的心念。

是内心寂寞太久了吧，才会看到一个不错的异性就给自己拍上连续剧了。

她也挑了几张相片转发在自己的朋友圈，说了一些祝愿的话。

到了午后，T的消息过来，说一觉睡到刚才，问她要不一起吃午饭。

她家里已经做了饭，就先推辞了。

T说：有几个朋友今天刚回城，晚上订在烤肉店一起吃饭，你也过来吧。

她晚上说好了去看爷奶，加之都是不认识的人，她也不大想去，就又推了。

T磨了她几句，说：你这样不行啊，你得出来见人啊，你得见男人啊！

T像突然想起来什么，说：那什么，晚上阿栋也来的，你不是想要他吗？

一句话让小胡噗嗤笑出来，从不说脏话的她都张嘴吐了个脏字，说：什么我想要他，这话怎么听着我都变不正经了？

T说：爱情就是要从不正经开始啊，你装圣人你搞什么对象啊？你想要他，你就要来见他啊，我才能帮你啊！

小胡说：我不想要他了，我反悔了，你忘了我说过的话吧好不好。

两人又磨叽了一会儿，最终小胡还是没被说服，说：你们玩吧，等你们忙完了，咱俩单见。

一下午都过得挺消停，傍晚去了爷奶家，吃了饭陪二老闲聊，聊天期间顺手翻翻朋友圈，又翻到了T发的相片。

九宫格的相片，她又是一眼看到了那件彩虹条毛衣。

甚至没有点开去放大他的脸，心跳就已经紊乱了。她突然觉得胸口闷得厉害，也不知道想干什么，能干什么，就站起来在地上来来回回地走。

隔了会儿爷奶说不早了，你回去吧，太晚不行。

她拎了包下楼，招手打车的时候，心里突然蹦出一个念头，想去见他。

之后又把自己打醒了，去找T往南走，回家往北走。她从街这边走到对面，想了会儿，又走回到这边。

一个人站在夜晚的街边，她明明知道自己想要什么，却又莫名茫然无措。

她从来都不是一个擅长做决定的人，早已习惯了被动接受这个世界给她的一切。

从小到大，爸妈按他们自己的喜好，给她送礼物，买文具衣服零食。

她记得小时候在同学家吃过一次巴掌大的小西瓜，回家和妈妈说："那个很好吃。"

妈妈立刻说："那种西瓜不是应季的，又是凉性的，对人不好，不要吃。"

她好像也是那次之后就隐约明白，她想要和爸妈和谐共处，只能乖乖接受他们认可的东西。

她算是个格外敏感又胆小的孩子，这一生可能也不会做什么破格的事。

就算报复前任那件事，她也明白，若不是 T 来操作，她可能也只是脑里幻想一下，也就委屈和气愤搅着泪一起吞了。

但是在街边站着的这一刻，她突然很想变一变，变成像 T 一样的女生活一次，哪怕只有一次。

可最终她还是没能拿出勇气，烤肉店里那场聚会，全是陌生人，人家早都开席了，她又突然出现，真的太怪了。

她打了车回家，路上给 T 发了条微信，叮嘱她少喝点，身体吃不消。

隔了会儿，T 的电话打过来，对面很吵的样子，她吼着说："胡胡你来吧，我和高高都被灌多了，他们都欺负我俩，你快来保护我呀！"

听样子像是醉得不轻，她是真的怕两人被灌多了，一下子也紧张了，说："你们在哪儿呢？我过去接你。"

T 说："你要过来吗？真的吗？你等等，正好他们去车站接人去了，我让他们一会儿返回来顺便接你过来。这么晚，你别打车了。"

之后不由她再多说，电话挂了。隔一会儿，一个微信名片发来，说："加他，他去接你。"

看着微信名片，她焦躁了整晚的心，突然一瞬间沉静下来了。

名片上的名字，就简简单单一个字：栋。

她加他的微信，告知他位置，得知他还得半个多小时才能过来。她飞一般赶回家，洗了头发换了衣服，还化了淡妆。

真是妆到化时方恨笨，眉毛明显画重了，又擦了重来，人慌得站在镜前，一时间都忘了眉膏和睫毛膏哪根是哪根来着？

出门前爸妈问她去哪里，她说同学喝多了，去接一下。

爸妈硬是给 T 打了电话，确认对方是女生，才千叮万嘱放她出门。下了楼，她爸又穿了衣服追下来，说："我开车和你一起去吧。"

她说真的有人接，她爸不放心，还是跟出来，和她一起站街边等。

过了会儿，一辆车缓缓靠近过来，她一眼就看到了驾驶座的阿栋，内心瞬间荡漾了下，但还是收敛住了笑容，一副特别淡定安静的表情，一动没动。

车停了，阿栋可能也看到了她爸，就立刻开车门下车，浅浅躬了个身，目光望向小胡，又望向她爸，疑问着喊："大哥？叔叔？好？"

小胡本来贼紧张着，一听他这么叫，噗嗤就笑喷了，赶紧给介绍，说："我爸，这个是我同学，阿栋，对，我们从小都叫他阿栋。"

阿栋赶紧解释："哎呀，叔叔太精神了，跟你哥似的。"

小胡绷着笑，目光看向阿栋。他给她使了个眼色，意思她看明白了："没事，能搞定。"

她爸打量了一圈阿栋，又探头往车里瞅瞅，里边也赶紧开门下车，有男有女齐齐喊："叔叔好。"

都是年轻人，都是秒懂家长的用心，一个女生立刻把小胡拉进怀里说："叔叔我们肯定乖乖的，不喝酒不闹事，12 点前把她送回来。"

阿栋也在一边连连点头，说："我保证，我不喝酒，我送，我送，叔叔我驾照你要不要看一下，要不身份证给你留下？"

凡他一说话，一群人都憋着笑，最后小胡爸终于安了心，挥了挥手，说："你们都早点回家啊，省得你们爸妈也都操心。"

大家伙得到特赦后轰一下子全钻车里了，车一溜烟开远了。

车上后排几个人笑成一片，说："阿栋你太牛了，把人家爸爸哄得一溜一溜的。"

还有一个说："这要是你未来的老丈人，那就已经妥了啊，我看这个叔一副很中意你的样子啊。"

小胡一直没说话，坐在后排中间默默跟着笑，目光很自然地看着前方。可听到"老丈人"三个字，猛地怔了下，下意识看向开车的阿栋。

却不想，也是那个瞬间，他也突然抬了头，看向车内的后视镜，刚刚好就与她的目光撞上了。

下一秒，他就岔开了话题，说："别废话了，我手机没电了，你们谁赶紧给导个航，接着怎么走。"

语气有点不合时宜的严肃，车内气氛突然就不那么活跃了。她立刻明白了，可能刚才目光撞上的时候，她脸上没什么表情。

让他错以为，她不开心了吧。

可她这个人，没有天生的笑眼和微笑唇，不说话的时候，就是很像生气那种……她明明不是那种开不起玩笑的小气人，可如今她反倒没办法解释了。

幸好，坐副驾的男生说："没流量，谁给导一下？"

她赶紧接过话："我来吧。"然后导好了把手机递到了前排，说："给。"

副驾男生和阿栋同时往后伸了手，她鬼使神差的，把手机递到了阿栋手里。

副驾男生下意识去抢，说："你开车，别看手机，我给你拿着。"

阿栋抬胳膊顶开他的手，说："走开，我不相信你。"

明明也没什么，可她看着他手里握着她的手机，心里却莫名觉得有点甜。

到了地方，大家一溜烟下了车。

小胡也跟着下车，进门前，看到他还在停车，就故意放缓了步子，假装参观烤肉店的外观，硬是磨蹭到他走过来了，才往旋转门前走。

他正好过来，两人一起往里走，他把手机还给她，就像熟悉了很久的人，很自然地说了句："你流量没超吧，导航特别费流量。"

她也不知道超没超，反正就算超了也认了，就回他："没事，我平常都不怎么用。"

他回头看她一眼，笑了，还是昨天倒酒时那个笑容，诱惑得让她立刻马上就想扑倒他的那种笑容。

他说："你是 T 的朋友，那我怎么以前没见过你呀？"

她说："在外地上班，刚回来。"

他"哦"了一声，两人正好走到了包间前，他帮她拉开了门，两人都没再说话。他径直在门边位置坐下了，而她被 T 招呼到了身边。

新一轮的烤肉又开始，大家吵吵闹闹喝着笑着，T 使着眼色让她去和阿栋喝一杯，说："你不得谢谢人家接你呀，可绕了大半个城呢。"

她掐 T，说："你别闹我行不行。"

T 便扯开嗓门喊："阿栋，阿栋你看这边，小胡说想谢谢你，敬你一杯。"

这一嗓子喊完，包间瞬间静了，小胡只觉得这突然的安静，让她眼前一黑……

她只好举杯，挤着笑站起来，目光垂着，盯着一桌子的菜，正酝酿着要说些什么，就听阿栋说了句："好，谢谢你的祝福，我都收到了，我干了！"

小胡猛抬头："……"

众人："……"

包间顿时又笑乱成了一团，她看着把杯子喝得干干净净的阿栋，投过去一个感激的笑容。他微不可见地朝她摆摆手，示意她坐下。

她长吁了一口气，坐下，之后瞪T。

T搂着她的肩膀，说："胡胡呀，这个世界吧，不会什么都早早为你准备好，拱手给你送来的，不论你想要的人是不是对面那个人，你都要靠自己，你懂吗？"

T说："比如你面前这盘肉，你烤好了，大家一轰而上夹完了，你还吃个啥啊？"

小胡没说话，目光往烤盘了看了一眼。

她刚烤好的鸡翅，真的一个都不剩了……

就在她还在思考她要不要改变自己，不改变又会怎么样的时候，坐对面的高高突然一拍桌子，说："大家静一下，阿栋说想给胡胡敬一杯酒，感谢她刚才敬自己……"

小胡这下真的血压狂飙，眼前咣当一黑。

你们两口子，还有完没完啊……

最终的结果就是，全包间的人都看出两人是想搓合小胡和阿栋。

于是隔几分钟，就有人站起来，说："我想让胡胡帮我敬阿栋一杯酒，胡胡可不可以?!"

过一会儿，男生也站一个出来："我想和阿栋敬一杯酒给胡胡，感谢胡胡刚才的手机流量……"

这一轮又一轮的，后来只要有人推椅子站起来，胡胡和阿栋就很自然跟着站起来，全场爆笑成一团，这个梗成了当晚最爆笑的梗。

散席后，一群人在路边打车，T说她和高高带小胡走了，别人各自打车吧。

小胡下意识转头看了眼旁边站着的阿栋，他背朝她，正打着电话。

打到了车，T带着胡胡上了车，胡胡看了眼，他还在打电话。

胡胡没想法了，只是突然有点兴致低落。

他不是，跟他爸爸还保证来着嘛，会送她回家……

男人的嘴果然是不能信的……

路上T问她："觉得阿栋怎么样？"

她反问 T："他之前是个怎么样的人？"

高高说这问题难回答了，他们是高中同学，高中毕业后阿栋大学去了外地，之后工作也在外地，但是家乡这边也有项目，就常常两边跑。

他从来不提父母的事，家里好像大起大落过，上学的时候那花钱的手笔很吓人，但再见面，又不那样了。后来上班了，也不提工作上的事，嘴边也不提女人。大家都跟他关系好，但是他的私事，真的谁都不知道。

只知道有事找他就对了，什么关系打不通，反正只要开口，他总能想到办法给搭上路子。

高高说："我们圈旦，说真的，他挺能耐的，也挺深的。"

小胡心里默默想，那这样的人，又怎么可能身边没有女生。

虽然她心里一直知道，他就是她在职场里见过的那种场面人，就是逢多生的场子，他都能搞得很热络，可这种人，都是习惯了利益需要而已。

但是，他也不过跟自己同龄，怎么就也有这么一身世故圆滑的本事？

到了家，高高送她到楼下，她欲言又止了半天，发现高高也欲言又止。

她说："得了，你想说什么，说吧。"

高高说："我和 T 谈恋爱的时候，我总找你当军师，你总叫我主公，你也明白我是真的拿你当好朋友的。但是当着 T 的面我不敢说，你也就当场面上热闹一下得了，阿栋是我兄弟，他脾性我还是了解的，你搞不下来的。"

小胡听完这话，真的是长长地呼一口气，她一晚上虽然也觉得热闹，也看着他的笑容一次又一次心动，可就是觉得胸口憋闷，闷得喘不过气。

直到此刻，她才终于弄明白了原因，就是高高所说的这几句话。

这个男人，是你小胡搞不下的人啊。

应该是失落又伤心吧，可她却突然觉得心里悬着的事，似乎终于得到了了结。

竟然不禁很松快地笑出来了，她对高高说："放心主公，臣明白了，臣会从心里 PASS（淘汰）掉这个人的，绝对不会让你担心的！"

和高高分开后，上楼的一段路，她心里有种说不出的轻松，甚至还有点想哼歌。

她明白了有一件事，是你这辈子不论如何努力，都只是枉费，不得不说这是种解脱。

哼着换衣服，洗脸，站在镜子跟前，突然想起包间里与他一次次敬酒时的一幕幕，心无端端地就有点疼。

前任之后，她花了两年的时间都没有向外迈一步，她对背叛这事仿佛有了心理创伤，也一度觉得自己这辈子不可能再拥有爱情了。

也早认定，男人都不值得了。

可原来，不是。

遇见阿栋，让她觉得自己的心还活着，她原来还有去喜欢别人的能力。

顺着这条线想下去，情绪很快就跌荡下去了。

怔了一会儿，原本还想敷个脸，也没心情了。

呆呆往卧室走，从床上拿起手机，却发现有两个微信语言电话未接。

是阿栋。

她看着那个栋字，犹豫了好一会儿，之后还是拨回去了。

那边传来呼呼的风声，还有偶尔飞驰而过的车声，她问："怎么了？刚洗脸没看到手机。"

他问："回家了吗？"

她说："回了。"

他这才像松了口气似的，说："你们三个都不接电话，我还以为出什么事了。"

他说："嘿，接了个电话的工夫，转身你就没了。"

她心里默默失笑，果然是个滴水不漏的人啊。即便没有送她回家，也要在电话里表现出自己的诚意，这样的人，真的厉害啊。

她说："嗯，已经回来了。"

他说："真没事吧，怎么听你声音不太好，还是不舒服？"

她说："没事，你也到了家了吧？"

他说："没呢，一会儿回，知道你到了，我就走了。"

她觉得这话不对，也不知道哪里的感觉，下意识往厨房走，往临街的窗边看。

原本以为自己只是发神经，多余看这一眼，可这一看就把自己都看懵了。

窗外街边，一个男生正一边打着电话，一边伸手拦车。

出租车在他面前停下，他上车，她手机里听到了关车门声。

他上车，和她说："那早点休息吧，我也回家了。"

她心拧得厉害，拎着问了句："等等，你在哪儿呢？"

他轻声笑笑，回答得风轻云淡："你可别担心我，我一个大男人没事的，那先挂了哈。"

窗外，车开走了。

他挂了电话，她怔在窗边。

凌晨一点十分，她给高高发了一条微信：主公，我好像，没办法PASS掉那个人了……

那个夜里，小蚜也是许久未有过的辗转难眠。她想过最好的可能，是她在留意到他的同时，他也对自己有些不一样的感觉。

也想过最坏的可能，把这事说到最平常的份儿上，就是对方是个很会做人做事的男生，因为答应过她爸，会安全把人送回来……

若是随便答应她也算了，毕竟是对家长承诺的，总觉得应该做到吧。

一整个夜里，小胡都在这两种答案里来回纠结，回忆着整晚的所有细节，想推理出更多他在意她的蛛丝马迹，可仿佛每一点都模棱两可。

我记得清清楚楚，最后一次看时间是凌晨三点五十七分。看着窗外黑漆漆的天，她才猛地惊觉。

就算是与前任在搞暧昧的时候，她也不曾这么不眠不休过。

被劈腿后，难过得恨不得全身的感官全部关闭，宁愿后半辈子都不再经历暴喜或暴忧。

但即便那时，该睡觉的时候也都能沉沉睡去。

想到这里，她不禁觉得自己真是太多情了，与阿栋这才哪到哪，自己至于这么熬着。

也不知道几点睡着的，但梦里总隐觉听到手机响了，他发消息来了，可梦里拿起手机，又看不清他说的是什么。

睡得不踏实，干脆就起床，摸过手机看了看，空空如也。

一早上没什么精神，脑子也有点僵。

快到下午才收到高高的微信，一串问号，下一条又换成了一串感叹号。

她想着这两个懒鬼这是刚起床了，她还犹豫着怎么解释凌晨发给高高的话，T的电话就已经打过来了。

她说："怎么回事？发生了什么事？你和阿栋过夜了吗？"

她："……你疯了？"

T："高高刚才招认了，说他昨天劝你不要惦记阿栋，说他很深很难搞，可我不难搞吗？我不深吗？我哪里比阿栋差了，不也被高高追到了？"

她说："胡胡呀，有感觉就上，没有条件，我创造条件也扶你上！但是你先说，昨晚是不是发生什么事了？"

小胡斟酌了一下，最后还是选择了先不说。她和 T 说："没发生什么啊，我也是喝多了，内心冲动了一下，其实早上就后悔给高高发那条短信了……"

之后挂了电话，小胡觉得有点对不起 T，知道 T 不论怎么样都会站在自己这边，只要她说想要，T 一定会帮她搓合阿栋。

但是她自己也没想好，打从心里觉得这个人距离自己很远。

所以就很怕把昨晚他在楼下的事说出来了，T 会脑袋一热干些什么，反而让她和阿栋走入一个进退两难的尴尬境地。

她一直以为自己是个没什么胆量又不擅长决策的人，可她想事情总会想得特别细致，可能也就是想太多了，才总会畏首畏尾吧。

这次她决定按兵不动，再看看。

却没想到这一按兵不动，一连几天都没他消息了。

小胡家里亲戚不多，过年也消停，可看他的朋友圈，每天都在家宴上。

估计也是忙得团团转了，也不是什么特殊的关系，不联系她也正常吧。

她按捺了两天，都没等到他消息。有天早上实在没憋住，就发了条仅 T、高高和阿栋可见的朋友圈：许久不回来，谁能推荐个喝下午茶的好地方。

她想着 T 和高高这么早肯定没起，那么能看到的，只有阿栋。

发完之后，就赶紧把手机丢到一边，假装去干些别的。

结果人刚走开，手机就响了一声。

是阿栋，她看着那个栋字，心都快跳出来了。

打开消息，他给她发了两家大众点评的高分店，说：这两家可以，适合你们女生。

她突然来了点小兴致，问他：你怎么知道我约的是女生？

他发了一个发呆的表情，之后发来一串哈哈哈哈，说：我错了，情侣也合适。

她顿时脸烫开，血压都升起来了，说：我哪来的情侣呀，我是想明天请 T 和高高去。

他回了一个小孩子笑嘻嘻的表情，说：T确实对你很好。

她问：你怎么看出来的？

他回：感觉吧，她总让我多照顾你。

第一眼看上去，这话没什么毛病，可隔了一会儿拿起来再看，就觉得这话很像话里有话。

感觉是在说，我对你所有的热情，都是因为T让我照顾你。明明就是啊，我和你两个人聊天，你干嘛突然提别人让你对我好？

不是暗示距离，还能是什么？

越往这个方向想，心里就越难受了，她也不知道是不是自己想偏了，可那种突然嗓子里一堵的感觉，实在太不爽了。

她便也没再回，而他也没再来消息了。

到了晚上，她一个人在家窝着，突然收到他一条消息。他说正在那家下午茶的店里吃饭，过年人多，问她用不用帮她提前订明天的下午茶。

要是搁一天前，她也觉得这是个拉近距离的办法，可现在她心有点灰，就回了个笑脸，说：不用了，我还没联系T，看看她时间再说吧。

他回了一个：好的。

她把手机放一边，可很快又一条消息发来：我还是帮你订上吧，你来了报你名字，下午茶营业时间两点半到五点半，你随时过来。要是有事来不了，你给店里打个电话就好了。

后面跟了一个电话号码。

人家都热情至此了，她只好说多谢多谢。

他说：客气啥。

她心里乱糟糟的，回复他表情吧，觉得敷衍了，再开个新话题吧，又觉得是不是上赶着了，挣扎了好半天，一看时间都过去五分钟了。

还回复啥啊，就这样得了。

想了想，位置都订好了，那就和T一起去吧，别浪费人家一番好意了。

隔天高高没来，她难得和T单独聚了一次。她其实有很多关于阿栋的话题想问，但都刻意憋着，T不提阿栋，她绝不先提。

有时候即便T故意问她的感觉，她都只说："这事不得看缘份嘛。"

说不上为什么，她不想在T面前暴露出对一个男人的上心。

而且这个男人，还是T和高高的朋友。

说白了，小胡觉得自己就是个挺小心眼又拧巴的人。她和T之间

261

好像总横着一张计分牌，不论她心里多喜欢 T，可也不想在 T 面前表现得自己没人要似的。

但是奇怪的是，有些她特别好奇的有关阿栋的事，T 就会从别的话题很自然引到阿栋身上，然后七绕八拐讲给她。

比如阿栋现在确定是单身，之前好像有一些蛛丝马迹显示他是找过一个女朋友的，从外地带回来的，但应该也不长。

再比如，阿栋家以前是真有钱，后来不知道怎么家道中落了，但是二叔却变得特别有钱了，他现在应该是跟着二叔干项目。

T 说："哎呀，但是我不知道这些消息准不准，这都是我逼高高和别的同学打听来的十八线小道消息，咱们也就随口这么聊聊。"

听着 T 说的这些，她心里是震惊又感激的，T 没有再说任何要撮合两人的话，只是像闲聊一样聊了些阿栋的江湖传闻。

T 的态度从激进到温和，倒更验证了小胡的猜测。

是啊，如 T 这么聪明又牛叉的女生，小胡的那些小小心思，T 根本全懂，所以 T 只是聪明地按需分配，不挑明不揭穿她，呵护着她的自尊和小骄傲。

那天两人待了一下午，她后来忘了说起什么，顺口说到："我其实也没想法了，阿栋说是你让他多多照顾我的。"

T 立刻懵了，说："姐妹，我对着吊灯发誓，我只是让他去顺路接一下你，什么照顾不照顾的话，我压根没说过。"

小胡说："真没说过吗？"

T 说："我要是说这话，我和高高熬不过大年就离婚！"

小胡赶紧让她呸呸呸三声，也说不上什么理由，可心里莫名就觉得踏实了些。

下午餐结束，小胡和 T 去结账，两人在收银台正抢着要请客时，服务生说："账已经从一位先生的贵宾卡里扣了。他昨天就把卡放这里了，说您的用餐费从他卡里扣。"

小胡一懵，T 也是一懵。

T 立刻指着小胡一脸坏笑，说："哎呀有人早暗渡陈仓了，还不告诉我。"

她赶紧解释阿栋帮她定位置的事，说："就是他正好在，就帮我订了，这事也不值得我特意说一声嘛。"

T 就是一脸姨母笑地和她一路走出去。

两人分开前，T 说："胡胡，你换位思考下，你帮朋友顺便订位置是一回事，还把卡留下让结账用，这是另外一回事了，你心里明白的，对吧？"

T接着说："亲爱的，知道你担忧什么，但是你真的很好，一样样拿出来晒，也绝对配得上他，配得上任何人。"

回家的出租车上，小胡回忆着T的话，她觉得T真的是她肚子里的蛔虫，T真的明白她所有的担心。

两年前，与前任分手后，她没有得到前任的一句道歉。她一个又一个电话打过去，说："是你对不起我，你总要给我个交代吧。"

他回："当初也是你情我愿对吧，我没逼你对吧，你和别人合伙把事情做这么绝，还指望我给你送面锦旗是吗？"

他说："我告诉你，和你分开我解脱了，也希望你早日看清自己是个只值几分的女人。"

再之后，他拉黑了她所有的联系方式。她打不通他的手机，发不出消息，一口气死死憋在胸口。

他甩她，就是因为她不值得，因为她是个很差劲的人，活该不被疼爱。

这根刺，扎在她的心脏最深处的地方，两年多了，早不会痛了。

可她也早已默认了，她真的，是个不怎么样人。

离开那家店前，她问："服务生，那卡是这位先生自己来拿？还是你们会给保存着？"

服务生说："会道知他来拿，我们不会为客人保存的。"

她其实也犹豫了一下："这卡要不然……"

结果T就抢先一步，说："卡给我吧，我们拿给他。"

之后一转手，T就把卡给了小胡，说："这顿饭我是客人，你请我的，你自己的人情自己还哦。"

晚上小胡翻来覆云看着这张卡，从卡号看到会员名，不知道从什么时候她有了一种习惯，凡是跟他有关的东西，她总会看了又看，试图从上面找到更多关于他的信息。

那天他把手机还给她，她也是看了好半天，想着会不会多了什么信息或留了什么话给他。

然而是她想多了。

正犹豫着怎么联系他，开场白要怎么说，他的消息突然从手机里蹦出来，生生吓了她一跳。

他说：餐厅晚上给我打电话，说卡你带走了。

她赶紧解释说：你请了客，我心里过意不去，省得你再跑一趟，卡我给你送过去吧。

她是想着，见面后，把下午茶的钱一并给他。她不想一开始就让人觉得她是个占便宜的人。

可他却半天没回消息，她又止不住开始多想，觉得他可能不想见她？又可能不方便？

她便又赶紧发了一条：你要不方便，我就再送回餐厅，你方便了去那取？

这一下，他的语音电话打过来了，说："手机马上没电了，你有充电宝吗？能帮我带一个下来吗？"

她怔了一下："你在哪？"

他："大概十分钟到你家楼下了，真没电了，帮我带根线下来啊。"

她好字都没来得及说，电话已经断了。

她蔫巴了好几天，这一刻像满血复活似的，飞快擦脸，换了衣服抓起充电宝，就往楼下跑。

消失之快，连她爸都没成功抓到她。

一溜烟跑出小区，怕她爸追出来，就特意又往前走了一个路口，之后远远看到他车，用力招手。

他落下车窗，刚咧嘴对她笑，她一阵小跑上了车，说："走走走快走，我怕我爸追出来。"

他秒懂，一轰油门就开远了。

她坐在车里一边心慌慌往后瞅，他看着她一阵爆笑，说："你爸是多不放心你。"

她立刻转回脸，说："不是啊，我很省心的，是我爸太紧张了，都说孩子长大了，家长也要转换思路，不能再看贼似的看着了。我爸好像是转变失败了，看得更严了，我上学的时候他看，我现在上班了，他还看。他也不想想，那我一个人在外地的时候，难道他还能时时跟着我不成……"

她不知不觉说了一大串，等抬眼看他的时候，发现他一副饶有兴致的眼神看她。

他说："见了你这几面，全加起来都没听你说过这么多话。"

她一下子语塞了，看着他，说："是吗？"

他又笑了，还是初见给她满酒时那个有着要死魅力的笑容，她心突突跳，几乎要吼出来了：你不要这样对着我笑了！我真的受不了了！！

可面上却只有一副淡定自若的表情，她默默坐正了身子，说："我这个人，是挺认生的。"

他接过她的话，还在笑，说："哦？那意思现在我们熟了。"

她被他一句话梗在那儿，脑子都短路了，气得闭了眼，又重新睁开，故意露出一个皮笑肉不笑的表情，和他开玩笑说："跟你算五成熟吧。"

他笑得更开怀了，只是笑，却不再说话了。

她悄悄扭脸瞥他，说："是不是我的笑话冷到你了？"

他摇头，说："不是，突然不舍得说话了。"

她没懂，问："什么意思？"

他说："今天晚上的你挺不一样的，想听你多说几句，舍不得插嘴。"

这是什么烧脑级的一百级顶格情话，这种话让她心房颤动的力量，不亚于他突然张口说喜欢你这三个字了。

她就算再笨拙，再想否定他的用意，可这句话的意思就那么直白又招摇，她想骗都骗不了自己。

也不知道是不是车内暖风太盛，她莫名觉得热，脸热脖子热，连脚底都觉得热。

车子开了好一会儿，她都没接他那个梗，用一个笑容加时间冷却法给他自然了断了。

他问："想去哪儿？"

什么？这是还要去哪里独处私聊一会儿的意思吗？

她沉住气，呼吸绷得紧紧的，却还装着轻松的样子："不知道啊，离开一段时间好像很多地方都变样了。"

他说："那就陪我街上逛逛，找个超市，我买个电池。"

她立刻说："什么样的电池，我家那边有个 24 小时超市。"

他回头看她一眼，笑着摇摇头，说："不去。"

她怔一下，问："为什么呀？"

他说："怕车一停，你跑回家了……我得把你拉远一点，远到那种想自己回家，都不敢打车的地方。"

她瞪他一眼，说："你想干吗？"

他回："然后争取聊成六成熟。"

她没想到这个梗还能贯穿到这里，噗嗤一声笑了。

车子在街上缓缓行着，每逢到超市，他都进去问问，是车钥匙上的电池，很多小超市都没有，不好买。

之后有个超市门前不好停车，她自告奋勇说："我去帮你买。"

推门要下车的时候，他拉了一把她的袖子，说："等一下，拿上钱。"

她说："我手机刷。"

他说："有的小超市不能刷，拿着。"

然后他就从车子零钱包里，掏出一叠五块十块给她。

她说："哪用这么多，你这是买电池，还是要买超市啊？"

他说："哎呀，小姑娘嘛，没准看到小零食，想吃没钱多可怜。"

她心里无端端地被戳了一下，接过那一大把钱，揣在口袋里去了超市。

电池没买到，她拎了一排娃哈哈出来，上了车，把钱一股脑儿塞给他，超开心地打开一个娃哈哈递给他，说："好多年没见着了，突然看到就买了，给你喝。"

他说："老爷们谁喝这个呀。"

她说："你喝过没？"

他诚实摇头："没，觉得和我气质不搭。"

她噗嗤一笑，说："喝一个吧，喝完咱们就六成熟了。"

结果他手一伸，说："那这排我都包了，给我熟到满格行不行？"

两人一起傻呵呵笑，之后他开车继续找超市，她右手握着一瓶自己喝，左手握着一瓶趁他停车等红绿灯就给他喝。

两人吸吸溜溜喝完了一排，下一个超市他还是没买着电池，又买了一排娃哈哈回来。

她觉得，那个晚上，她人生里第一次喝娃哈哈喝到肚子都胀了。

两人就这么在外面逛了一个多小时，逛到街上连个行人都没了，她看了时间说要回家了。

他说："等下，我去个地方。"

之后车子开回了第一个去过的超市，他下车，隔会儿跑回来，手里多了一板电池。

她目瞪口呆说："刚才不是说没有吗？"

他换好电池，冲她坏坏一笑，说："一直都有。"

她怔在原地，所以她这一晚上，到底是在陪他干吗？她哭笑不得，实在没忍住，抡起拳头捶了他胳膊一下。

表情管理也基本失控了，说不上是想生气，还是想笑，就冲他喊了一声："喂！你怎么能这样呀！！"

他见她生气了，一脸很害怕的表情，说："那要不……我再进去把电池退了？"

她本来就一直绷着笑，这一下被他逗得实在憋不住了，一下子笑出来，笑得脸和腮帮子都痛了。她说："你什么人啊，哪有你这样的人啊……"

他也笑，但是比之她的笑，他就是柔柔地看着她。她笑得越厉害，他的笑意也越深，很安静的在旁边看着她。

等她终于笑不动了，把脸背对他，揉揉脸蛋，说："你等下，我的脸好像笑脱位了。"

这下换他笑了，他说："你过来，我给你摆正。"

他拉她袖子，她故意躲，他继续拉，猛地一下子把她拉到离自己很近地方……

两人突然脸凑得很近，近到她又一次闻到了他那子无比强烈又该死的荷尔蒙味道……她也不是没有和男人相处过，可凭什么他身上的这个味道会那么勾人那么让人欲罢不能……

全身感官像是再次被打懵了似的，只觉得自己快要顺从身体欲望慢慢闭眼了……

男生突然对着她柔柔一笑，对她伸手，说："给我充电线。"

我眼睛都要闭了，嘴都要撅起来了，你和我要什么充电线！小胡心里几乎都要咆哮了，可脸上却一秒钟恢复了从容，从口袋里摸出充电宝和线给他。

她说："都快回家了，你才想起来充电啊？"

他笑笑没说话，启了车子送她回家。

她家楼下，她说："你快走吧，我爸在楼上看到你，抢扫把下来打你。"

他说："那我躲远点，去对面看着你，你进小区我再走。"

她一路小跑回了家，不出所料被她爸一顿猛批，她也早知道套路，只要不还口就能快点结束。被一通数落后，她赶紧溜去厨房往窗外看。

对面街边，他的车还在，打着双闪。

她给他发消息，问：你充上电了吗？我到家了，你也快回去吧。

他却问：充电宝什么时候还你？

她猛地就明白，他明明都要回家了，怎么还要问她借充电宝。

她心里觉得甜，嘴上就不自觉笑出来。她说：不用还了，送你了，我就这一两天搭表姐车，要回上海了。

发完这条消息，自己心里先失落了一下。

看着他的车在街边还没动，就又发了一条：你还不回家啊？

她按发送的同时，他的消息发过来了。

他说：那我就去上海还你……

那个夜里她又成功失眠了。

她也不是没听过承诺，前任有，后来也遇见过别的男生，虽然她没感觉也没勇气去展开，但各种各样的承诺也有过。

例如，我会等到你能接受我的一天；例如，给个机会我真的会对你好；又如，你可以不喜欢我，没关系，我等。

承诺也都给她了，可她看着那些男生的眼，就知道不该当真。

有些承诺，原本就是撤场前的最后一丝执着。

她有多少年没有信过承诺这东西，她都不记得了。

而阿栋，他是圆滑的，有心机的，甚至是难猜难断的，她也知道这样的人随口说句承诺，仿佛酒场上拜的兄弟，又有什么真情实感。

但是这个晚上，他那句"那我就去上海还你"这句话，像是一通横刀竖斧把她心内的壁垒整劈开来。

她甚至设想了他来上海找她，她会带他到外滩走一走，无人认识的城市，他会不会牵她的手。

她在第二天一早离开，时间是表姐临时决定的，怕赶上高速路的返程高峰，于是提前了。

表姐和姐夫坐前排，她和大包小包的东西一起挤在后座。车子经过昨天夜里的第一个超市，她鬼使神差问了声："姐，你车钥匙要换电池吗？"

表姐都一时没明白过来，回头问："什么电池？"

她恍惚了下，之后笑了，摇头说："没事没事，走吧。"

她也不知道自己在执着又在期盼什么，也是那一瞬间，她突然明白了很早前听过的一句话——

你对一座城的回忆，不论是美好还是荒芜，兴许都只为一人。

当时听的时候还觉得矫情……再听，已是曲中人。

手机在掌心里辗转，要离开的消息，她第一个想通知的人竟然不是 T。

这让她深切地感受到了自己正在失控的边缘挣扎。

把他的对话框点开又关上，输入又删掉，反复了好几分钟，一个字都没发出去，她甚至都有点恼自己了。

就和他大大方方说句"我走了，后会有期"，这件事很难吗？

嗯，真的很难。彻夜里对他堆砌起的期待，在天亮后消散无踪，她又陷入了无尽的拧巴里，或许他真的就是一句随意的告别词。

把他想象成一个情场高手，那么那句话就是最常规的操作，话永远别说尽了，留个念想，那不论断了多久的情儿，就随时还能因为这句念想而续上。

到时候哪怕隔着一两年，只要人家去见你了，开口一句：我说过会来的，我做到了。

你有什么招？

毕竟除此之外，人家又给了你这么多的期待。

最终，她又把身体里那个怯弱的自己找回来了，本能先去排斥掉这个期待，只给 T 打了个电话，说自己已经走了，让她抽空一定去上海找自己玩。

两人原本也不是朝夕相处的朋友，网络上的神交才是主场，T 也没那么多虚情假意的舍不得，只在挂电话前突然问了句："那你通知阿栋了吗？"

她说："没，感觉七不是很熟的朋友，还特意说一声的话，有点怪。"

T "哦"了一声，说："我怎么听着都突然有点想哭，胡胡，你不是现在掉着眼泪跟我说起这个人吧？"

该死的，就这么又被她说中了。

阿栋这个名字，怎么就一夜之间变成了她说不得提不得的两个字了。

车子开出城区，她一个人看着窗外静了好一会儿，才想明白了。

提到他的名字会落泪，是因为打从心里，她依旧不信——她能拥有他。

她，何德何能，被绿了好几次后，还能跟一个比前任有加倍魅力的男人去撑起一段异地恋？

回上海的整程，她都选择了沉默。而他好像也说好了似的，全天一条消息都没发来。

到达上海租屋，同居的女孩带了过年新交的男朋友过来，小声问她："他送我过来，明天就走，你不会生气吧？"

合租的时候，两人定过这事，带男生回来的话，要提前说，因为她觉得家里多个男生，又不知根底，挺吓人也不方便的。

照平常是不乐意的，可那天却答应得特别爽快，还和舍友开玩笑说："没事，我睡得特别沉。"

收拾了行李，又把全屋打扫一遍，洗了澡吹了头，把手机远远地扔在一边，憋够了时间，才去拿手机。

万幸，有两条未读消息，都是栋发来的，在两个多小时前。

第一条：我都提前开工了，忙了一天，你怎么样，不困的话，下楼兜兜风？

第二条：睡了吗？这么早吗？娃哈哈都给你买来了。

她心里无端端被戳痛，她想象着他兴致勃勃在她楼下等待的样子，可好像那个画面与她此刻的生活已经分隔成两个画面。

微信上的消息也分明都是同一个人发来的，可她昨天和今天的心境却天差地别了。

她和他隔了一个省，好多座城，之前所有觉得冲动和甜蜜的感觉早已消散了大半，回了上海这几小时，她好像被突然敲醒了似的。

每一下都在提醒着她，没可能了，她与他的新年姻缘已经结束了。

她犹豫了一会儿，还是假装很轻松的语气，给他发了条语音："我已经回上海了，哈哈哈哈，早上突然通知出发的，我想着太早了，就没和你说。"

那边很快发来一条语音："骗我呢吧？赶紧下来吧，我等你的时候，把这一排娃哈哈都给你挨个捂热了。"

她心被戳得更难受了，也很想就直接挑明了和他说，你觉得这样真的能有结果吗？

可最终又冷静下来，人家有说要跟你怎么样吗？

最终还是决定装傻，发了一个笑嘻嘻的表情，说：辛苦你了，我真的回上海了，快回去吧，等我下次回去，我们和 T 再一起聚哦。

怕他不信，狠心发了一个家的定位过去。

这一次，那边是一阵很长很长的沉默。

她也知道，万一，有百分之一的可能他对她认真的，那她这么做是真的伤人，她便又发了一个摸头的表情过去。

又是一阵死一般的沉默，她看着他的对话框，都能感觉到一阵低气压，压得她胸口都往死里闷。

他的消息终于在十几分钟后回过来了，说：平安回去就好，早点休息。

低气压哗地消失不见了，所有忐忑都显得多余了。

她知道，结束了。

她想过，他生气了，她就挑明了和他去聊以后，聊未来。"喜欢你想和你更久在一起"，这句话就是她先说出口也没什么所谓了，她反正也已经想着豁出去了。

只要他冲自己发脾气，证明他在乎。

可，什么都没有。

她连想与他谈未来的由头都没有了，而更烦人的是，她甚至不知道他是生气到无话可说直接选择了放弃，还是本身对他来说，只是少了一个露水姻缘的女生而已。

带着一万分的不甘心，她给他回了一个：你也早点回家休息，常联系。

如果他真的有话说，会顺势继续说吧。

几乎是发出去的同时，他回了消息：OK。

她真的放弃了，她全身的力气顷刻也都泄了气，她也一样无话可说了。

她又回归到从前的生活。

一个人上班，一个人吃饭，一个人回家，和舍友一起做简单的饭菜，然后轮流刷碗，之后进屋，加班或看综艺。

和阿栋没有联系的第一周，就这么过去了。

和 T 倒是还总联系着，不过她上班时间几乎没空回消息，一般聊天时间是回家路上和睡前。

T 只问过一次："你和阿栋还联系着吗？"

她说："没空啊，忙死了，而且没什么话题开聊呀。"

她不想说太多，无疾而终这种事，说出来有什么意义。她一个人烦恼就算了，只怕 T 那种性格，会为了帮她再添什么乱。

也是那段时间，她想明白一件事，谈恋爱这事，如果两个人都不要自尊，不要讲什么颜面，每个人心里想什么，都会从胸口像字幕浮现出来。

那天下有情人，会不会才能终成眷属。

可我喜欢你，这行字，到底先从谁的胸口浮现出来，这也是个问题吧。

有天去合作公司开会，回程的时候手机只剩一格电，可后面还有几个电话要打，习惯忙在包里摸充电宝，越摸不着越着急，最后把包里所有东西都倒在街边一张椅子上。

却只找到了充电宝的数据线，人快要急疯的时候，猛然想起来，她把充电宝给他了啊。

已经隔了好久强迫自己没去想他的脸，可那一瞬间，所有关于他的记忆全盘回忆起来了。

人在街边恍惚了好久，手机不断低电量提示，她放眼望着匆匆走过的每一个陌生人，一瞬间陷入了迷茫，她在这座城市的意义到底是什么？

如果在家乡，她打一个电话，他会不会放下手里的事，给她送充电宝过来。

可现在，她这么焦灼地站在这里，却连个可电话诉苦的人都没有。

那是她在与他分开后，第一次，那么深刻地想念他。

把他当成自己人那种想念。

那天晚上，她在朋友圈转发了一首歌，什么内容都没写，单单一首歌，她知道她想对他说的都在那首歌词里。

无人评论和点赞，他也没有。

全是意料之内。

日子就这么过到了三月中，她出差 C 城一周。

回程时，她在机场耗了六个小时，原本回公司还有一个案子要交接，这下所有安排都打乱了，而且航班还可能取消。

她从来不是公众场合发火的人，都气得和地勤吵了一架。

说是天气原因，可同是飞上海的，别的航班都起飞了，只是她那一班，不断推后起飞时间。

生生等到了夜里十一点，最后机场通知航班取消了，改由明早第一班飞。

乘客们全都吵和闹，可无济于事，机场安排住宿，到一楼坐巴车一起到指定的酒店。

她气得在朋友圈发了条状态，说这辈子不会再乘坐某公司的航班。

T 回了句：你还没飞啊？还在 C 城啊？

她说：对啊！现在安排到机场附近酒店了，明天据说一早飞。

T 说：那机场安排的酒店都不是一般的差……你这种单客估计还要和别的人拼房……

她从没经历过这种事，想到还要和别人拼房，而来回折腾也睡不到几小时了，就干脆决定登机口睡一夜得了。

也有几个乘客和她一样，不愿意去酒店，都找登机口附近的长椅上睡了。

272

她吃了泡面，卫生间洗了脸，找了个偏僻的区域躺下，这才看到手机里好几个语音未接。

全是阿栋。

她想着这么久没联系，突然打电话过来，可能是有什么事？于是就回了过去。

那边秒接，久违的声音从手机里传出来。

他说："我看到你和T的聊天了，你在C城是吧？我现在在路上，大概四十分钟你下楼，我带你找酒店住下。"

她惊得一下子坐起来，说："你在C城？"

他说："我以前没和你说过吗？我项目就在C城。"

她确实想不起他是不是说过，但内心那一刻的震动简直无法言说。心里挣扎了好几遍，她应该拒绝，机场到市区也有段距离，况且就算他来了，再找住的地方，也睡不了几小时了……

可脑海里所有理性的声音在他下一句话后，全部消失了。

他说："我知道挺麻烦的，也知道你肯定折腾一天也挺累的……"

他迟疑了一下，突然声音变得很认真又坚定，他说："我想见你，可以吗？"

她当下鼻子一阵酸，酸的感觉又径直流窜向眼睛，四下寂寞的机场，她能真切听到自己心脏咣咣咣的要破腔而出的声响。

她说："好，我腰都要断了，得找个软乎的地方躺一会儿。"

她说："你可真是及时雨啊。"

他声音听起来也有点颤，他说："我到了给你电话，你先收好东西等我。"

隔了一个月候机楼外，她终于再次见到了他。

穿着一身西装，深夜里从停车场朝她这边跑过来，别的没感觉，只觉得两条腿带着风似的，迎着她过来。

两人终于面对面，她看着他，不自觉就抿嘴笑起来，指了指他的装扮，说："原来你还穿西装啊。"

他看着她也笑，笑得特别窝心那种，让她有种仿佛她是他好几年不见的亲人那种感觉。

他说："从公司直接过来的，没来得及换衣服，看着很别扭吗？"

说真的，她还真没有想到他还有穿西装的这一面商务形象，那件彩虹条的五色儿大毛衣给她的印象简直太铭心刻骨，以至于很多个夜里，她梦到他，他都总穿着那件毛衣。

但是此刻她也不必假客套，深夜兴许是最能催发人讲真话的时间了，她由衷地称赞了句："你穿西装真挺帅的。"

也不知道为什么，鲜少这么露骨夸人的她，鬼使神差又加了句："帅得我都有点晕了。"

他不是五官特别漂亮的那种男生，但这世上就是有种男生，你分明知道他不好看，可你就不能说他不帅。帅和漂亮从来都是两个可以分开讲的概念。

而帅这个字，就是为他创造的。从一开始吸引到她的，就是他身上那种很肆意挥洒的气质，怎么说，有股子英气或者说侠气。

让她觉得，这种男人天生就是让女人在梦里才敢上手抚摸的……

他带她去了一家很好的酒店，她抢着要付钱，他给她比了一个嘘的手势，之后笑着眨了眨眼，说："别闹，开房让女生掏钱，我以后还怎么混。"

前台里的服务生都跟着笑了，阿栋和那个服务生聊了几句，她才知道，原来他和他们都是认识的。

是他项目合作的酒店，餐饮会议住宿基本都在这里。

到了房间门口，他插房卡开了门，里外检查了一圈，之后走到门外，安顿她放心睡，他会一会儿来叫她，送她回机场，不会耽误行程的。

他问："饿不饿，想吃什么，我早上带过来给你。"

他一直站门外，像个恪守本分的绅士，她站在屋里，与他隔着几米的距离，摇摇头，说："不饿。"

他说："那我走了，你赶紧睡，也睡不了多一会儿。"

他伸手拉门的同时，她抬手握住了他的胳膊。

她说："那你去哪儿啊？"

他说："我大厅里等等你，或者车里，或者也开个房，你别管我了。"

他继续要关门，她往前走了一步，按着他的手没松。他便不动了，抬眼看她。

她紧张得只觉得眼皮上有某个点都在突突跳，心里却没有一刻像现在这么坚定又清醒过。

她说："阿栋，你别走了，好不好……"

她说这句话，心都是颤的，如果被拒绝，她也真的无地自容了。

深更半夜这么留一个异性，纵使是感激，她也已经把自己的自尊放到最卑微了。

都是成年人，谁又不是第一念头就知道，这释放出的是什么信息。

阿栋也很明显怔了一下，之后能感觉到他全身都紧了紧，紧到需要原地调整了下站姿，两人有长达十几秒的无声对视。

之后，他微微笑于来了，说："知道你怕我睡不好，你对我这么让让还行。女孩子在夕地，以后可不能这么让别的男人，知道吧。"

他话说到这里，她握着他胳膊的手指便也松开了……

门关了，她一个人走回到床边，又站起来走到浴室镜前，重新模拟了一遍刚才说话的表情和语气，才发现镜子里的女生是慌张又不安的。

难怪他没有留下来，她的表情就是告诉他，她心里也没有完全确定及信任他。

可也不愧是他，说话的手段不得不说高明，将这个满满都是私心的挽留，说成了她对他的感激和担心。

让他和她都能自然稳妥收场，谁也不至于伤了谁的自尊。

睡是不可能睡着了，即便之前在机场还困意重重，可现在躺在舒服的床上，脑子却无比清醒。

她给他发微信，问他去哪里了，找地方睡一下，明早也还要上班。

他让她快睡，他先去给车加油。

她说："你这么晚开车行不行啊，别疲劳驾驶啊。"

他说："这不算什么，项目最忙的时候连干三个通宵，只睡几小时也是常事。"

她这才顺势问起来，他在这边多久了，项目是不是很辛苦，也不知道还能说些什么，她就是很想和他聊天，随便聊什么都行。

就这么无关紧要的话了好久，直说到他加油又返回来，在车里坐着继续和她聊天。

他说："看样子你是不打算睡了是吧，打算熬个黑眼圈了是吧？"

聊了好半天，最初对他很喜欢又很执迷的感觉，好像悉数又回来了。她也是那天才明白，距离对于两个人来说有多重要。

隔着几百公里，就算怎么说，都总觉得惶惶不安。

可这样楼上楼下的距离，哪怕是吵架，心里也是安稳的。

她想了想，趁着现天气氛不错，便问了他："你刚才，为什么不留下来？"

他回："怕你不方便，累了一天了，想上厕所或洗澡，有我在，你不自在。"

她问："没别的原因吗？"

他发来一个小孩子害羞捂眼睛的表情，后面跟着一句话："太想见你了，怕自己失控。"

她也就是刚刚看完这几个字，他就秒撤回了。

她说："喂，我看到了，你干嘛撤回。"

他答："脸皮薄，自己没眼看第二遍。"

她从床上爬起来，重新穿好衣服，出门去楼下找他。酒店门前就他一辆车还冒着尾气，车尾冲她停着。

她走过去敲了敲玻璃，里边的人生生吓了一跳，立刻坐直了，落了车窗，一脸惊讶："怎么下来了？"

她打车门，手指捏着他的衣服不放，说："跟我上去吧。"

他怔怔看她，她说："我不洗澡，厕所也上好了，没什么方便，跟我上去，快点。"

他看着她，抿嘴轻轻笑，说："我刚才不是警告过你了？你不怕我啊？"

她瞪他，说："还有没有正经了？"

他迟疑了一下，熄了车，走下车，正要跟她走，人又停住了。

他说："真不上去了，真的对你不好，这样一来，说不清道不明的。"

他说："要不你上车吧，我和你在车上聊天，行吗？"

她不明白，她一个女生都这么主动下来找他了，他到底还在担忧和拒绝什么，除非原因就一个，他有女朋友了或者他压根没准备和她发展更多……

这么想着，便就问出来了，说："你是不是有女朋友了，所以不方便？如果是这样，你现在就走吧，我早上可以打车去机场，这样确实不好。"

她明明就是想问个清楚的，谁想说着说着，还把自己给说急眼了，越觉得自己在干嘛这么没脸没皮在这里纠缠？于是最后一个字说完，突然觉得也挺没脸站着了，转了身气呼呼往酒店走。

他赶紧拉住了她，说："你这是瞎想什么呢？我要是有女朋友，我现在还能在这儿吗？"

他说："行行，我跟你上去。"

她说："不必了，我也要脸。"

她用力挣脱他的手，继续往前走，越走步子越大，眼看就走到门口了，后面没了声音。

行吧，追都不追一下是吧。她心里有个小人一直在戳她的脑袋，说着：你傻不傻，你倒贴人家都不要，你现在认清是什么状况了吧？

她刷卡进电梯，才听到有很急的脚步声追过来，最后一秒里他挤进了电梯里。

她脸甩另一边不看他，他也不说话。

到了房间那一层，她径直回房间，要关门的时候，他用脚卡住了房门。

她瞪他，说："我现在什么都不想说了，行不行？"

他一脸很无奈又很颓的表情，说："那我不进去，隔着门和你说几句话行不行？"

她也确实想知道他想说什么，就没再管门了，进门坐在床上，不再看他。

他叫了声她的名字，说："你先别生气行不行。"

她想着深更半夜别的住客都睡了，他和她这么说话还会打扰到别人，就又重新走回到门口，把他拉了进来，把门关上，又坐回床边。

他往前走了走，就站在床对面，像个做错事的孩子，眼睛很无神地看着她。

她不说话，他便走到桌边，把矿泉水倒进热水壶，插了电。人又转身进了卫生间，给她拧了一个热乎乎的毛巾，放在她手里。

接着又抱了一床被子，披在她身上，又走到床边拿了拖鞋，蹲了身，把两只拖鞋整齐地在她脚边放好。

一切都无声又安静，她看着他的身影在自己面前来来去去，直到此刻在自己脚边蹲下，她的心再次对他没了任何抵抗力，眼泪唰唰往下掉。

视线很快模糊，她看着他的脸，满是哭腔地说："你不喜欢我，是不是？"

她说："可是，我真的很喜欢你，很喜欢你。"

他站起身，坐到了她对面的椅子上。他说："胡胡，我家有三百万的外债。"

三百万……她脑子里像是火山一刹那崩了口子，喷发出来。

她甚至怀疑自己听错了，她又问一遍："多少外债？"

他眼神里写满了无奈和妥协，重复一遍："三百万。"

他说爸爸在前两年做生意赔了，欠了好多钱，为了留些资产，就把另一个公司股份转给了二叔。

二叔拿走公司，公司之后也扭亏为赢了，可当初转让股份的钱却始终不给爸爸。

　　爸爸是家里老大，不想和二叔闹僵，二叔也每年会帮爸爸还点外债，还到今年，还有三百万。

　　他说原本去年公司利润不错，二叔答应年后帮爸爸把账全还清了，可不知道中间出了什么问题，说了又不算了。两人一下子闹很僵，还要闹到法院，还是奶奶寻死觅活给劝住的，但直到现在两人还僵着，二叔说后面的债全不管了。

　　他说："也就是发生在你离开的那天，我说提前开工了，其实家里闹翻了天。那天特别累特别难受，觉得人活着没一点念想了，送我爸回家后，我就特别想见你，可没想到你也走了……"

　　他叹着气，说："虽然知道你迟早会走，可那天真的心里特别承受不了，一个人坐在你家楼下哭了。"

　　他苦笑："我这个人脸皮薄，骨头硬，从小我爸往死里打我，我都不哭，可我越不哭他越打得凶，后来就好像有了什么毛病，眼睛不会流泪了，没这个功能了似的。"

　　他说："可你能想到吗？我每次路过那些和你一起去过的地方，眼睛总是酸。"

　　他说："还有件事你不知道，之前高高转发了一条不知道谁的朋友圈，说家里有老人，所以有两只猫不能养了，求好心人收养。后来我们有个女同学给收养了，养了之后就发了两只猫的相片，还晒了一封原主人的手写信。信里大概就是说两只猫生日几号，各自什么喜好，写得特别细，里边有一句话我真的能记一辈子。原主人说：请一定爱护两只小猫，我以前只要梦到哪一只跑丢了，我都会哭着醒来，现在却迫不得已两只一起送走，写这封信的时候我都哭得停不下来……"

　　他说："我那时候朋友圈看这封信的时候，我心里就特别酸。其实我也没养过猫和狗，也不懂那种感情，可不知道为什么就那几行字让我特别难受，我想这个原主人也可能是个特别好心又温柔的人。

　　"直到后来加了你的微信，发现你和我那个收养了猫的女同学朋友圈有互动，看你们常常提到猫，我才一下子明白，那个猫的原主人就是你。

　　"我也翻了你所有的朋友圈，信息全对上了。那时候你已经认识T和高高了，你外婆要搬来和你爸妈一起住，她有哮喘，家里不能继续养猫了，高高和T都帮你转发了那条朋友圈。"

他说："说实话，那时候看完那封信就特别想和女同学要你联系方式来着。有那么一股子冲动，但是还是脸皮薄，觉得这么做也有点怪。现在想想也后悔，那时候联系上你就好了，我家那时候也殷实，也不会像现在这样，心里有喜欢的女生，却这么被动。"

他说："前因后果也都给你讲了，估计你也吓懵了吧，三百万，搁从前真的不算什么钱，可现在觉得能多赚三百三千块，都很了不起。"

她听着他长长的一段话，脑子里一时间信息量炸了，炸到她都不知道要从哪个点开始思考。

最终，所有点都落到了三百万这个数字上。

如果她和他在一起，之后相处到结婚，如果他二叔真的什么都不管了，这些债，就要她和他的家人来还了。

她想到这一点，什么情与爱，好像一瞬间都变得空虚又遥远了。

看着他，一下子也不知道说什么了，只觉得这笔钱也仿佛压到了自己身上，压得她也有点喘不过气。

他见她不说话了，他的脸上也没有任何有内容的表情，没有祈求，没有责怪，没有抱怨，没有开心或不开心，什么都没有。

最终他握了下她的肩，一副什么事都没发生的表情，说："走吧，该出发了，不然该误机了。"

他送她去了机场，送机口不能停留太久，他去帮她拿行李箱。她心里很乱，想安慰他，又不知道说什么才合适。

就在路边静静看着他，他把行李箱放在她脚边，之后又从外套口袋里拿出一双一次性拖鞋，说："给，坐飞机容易脚胀。"

她鼻子酸得厉害，却也只是怔怔看着他。

最终她伸手握了握他的胳膊，说："阿栋，会好的，都会好的。"

他说："肯定的，你就别担心我了，照顾好自己。"

他转身走，她也转身准备往机场里走，猛地听到一首自己超喜欢的歌声响起。她恍惚间回头，看到他拿出手机，接电话，之后走上了车。

是他的手机铃声，而这首歌……是她那个无眠的夜里发在朋友圈里的那首，想要让他听到的歌。

他没有点赞，没有评论，也在日后的所有日日夜夜里，没有与她再联系过。

可是他却将这首歌设置成了铃声。

胡胡从来也不是个爱哭的人，也是家里出名的倔骨头，可是那天机场，看着他的车从视线里渐渐消失。

她的眼泪一重又一重地落下来。

他从没有挑明了说过一句，他喜欢她。

可是她却真真切切，明明白白能感受到他对她所有的喜欢。

只是，那个数字真的压倒了她，她也有父母要照顾，家里还有常年身体不好的外婆，她真的敢为了一份喜欢，纵身跃进他的那个深渊里吗？

她只是普通家庭的孩子，那个数目，于她而言真的是天文数字，是确信无疑的深渊。

也是这一次的见面，让她心里所有的不解都有了答案。

他之所以不再联络她，之所以不留在房间里，之所以一直不向她有更进一步的表示，都是因为他的无可奈何。

那天起飞前，关闭手机前几秒，她给他发了一条微信：**若没有这笔债，我们会有另外一个结局吗？**

飞行几小时后落地，她忐忑不安中开机。

他的微信跃然于屏幕。

他说：**我只知道，绕了全城买电池的那个晚上，忍着没向你表白是对的，你应该有更好的人生，好好的，我会是你一辈子的好朋友。**

回到上海后，她的生活又回归到从前。

好像什么都没有变，但胸口却觉得沉，像压着一块石头，推不开砸不碎，就那么杵在心口上。

她和室友聊天的时候，也试探着问过："如果你男朋友家里有一笔几百万的债，但是你真的很喜欢他，你还会和他交往吗？"

室友一眼惊恐说："那我肯定是疯了，脑子有毛病了。"

室友说："我自己赚的钱还不够花，我凭什么要跟他一起背他家里的债，人一辈子才能活多少年啊，不管有多爱，那也得分手呀。这不是我一个人的事啊，这也会拖累我家里人啊，全家都不想安生了。"

室友转头问她："你喜欢上这样的男生了？"

她想否认来着，可最后只是笑笑，说："是我一个朋友，只是觉得他也很可怜，他也是无辜的对吧。"

室友摇头说："人家起码有钱过，享受过。那嫁过去的女的才可怜，福没享到，直接人生苦海。"

室友的话，小胡无法辩驳。

她知道，若是这个问题由室友问出来，或是更亲近的 T 问出来，她的回答会跟以上一模一样。

谁会想让自己的朋友背债，过这种不知道何时才能熬到头的日子。

刚回上海那几天，她还时不时发些消息给阿栋。

也不提那晚的事，就是有什么好玩的，或想到什么与他有关的话题，或星座运势什么的，就都发给他。

他只要手边没事，都会很快回复她。

聊天的语气与从前无异，可她心里明白，一切都变了，全变了。

除非她下定决心，跟他说我什么都不在乎，我就要和你在一起，否则一切就都会这样慢慢淡下去，直到重新成为人海中的陌生人。

她从未经历那么揪心的日子，一段时间里，她甚至不敢在夜里想到他，只要想到，就一定会失眠。

也不敢在午夜里梦到他，只要半夜里醒了，隔天同一时间也会醒来，隔几天也同样。

她不知道他这些年是怎么过来的，虽然她不是事中人，可只要想到这件事，也觉得喘不过气。

就这么到了四月份，有天表姐说公司有个不错的男生，有次来找表姐看到过她，觉得挺有意向的，要不要见见面？

她那段时间睡眠很不好，心态也不好，就想着见见新的人，接触一些新事物，会不会转移一些注意力。

周末去和那个男生见了面，约在了一个咖啡店，男生很善谈，性格也蛮不错的样子，气氛一直都不错。

直到，咖啡馆的音乐突然变成了她之前喜欢的那首歌。

恍惚间，她意识错乱了一下，真的以为阿栋就在这里，以为是他的手机响了……

撞了邪似的目光在四周搜寻了一圈，才意识到是咖啡厅的歌。

一时间兜头而过那种失落与难过，简直无从言说。

离开前，男生笑着问她："下个周末，还在这里见，可以吗？"

她机械式说了"好"，之后又赶紧摇了头，说："那个，我有些自己的问题还没处理完，等我这边收拾好了，我再联系你，好吗？"

男生秒懂，说："理解，你刚才确实有点心不在焉的。"

和男生分开后，她一个人步行回家，不算近的距离，就是想把自己走累了，能好好睡一觉。

路上收到 T 的微信．问：你有没有收到阿栋的惊喜啊？

她错愕一下，问：什么意思？

T 说：他前几天和我要了你的地址，他可能是想周末去找你吧？没有去吗？

她脑子嗡一下，感觉头发根都立起来了，心里觉得不可能不可能，但却还是立刻招手拦了车，直奔家里。

　　小区门口张望了半天，没有看到他人影，又给T打了电话，说："确定他要来吗？"

　　T说："不确定，但是不去的话，干嘛要你地址？"

　　她也不解。

　　T说："没准还没到，就算早上出发，也要晚上了吧。"她说："你安心回家等着，万一真来了，你可别提到我，我可什么都没说。"

　　挂了电话，她内心里压抑了好多天的火山好像又突然被激活了，她犹豫着要不要给他打个电话，假装找个话由，试探一下他在哪里。

　　犹豫着要找什么话题时，接到了一个陌生的电话，说有个快递让她下楼取。

　　她还期待着是什么惊喜，还特意装扮了一下才下楼，可她只收到一个小盒子。

　　打开盒子，里边放着一个充电宝和一根充电线。

　　她也不知道哪里的无名火，把盒子盖上直接带东西一起丢进了垃圾桶，转身上楼，还是觉得气愤，说不清气什么，就是觉得想打人想抓狂想骂脏话！

　　她又重新把充电宝捡回来，回家后收拾了简单的行李，直奔车站。

　　路上给他发了条微信，拍了张充电宝的照片，之后电话直接打过去问他："什么意思？"

　　他说："上周回家，收拾东西看到了，就给你寄过去了呀。"

　　她问："你没去外地吧，还在家吧？"

　　他说："还没走，周一走。"

　　她说："等着我，我现在回去找你！"

　　他问："……怎么了？"

　　她答："不就是三百万吗？一起还不就行了？再不然我跟公司申请换个职位，换到外勤去，每年全国跑，但是赚得比现在多好几倍，我和你一起还，你就告诉我个准话吧，行不行？"

　　他显然被她说懵了，说："到底发生了什么事了？"

　　她在电话这边开始哭，哭得止不住。她说："我刚才以为你来找我了，我从外面往家赶的路上，腿都是软的。我想着只要你来，不论多少钱我都和你一起背，我什么都不计较，什么都无所谓了。可是你没在，你怎么能问了地址就是寄充电宝过来，你是不是要和我交接清楚了，从此就再也不联系了……"

他说："我没有啊，我就是看到了，就给你寄过去了……"

他说："哎呀你先别哭，也先别乱跑，你回家，我现在去找你，我现在就出门，多晚我都赶过去，你先回家行不行？"

她说："我不信，我等不到你，我自己去还不行吗？"

他说：'那现在咱俩连视频，我开车往你那边走，让你看着可以吗？"

她叫停了出租车，在路边和他连通了视频，看到他已经坐在车上，从小区开出去，她才终于不哭了。

她换了车往家返，他一路都开着视频，他说："真是吓着我了，你这是怎么了呀，以前挺稳重一个姑娘，这是受什么刺激了。"

他把手机夹在车前，摄相头里只能看到他的嘴和下巴。她怕打扰到他开车，便也没让他调整角度，怔怔看着手机里的他。

她这会才意识到，自己做了怎样一个决定。

她是不是说要和他一起背债了……是不是说要换岗位了……是不是说赚的钱都要给他了……

她回忆着刚才的那些话，心里却好像没初次面对时，那么恐慌了。

她突然觉得，若是每天都能看到屏幕里这个下巴和嘴巴，能拥有着这个喜欢穿彩虹条毛衣的男人……生活，也应该不会很苦吧。

他在凌晨时赶到，没有停车位，她跟着他绕了好几个地方，才找到停车场。之后她一路牵着他的手，把他带进了单元楼。

他问："你室友在，不方便，我去住酒店，咱们明天再见面也行呀？"

她说没事，要是室友生气不合租了，那她也不租了，打包行李回老家！

他看着她的目光，像看个任性耍泼的孩子。他说："你不是说不爱回家乡吗？上海机会多，日子也过得丰富。"

她说："那我就跟你去 C 城，那也是大城市。"

他说："你这样，我怎么突然心惊肉跳的。"

电梯到了楼层，门开了，她没动，扭头问他："我就问你一个问题，你只要认真回答，那我以后就……"

她后面的话还没说完，他目光已经停驻在了她脸上，四目相对，他打断了她的话。

他说："我喜欢你，一直都喜欢你，以后也喜欢你……"

那是他第一次对她告白，即便之前在 C 城，他也只带过一句：那时候联系上你就好了，我家那时候也殷实，不会像现在这样，心里有喜欢的女生，却这么被动。

比之那句里满满无奈和怆然，此刻的这句告白，让她觉得有种踏踏实实的甜蜜感。

尽管轻手轻脚进屋，室友还是醒了，推了个门缝，一脸警戒地看着她，还有她身后阿栋。

她下午和室友已经打过招呼，也说了可能会来家里住。室友也点了头，说："是你知根底的人就行。"

她担保着说："是我朋友，人绝对没问题的。"

可眼下两人从外面钻进来，手牵着手，室友又不是瞎，立刻了然当下的情况，警惕的目光立刻变成吃瓜群众的笑容。

她带他进了屋，也笑了，和室友说："吵醒你了吗？"

室友说："没事没事，我睡得沉，你们随便哈。"

推门熄灯，整间房子重归寂静。

她带他回自己房间，翻箱倒柜给他找一次性的牙刷毛巾，又从抽屉里找出一双一次性拖鞋，学着他当初的样子，俯身想摆到他面前。

腰刚弯，他就立刻握住了她的胳膊，接过拖鞋，说：可别，我自己来。

他看了拖鞋上的 LOGO，人呆了一下，之后抬眼看她，柔柔笑了，说："你还带回来了？"

她说："我上飞机都没舍得穿，毕竟你也没送过我什么礼物。"

原本是开玩笑，可她说完发现他轻轻抿了嘴，才突然想到，他是个脸皮很薄的人啊，可能会错意，觉得他对自己吝啬了。

就赶紧把话往回了扳，说："但是你给我买的娃哈哈，那晚一次把我喝到撑，我以后只要看到娃哈哈都觉得肚子饱，哈哈哈哈……"

她说的时候就站在他对面，人有点局促，一手握着另一只胳膊，说话也只能压小声。

小小的房间只有一床一椅一柜，平常一个人觉得还好，如今两个人，也不知道是不是他的缘故，只觉得屋内的空气都稀薄了。

她说话的时候，他握着拖鞋，人就怔怔看她，目光里有种很暧昧、很引人犯错的内容，让她有点恍惚。

有那么十几秒钟两四目相对，他的眼神看得她心都跟着慌了，她赶紧撇开视线，说："你要不要洗脸，卫生间在旁边。"

他很轻地答了声："好。"

人换好鞋，脱了外套，拿了毛巾和牙刷起身。她给他拉开门，朝外指了指："那边……"

他人分明都迈出去了，也不知怎么步子突然停住，之后忽地转回身，把门合上，把她逼进了墙角。

一个吻毫无征兆和准备地落在她唇上。

她整个人都是懵的，脑子一片空白，只有一个意识还留存：让她朝思暮想的味道，她终于零距离感受到了。

原来那个味道不光在他的鼻息，还在他的脸颊上，头发上，颈间。

她也一时不清楚它的来源到底是何处，意识就被攻陷了……

他去洗脸，她坐床边，人是懵的。

她一直不喜欢接吻这件事，也不知道是不是因为前任给她的体验太糟糕。她记忆里，前任的吻很油滑，还总在吻过后问她："我的法式唇技如何？要不要再尝别的式？"

明明也是喜欢他的，可他每次这么说，都让她觉得莫名反胃。

她觉得情侣间很多事是可以开玩笑的，但是接吻这事不可以，更接受不了他炫技般的吻感。

让她觉得，他无处不在强调，他作为一个雄性动物的支配权。

久而久之，让她特别抗拒他的吻。

可阿栋是不同的，他的唇是轻微又小心翼翼试探的，她心里有微微迟疑，他就仿佛能从她的唇感知到那种迟疑，会立刻结束他的吻……

还是她，又重新吻了回去，在亲密行为中，她长这么大第一次如此主动。她只是想让他知道，她喜欢他，喜欢到没有一丝丝抗拒。

家里实在局促到连个能躺成年人的沙发都没有，他起初连她的床边都不坐，她说："哎呀，我都放心你，你又有什么不放心的？"

他便抱着枕头靠在床边，腿垂在床下，他说你睡吧，我这样也可以睡。

她气得快要翻白眼，说那都不睡了，躺上来聊天总可以吧。

他这才同意了，坐正了身子，和她一起半躺在她小小的床上。

两人说了很多初见面时的事，她说："你那件彩虹色的毛衣，是自己买的吗？给我印象太深了。"

他说："以前总喜欢黑白灰，也是今年突然想着喜庆点呗，我穿得鲜艳点，我爸妈看着也开心点，不然家里这几年都习惯了愁云惨淡的。"

他说："我也记得你那天穿的衣服。"于是他便从她的包包围巾大衣裤子鞋子，一一回忆起来，除了鞋子的颜色记错了，其他全对。

他说："鞋子深棕不是黄色吗？哪里记错了？"

她笑着说："明明不一样啊。"

他说："明明就一样啊。"

两人类似这样没有什么实际意义又很蠢的话题聊了好多好多，之后他问她困不困。

她看看时间，快要四点了，她说不困。

他说："那认真和你聊点事吧。"

也是这个时候，她才终于听到了他内心最真实的想法，他觉得三百万不是个小数目，也不是她头脑一热就决定一起背的数目。

他说："就算是要背，我也不会让你背。你继续你的生活，一分钱都不需要填补我，你照顾好自己，照顾好你的家人。女孩子爱美爱穿爱时髦，别在最好的年纪亏待自己。你的生活质量下降，我也会觉得自己是个没出息的罪人。"

他说："我们可以就这么相处着，恋爱的事复杂着呢，或许相处个一年半载，你会发现我身上有比三百万更让你接受不了的毛病，那时候或许你都不需要别人劝，自己就知道断舍离了。还有，先不要跟你家人说我家庭情况，我们的关系没有要定性到结婚那一步前，别让家人跟着你担心。"

他说："以上，我知道你听着会不舒服，好像在和你划清财务关系，但是我的用意，你都懂，是吧。"

他说："我家的事，我家来扛，就算以后我们相处顺利，成为一家人，债的事，你都一辈子不用管，我也会保护好你该有的生活。"

她让他说的脑子又乱了，其实她想过和他的未来，的确没有很具体，起码没有他说的这么具体。

她只是做好了要和他一起过苦日子的准备，至于什么恋爱中的相处、毛病问题、双方家长如何交代和相处这些等等，她压根没想过……

她一直觉得自己在同龄人里算是思虑周全的，可是比之他，她才觉得自己思虑的那些，多半是瞎思虑……

因为一时也没明白，也觉得这些事也不是一晚上都策划出来的，她便先答应了他的所有提议。

她觉得女人和男人最大的不同可能就是，男人会为了爱傻那么几天，而女人，是傻一辈子。

除了和他在一起，她暂时什么都不想考虑。

与他的关系就算这么定下来了。

确定关系之后，即便两人不能每周都见面，但每天都会打视频电话。她白天公司忙，逢下班逛超市，吃饭，甚至是下楼取快递，只要有几分钟的零星时间，她都会和他视频通话。

也有一天都找不到他的时候，她会开玩笑说："你是不是被别的小妖精抓走了？"

他之后给她回电话，说："也只有你这么傻，敢和我在一起。那么多债压在身上，谁敢靠近我？我要啥没啥，别人还能图我啥？"

每次他这么说，她又觉得他其实内心里因为这件事很自卑，所以她也给他打气："这代表你家以前也是辉煌过的呀，你爸爸也是厉害的人物呢，像我这种家庭，这辈子连欠百万的机会都没有呢。"

她也不知道这样能不能安慰到他，但她想让他振作一些，内心别那么多压力。

另一边，她开始攒钱。早上早起一小时，做便当，晚上不管多晚，都回家做饭吃，哪怕只是煮个白粥。

卸掉了淘宝，包里也只有一支口红，用光了才舍得买另一支。上班统一穿工装，一年四季只需要买两双鞋子替换。

与他相处那半年，她极尽节省，却从来都不觉得辛苦，反倒像获得新技能一样，惊觉原来一个月的工资除却必要支出，可以省那么多出来。

卡里的余额越来越多，让她这个从前的月光族，竟然有生以来第一次有了成就感。

原来，她这么有本事呀，可以存到这么多钱呀。

她想着攒一年，等过年的时候就全交给他。虽然杯水车薪，她都依然希望帮他负担一些压力。

五月份的时候，他回家乡办事，在她这边停留了三天。

那三天里，他们一起逛街一起吃饭，原本相处好好的，可最后一个晚上却破天荒地吵了一架。原因是她也就是一时嘴快了，和他说自己如何节俭，还学到了特别多的省钱秘籍。

他起初跟着笑笑，她也没察觉到他有不对，继续话题，说攒下来的钱可以帮他还债，也可以让他心里别总想着债的事。

可她突然发现，他沉默了，她这才觉得不对，就和他解释，自己这样觉得挺开心的，并没有觉得辛苦。

他还是不说话，只是默默抽离了抱着她的手。

她继续解释，他都没什么回应。她也有点不高兴了，他越沉默，她越不爽，心里想着自己都是为他才这样，难道还做错了不成？他还拽起来了？

于是脑子一热，狠话便丢出来了，说："你是觉得你面子挂不住了是不是？因为我在给你攒钱，伤到你自尊了是吗？"

他这才抬眼缓缓看她，苦苦一笑，他说："我最担心的事，果然还是发生了。"

他说："你没有发现，和你在一起后，我就再也没有提过欠债的事吗？我就是不想让你总关注这事，我想和你好好谈这场恋爱，可我越不提，你却越总提起。你一直都没明白，我之所以从前一直都没向你表白，你可能觉得是我不敢说，怕丢脸？不是的，我就是怕你变成现在这样，自己很辛苦，却又不敢说，还在努力容忍着一切。

"再这么下去，你生活中有任何不开心，你都会立刻想起，这一切都是因我而起，你会慢慢对我充满怨恨……胡胡，这不是我们本来想要的恋爱，是吧？这三百万的重量，在你心里，已经超过我和这段恋爱的本身了。"

他在那天深夜里离开，她哭着去追他，说自己真的是无意的，一切都是随口说说，并没有像他说的那样，她也不觉得辛苦，不委屈。

他在街边为她擦了脸上的泪，又轻轻抱了她一下。他说："胡胡，怪我心软了那一下，你应该有更好的人生，真的，你也放过自己吧。"

那一次之后，他不再接她的电话，不回她的微信。

她把电话打到他的项目部去，他接了，也只是说自己挺好的，就是挺忙的，让她好好吃饭，照顾好自己。

她说："我没办法走出来，真的不行。"

他在电话那边沉默了一会儿，然后对她说："你现在经历的这些难受，我也都在经历，但是肯定会过去的。"

再之后，她再打那个电话，他也不再接了。

她从不是个不明事理的人，她知道，与他在一起后，她的改变确实翻天覆地，连她自己都觉得自己像变了一个人。

看似恋爱着、甜蜜着，其实内心却一直都在焦虑着、恐慌着。

那笔债，她怎么可能无视，就像一个定时炸弹横在她心里，她不知道何时他爸爸就会被那些昔日的朋友起诉，他家可能会陷入更糟糕的境地。

所以她知道，就算是和他见面，打视频电话，说我想你、我喜欢你这些的时候，她内心的声音，其实都是不开心的。

她真的，觉得太重了。

恋爱可以是脑子一热的事，但生活绝不是。

这一次，她才彻头彻尾懂了。

对他，也纠缠过了，也祈求过了，也说过狠话，可最终都于事无补。虽然相处短暂，可对他的性格，她是明了的。

他最初会多么坚决地与她保持距离，现在也就会多么坚决地从她的生活中消失掉。

而同样一份坚决的爱，他也曾给予过她，只不过，她还是错过了。

从恋情开始到结束，仿佛只是匆匆一瞬。

以至于有时候她一个人坐在家里，看着抽屉里给他准备的牙刷、毛巾和拖鞋，都恍惚觉得，一切好像只是她的梦。

她也一直没有和 T 说自己与阿栋的事，两个女生还是时常闲聊，从前不提阿栋，是怕自己说漏了，现在不提，是怕心里的痛无处消散。

倒是 T 会主动提到阿栋，说："好久没见他了，C 城的项目结束了，高高上个月出差，还和他在 A 城见了一面，他那边条件是真差，据说这一次要待好久呢。"

她还说："阿栋也不知道怎么了，以前多帅气一个人是吧，现在跟得了什么大病似的，高高说他瘦得像个纸片人，脸色也不好，睡不醒似的。"

她听着关于他的消息，内心像是被什么生生撕扯着，"哦"了一声，之后跳到了别的话题。

多讽刺，从前绕着弯子都想听到的消息，现在宁愿自己什么都听不到。

T 问她："你怎么还没找个男朋友啊？"

她看着地上那双酒店的一次性拖鞋，眼眶没征兆地发酸，嘴上笑着，眼泪却无声从脸上滑下来。

她说："就是说啊，我的男朋友呢，去哪儿了呢……"

T 说："你啊，爱一个的时候总是太卑微了，男人其实很怕这样的，会觉得自己压力会很大很大，会觉得喘不过气。"

她不知道 T 说这话的时候，是在说她和前任的相处，还是知道些她和阿栋的事，可既然 T 没有挑明，她便也没有往下问。

想了想，这一段恋爱的终结，虽然所遇之人不同，可她似乎还是犯了同一个错误。

她自己卑微就算了，还总想拿卑微去邀功，去换来更多的爱与安全感，才吓跑了这些男人吧。

也是，她觉得她也将自己看明白了许多，不论是她的卑微和邀功，都是为了寻求对方给予回报，说到底还是利己心。

而说到根儿，她就是不甘心这样付出的，那种为了爱，不求回报，还甘愿默默付出一切。

她确实不是那种人。

那么，她活该没有爱人。

六月份，她收到一个陌生的微信好友请求。

第一天拒绝了。之后又来申请，她又拒绝了。

第三天，对方发来一句：猫崽，有话和你说。

猫崽，呵，前任以前给她的微信备注名，这人当初拉黑她都嫌手慢，现在竟然自己跑回来了。

通过了验证，就是想知道他想干嘛。

果然，贱人还是贱人，前面十句话都是装十三的语调，说：我现在在某公司上班呢，你呢，好久没见了，听说你也在某某行业，有事你说话，能帮我肯定帮。

她回：那挺好的，你一直都这么有本事。

他说：我怎么觉得这语气像骂我呢？

她答：多疑了哈。

他说：咱们都要往前看，对吧，老同学。

她回：我是往前走得好好的呀，所以你怎么回头看了？

她也是那天才发现，自己原来挺伶牙俐齿的，以前阿栋说过一次，她还觉得他在夸她，原本她的口才也要遇到合适的人才能发挥出来。

他说：其实没啥事，之前对你，我挺不是人的。那时候觉得你人挺好的，性格也好，虽然有点多疑，但也可能是我没给够你安全感吧。最后那么对你，我觉得不应该，来跟你道个歉。

他说：对不住，别有心理阴影哈。虽然结果不好，但是确实很喜欢过你，也一直没和你说，高中那会儿咱俩同桌，我说心里有个女神，你那会儿总问我是谁，说要帮我传话，其实我那会儿说的女神，就是你。

她早在两年前就发过誓，再也不会为这个王八蛋掉眼泪，可是那天看到这行字，她还是哭了，不是为他，是为那两年那么辛苦那么委屈的自己。

若不是他来说这声对不起，她一直不知道，心里的执念那么深。她几乎在那段恋情后否定了自己所有的价值，甚至觉得一切都是作的，为什么他会爱别人，还不是因为自己不够好，不能留住他。

可心里的伤口，因为这一句道歉，一个女神，那些早烂死的肉，都好像开始慢慢愈合，结痂了。

她突然觉得自己整个人轻松下来了，那种遇到任何挫折都先从自己身上找过错的压力，终于得到了开释。

聊天的最后，她对前任说了一句话。

她说：过去了，你也好好的。

她不知道他为什么突然来道歉，或许对她的无情和狠心，在折磨她的同时，也成了他成熟些后的心结。

但不论任何理由，原谅他的最终目的，是为了放过自己。

小胡是个对自身感觉和改变很敏感的人，她明显能感觉到，和前任那段对话后，她好像正慢慢变回从前自信又从容的自己。

高中时，她学习很好，也很受老师喜欢，班里追她的男生真的不少，会喜欢前任，最终和他在一起，她觉得多半是因为他是所有人里最会夸她的人。

被夸习惯的人，听得再多也并不会觉得逆耳。

只不过，在后来的相处中，她陷入越来越深，才被他反踩在了脚下，失掉了从前的自己。

现在，她觉得自己又活回来了，觉得这世上一切的美好，自己都值得去争取和拥有了。

那年年底，她成了公司最年轻的优秀员工，没有升职，但加了薪，和老板申请换到一个更厉害的组，老板竟然也一口答应了。

她觉得自己似乎得到了幸运的加成。

那一年过年，她回家，之前大学的学长从国外回来，特意找别人要了她的微信，说在国外很多年，总会想到她。

学长说：你回老家了吗？我也回国不再走了，我去找你，见一面怎么样？

她说：好啊，正好表妹想去国外读书，好多事想问问你，我带她一起好不好？

想到他是国外回来的，而自己家乡也没什么像样的餐厅，就把他带到了之前和 T 吃下午茶那家。

她后来每次回来也总还和 T 来，以前最不喜欢，甚至连闻都不能闻的榴莲酥，后来竟然还吃上了瘾。

和学长在餐厅吃饭，中间叫服务生加水的时候，一个无意中的回头，看到了一个熟悉又陌生的人影。

脑子里甚至恍惚了一下，才反应过来，是阿栋。

他在吧台前面刷卡，只是匆匆扭了下头，并没有看到她。

她全身顿时有点木，转回头，就觉得喉咙口顶着一口气，好半天说不出话来。

学长和表妹还在聊选学校的事，她又回头看了一眼，阿栋还在那里站着，旁边还有一个男的，好像一起在等人。

她一颗心慌乱得没着没落，人在椅子上坐着，却分明有点坐不住了。她在心里用力和自己说，如果他等的人是女的，她就假装没看到他，也不再想他，只当一切没发生。

时不时往后瞄几眼，终于从一侧的洗手间方向走出来一个女的，大概与她年龄差不多，戴着眼镜很知性的样子。

见女生过来，阿栋招呼了一下，之后三个人一起往外走了。

她直接站起来，说看到熟人出去一下，就推椅子追了出去。

直追到餐厅一楼，她跑出去，他刚要推门出去，她喊了他一声："阿栋"。

他怔一下，人回头往反方向望了一下，她边走过去边又喊一声："这边"。

他再转头，然后看到了她。

脸上的表情由木然，之后变成了惊讶，在她站到他面前时，他换上了笑脸。

仿佛一切都没变，仿佛与他相爱的事就发生在昨天，他的笑容如她第一次见时一样的帅气温暖。

他说："回来了？"

她也知道应该先问好，也知道太直接不对，可腰背挺得直直，笑着看向那女生，直接问了出来："和女朋友来吃饭呀？"

阿栋噗嗤一笑，指了下旁边男生，说："别乱说，你是想让我被打啊？"

他这才又介绍，说："我同学和他女朋友，也从外地刚回来。"

明明早没了关系，她也不知道为什么，就是听到这女的和他没关系，心里莫名很开心。

朋友见两人还在聊，就说先出去开车。他犹豫了一下，好像有一丝丝想一起走的意思来着，可她果断地冲那两人说了句："拜拜哦，有机会再见。"

他便也不能再跟出去了，餐厅门口只剩她和他。

她假装很轻松，说："你也不问我好不好啊？"

他说："听 T 说你挺好的，我总问着呢。"

她收了收笑容，目光很认真看他，说："你呢？怎么样啊？"

他说："去年突然闹了场胃病，差点烦死，刚好点。"

她说："喝酒喝的吧？"

他笑了，说："不是。"

她也不知道想到了什么，反正就是不想兜圈子，所有话都想挑明了来，便笑着又接了句："那就是被我闹的呗。"

他蹭了蹭额头，低头笑了："所以你给我报药费是不是？"

这次换她发自真心地笑了，外面车已经开到门口了，也有别的客人要开进来，有人一直按车喇叭。

他往后看了一眼，说："我先走了，你这几天没事，咱们和 T 他们聚聚。"

她点头："好。"

晚上安顿学长在家附近的酒店住下，学长也很挑明了说，以前就对她有好感，虽然现在见了面说不上那份好感，还和上学的时候的感觉是否一样，但是想和她多相处了解试试。他说："年后我也会去上海工作，能不能给个机会？"

她原本心里就明白，她对学长没那种感觉。他说想来看她，说对她是同学间的那种想念，她便也不能拒绝。

她便也和学长说清楚了，心里有个人，原本以为放下了，可下午又见着了，想去问个答案。

从酒店出来，她犹豫着是直接给阿栋打电话，还是让 T 帮着约一下。

又跟以前一样犯了难，干脆也没叫车，就想着从酒店往家方向走，走累了大概也就有结果了。

大冬天里硬是走出了一身汗，走得脚下都软了，收到了一条微信，来自栋。

他问：在哪？

她回：大马路上。

他又问：和谁？

她答：自己。

他问：喝娃哈哈吗？

她盯着手机屏幕上的那行字，鼻子一阵酸，视线很快模糊。

眼泪掉在手机上，手指在键盘上飞快地打了一个字，回过去：和。

发现不对，又重新打拼音，选的明明是"喝"，可发过去的变成了"盒"。

抹了眼泪又重新按拼音，这一次又发成了"呵"。

她几乎要被这个手机弄疯了，把屏幕上的眼泪在大衣上蹭干净了，准备再打字的时候，他回了一长串的哈哈哈哈。

后面一条，就写了两个字：傻妞。

两人在那个晚上把之前买电池的路线重走了一遍。

他说："咱们去年是在下个路口左转的是吧。"

她说："什么记忆力啊你，直走的，还路过了某某饭店。"

他说："不是吧，我怎么可能记错，你说的某某饭店，是在我说的这条路上啊。"

她回："不可能！你走我看看。"

他按着自己记忆走，果然拐弯没多久，就出现了那个饭店。他扭头看她，柔柔笑着，说："你看，是不是？"

她还嘴硬，说："呦，这饭店搬到这里了呀？"

他看着她只是笑，她被他看得不好意思，说："你好好开车，先看路。"

他便把车停到了路边，他说："胡胡，我家债还清了。我二叔和我爸闹了一年，他原来是怕我爸今天一个欠款明天一个欠款，变成无底洞，两人年底写了一个协议，写明了最后帮我爸还一笔三百万，此后两清了。现在款还完了，我家没债了。"

他说："你看钱把人闹的，亲哥俩都没信任了，我爸一手拉扯他长大，他还怀疑我爸会没完没了地管他要钱……"

他目光灼灼地看向小胡，说："还有咱俩，也是让钱给闹的，原本去年过年事情要是解决了，可能我们现在还是好好的……"

他说："原本这几天我也打算找 T 组个局，把你约出来的，没想到就这么碰上你了。"

她心里一直知道自己对他的感情还在，今天见到他，也确认了她从来没有放下过他，但并不知道他心里对自己的感情还有多少。

她便问他："我还是问你一个问题，你要认真回答，分开这半年时间里……"

还是像上次一样，没等她讲完，他就打断了她。

他说："很喜欢你，一直都在喜欢你，分开也不是因为不喜欢，就是因为太喜欢了，才不想让你为了我活得那么累。"

他说："那会儿看着你，我就觉得我到底在干什么，凭什么把好端端一个女生弄得压力那么大，那不该是你承受的……"

那个晚上，小胡与阿栋和好如初。

小胡说：就算爱情再伟大，但是有钱压着的感觉，真的不一样，真的太心酸也太苦了。

她自认没有承受住那次考验，但她想着，既然老天让两人再相遇，她会以后把欠他的那些好，全部给他弥补上。

年后，阿栋去了另一个城市开工，她和他说好了一个月后见，然后她义无反顾地辞掉了上海的工作，打包行李去找阿栋。

他去机场接她时，看到她一手抱着她睡觉必抱的那只大熊玩偶，一手拖着行李箱走出来时，他的眼睛一瞬间通红了。

他说自己也在做交接工作，想找到一个合适的人手，把手头的项目就交出去了。原本二叔和爸爸闹成那样，他在二叔手下做事也不舒服，再者他也想去她喜欢的城市，陪着她一起生活。

但她一直在劝他，家人没有隔夜仇，如果他现在离开了二叔，两家的关系或许就真的回不去了，有他在中间做和事佬，总会有转机。

他觉得自己很多的想法，也在慢慢随着她的话而改变。

他时常说，就算之前两人分手了一次，他也难受也受了苦，甚至生了病，可他却觉得生活始无前例的有奔头。

他觉得从前是为了爸爸机械式还债，可遇见她后，还债这事仿佛有了动力，因为他总坚信，她不会找别人，也会像他等着她一样，等着自己。

现在两人在阿栋做项目的那个城市买了房子，也没想好是不是要定在这里。但阿栋说，总要买个房子给两人，就算以后去到山南海北，这里也是两人第一个家。

因为他爸爸的某些原因，婚宴没有办，都是同城，她爸妈多少听说了他家的事，也能理解。

小胡也觉得结婚的事不急，可阿栋坚持先和她去领结婚证。

他说："我带着你一个女孩子在异乡待着，没名没份的，你爸妈得多不放心。"

他说："况且，我就是要娶你的，就趁早遂了我这个心愿吧。"

这个新年，两人因为工作的事耽搁了几天，就赶上了这次疫情，没能顺利回老家。

小胡说也幸好没来回奔波，她之前一直大姨妈不准，连自己怀孕了两个月都不知道……

现在趁着全国休假，她也正好在家养胎了。

她说："V姐，我觉得我的感情史挺简单的，反正我性格就是嘴上狠，但其实拿不起也放不下的，而且还挺尿的，可也不知道为什么偏偏对阿栋，我就特别有劲。我每次想放弃的时候，就觉得不行，我还得上，我不能把他让给别人。"

她说自己和阿栋聊起来，也觉得挺神奇的，她每次都是与别的男人见面时，就会与他的关系有转机。

第一次是相亲那天，收到他寄来的充电宝人就炸了，与他定了关系。

第二次是国外的学长来了，就又碰巧遇到他。

她和阿栋说："这个基本规律我已经掌握了，反正以后我们再发生什么事，我就和别的男人见面……不论你在哪里，都会来把我领回家的，对不对？"